*El Señor Presidente*

# Letras Hispánicas

Miguel Ángel Asturias

# *El Señor Presidente*

Edición de Alejandro Lanoël-d'Aussenac

SEXTA EDICIÓN

CÁTEDRA

LETRAS HISPÁNICAS

1.ª edición, 1997
6.ª edición, 2005

Ilustración de cubierta: Alejandro Lanoël-d'Aussenac

Dibujo a la témpera tomado de una figura ritual de cerámica
procedente del templo llamado de la Cruz Frondosa, en
Palenque. Manifestación del sol o el fuego en los mundos
subterráneos. Periodo postclásico de la cultura maya.
Museo de Tabasco, México

© Herederos de Miguel Ángel Asturias
© Ediciones Cátedra (Grupo Anaya, S. A.), 1997, 2005
Juan Ignacio Luca de Tena, 15. 28027 Madrid
Depósito legal: M. 2.855-2005
ISBN: 84-376-1517-8
*Printed in Spain*
Impreso en Anzos, S. L.
Fuenlabrada (Madrid)

# Índice

# Introducción

... Así comenzó el secuestro de la gente que aparecía muerta en los caminos y que había sido sacrificada ante el dios Tohil...

Popol-Vuh

Miguel Ángel Asturias en 1946, cuando apareció en México la primera
edición de *El Señor Presidente* (Foto: Centro de Documentación y
Archivo Bibliográfico de la Fundación Miguel Ángel Asturias).

## GÉNESIS DE LA OBRA

La novela *El Señor Presidente* se llamó primero *Los mendigos políticos*. Era un cuento que Miguel Ángel Asturias ya tenía redactado cuando partió de Guatemala en 1923 para radicarse en Europa.

Ese escrito breve, de unas diez páginas, debería haber sido publicado en el suplemento literario del diario *El Imparcial*, de Guatemala. Como lo envió tarde, no lo pudieron incluir y entonces lo retiró llevándolo consigo a Europa.

Ya instalado en París, Asturias retomó aquel relato con el propósito de aumentar su número de páginas y completar el argumento con algunas ideas nuevas. La base del cuento fue el primer paso para empezar a concebir las distintas historias que componen el hilo narrativo de la obra.

Sin embargo, existen otros elementos de apreciación que desempeñan un papel importante en lo que respecta al origen de los componentes subjetivos que tuvieron una importancia decisiva en el desarrollo progresivo de la narración hasta que se transformó finalmente en la novela.

Luego de licenciarse en Derecho y Notariado, Asturias presentó su tesis titulada *El problema social del indio*, que se publicó en Guatemala en diciembre de ese mismo año, y obtuvo por ella el importante premio cultural «Gálvez»[1]. Los conceptos sociales y etnológicos desarrollados en este ensayo configu-

---

[1] M. Á. Asturias, *Sociología Guatemalteca. «El problema social del indio»*, 1.ª ed., Guatemala, Tipográfica Sánchez y De Guise, 1923; reedición aumentada con una introducción de Claude Couffon y otros textos del autor: Centre de Recherches de l'Institut d'Études Hispaniques, París, 1971.

ran un aspecto fundamental en el modo de pensar de Asturias expresado invariablemente a través de su obra posterior.

El hispanólogo alemán Horst Rogman le asigna a este ensayo un cierto acento patriarcal y racista. Es importante, sin embargo, tener presente que la perspectiva de Asturias entonces era la de un joven abogado cuya introducción en las ciencias sociales le permitía asimilar la realidad de su tiempo, pero sin la experiencia literaria y el conocimiento de los problemas de la humanidad que adquirió en sus años de madurez.

No obstante, aquel ensayo, por su condición de base para su obra posterior, merece un estudio libre de prejuicios, donde se pueda percibir el sentido real que el autor intentó darle en esa etapa inicial de su desarrollo como escritor. Además, su lectura constituye un elemento importante para comprender, desde un punto de vista etnológico, la realidad del pueblo que Asturias describió más tarde con carácter dramático en el argumento de *El Señor Presidente*. Podría decirse que ambos libros se complementan magníficamente.

El texto del ensayo, redactado a partir de un trabajo personal de investigación que el mismo Asturias realizó en las poblaciones indígenas de Mixco, Mixco Viejo, Chinautla, San Juan, San Antón y Sacatepéquez, fue una de las primeras tesis de carácter sociológico realizadas en Guatemala.

Si se tiene en cuenta la ausencia de elementos de consulta y comparación, y la influencia de la sociología europea en las universidades de América Latina, veremos que la obra revela un esfuerzo loable y un buen propósito dentro de la educación positivista de la época. Considerado así, desde un punto de vista que llega a conjugarse lógicamente con su lucha posterior en defensa de ese mismo pueblo al que llegará a describir de manera magistral en obras como *Viento Fuerte, Soluna* o *Viernes de Dolores,* pensamos que sería injusto confundir aquel primer ensayo con un panfleto antiindigenista o tergiversar su sentido bajo la influencia o la opinión subjetiva de una crítica aislada de la opinión general.

Por su sentido descriptivo, ambas obras *(El problema social del indio* y *El Señor Presidente)* dejan traslucir una voz de alarma destinada a despertar la conciencia sobre una realidad

12

que sufría y aún sufre América Latina, un problema social que corresponde al contexto cultural del mundo occidental y cuya solución aún está pendiente de concretar.

Ortega y Gasset definió la idea de occidente como el resultado de tres principios que han hecho posible la conformación de la sociedad y su cultura en el Nuevo Mundo: la democracia liberal, la experimentación científica y el industrialismo. Las dos últimas resumidas en una: la técnica.

El conjunto mayoritario de la población latinoamericana ha permanecido durante décadas al margen de esos tres principios fundamentales que caracterizan a los países desarrollados. Los grandes cambios de nuestro siglo, el fantástico desarrollo de los medios de comunicación y los efectos de una confrontación latente entre dos ideologías profundamente opuestas —el comunismo y el capitalismo— contribuyeron a crear ese clima de tensión, acentuando las diferencias y la violencia entre los seres humanos. Esta compleja situación política global reflejada a escala nacional impidió que en Guatemala —como en otros muchos países de Latinoamérica— se pudiera encontrar una respuesta mínima a las reformas propuestas y desarrolladas en aquella tesis sociológica.

El sentido argumental de *El Señor Presidente* es una figura teatral del mismo problema que plantea *El problema social del indio,* con las características de un estudio técnico. La realidad de aquella cuestión es presentada de otra forma, pero sin variar la esencia que se desprende de ambas obras, es decir, la forma... Y *forma* —que proviene del vocablo griego «molde» *(morpha)*— es también la base constitutiva del sentido literal del término figura, porque figura se relaciona más con el concepto de fantasía, mientras que forma se refiere al concepto de materia[2].

Ésa es la clave de la estrecha relación psicoanalítica de ambas obras en los niveles histórico y socioetnográfico.

El grueso de la población actual de Guatemala —lo mismo que la de México y otros países de Centro y Sudaméri-

---

[2] Roque Barcia, *Gran Diccionario de Sinónimos Castellanos,* aportes de Dendo y Ávila, López de la Huerta, Cienfuegos, Jonama, Olivé, López Pelegrín, Conde de Cortina, Bretón de los Herreros y Mariano José de Larra, Buenos Aires, Ediciones Joaquín Gil, 1957.

ca— arrastra un largo y complejo entramado de creencias religiosas, leyendas y tradiciones populares que entroncan en el seno profundo de las civilizaciones precolombinas y forman parte de la cultura tradicional del pueblo actual.

Los casi dos siglos del periodo independiente no resultaron suficientes para mejorar aquella situación. Más bien el tiempo fue testigo de un proceso en el que se acentuaron aún más, si cabe, las diferencias sociales.

Las clases campesinas y trabajadoras sólo cambiaron de patrón. Del antiguo sistema de las encomiendas —cruel y despótico— de los terratenientes hispánicos, pasaron a los abusos y las opresiones de las oligarquías que gobernaron por turno aquellos países. Los indígenas, aún más explotados por su propia condición, sólo confiaban en sus dioses, de manera que sus tradiciones ancestrales siguieron formando parte de la cultura popular. Los mitos eran un elemento esencial en la vida del pueblo y como tales los tomó Asturias, dándoles forma literaria en su novela. El conocimiento y la comprensión de esa conjunción de sentimientos e ideas —adaptadas en mayor o menor medida a las circunstancias, pero nunca desarraigadas totalmente de la forma de ser indoamericana— es la clave para entender el sentido social y las razones subjetivas que desempeñaron un papel preponderante en la génesis de *El Señor Presidente* como prototipo de la novela de denuncia contra las injusticias sociales.

El hecho de que en algunos pasajes del ensayo sobre *El problema social del indio* se generalicen conceptos que sólo corresponden a determinadas culturas de carácter tradicionalmente indígena, como la de Guatemala, es un mero aspecto circunstancial que no afecta al valor intrínseco de la obra. Vale, sin embargo, como antecedente de su temprano interés por el tema social que luego desarrolló con absoluta coherencia en sus distintos libros.

Lo que Asturias ignoraba entonces —como tampoco parecen saberlo los dirigentes políticos y los profesores universitarios respecto a los ejemplos que cita de Argentina y Estados Unidos— es que en ambos países la población autóctona había sido diezmada, reducida a núcleos minúsculos y sustituida por inmigrantes europeos que poblaron sus extensos territorios.

Esto se comprende al ver el problema desde otros aspectos distintos al de la simple crítica literaria. La tesis sobre *El problema social del indio* sirve como base y elemento de comparación para comprender el ambiente sociocultural en el que se desarrolla el argumento de *El Señor Presidente*. Su aporte constituye una enseñanza y ése es el elemento más importante sobre el que se asienta toda su obra posterior.

Asturias había sido testigo desde muy joven de aquella situación de desigualdad entre clases, la explotación injusta del campesinado y la sensación palpable del miedo a los horrores de las dictaduras. Lo había visto más de una vez en los ojos de sus propios padres, conocía los errores cometidos por los gobernantes y las causas que generaban la injusticia social, pero no comprendía aún las verdaderas razones por las que tales circunstancias existían y cuál era la forma de conjurar la situación.

Cuando en 1923 partió hacia Inglaterra con la intención de estudiar economía política, aún le faltaba una pieza importante para desentrañar el problema. En Londres se inscribió como alumno libre en un instituto de lenguas para aprender inglés, pero fue en vano; viniendo de un país cálido y latino, la capital británica no le pareció un lugar adecuado para fijar su residencia permanente, la sintió demasiado distante y extraña a sus gustos y sentimientos. Para paliar el tedio y el frío, pasaba horas contemplando las numerosas colecciones de arte precolombino expuestas en las salas del British Museum. Había algo extraño en aquellas figuras hieráticas, en los diseños simbólicos, en esas innumerables muestras de un arte que le resultaba extraño y, a la vez, familiar.

Las reliquias hablaban de una cultura autóctona, de riquezas espirituales, de valores olvidados, de formas e ideas que nunca había visto con tanta variedad, ni en su propia tierra, a pesar de que de allí provenían. Fue entonces cuando tomó conciencia de los valores escondidos en la cultura tradicional de los «hombres de maíz»[3]. Poco a poco, casi sin darse cuenta, comenzó a interesarse por el pasado aún oscuro de su

---

[3] Forma tradicional de nombrar al pueblo indígena descendiente de los antiguos mayas. Miguel Ángel Asturias, *Hombres de Maíz*, Madrid, Alianza Editorial, 1986.

América natal. Observaba con especial atención las impresionantes muestras de la civilización maya, que en definitiva eran la auténtica esencia de su forma de ser, ésa que entonces empezó a sentir con más intensidad.

El 14 de julio de 1924, Asturias realizó un viaje a París, atraído por la conmemoración de la fiesta nacional de Francia, y se instaló en una pensión de estudiantes cercana a la Universidad de La Sorbona. Ya no retornó a Londres. Se sintió tan a gusto en el ambiente parisino de la *rive gauche* que decidió no regresar a Londres.

Por aquella época estaban en boga los cafés de Montparnasse: *La Rotonde, Regence, Le Dôme*. Sus mesas eran el punto de reunión de estudiantes e intelectuales latinoamericanos. Allí concurrían pintores del renombre de Pablo Picasso y Maurice Utrillo, y escritores como el japonés Fujita o el ruso Ilya Ehremburg. En esos días salía la *Revue de l'Amérique Latine* que agrupaba, entre otras, firmas de Rubén Darío, Juana de Ibarbourou, Alfonso Reyes, Horacio Quiroga y Alfonsina Storni. Los principales traductores de *La Revue* eran François de Miomandre y Georges Pillement, ambos escritores e hispanistas que trabajarían años más tarde sobre las futuras obras de Asturias. André Breton preparaba entonces su *Manifiesto Surrealista*.

El tradicional café-restaurante bohemio de *La Coupole* solía reunir a un grupo abigarrado de jóvenes estudiantes sudamericanos, residentes en la ciudad luz e interesados como Asturias en la cultura latina. Provenían de diferentes países, pero tenían algo en común: la juventud, la lengua y las ganas de vivir y aprender cosas nuevas.

El ambiente y las circunstancias eran propicios para que el joven estudiante, aún desorientado, hallara su camino y especialmente, el sentido, práctico de la obra que esperaba realizar... Pero aún le faltaban muchos pasos que dar en ese sentido y, sobre todo: diez años de preparación, de ilustración universal, de confrontación de ideas y estilos. Faltaba aún —entre otras muchas cosas— el consejo que le daría Paul Valéry en el sentido de que describiera a su pueblo para ser universal. Pero allí estaba, en la senda del descubrimiento de su universo interior, en el proceso de elaborar su propio concepto de sociedad, en la apertura a la asimilación de nuevas tendencias en materia de expresión literaria. Eran los días en que se gestaban en su mente las ideas que luego irían dando forma a cada uno de los capítulos de *El Señor Presidente*.

La necesidad de saber más sobre el origen de su propia cultura y el deseo de acercarse a través de la distancia a todo aquello que le resultaba familiar desde la niñez lo impulsaron a inscribirse en los cursos del Collège de France sobre las civilizaciones precolombinas.

En el París pintoresco de los años 20, frecuentado por pintores y poetas surrealistas, toda manifestación cultural tenía su lugar y su grupo de adeptos. La magia de las civilizaciones antiguas ejercía una fuerte influencia en la imaginación de profesores y estudiantes... Pronto participó Asturias en un seminario sobre la religión y las culturas aborígenes de la América Central, que el profesor Georges Raynaud dictaba en la Escuela de Altos Estudios de la Universidad de La Sorbona.

La originalidad en los argumentos de sus novelas nació del conocimiento que adquirió a través de esos cursos y de las conversaciones con amigos latinoamericanos en los cafés de París. Asturias decía que la trama de sus novelas y los perfiles humanos de sus personajes surgían de una manera paulatina y laboriosa, escuchando y observando en función de un constante aprendizaje, como debe hacerlo el escritor encerrado en su gabinete de estudios. En aquel París de los años 20, las tertulias de escritores se transformaban en improvisadas audiencias, las mesas estaban siempre llenas, ocupadas por jóvenes estudiantes como lo eran Alejo Carpentier, Arturo Úslar Pietri, César Vallejo, Rafael Alberti o Aragon.

La literatura latinoamericana se encontraba entonces ante la encrucijada de su propio destino como manifestación histórica y cultural. Reubicar su imagen —todavía plural y desconcertada— de cara a la crítica internacional fue el principal objetivo de los escritores de la generación de 1920. El joven Asturias, que recién empezaba a conocer los efectos de la influencia europea en las artes y las letras, inició allí una etapa de búsqueda de su identidad, en distintas direcciones, aunque unificadas por una notable coherencia interior. Jamás olvidó la idea inicialmente pergeñada en el cuento *Los mendi-*

*gos políticos*. De tantas veces que lo había leído en voz alta, se conocía casi de memoria las diferentes modulaciones de aquella narración que luego daría vida a *El Señor Presidente*. Debió leerla en innumerables oportunidades. Siempre hizo varias versiones de sus obras. Necesitaba que su sonido fuera musical, quería que dejara un mensaje, pero además que gustara al oído. No sólo al suyo, también al de sus interlocutores.

Una y otra vez redactó Asturias su cuento. Poco a poco lo fue ampliando, cambiando —si cabe— la fisonomía del futuro libro, como un rostro que se cubre con máscaras distintas. Una sobre otra y cada una es la verdadera imagen del personaje que anida en su interior.

Al principio fueron cuartillas escritas a máquina con cinta verde. Ésas se perdieron. Sólo sabemos de su existencia por las propias palabras del escritor. Varias veces cambió el modelo de redacción, siempre buscando la perfección. Cuando mejoraba el texto, cambiaba también el título, y lo cambió muchas veces hasta llegar a *El Señor Presidente* como nombre definitivo.

Esa musicalidad se percibe desde las primeras líneas del texto, donde un juego de palabras —ya famoso en los anales de la literatura universal— deja oír el tañido de las campanas de la catedral, en cascadas de bronce. Una y otra vez ese carrillón de letras y sílabas encadenadas deja oír su sonoridad verbal: «... Alumbre, lumbre de Alumbre, Luzbel de Piedralumbre...»

La lectura de lo escrito en voz alta, con todos los sonidos e inflexiones que la riqueza expresiva de un vocablo puede dar al oyente, era un ejercicio permanente en la realización de su obra. El significado de las figuras alegóricas fue transformando constantemente la descripción de cada escena; a la medida de las circunstancias de los personajes y las necesidades del argumento, buscaba, en todo caso, el goce estético del sonido como objetivo principal.

> Las palabras —decía Asturias— corresponden a los momentos, a los instantes, el juego de vocales, si son aes, si son íes, corresponde también a diferentes situaciones, no porque

yo lo haya buscado con un papel; que yo estuviera buscando palabras... no; sino porque activamente, yo leía en voz alta cada página, cada párrafo, cada frase, y entonces, cuando sonaba, ya quedaba hecho. A mí, cuando no me suena, aunque sea bella la imagen y demás, cuando no me suena al oído, cuando auditivamente no me complace, no me hace vibrar, no acepto yo que esté resuelto un problema literario en mis cosas, y lo vuelvo a escribir, y lo escribo veinte veces si es necesario. *El Señor Presidente* fue escrito muchas veces, luego lo leí en alta voz, casi lo sabía de memoria. Tenía la ventaja de que en esa época no existía la preocupación de la publicación. Yo jamás imaginé que *El Señor Presidente* fuera a ser publicado; yo lo escribía un poco por complacencia, un poco porque encontraba yo que había un gusto especial en dejar en letras de molde todas aquellas cosas que yo contaba[4].

La historia de *Los mendigos políticos* fue adquiriendo poco a poco un carácter circunstancial. Su condición de novela denuncia se vio transformada de una manera original por la trascendencia poética de las palabras empleadas. Era un valor que crecía en la misma medida en que iba aumentando el número de páginas.

Así fue surgiendo el complejo entramado de las distintas historias independientes que componen la obra. Todas subordinadas en alguna forma al mito de *El Señor Presidente*. Aquel estilo literario, entonces poco conocido y apenas esbozado por su imaginación, daría más adelante un carácter particular a la novela. Los ecos surgidos en la memoria colectiva a partir de la resonancia natural de las palabras la fueron enriqueciendo con su virtualidad acústica. Cada palabra, cada frase encerraba un mundo de imágenes sugerentes. Fue entonces cuando la progresiva configuración de los capítulos logró brindar vida propia a las metáforas del texto. Las palabras fueron naciendo de manera espontánea al calor de sus ensueños juveniles como un conjuro de la irrealidad hecha a partir de sus antiguos versos de adolescente. Sueños adapta-

---

[4] Archivo Miguel Ángel Asturias, grabación magnetofónica cinta núm. 1, Universidad de Salamanca-Facultad de Filosofía y Letras.

dos a su realidad literaria, como un «manojo de sueños» generados en los arcanos meandros de la mente...

Sueños adaptados, como un solio de esperanzas moldeadas en la trama singular de la novela. Fantasías oníricas, asimiladas de manera gradual por la realidad de la vida, que se fueron incorporando poco a poco a la primitiva versión del cuento *Los mendigos políticos*...

Las ideas y los recuerdos reunidos en el plano de la ficción cobraban cuerpo casi espontáneamente en los primeros capítulos surgidos de aquella manera tan singular. El proceso de articulación de la novela fue lento por las numerosas interrupciones sufridas —duró desde 1924 hasta 1932—; sin embargo, el argumento fue creciendo durante la primera parte, que va hasta el capítulo XI, en un proceso de asociaciones verbales que Jung denomina «la palabra estímulo»[5].

Asturias lo cuenta de esta manera:

> ... estando en París, nos reuníamos grupos de latinoamericanos en los cafés de Montparnasse a contar anécdotas de nuestros países. De pronto, se empezaron a relatar sucesos de las dictaduras de esa época: de don Porfirio Díaz, el dictador de México; de Zelaya, el dictador de Nicaragua; de Juan Vicente Gómez, el dictador de Venezuela, y yo contaba anécdotas de Estrada Cabrera, el dictador de Guatemala. Había una especie de rivalidad en esta justa de historias trágicas, cada uno trataba de mejorar a su dictador contando lo que éste había hecho; y contando esas historias vinieron a mi memoria cosas que había visto de niño, había oído de joven, pero tenía olvidadas. Relatando, fui recordando escenas que conscientemente, por decir así, no recordaba, pero que en el correr de la conversación fueron apareciendo. Yo nací en el año 1899. Estrada Cabrera llegó al poder en el año 1888, quiere decir que yo pasé toda mi niñez y juventud durante el gobierno de Estrada Cabrera. Recordaba entonces a mi familia que fue perseguida por Estrada; para hablar, ella se retiraba en el fondo de la casa, que como las españolas, tienen tres enormes patios, en los bodegones, en las cocinas, y allí, junto al gato, junto a la ceniza, junto al fuego, junto a estos ele-

---

[5] Carl Gustav Jung, *Psicologia, sogno e associazione verbale*, análisis introductorio de Aldo Carotenuto, Roma, Newton Compton Editori, 1995.

«¡Las calles van a cerrarse en un día de estos, horrorizados...» Texto del diálogo de prisioneros. Versión teatral de *El Señor Presidente*. Dirección General de Bellas Artes. Departamento de Teatro del Ministerio de Cultura. Guatemala, 1967 (Foto: Yela Islas).

mentos misteriosos se les oía hablar sobre lo que había hecho «el hombre que no había hecho»; qué momentos pasaban; pero jamás se les oía hablar en público, y menos en la sala y en el comedor; porque se tenía un enorme temor dado que en esa época, los objetos veían, los muros escuchaban y era mucha la policía secreta de Cabrera. Es, pues, el elemento miedo. Miedo ambiental, lo que creo que le da más carácter al libro; y éste no es un elemento literario sino un elemento del alma mía, del alma humana, psicológico si ustedes quieren, que pasó directamente al hacer los relatos y después al escribir el libro de una realidad que yo tenía latente en las páginas de *El Señor Presidente*[6].

Había en todo ello mucho de historia real y no poca fantasía. La imaginación del joven escritor se excitaba frente a la multitud de imágenes surgentes, su posibilidad activa y la riqueza de complementos que le daban aquellas charlas interminables.

Asturias dijo una vez en un reportaje que al narrar sus vivencias personales se iban despertando en su memoria los recuerdos adormecidos de la niñez y la adolescencia, historias reales de los tiempos de la dictadura de Manuel Estrada Cabrera, a las que en su momento no les había prestado atención, pero que entonces volvían a la mente transformados en elementos aglutinantes de la novela que ya estaba escribiendo.

En *La Rotonde*, se relacionó con Pablo Picasso, quien le hizo un retrato al carboncillo. Asturias le retribuyó el gesto amistoso con un poema gracioso sobre el surrealismo. Más tarde escribió algunos artículos sobre el arte singular del pintor malagueño. Sus ansias de conocer más, de penetrar en ese mundo intelectual, aún desconocido para él, lo llevó a frecuentar las ruedas de artistas y escritores vanguardistas.

Allí conoció, entre otros, a Luis Cardoza y Aragón y a un jovencísimo Arturo Úslar Pietri, que luego escribiría, en un interesante recuerdo sobre el origen de *El Señor Presidente*:

---

[6] Declaración de M. Á. Asturias, diario *La Prensa de Managua*, Nicaragua, 19 de noviembre de 1967.

... Yo asistí al nacimiento de este libro. Viví la irrespirable atmósfera de su condensación. Entré, en muchas formas, dentro del delirio mágico que le dio formas cambiantes y alucinatorias. Lo vi pasar, por fragmentos, de la conversación al recitativo, al encantamiento y a la escritura. Formó parte irreal de una realidad en la que viví por años sin saber muy bien por dónde navegaba[7]...

Era el comienzo de una nueva etapa en el acercamiento de Europa y Latinoamérica. El público europeo comenzaba a interesarse por las manifestaciones culturales del Nuevo Mundo.

Pero no todo eran flores del intelecto; para contribuir al sostén de su menguado bolsillo debió dedicarse al periodismo, como corresponsal de *El Imparcial* de Guatemala y de otros diarios de México.

En plan de ensayo de lo que sería más adelante una importante fuente de trabajos creativos, realizó sendos estudios sobre las obras literarias del español Blasco Ibáñez y del argentino José Ingenieros, célebre escritor y sociólogo positivista muerto en Buenos Aires en 1925.

Durante esa época, prolífica en creaciones literarias americanas, Pablo Neruda escribía *Veinte Poemas de Amor y una Canción Desesperada* y se publicaba *La vorágine,* del colombiano José Eustasio Rivera.

El pensamiento de Asturias estaba puesto en Guatemala, donde la compañía norteamericana United Fruit obtenía del gobierno del general Orellana la concesión de grandes extensiones de tierras fiscales. Gran parte de esos terrenos estaban ocupados desde varias generaciones atrás por campesinos indígenas o *ladinos*[8] iletrados que fueron expulsados por la fuerza por no conocer nada de títulos ni de papeles, ni de los manejos turbios de sus gobernantes. El inmenso monopolio

---

[7] Arturo Úslar Pietri, *«El Señor Presidente» de Miguel Ángel Asturias: Un testimonio personal,* Publicaciones del Seminario «M. Á. Asturias», Centre de Recherches Latino-Americaines/Association des Amis de M. Á. Asturias, Universidad de París X-Nanterre, Cuaderno núm. 3, 10-05-77.

[8] Indígena mestizo, que adopta las costumbres e indumentaria de los blancos y habla o entiende el castellano.

de la compañía bananera se extendía inexorablemente y la producción de las pequeñas plantaciones minifundistas se vio ahogada por la manipulación de los precios.

En mayo de 1925, contando con el apoyo económico de su amigo Juan Olivero, Asturias publicó *Rayito de Estrella,* una pantomima de influencia modernista a la que él denominó *Fantomima* (pantomima fantástica), una ingeniosa manera de combinar la gracia con la magia y la palabra; un juego de sonidos y sentidos que se fue manifestando en forma paulatina desde lo más profundo de sus entrañas de escritor hasta llegar a la cumbre de la más perfecta creación literaria. El género *Fantomima,* término creado por Asturias para distinguir una manera espontánea y locuaz de teatro versificado, muestra claras reminiscencias de los antiguos tinglados teatrales que recorrían los pueblos de América Central en los siglos XVIII y XIX. La fantasía fue, desde tiempo inmemorial, una forma natural de expresión común entre las culturas de la antigüedad.

Este nuevo género, ágil e ingenioso, tuvo una profunda influencia en muchas de sus obras posteriores, e incluso se permite entrever en algunos pasajes de *El Señor Presidente,* como en el comienzo del capítulo XXIV y en el epílogo, con el canto del *figurín, figurero.*

Sin embargo, su trabajo no pecó de laxitud. Era joven, pero ya sabía que el verdadero oficio de las letras no es algo espontáneo, pronto comprendió que la arquitectura literaria se construye como un edificio; ladrillo a ladrillo: palabra por palabra... Por eso ensayaba y practicaba constantemente el oficio de las letras... «ni un día sin línea», como diría más tarde Antonio Tovar, de la Real Academia Española.

Los años de París, ricos en experiencias novedosas, modelaron el espíritu de Asturias y ampliaron su horizonte intelectual, pero no modificaron su profunda esencialidad latinoamericana.

En el conjunto de conocimientos universales adquiridos veía una curiosa coincidencia entre las ideas vanguardistas europeas y las tradiciones culturales del Nuevo Mundo. Los estudios realizados en La Sorbona le permitieron encontrarse con las raíces naturales de su raza, recogidas en el texto anónimo del *Popol-Vuh*[9], la biblia de los mayas, que retradujo de la versión francesa de Georges Raynaud en colaboración con otro alumno de la misma cátedra, el abate mexicano J. M. González de Mendoza[10].

Ambos analizaron y transcribieron laboriosamente, del francés al castellano, las dos obras recopiladas por el anciano profesor de antropología: el *Popol-Vuh* y *Los Anales de los Xahil*, que recogen lo más profundo de la magia, los mitos y las creencias de los antiguos indígenas americanos. La tarea de traducción y publicación de estas obras —que finalmente se editaron en tres volúmenes— se prolongó hasta 1927.

Vemos aquí también un indicio innegable de la influencia que aquel estilo florido y pintoresco —una asombrosa cascada de palabras e imágenes— ejerció en el desarrollo del texto de *El Señor Presidente*.

En ambas creaciones el concepto descriptivo gira en torno a un estilo prosopoético, libre y adornado con caracteres simbólicos asimilados naturalmente de esa riquísima tradición mitológica de los pueblos precolombinos. Esa apertura hacia las líneas simbolistas, tan en boga en el París de los años 20, coincidía con el estilo del libro quiché. Es natural que naciera un cierto deseo íntimo de Asturias de consustanciar esas corrientes con sus propios sentimientos y su forma de redacción.

La compleja simbiosis entre la expresión espontánea de las civilizaciones primitivas y el estricto sentido metodológico

---

[9] El *Popol-Vuh*, cuya traducción en castellano significa «Libro de la comunidad» (del pueblo maya), había sido en sus orígenes una tradición oral que persistió en la memoria colectiva de los quichés hasta mediados del siglo XVI. En esa época un indígena ilustrado, presumiblemente un antiguo sacerdote de la religión maya, educado por los misioneros españoles, logró transcribirlo en latín. Ese original, conservado durante dos siglos en la parroquia de Santo Tomás Chuilá, pueblo de Guatemala, fue hallado por fray Francisco Ximénez, quien lo tradujo esta vez al castellano copiando en columnas paralelas el texto original, para dar fe de su autenticidad. Este hecho logró que se preservara un documento importantísimo para conocer las tradiciones religiosas y las leyendas de los pueblos que habitaron la America precolombina.

[10] La versión del profesor Georges Raynaud, traducida por Asturias y González de Mendoza, es la de mayor autoridad científica (Buenos Aires, Losada, 1965).

de dos vertientes poéticas —modernismo y postmodernismo— que coexistieron durante las primeras décadas del siglo XIX, generó en Asturias una nueva categoría de arte, difícil de encasillar como una sola o única corriente estilística por lo amplio de esa cultura mestiza, rica en neologismos y tradiciones místico-religiosas que nace en las mismas entrañas étnicas del continente americano.

En aquellos días conoció y estrechó su amistad con Miguel de Unamuno, James Joyce y André Breton. Resulta natural entonces que buscara decantar tantas influencias de acento moderno con la sensibilidad de las historias nacidas en el seno de culturas primitivas. Era ésta una experiencia ordinaria practicada entre los simbolistas franceses, que hicieron de la expresión artística una experiencia natural, retrotrayendo y aplicando el proceso lógico de la mentalidad abierta a todo tipo de experiencias naturales en el ser pensante. Fue un poco como volver a los orígenes evolutivos de la comunicación humana y empezar de nuevo.

De ese estilo tan particular tomó Asturias muchos de los ejemplos que hemos podido hallar en *El Señor Presidente* y en la colección de sus manuscritos inéditos o poco conocidos[11].

París, centro internacional de la cultura, no fue sin embargo la única meta de su espíritu inquieto. Durante los primeros años de su estancia en Francia realizó distintos viajes por Europa, siempre buscando no sólo el placer estético, sino también las fuentes originales de la literatura, las manifestaciones populares de la cultura. Invitado por Ramón Gómez de la Serna asistió en Madrid a las tertulias del célebre Café de Pombo, luego pasó a Italia como delegado de Guatemala ante el Congreso della Stampa Latina. Ávido de imágenes empapadas de historia y tradiciones esenciales, recorrió Milán, Florencia, Bolonia y Venecia.

Italia, la cuna del arte y la civilización latinas, le abrió un nuevo panorama que se fue integrando más tarde, como por ósmosis, en su bagaje intelectual. Los maravillosos *Sonetos de*

---

[11] Los originales dactilográficos y los manuscritos pertenecen actualmente al «Fondo Miguel Ángel Asturias» de la Biblioteca Nacional de París, por expreso deseo del autor al entonces Ministro de Cultura André Malraux.

*Venecia* y los *Ejercicios poéticos en forma de soneto sobre temas de Horacio* fueron —años más tarde— el resultado germinal de ese primer contacto con el mundo de los autores clásicos.

Pero las digresiones artísticas no desviaron la trayectoria de trabajo que se había fijado de antemano. De regreso en París, pronto recomenzó con sus clases en la cátedra del profesor Raynaud y siguió cada noche derramando el realismo mágico de sus narraciones en las ruedas de amigos del café *La Rotonde*. Aquellas historias, contadas, leídas, recitadas y hasta cantadas, poco a poco se fueron convirtiendo en sucesivos capítulos de *El Señor Presidente*.

Durante esos años (1924-1933), Asturias escribió un total de 970 artículos periodísticos para *El Imparcial* de Guatemala y otros diarios latinoamericanos, además de una serie de diversas narraciones cortas entre las que destacan la novela corta *Florentina* y los cuentos «A orillas del Sena», «Un beso blanco» y «Sacrilegio del Miércoles Santo».

Mientras, *El Señor Presidente* seguía su largo proceso de gestación.

Hacia 1926, luego de más de dos años de estudiar y perfeccionarse en la lengua y la cultura de Francia, comenzó a acudir asiduamente a la Biblioteca Nacional de la calle Richelieu. Allí conoció voces nuevas de la cultura clásica, latina y medieval.

El alegorismo y las resonancias provenientes de la lectura de Boccaccio, Virgilio y Dante Alighieri despertaron aún más su imaginación juvenil, asombrada ante el torrente de ideas que llegaban a un pensamiento todavía en la mitad del camino hacia una plena madurez intelectual. Leyendo la *Divina Comedia* halló en el pasaje del infierno una palabra que captó su atención: «Malevolge».

La influencia de sus estudios americanistas en La Sorbona y su pasión por las culturas mesoamericanas ya asimiladas dentro de su orden académico bajo la influencia del profesor Raynaud entraron entonces en franca colisión con sus nuevas experiencias. El alegorismo del medioevo latino llegó a fascinar su imaginación, y creía haber hallado el nombre definitivo para su novela.

Así estuvo durante algunos capítulos más hasta que varios de sus amigos le hicieron notar que «Malevolge» era un italianismo. Un término que ligaba sin necesidad la esencia americana de su novela con el infierno del Dante.

En esa época salió a la luz *Tirano Banderas* de Ramón del Valle-Inclán, una obra que generaría largas e inoficiosas polémicas en torno a una supuesta similitud temática con la obra de Asturias:

> ... Han dicho que el estilo de *El Señor Presidente* se parece al de *Tirano Banderas*, y que yo me inspiré en esa obra de don Ramón, al que yo leía en mi juventud con admiración. Pero *El Señor Presidente* está escrita antes que *Tirano Banderas*[12]...

A mediados del año siguiente —1928— viajó a La Habana, donde asistió a un congreso literario y realizó varias disertaciones, cuyos textos se publicaron en la revista vanguardista *Repertorio Americano*. Antes de regresar a Europa, pasó por Guatemala, donde luego de cinco años de ausencia volvió a tomar contacto directo con la realidad de su patria. Allí dictó conferencias en diversas instituciones de trabajadores, entre ellas la Sociedad de Auxilios Mutuos, el Sindicato de Empleados de Comercio, el Instituto Central de Varones —donde había estudiado siendo adolescente— y su querida Universidad Popular.

Cuando regresó a París después de aquel extenso viaje llevaba en su mente el resultado de la experiencia vivida personalmente en su patria, gobernada en esa época por el general Lázaro Chacón. El juicio formado en directo del estado social de Guatemala sería el germen de su obra futura. Durante su estancia allí había pronunciado una serie de conferencias en el recinto de la Universidad Popular, que reunió bajo el título de *Arquitectura de la Vida Nueva*[13]. De ellas dijo Asturias en su prefacio a la primera edición:

> La *Arquitectura de la Vida Nueva* marca el primer kilómetro en la carretera. Es una banderita de ideas. Muchas ajenas,

---

[12] Guillermo Medina, «Conversaciones con un Premio Nobel», declaraciones de Miguel Ángel Asturias publicadas en *Latinoamerica y otros ensayos,* Madrid, Ediciones Guadiana, 1968.

[13] Edición de Goubaud & Cía., Guatemala, 1928.

aunque mías por la pasión con que las expuse, por el fuego que les comuniqué, encendido de labios y de corazón en su contacto. El que se apropia de lo ajeno para satisfacer a los suyos, nunca me convenceréis que comete delito...

Y eso hice, robar para los míos: hice mías las ideas para los míos... ¿Tenían hambre? No lo sé. Lo cierto es que como si la hubieran tenido. Robé pan duro y no adornos. Pan duro de ideas y no adornos literarios inútiles.

Pienso que el título define lo que debiera ser este libro, no lo que es. Debiera ser... eso que el lector sabe y dice y yo sé, y no puedo decir. Un libro de observaciones pacientes, trabajado, y no un libro de divulgación, inestable, producto de pocas horas: lo que puede hacer un hombre que después de varios años de ausencia vuelve a su país por corto tiempo, cuando luchan en su alma sentimientos, se rompen doradas esperanzas y por imperativo juvenil siente todavía necesidad de gritar.

Esta visión, diríamos luminosa y esperanzada, de la responsabilidad de los intelectuales con la humanidad coincide con el espíritu que Asturias asignó a *El Señor Presidente* y en general al resto de su obra.

Como él mismo lo expuso, reconocía en aquella recopilación algo así como un «granero de ideas» (suyas algunas; tomadas del pensamiento de los grandes filósofos las otras). A lo largo del texto comparaba las páginas del libro con el suelo de un gallinero, en el que reina el desorden, pero cada grano esparcido en el suelo encierra el germen nutritivo de una idea. Corresponde al lector tomarla, asimilarla y darle forma a través de su propio razonamiento.

Por entonces, comenzó a escribir las *Leyendas de Guatemala* y ya tenía bosquejados algunos capítulos de *El Alhajadito*.

Sin embargo, *El Señor Presidente* seguía oculto, como esperando el momento propicio para salir a la luz con toda su carga emocional. El desarrollo textual de las leyendas ocupó su tiempo como una forma de expresar lo ancestral que también palpitaba en sus venas. Había en ello algo filial, un individualismo que trascendía los límites de su memoria subconsciente y se adueñaba de su naturaleza con la fuerza genitora de la sangre.

Por esa razón, a modo de introito, puso en la primera página de esas Leyendas acrisoladas por su memoria ancestral: «A mi madre, que me contaba cuentos». La figura materna fue para Miguel Ángel Asturias un puntal inconmovible cuya sola evocación le inundaba de gozo el alma. A ella se debió el impulso y parte de los fondos que posibilitaron la primera edición de *El Señor Presidente*. Asturias se sentía producto de su hechura en un todo completo —cuerpo e intelecto—; por eso dijo en uno de sus poemas: «Madre, tú me inventaste, soy cosa tuya...» La fe religiosa que María Rosales de Asturias inculcó en sus hijos fue la fuerza material que recubrió el espíritu del escritor y lo volvió invulnerable ante los innumerables ejemplos de dolor y las injusticias que hubieran mellado el alma de un ser menos preparado y fortalecido anímicamente.

Cuando escribía sus primeras composiciones poéticas, doña María lo escuchaba y aunque le parecieran buenas o malas, siempre lo estimulaba para que siguiera intentándolo... Así, poco a poco, lo educó en el sentido del esfuerzo personal.

Su fe en la imagen presente de la madre se plasmó con más fuerza en la figuración poética expresada por los últimos versos de *Es el caso de hablar,* donde el hijo laborioso y aventurero retorna al seno materno con la satisfacción del deber cumplido:

> ... Madre, si en invierno, después de haber cenado,
> estás junto al brasero prestando con desgano
> oídos a la lluvia que cae sobre el techo,
> y en eso, puerta y viento... es alguien que ha entrado,
> descubierta la frente y herramienta en mano,
> levántate a su encuentro porque tienes el derecho
> de abrazar a tu hijo, de quien hiciste un hombre,
> que vuelve de la vida con el jornal ganado...

Ella fue el tutor de esa planta sobre la que luego arreciaron los vientos del infortunio, pero siempre —aún en el exilio— siguió dando sus flores de intelecto hasta el último instante de su vida...

La figura de la madre adquiere una especial significación en *El Señor Presidente;* las distintas imágenes maternales que aparecen en el argumento, unas sublimes y otras patéticas, componen, bajo diferentes formas, un elemento unívoco y constante en el aspecto humano de su literatura. Es algo íntimo que aflora insensiblemente.

En cambio, desde la óptica social se percibe el proceso inverso. Hay siempre una fuente de asimilación externa que actúa como factor desencadenante del proceso creativo. En *El Señor Presidente* todo el conjunto de pequeñas historias —con sus grandezas y miserias personales— concatenadas bajo la figura tácita y omnímoda del dictador revela un fuerte proceso reflexivo de la realidad.

En 1928 ocurrió la masacre de varios miles de obreros agrícolas en las plantaciones bananeras de Colombia. Este hecho sangriento, junto con los acontecimientos posteriores protagonizados por la compañía norteamericana United Fruit en Guatemala, formaron el elemento inspirador y el hilo conductor de la idea en torno a la cual giró el conjunto narrativo de su «trilogía bananera».

Mientras que en París se vivía el periodo artístico más característico de la década, Asturias empezaba a darle forma al conjunto narrativo que más tarde serían sus célebres *Leyendas de Guatemala;* seguía escribiendo el cuento «La barba provisional» y numerosas colaboraciones para *El Imparcial.* El joven guatemalteco cumplía una etapa fundamental en su vida. Como intelectual latinoamericano, tuvo el conocimiento directo y la asimilación de la cultura europea, especialmente la francesa, pero sentía que su destino estaba en otros rumbos.

En el ámbito cultural de la *rive gauche,* el bohemio barrio latino, y en especial en aquel enjambre social de Montparnasse, frecuentado por Asturias, convergían, se desarrollaban y desaparecían las principales corrientes intelectuales del mundo. Eran los tiempos del florecimiento del surrealismo. Los cafés tradicionales de la zona congregaban a estudiantes y artistas en un intercambio permanente de ideas novedosas y vanguardistas. Asturias frecuentó allí el trato de novelistas como Romain Rollan y Enri Barbusse. Los poetas León-Paul Fargue y Paul Fort le dieron una imagen directa de la manera de ser y de pensar que poco después daría lugar a su introducción en el realismo mágico. Los surrealistas captaron vivamente su atención; hallaba puntos de concordancia entre sus recuerdos mágicos del quiché, lo aprendido durante los años pasados junto al profesor Raynaud y el pensamiento libre de Paul Éluard, André Breton y Robert Désnos.

Asturias presentía que ese conjunto de mentes creativas en ebullición algún día daría que hablar al mundo. Sentía un fuerte estímulo que lo impulsaba a seguir aprendiendo e investigando aquella fuente nueva de conocimientos y sensaciones estéticas. Había descubierto un nexo asombroso entre el pensamiento surrealista y su propia cultura ancestral. Vio entonces la razón y el sentido del mestizaje cultural como una fuente inagotable de renovación para la creatividad intelectual. Los horizontes amplios y volátiles de las artes y las letras encontraron en su propia sensibilidad indígena un fondo infinito de posibilidades para expresarse. Aquella cantidad de conocimientos y sensaciones nuevas ampliaron las luces de su espíritu como una puerta que al abrirse diera paso a una habitación que, a su vez, tenía otra puerta, y así, abriendo puertas y más puertas, logró ir transportándose de un escenario a otro en alas de la imaginación. Cada escenario era diferente y, sin embargo, todos tenían un hilo conductor, uno o varios elementos que los unía, los relacionaba entre sí y los complementaba en el total de las imágenes sensoriales, como las habitaciones de una casa, cada estancia cumplía una función, cada ambiente tenía en su entorno interior un objetivo concreto, cuyo fin estaba íntimamente ligado al de los demás elementos.

Exactamente de esa manera es como se fue desarrollando el argumento de *El Señor Presidente*. Con una visión teatral o cinematográfica del tema, fue encadenando hechos, historias, situaciones, ambientes, todo en torno a una idea que se fue gestando a partir de cada nuevo concepto expresado en el guión general. Los detalles aislados fueron surgiendo sobre la marcha, de la misma forma que la lente de una cámara de cine va recogiendo vistas generales a partir de un punto focal. Los detalles menores ya están en el ambiente, forman parte de la realidad, pero se confunden con la ficción como los sueños, que toman elementos aislados de aquí y de allá para integrar su propia trama imaginaria.

Asturias escarbaba en los límites del subconsciente, indagando sin descanso en la atmósfera del surrealismo francés de la década de los veinte. Explorar cada una de esas experiencias de su mente le llevó años, por eso escribió en su libreta de apuntes: «París, noviembre de 1925, 8 de diciembre de 1932...». Aún no había llegado al promedio de su vida y le llevaría casi otro tanto hasta arribar a la elaborada concepción estética del intrarrealismo de los años 60.

Estilos como el *art déco,* el cubismo en las artes plásticas, y el modernismo en la literatura, tocaban a su fin para dejar paso a un pensamiento creativo más libre de ataduras, más abstracto; un modo de crear y recrear sin barreras ni preconceptos.

Fue éste, para Asturias, un periodo del desarrollo intelectual cuya forma de expresión subjetiva se va distanciando cada vez más del realismo romántico de su primera juventud para confundirse con esa total independencia del espíritu que caracterizó el momento entre las dos guerras mundiales.

Aquel vuelo alucinante en busca de imágenes que no estaban presentes en la realidad lo fascinaba. Las noches se le hacían cortas en ruedas multitudinarias de amigos, entre quienes estaban César Vallejo, Carlos Pellicer y Alejo Carpentier... En las tertulias de la vieja librería *L'Odéon* y en el célebre café *Napolitaine* aprendió a recitar sus sueños, a darles forma verbal... Describía historias exóticas y paisajes oníricos en una suerte de discurso musical que trascendía el dominio de las palabras y se pegaba en los oídos de los presentes, generando ecos profundos, creativos y de perdurable intensidad. Eran los tiempos de un intenso intercambio cultural. Fueron también las vivencias de unos y otros, narradas de mil formas distintas, las que generaron la compleja concepción estética de *El Señor Presidente.*

Asturias entusiasmaba a sus jóvenes contertulios con cuentos centroamericanos; en la búsqueda incesante de nuevas ideas, todo lo exótico llamaba poderosamente la atención. La época era rica en significados trascendentes e innovaciones creativas. Ungaretti, máximo exponente de la vanguardia poética italiana, inventaba entonces el «fragmentismo» y la lírica «hermética», Filippo Marinetti definía los conceptos del «futurismo» y los herederos de los valores estéticos de Apollinaire, Baudelaire y Rimbaud procuraban nutrir su lirismo metafísico en los casi inescrutables dominios de la vida interior.

Tenía entonces algunos capítulos de *El Señor Presidente*, varios cuentos que luego serían el germen de otras novelas y cinco narraciones de las siete que finalmente conformarían las *Leyendas de Guatemala* aún inéditas[14]. Lo demás, que no era poco, consistía en traducciones y cientos de artículos periodísticos con cuyos derechos lograba compensar su bolsillo de estudiante.

Los relatos de Asturias ayudaban a aflorar sensaciones, parecían una fuente inagotable de inspiración. Las tradiciones folklóricas de origen maya-quiché que contaba en rueda de amigos, la originalidad de sus mitos y leyendas, tenían un notable parecido con los delirios oníricos del simbolismo europeo. Sus cuentos fascinaban a quienes los oían o leían. A veces les daba forma de conferencia.

En mayo de 1929 la Asociación de Estudiantes Latinoamericanos organizó una disertación en el Ateneo Cervantes, de París, con el título *Cinco leyendas de Miguel Ángel Asturias*, acompañada con música nativa de Tata Nacho, un compositor mexicano. La tarjeta, redactada en castellano, decía al pie: «Invitación cordial.» Aquella acotación que cerraba el texto tenía un significado profundo, expresivo...: era la cita amistosa y abierta a una rueda de buenos amigos, jóvenes intelectuales ávidos del conocimiento compartido y las nuevas experiencias.

Marc Cheymol dice en su libro *Miguel Ángel Asturias dans le Paris des Années Folles*[15] que el escritor guatemalteco fue el primer autor de América Latina lanzado a la fama mundial por las editoriales de Francia en plena época de los «años locos». Fue aquél un periodo muy poco conocido de su vida.

---

[14] La edición de Salvat de 1985 incluye cuatro leyendas que no figuraban en la versión original.

[15] Obra publicada con la colaboración del Centre National des Lettres de l'Institut National d'Amérique Latine, la Association Archives de la Littérature Latino-Americaine, des Caraïbes et Africaine du XXe siècle y la Association Amis de Miguel Ángel Asturias, Presses Universitaires de Grenoble, 1987.

El cruce de influencias era notable. Se advierte esto en la variedad de su obra inmediatamente posterior; el proceso de intercambio cultural que presidió esa etapa, rica en asimilaciones culturales, fue determinante en el desarrollo futuro de su frondosa obra literaria.

El conocimiento de las corrientes estéticas más importantes que él asimiló durante ese tiempo, es esencial para entender el estilo complejo y sin embargo profundamente humano de *El Señor Presidente*.

La verdad naturalista no dejaba de tener vigencia a pesar de la fórmula de enmascaramiento que le daba la presencia constante del dogma surrealista. Su forma particular de plasmar las ideas concretas presentándolas como sensaciones oníricas, especialmente en el género narrativo, fue muchas veces calificado como difícil. En la obra de Asturias se percibe un fondo de dualidades, en el que el surrealismo ejerció una influencia innegable. El mundo abierto y el mundo cerrado del que habla Humberto Robles en su ensayo sobre la novela[16] es un ejemplo palpable del fenómeno.

Es verdad que la fórmula tiene rasgos de las técnicas creativas aprendidas durante su estancia en París. Paralelismos, contrastes y analogías ejercen valores de apreciación distintos, las formas exteriores de la narrativa parecen como discordantes y hasta ajenas a lo que el lector espera del libro.

Sin embargo, no ocurre así con la esencia misma de sus argumentos, que son profundamente reales, atrapan con su doble sentido, pero dejan entrever el mensaje hasta el punto de que la crudeza de la realidad denunciada llega muchas veces a superar a la fantasía. Ése fue el estilo narrativo y la esencia del contenido dramático que Asturias dio al núcleo germinal de *El Señor Presidente*. Un estilo propio, casi irrepetible, que lo transformó en un clásico de la literatura hispanoamericana...

No obstante, la obra permanecería bastante tiempo sin concluir. El largo proceso de gestación que duraría hasta 1932, como una génesis interminable tendría aún nuevas derivacio-

---

[16] Humberto E. Robles, «Perspectivismo, yuxtaposición y contraste en *El Señor Presidente*», sobretiro de la *Revista Iberoamericana*, núm. 79, México, abril-junio de 1972.

nes; influencias distintas, aunque en el fondo el sentido de la obra pugnara por conservar una absoluta coherencia.

Al comenzar el verano de 1930, Asturias dio por finalizado su ciclo de estudiante en París y se dedicó a viajar por Europa y Oriente Medio. Pasó nuevamente por Italia y visitó Grecia, donde escribió varios de sus más bellos poemas inspirados en el cálido ambiente del mar Mediterráneo.

Allí conoció a la gran artista griega Bella Raftopoulou. Aquella amistad, que comenzó como un romance, se mantuvo durante toda la vida. Asturias le dedicó algunas de sus poesías, seguramente sugeridas por el azul y blanco ambiente de la islas Cícladas. Bella —escultora y grabadora, entre las mejores de Grecia— le brindó unos curiosos y muy personales dibujos que llevaban el sello inconfundible de la mitología clásica. El largo periplo finalizó en diciembre, en Madrid.

En esos días la producción del café —uno de los puntales de la economía guatemalteca, junto con el plátano— resultaba seriamente afectada por la gran depresión mundial de aquel año. Los diarios de todo el mundo se hicieron eco del asunto. Centenares de miles de campesinos minifundistas se vieron perjudicados por las maniobras especulativas de las grandes compañías. El hambre y el desempleo se ensañaban nuevamente con los desposeídos. Años más tarde durante una entrevista periodística, Asturias diría que el caso le dio mucho en qué pensar. Estaba desarrollando su obra *Hombres de Maíz* y vio en ello un factor importante en la lucha contra las injusticias sociales. Las nuevas ideas que se fueron gestando bajo la influencia de los acontecimientos políticos y sociales ocurridos en Latinoamérica durante esos años hicieron que *El Señor Presidente* siguiera postergando su aparición.

El tema indígena, la creatividad naturalista, inmersa en las profundas raíces telúricas, atrapaba su atención momentánea. La revista literaria francesa *Revué de l'Amérique Latine* publicó un breve ensayo suyo titulado «Reflexions sur la possibilité d'un théâtre americain d'inspiration indigène». Ese trabajo, que por la riqueza analítica de su contenido excedía las características de un simple artículo periodístico, tiene una gran importancia para estudiosos e investigadores. El verdadero valor de esos escritos —interesantes por cierto— se extrae del contenido crítico que Asturias hizo de las raíces originarias del teatro-poesía indígena americano y sus fuentes documentales. Las ideas que en él se expresan constituyen un elemento fundamental para la comprensión de toda su obra anterior pergeñada en antiguos cuadernos escolares y papeles inéditos, poco apreciados incluso por el propio autor.

En la única versión original que actualmente se conoce de *El Señor Presidente* —el manuscrito Pillement[17]— cuando aún se llamaba Tohil, son más perceptibles las semejanzas con ese estilo en el que el argumento presenta dos perspectivas distintas, disímiles y a la vez yuxtapuestas de la realidad. Una presenta la idea, la otra incursiona en el subconsciente del lector en busca de simbolismos que expliquen o expresen ideas que el texto sugiere pero no dice explícitamente.

Como en el *Popol-Vuh*, existen piezas de teatro indígena que pueden considerarse el germen de la literatura naturalista en el nuevo continente. Ambas obras, con un origen posiblemente precolombino, curiosamente salvadas del olvido y la destrucción, son el «Rabinal-Achí» de estilo e inspiración maya-quiché y el poema incaico «Ollantay». Estas creaciones corresponden a un género mixto con influencias hispánicas evidentes, ya que fueron recopiladas y anotadas durante el periodo de la colonización de América.

No obstante, el análisis de las ceremonias religiosas actuales cuya confluencia cultural oscila entre las maneras tradicionales de la liturgia cristiana y las antiguas creencias místicas de la tierra muestran esa dualidad en una serie de elementos coincidentes que permiten reconstruir la forma original de cómo pudo ser en el momento de su creación. Para los pueblos primitivos el conjunto dual formado por el mito y su expresión poético-teatral es considerado como la principal expresión cultural perteneciente a las altas civilizaciones anteriores al descubrimiento de América.

La obra de Miguel Ángel Asturias, en general, y la novela *El Señor Presidente,* en particular, muestran una fuerte influencia de esa dualidad cultural de origen indoamericano. Hay

---

[17] Este manuscrito se conserva en la Biblioteca Nacional de París. Consta de 340 folios dactilográficos con enmiendas de puño y letra del autor.

en todas sus novelas una forma compuesta y ambigua de expresar los sentimientos de los personajes con sonidos u onomatopeyas, y también de indicar la constante presencia de los mitos, sin decirlo abiertamente. Lo mismo ocurre con la duplicidad del arte teatral y la forma poética de manifestarlo.

Los mitos, que siempre fueron la expresión más auténtica de los miedos del hombre primitivo y la raíz esencial de su pensamiento mágico, aparecen constantemente en la obra de Asturias. La incertidumbre ante lo desconocido creó dioses, figuras fantásticas, el culto a una forma de protección paternalista superior al concepto de familia, de clan y de tribu.

En el capítulo XXXVII de *El Señor Presidente* aparecen estos mitos inmersos en la descarnada realidad de los tiempos contemporáneos. Aunque ya lo anuncia el título del capítulo («El baile de Tohil»), el contraste de ese fragmento con el resto del texto lo hace parecer extemporáneo o fuera de lugar:

> ... Un grito se untó a la oscuridad que trepaba a los árboles y se oyeron cerca y lejos las voces plañideras de las tribus que abandonadas en la selva, ciega de nacimiento, luchaban con sus tripas —animales de hambre—, con sus gargantas —pájaros de sed— y su miedo, y sus bascas, y sus necesidades corporales, reclamando a Tohil, Dador del Fuego, que les devolviera el ocote encendido de la luz...

Asturias cuenta que la riqueza de aquellos mitos le hicieron volver la mira de sus ideas hacia el lenguaje que le era propio y es así como llegó al nombre de «Tohil», el dios quiché del fuego y la muerte, objeto del culto a las fuerzas de la naturaleza y al poder misterioso de los seres mitológicos.

Narra la leyenda de origen precolombino que Tohil, dueño del calor y de la luz del fuego, exigía constantes sacrificios humanos a los pueblos indígenas del territorio quiché. Cuando éstos se rebelaron contra la exigencia mortal, el dios, furioso, les arrebató el fuego y con éste el conocimiento de cómo encenderlo y conservarlo. Viendo que no podían cocer sus alimentos ni calentarse por las noches alrededor de la lumbre, las tribus convocaron un gran consejo y pidieron a Tohil que les devolviera el fuego a cambio de nuevos sacrificios. En las primeras ediciones —entre ellas la de México— el primer capítulo se iniciaba con una referencia alusiva al *Popol-Vuh* «y Tohil les exigió que le entregaran más víctimas...».

Esta cita, que fue suprimida en ediciones posteriores, era concomitante con la idea que Asturias quiso dar en el libro de la figura tremenda de un dictador latinoamericano (aunque las formas autocráticas sean universales) dueño de vidas y muertes que maneja los destinos del pueblo a su antojo. Un ensayo de Steven Tegu lo define así:

> ... Aunque la América Latina sepa más que otras tierras de esa plaga de los «señores presidentes», aunque ellos sean, como se ha dicho tantas veces, una creación típicamente hispanoamericana. ¿Qué continente no ha padecido alguna vez ese complejísimo tipo humano? La misma civilizada Europa tenía bien cerca a Hitler, a Mussolini, a Stalin[18]...

Durante varios años, la obra aún inédita llevó el título de *Tohil,* nombre que reaparece en el capítulo XXXVII. Asturias aseguraba que no hubo exageración cuando redactó la escena en la que el primer mandatario recurría al conjuro de brujos indios para evitar atentados contra su persona.

Este recurso poético-teatral de Asturias para exponer sus ideas a través de una parábola mitológica se acerca notoriamente a la forma expresiva del *Popol-Vuh.* Como hemos señalado, el teatro fue una forma natural de expresión en todas las culturas de la antigüedad. El binomio mito-expresión individualista constituyó el paso fundamental de las formas primitivas de liturgia hacia el concepto que el hombre tenía de la religión.

La liturgia, es decir, el modo de expresar la sumisión y la adoración a los seres sobrenaturales encarnados en dioses protectores, fue y sigue siendo una forma de teatro, y del teatro a la poesía sólo media un paso: el de las formas expresivas. El teatro indígena era un remedo de la realidad adornado con alegorías simbólicas para invocar a los dioses, su for-

---

[18] T. Steven Tegu, «Miguel Ángel Asturias, el hombre y su obra literaria», Homenaje de un hispanista norteamericano, Madrid, 1970, pág. 369.

ma dual de expresar los sentimientos humanos se acercaba mucho al surrealismo. Había en ello un sentimiento religioso muy profundo, un motivo verdadero introducido en el contexto de lo ficticio. Ambas cosas eran lo mismo, en definitiva, porque lo que contaba era el sentido. La poesía indígena cumplía el mismo cometido. La obra literaria de Asturias asimiló naturalmente esas formas expresivas y las introdujo en la parte narrativa con la misma naturalidad con la que desarrolló el resto de sus escritos.

Como los mitos, la poesía no se sujeta a la estricta imitación o reproducción de elementos físicos o las vivencias perceptibles, sino que traspasa los límites de la realidad e incursiona en el terreno de lo ideal y lo imaginativo. Las «fantomimas» de Asturias, ricas en su contexto animista, continúan esa antigua tradición de mito-teatro.

Las *Leyendas de Guatemala* fueron tal vez el ejemplo más típico de este fenómeno. Su aparición en el mundo literario europeo de principios de los 30 causó la misma sensación que produjo en Buenos Aires la edición de *El Señor Presidente*, de Losada, en 1948.

En realidad, hubo una serie de hechos que tuvieron especial significación en la aparición de *El Señor Presidente*. El primero de ellos resultó altamente ilustrativo para el joven Asturias como ejemplo práctico de que la constancia suele traer consigo experiencias positivas. Otro sirvió para demostrarle que saber esperar es una fórmula apropiada para conquistar la meta deseada.

Como suele ocurrir, los primeros tiempos fueron difíciles para el joven escritor. Según sus propios recuerdos, las vicisitudes sufridas con la aparición en España de *Leyendas de Guatemala* influyeron grandemente en el prolongado camino de contratiempos que debió seguir hasta que pudo finalmente editar *El Señor Presidente*.

El ambiente de Madrid estaba convulsionado con la sucesión de hechos políticos. En esos días terminaba el gobierno fuerte de Miguel Primo de Rivera y se acercaban tiempos duros. Aquel medio, confuso y exaltado por los acontecimientos políticos, no parecía el más apropiado para intentar la edición de un libro de tales características.

Asturias había recorrido infructuosamente varias casas editoriales con los originales de las *Leyendas de Guatemala* buscando quien se interesara en publicarlas. La respuesta de los editores era invariablemente la misma: «El momento no estaba para pensar en editar nada...»

En un encuentro que tuvo con don Miguel de Unamuno en la famosa «cripta» del Café de Pombo, en la madrileña calle de Carretas, éste le aconsejó perseverar sin desmayos cuando el joven guatemalteco le habló de la esperanza puesta en el libro que traía para editar.

En su narración *Mis pasos por España*[19] Asturias cuenta así el retorno del maestro:

> ... ¡Sí, estuve cuando llegó a Madrid don Miguel de Unamuno! [...] La estación estaba totalmente llena de estudiantes, obreros, intelectuales y admiradores del gran patricio. Cuando entró el tren, rompió el silencio un viva cerrado, nutrido, espeso, no sé qué adjetivo quedaría bien, para saludar al ilustre ex rector de Salamanca. Pero, no bien se acababa de vitorear a Unamuno, cuando de todos los pechos partió ¡Muera el Rey! que, repetido muchas veces, sacó de quicio a los guardias, quienes, sin duda obedeciendo órdenes muy altas, atacaron a los manifestantes a sablazo limpio. Aquello fue horroroso. Gritos, golpes, carreras, ataques y contraataques. Los mueras se multiplicaban. Un abrazo floreció en medio de aquella batalla. El abrazo de un manco. Cual otro Cervantes, don Ramón del Valle-Inclán, estrechaba a Unamuno...

Asturias solía contar que en vista de las circunstancias tan difíciles, en más de una ocasión pensó en desistir y regresar a Francia... Sin embargo, seguía en España cuando el 12 de abril de 1930 se produjeron las elecciones municipales que dieron la victoria a los republicanos. El presidente del gobierno español, Juan Bautista Aznar, declaró que el voto nacional era contrario a la existencia de un régimen monárquico.

---

[19] M. Á. Asturias, *Mis pasos por España*, Palma de Mallorca, Publicaciones de la Fundación Miguel Ángel Asturias, junio de 1990, Colección «Cuadernos de Cultura», tomo II, núm. 5-3.

El rey Alfonso XIII y su familia debieron abandonar el país. Asturias creyó entonces que nadie se interesaría en esos momentos por un libro de aire surrealista. Sin embargo, persistió, y la constancia dio su fruto. Ese mismo año la Editorial Oriente de Madrid publicó por primera vez sus *Leyendas de Guatemala*. Ya de regreso en París, Asturias le entregó un ejemplar a Francis de Miomandre, quien realizó la traducción al francés y le remitió una copia a Paul Valéry. El célebre escritor de Sète redactó en la finca de Montmirail una carta en la que expresaba su admiración por la originalidad del libro de Asturias. Esa esquela sería incluida a manera de prólogo en las futuras ediciones. Cuando, en julio del año siguiente, recibió el premio Sylla Monsegur a la mejor traducción en lengua francesa de las *Leyendas de Guatemala* —realizada por Miomandre— Asturias estaba dando ya los primeros pasos en el sendero de la fama, pero su éxito mayor residía en la confianza adquirida en su propio esfuerzo.

Y aquí aparece el segundo elemento fortuito que tuvo influencia indirecta en la posterior aparición de *El Señor Presidente*. Asturias fue una tarde a visitar a Paul Valéry en compañía de Miomandre, el traductor francés, para agradecerle la carta-prefacio. El autor de *El Cementerio Marino* le dijo entonces:

> ... no se quede aquí, yo le aseguro que Ud. escribe cosas a las cuales nosotros, los europeos, ni soñamos. Ud. viene de un mundo que está en formación, Ud. es un escritor que está en formación; su espíritu está en efervescencia como la tierra, los volcanes, la naturaleza. Es necesario que Ud. retorne rápido allá para que su genio no se pierda. Si no, Ud. se arriesga a volverse aquí, en París, un simple imitador, un autor sin ninguna importancia[20]...

El inteligente y oportuno consejo de Valéry quedó flotando en su mente como una luz de razón en el horizonte. *El Señor Presidente* aún permanecía en estado embrionario y con el título de *Tohil*. La reciente experiencia con las *Leyendas de Guatemala* le hicieron pensar en la tarea inconclusa como algo pendiente a resolver en corto plazo.

---

[20] M. Á. Asturias, Ediciones Seghers, pág. 33.

Miguel Ángel Asturias con Gregorio Marañón, director del Instituto de la Cultura Hispánica de Madrid, y Amos Segala, profesor de la Universidad París Nanterre y coordinador de la edición crítica de *El Señor Presidente*. Festival de San Sebastián, 1968 (Foto: A. Sáiz).

Pero en Guatemala las circunstancias tampoco eran prometedoras. El general Jorge Ubico asumió la presidencia de la nación sostenido por los grandes terratenientes y las clases más pudientes del país. Aunque prometió un gobierno justo y progresista, su mandato se transformó en una autocracia y permaneció catorce años al frente del poder ejecutivo. En esa época resultó impensable publicar un libro contra las dictaduras. La novela tuvo que esperar.

En 1946 ocurría en toda Hispanoamérica un intenso proceso de renovación en las corrientes intelectuales del continente. La narrativa costumbrista —también denominada «criollismo» en los textos de preceptiva literaria— estaba siendo dejada de lado para dar paso a una nueva forma de literatura más libre y personal. En este contexto de libertad de expresión y abiertas las nuevas ideas literarias del continente, se publicó por primera vez en México *El Señor Presidente*. Era el momento adecuado para presentar la obra. Tal vez unos años antes no hubiera sido apreciada, no se hubiera entendido o hubiera sido silenciada para siempre por las presiones políticas.

En *El Señor Presidente* no se puede hallar una definición unívoca de la narrativa contemporánea como pueden estarlo en términos generales el cuento o la novela latinoamericana. La lectura de ésta, como la mayoría de las obras de Miguel Ángel Asturias, requiere el análisis previo de su metodología estructural. La obra necesita de un mensaje inicial a modo de introducción, que es sin duda una verdadera puerta de acceso a la interpretación profunda del texto. Naturalmente que ningún escritor pudo haber pensado nunca en confundir la atención de sus lectores con elementos superfluos y difíciles de asimilar. Asturias tampoco lo hizo, o al menos no lo pretendió; sin embargo, el relato resulta difícil de comprender si se desconocen las circunstancias sociales de la Guatemala de comienzos del siglo XX donde se ubica la escena. Ése fue el motivo de mayor peso por el cual la obra no contó al principio con el patrocinio de ninguna casa editora.

El mismo Asturias cuenta que el pago de la primera edición —unos doscientos dólares de entonces— se debió al préstamo que un pariente le había hecho; sin embargo, cuando quiso devolver ese dinero a su benefactor, aquél se negó a aceptarlo diciéndole: «El dinero no era mío sino de tu madre..., fue tu madre quien me dio los doscientos dólares para que se publicara...»

Luego de ese primer paso, las traducciones a otros idiomas y la positiva crítica literaria fueron desvelando a la consideración del gran público el auténtico valor de la novela.

Poco después, en 1948, la Editorial Losada, de Buenos Aires, una de las más importantes de América Latina, le brindó la oportunidad de acceder definitivamente a la opinión pública con la primera edición de esta obra en su colección «Letras contemporáneas».

## EL PROCESO ARGUMENTAL

El argumento cuenta, en lineamientos generales, las terribles crueldades sufridas por hombres y mujeres de un país latinoamericano bajo la dictadura de cierto gobierno totalitario. La verdad se une o entrelaza con la fantasía surrealista del autor dando lugar en algunos pasajes a un pintoresco relato de las costumbres y la idiosincrasia del pueblo guatemalteco.

El desarrollo de la obra admite dos niveles de asimilación: uno, el relativo al simple placer estético producido por la alianza del sentido y el sonido que se ha explicado anteriormente, y otro en el que se requiere un plan de lectura organizado.

Para describir las distintas escenas, el autor marca tiempos, que en realidad son solamente citas intemporales porque no sitúan al lector en ningún momento específico, sino en el lapso necesario para el desarrollo total del argumento. El resto está constituido por referencias de ambientación especialmente enfocadas hacia el sonido, la luz y el carácter individual de los personajes primarios y secundarios.

Ese proceso literario genera una reflexión teórica que se da ya en el título del libro. La historia real, fundida hasta en los más mínimos detalles con el tema argumental, obliga a compensar la simple lectura de esparcimiento con un trabajo de análisis comprensivo que en cualquier caso debería ser apoyado con la lectura de algunas obras clave en el campo del ensayo histórico-social de América Latina, desde la época de su emancipación hasta nuestros días.

La obra presenta un ritmo de capítulos breves cuya relación se marca a través de actos de violencia, injusticias, persecuciones y muertes, en un pequeño universo de tragedias personales, en torno a las cuales gira el mensaje que Asturias quiso dar al argumento.

En algunos capítulos se leen párrafos aparentemente incomprensibles debido al efecto confuso que produce la transposición de una palabra fuera del orden natural o lógico de la frase, por ejemplo, cuando encierran a uno de los personajes femeninos en un oscuro y estrecho calabozo cuyas paredes estaban escritas con obscenidades; el autor pone en la mente del personaje un sentimiento de miedo expresado a la manera popular de Centroamérica «... el cielo le enseñaba las estrellas como un lobo de dientes...». El lobo de dientes tiene un significado cuyo origen viene de tiempos remotos. El terror a las fieras que experimentaban el hombre y la mujer prehistóricos se refleja en la imaginería y las tradiciones populares indígenas como la representación de la maldad. El lobo de dientes, máscara horrible de las tradiciones folklóricas, pasa entonces a ser un refrán popular. Hay en ello también un juego de palabras que dejan entrever el estado de confusión mental de la joven que protagoniza esa escena. Los cerrojos de «las Tres Marías» —estrechos calabozos o *bartolinas*— se llamaban «de diente de lobo».

En otro pasaje de la obra, para demostrar la picaresca popular, surgen las estrofas de una canción típica mexicana, tomadas en su acento musical para transportar el sentido de la narración:

> ... De la Casa-Nueva
> a las casas malas
> cielito lindo
> no hay más que un paso[21]...

---

[21] La «Casa Nueva» llamábase a la cárcel correccional o penitenciaría de Guatemala.

El sonido de la música demuestra su utilidad para ubicar al lector en el ambiente deseado. Asturias recurre a menudo al apoyo de este tipo de recursos. Juega con el texto siguiendo la melodía conocida, le da vida y razones propias para figurar en la novela.

La calidad estética es tanto más evidente cuando el papel de los personajes tiene una doble función; primero, la natural, que es llevar el hilo de la narración a través de los cuarenta y un capítulos, desde el pórtico hasta el epílogo, creando así una descripción acabada y concreta. Pero además existe otro elemento, el goce estético de su lectura, lo que parecería una meta insólita para una narración histórico-costumbrista cuyo fin —ya declarado en el título— es la denuncia contra las dictaduras, de las que América Latina, en casi dos siglos de historia propia, se ha convertido en un exponente típico y reiterado.

El análisis textual revela un compromiso de Asturias con la verdad histórica, sin dejar de lado, naturalmente, las formas surrealistas y casi poéticas de la ilación argumental que caracterizan su obra.

Esa literatura, a la que algunos críticos han llamado ultrarrealista, contiene numerosos factores auténticos y está a su vez impregnada por el panorama político social de la época, porque pone en evidencia circunstancias que todavía están presentes en la historia de Latinoamérica.

Los abusos cometidos por los poderes autocráticos, la violencia contra los desposeídos y la expoliación de las clases sociales más deprimidas, son temas que desgraciadamente no han perdido vigencia; existen, se repiten y se revierten allí y en otras partes del mundo.

El tema expuesto en *El Señor Presidente* no es una prédica común de carácter político, sino una denuncia de alcance universal, concretada a través de la literatura de ficción, pero respaldada por un fondo de veracidad. El argumento sigue siendo en la actualidad un permanente alegato en defensa de los derechos humanos.

El término «realismo», usado en literatura como elemento sustancial del método o sistema descriptivo, se suele asociar, aplicado a la experiencia u observación de la realidad, con la doctrina naturalista. De esa materia nacieron las variantes del realismo mágico de su juventud *(Leyendas de Guatemala, Hombres de Maíz, La Tetralogía del Caribe)*[22] y el intrarrealismo de los años 70 *(Clarivigilia Primaveral, Tres de Cuatro Soles). El Señor Presidente* entraría en la categoría del ultrarrealismo. Ese ultrarrealismo —o realismo «esperpéntico», como lo designara Ramón del Valle-Inclán— se torna evidente en los pasajes que describen las atrocidades sufridas por los prisioneros políticos del régimen, el ambiente sórdido de la cárcel, la vida cotidiana en los prostíbulos y la ordinariez de los personajes que habitan esos antros.

Ya desde el comienzo el propio título de la obra brinda la unidad consustancial que irá conformando los sucesivos capítulos. A esa unidad se suma el espíritu apasionado de los personajes. A través de ellos, de su vida, su sufrimiento, sus dichas y esperanzas, Asturias llegó a constituirse en uno de los principales renovadores de la moderna literatura latinoamericana.

Con su técnica descriptiva logró crear un estilo de novela social cuyos personajes se presentan nítidos a la comprensión del lector. Los problemas reales, los ambientes naturales, las reacciones espontáneas parecen auténticas y caben perfectamente en la urdimbre del guión.

El problema que le surgió a Miguel Ángel Asturias al intentar describir en el plano argumental una serie tan extensa de acontecimientos relacionados con la idea subliminal de la obra (la figura tremenda del dictador) quedó resuelto con la manera de titular cada uno de los capítulos para el desarrollo de su trabajo; siguió el método clásico de dar unidad al tema general de la narración mediante una línea de apartados relativamente independientes, pero encadenados en torno a la idea central sugerida por el título.

Los elementos textuales del argumento fueron aplicados a distintas coyunturas que, en su perspectiva política, queda-

---

[22] *Viento Fuerte, El Papa Verde, Los Ojos de los Enterrados, Week-End en Guatemala.*

ron librados a la actividad interpretativa y conceptual del lector, que es, en definitiva, el factor constituyente del objeto de la obra. Por lo tanto, el desarrollo de la narración adquiere una importancia testimonial, pues lo que en terminología literaria se denomina fábula o historia es en realidad la transcripción de hechos reales en forma novelada.

La condición esencial de la novela es la expresión plástica de la vida misma en su ámbito más amplio: caracteres reales o imaginarios; colores; aromas; sonidos; sentimientos antagónicos como el amor o el odio, etc.

Siendo que su dominio de la imaginación supera al de la historiografía, puesto que incluye en su competencia el complemento de la dosis creativa, la novela se acerca más a la poesía que a la didáctica o la oratoria, y aún más —dentro del género poético— a la épica, de la que incluye los elementos líricos unidos a la acción dramática.

Como género épico-dramático y desde un punto de observación analítico, el desarrollo argumental de *El Señor Presidente* muestra puntos de contacto con ambas formas de expresión literaria.

La narración épica es «la estructura» que sirve de base al contexto literal; mientras que el drama cumple las veces del «fondo escénico», con el agregado de un componente global que reúne y perfecciona la amplitud conceptual de ambas condiciones: el sentido de denuncia contra la crueldad de los gobiernos autoritarios. Crueldad —se entiende— contra seres inocentes e indefensos. Seres humanos sin culpa en esa terrible vorágine impulsada por la codicia y la ambición de poder.

El autor dispuso para el logro de este efecto de toda la libertad que caracteriza con rasgos propios el sentido expresivo de la novela, ajena a los estrechos límites creativos a los que se ven ceñidos, por ejemplo, el ensayo histórico, en su severidad documental, y la poesía dramática, o el teatro, por las condiciones propias de la representación escénica y las características de los diálogos.

Manuel de la Revilla y Moreno, crítico literario imparcial y juicioso, dijo en su obra *Principios Generales de Literatura,* escrita en colaboración con Alcántara García:

49

al relatar los hechos, pintar los caracteres, describir los lugares, por medio de digresiones de todo género, puede el novelista manifestar a su sabor sus ideas y sentimientos personales y exponer el fin moral o trascendental que en su obra se propone, sin perjuicio de servirse de sus personajes para el mismo objeto. De esta suerte puede reunir la novela todos los elementos de los distintos géneros poéticos, y ser una verdadera síntesis de todos ellos.

Según sus conceptos generales, la novela se asemeja al drama en su movimiento e interés y al poema en su amplitud temática.

El argumento pinta personajes deformados en parte por la imaginación del autor, pero auténticos al fin porque esa realidad, esa degradación, estuvo y está presente, es parte de la vida, es la humanidad misma pintada con trazos magistrales.

Miguel Ángel Asturias tenía un concepto formado sobre los acontecimientos de su tiempo. Estaba convencido de que las injusticias sociales y el auge de las dictaduras correspondían a una época concreta de la vida de América Latina y que aquel proceso histórico aún no había finalizado. Consideraba que la literatura debía ser un reflejo objetivo de lo real, un medio de educación y un arma de la intelectualidad para luchar contra los abusos del poder político sobre la masa de la sociedad.

Muchas veces su obra fue tildada de pesimista por la prensa. Sin embargo, él creía firmemente en el valor testimonial de sus novelas. En cada pasaje del texto se advierte la fuerza interior, la determinacion del hondo sentimiento humanista que caracterizó a su talento intelectual.

El vigor que inunda cada frase, los acentos, las interjecciones, respiran, existen en el libro, dan vida al argumento de tal forma que el resultado total es una obra maestra cuyo valor testimonial persiste a través del tiempo, se nutre de la savia misma de la tierra y se transforma en un reflejo de la miseria y la grandeza de la humanidad.

La narración de *El Señor Presidente* presenta una situación inicial, su desarrollo o evolución temporal y la culminación, elementos que giran en torno de un eje estructural condicionado por la dicotomía «vida-muerte».

Pero este balance de situaciones, propio de toda narración en la que existe una cierta dosis de suspenso, no permanece estable a lo largo del texto. Hay en la trama argumental un fuerte predominio del componente «muerte» sobre los factores «vida-ilusión-esperanza», que ejercen una presión psicológica en el ánimo del lector.

El argumento describe una historia básica —la del clásico dictador que reúne todos los poderes en su persona—, personaje que subordina los distintos subrelatos, todos encadenados a través de los diálogos con el eje central por inclusión en la narración global. Recordemos que, como formalidad técnica, el diálogo estuvo siempre relacionado con la presentación y la explicación del asunto central de toda creación literaria.

El contenido social de la literatura latinoamericana, en general, y de la guatemalteca en particular, se vio reflejado en una cantidad considerable de obras inspiradas en los años de la presidencia de Estrada Cabrera. Rafael Arévalo Martínez retrató en *¡Ecce Pericles!*[23] la figura del dictador con el carácter de un documentado ensayo histórico.

En el caso de *El Señor Presidente*, el factor de los diálogos entre los personajes, tomado en todos los detalles de la realidad y transcrito dentro de la escena con sus aspectos naturalistas y costumbristas, adquiere la más alta cota en el matiz descriptivo.

El aspecto filosófico de la realidad concuerda con el que describe la terminología vulgar, es decir, el habla común del pueblo llano. Es éste un elemento que existe y es inherente a los conceptos propios que de ella puedan tener, tanto el autor como el lector de una obra literaria.

El fenómeno del habla como acto voluntario comprende el factor material e individual del lenguaje expresado por medio de sonidos cuya ideología o sentido intelectual está directamente influenciado por el ambiente y las tradiciones cultu-

---

[23] Rafael Arévalo Martínez, *¡Ecce Pericles! Historia de la tiranía de Manuel Estrada Cabrera*, 1.ª ed., Guatemala, Tipografía Nacional, 1945; 2.ª ed., San José de Costa Rica, Editorial Universitaria Centroamericana EDUCA, 1971.

rales. La transmisión oral de esos conocimientos a escala social va formando y modificando constantemente el carácter regional del habla popular, otorgándole su propio acento al margen de las reglas idiomáticas.

Según Chomsky, los diversos métodos interpretativos del habla establecen reglas para la comprensión semántica de sus signos[24].

Asturias captó esa realidad cotidiana y la convirtió en un coherente elemento de la ambientación argumental de su novela.

Las tradiciones culturales están siempre presentes en el conocimiento básico del lector; el autor las rescata y las hace aflorar, dándoles forma literaria, pero sin deformar ni ocultar su verdadera esencia. Kant descubrió este sentido fenomenológico cuando se refería a la realidad empírica dándole la categoría de cualidad indispensable en toda manifestación de la expresión[25].

Taine defendió la doctrina naturalista en la persuasión de que la literatura y el arte en general deben constituirse en la mejor expresión de la realidad social en cuyo medio se desarrolla la vida y la obra creativa de un autor. «Será éste —decía— el historiador mejor documentado que pueda brindar a la posteridad las ideas y los sentimientos más reales de su tiempo»[26].

Al término «realismo» —usado en literatura como elemento descriptivo de un método o sistema filosófico— se lo suele asociar con la doctrina naturalista aplicada a la expe-

---

[24] N. Chomsky, *El lenguaje y el entendimiento*, Barcelona, Editorial Seix Barral, 1977, y *Ensayos sobre forma e interpretación*, Madrid, Editorial Cátedra, 1982.

[25] Emmanuel Kant (1724-1804), en *La crítica de la razón pura*, aborda estas cuestiones desde su aspecto filosófico. Para el «idealismo trascendental» existen dos niveles de interpretación de la realidad: las estructuras básicas del conocimiento individual y los elementos materiales del medio donde se desarrolla la actividad cultural del sujeto. Un componente condiciona al otro y ambos son el resultado de la mutua comprensión intelectual.

[26] Hipólito Adolfo Taine (1828-1893), en su *Filosofía del arte*, combina la naturaleza y el espíritu con el objeto de intentar penetrar en la esencia del conocimiento humano.

riencia u observación de la realidad. De esa sustancia nacieron las variantes subjetivas del «Realismo Mágico» y el «Intrarrealismo» del arte y la literatura.

La filosofía positiva, inspiradora del movimiento naturalista en las artes plásticas, extendió el concepto al terreno de la literatura, integrándolo en su secuencia histórica como una respuesta lógica al universo irreal del romanticismo.

Miguel Ángel Asturias, renovador del movimiento naturalista en la literatura, definió al concepto como la interpretación cabal de las ideas, las costumbres y la cultura que describen a una sociedad determinada.

Para él —constante creador de ideas e imágenes sugerentes— el realismo en las artes clásicas y la literatura descriptiva era la viva encarnación del genio reproductor de lo ya existente en la naturaleza, vuelto a la vida en la mente del autor...

Su esquema conceptual tenía la variante del individualismo creativo, siempre en la búsqueda de una forma de expresión nueva en cada idea, de un método distinto en cada imagen... vaciando su contenido propio para completar un ciclo perfecto de autodiseño en torno a la verdad misma.

El realismo en el pensamiento clásico es un concepto novedoso en torno al orden cualitativo, cuyo espíritu gira siempre sobre el pivote central de una realidad única y tan antigua como la misma luz que ilumina el objeto representado.

«Todos los creadores que aportan ideas e inspiraciones novedosas al devenir de la historia del arte son llamados realistas», decía Jules Husson[27].

De acuerdo con esta teoría intrarrealista —cuyas aristas acuciantes rozan los límites naturales de los más profundos conceptos del romanticismo—, Miguel Ángel Asturias sería entonces un clásico de las expresiones populares, algo así como un renacentista preferencial del siglo XX, el exponente de un estilo que será modelo en tiempos venideros.

---

[27] Jules Husson (1821-1889), célebre literato francés cuyo seudónimo era «Champfleury».

Entran en juego en estas consideraciones los diseños mentales producidos por la lingüística y la semántica en el complejo mundo sensorial y creativo de la mente.

Si bien la temática de *El Señor Presidente* no constituyó una novedad en la literatura de América Latina —la novela de denuncia contra las dictaduras ya existía desde principios del siglo XIX—, sin embargo, sí lo fue la manera de expresar las ideas a través del realismo como forma expresiva. Aunque ya lo había utilizado instintivamente en sus cuentos de juventud y en algunas poesías inéditas, Asturias adoptó el método realista a partir de su obra *Leyendas de Guatemala* (1930).

El escritor —que procura el reconocimiento de su propia realidad a través de las diversas formas estilísticas— desarrolla y aporta a este proceso con sus argumentos más sutiles en contra de las dictaduras, utilizando como fórmula heurística el motivo real representado por las dos décadas de terror protagonizadas por el régimen de Estrada Cabrera.

En consecuencia, para una lectura estructural de la obra sería necesario tomar como base a la personalidad histórica del personaje central[28].

Arturo Úslar Pietri dice de *El Señor Presidente* que

> no fue sólo un gran libro de literatura, sino un valiente acto de denuncia y llamada a la conciencia. Más que todos los tratados y análisis históricos y sociológicos, plantea con brutal presencia inolvidable lo que ha sido para los hispanoamericanos, en muchas horas, la tragedia de vivir[29].

La manera empleada por Asturias para reproducir hechos verdaderos en forma novelada se transforma así en una auténtica crónica de los acontecimientos que él mismo ha vivido y que en cierta medida han afectado su vida o su conducta a través del tiempo[30].

---

[28] Rafael Arévalo Martínez, *¡Ecce Pericles!*, op. cit.

[29] Arturo Úslar Pietri, «*El Señor Presidente* de Miguel Ángel Asturias», art. cit.

[30] Asturias sitúa el argumento de su novela en un periodo determinado de la historia de Guatemala: los tiempos de la dictadura de Manuel Estrada Cabrera (1898-1920), época que coincide con su niñez, adolescencia y juventud.

El contexto general de la obra es también una crítica mordaz, cuyo sentido deja entrever la clásica pugna entre los distintos componentes típicamente surrealistas de la novela y el nacionalismo descriptivo propio de los alegatos sociales. Hay que tener en cuenta que la novela *El Señor Presidente* comenzó a gestarse como tal en Francia, país donde nació y se desarrolló la doctrina positivista de Augusto Comte, para luego convertirse —a escala mundial— en el realismo, con sus numerosas variantes. Una de ellas, el naturalismo —fenómeno espiritual nacido del racionalismo—, había señalado con su nueva concepción del arte un rumbo diferente a la técnica narrativa.

Fue aquél un movimiento de gran importancia, que tuvo profundas consecuencias en el camino que luego tomó la literatura hispanoamericana. Esta tendencia ejerció un efecto profundo en la formación cultural de Miguel Ángel Asturias.

En la primera mitad del siglo XIX había surgido en Francia, especialmente entre la sociedad intelectual de París, un movimiento de reacción frente al romanticismo imperante hasta entonces... Inspirado por la doctrina positivista e iniciado con el estilo directo y crudo de Honoré de Balzac, esta escuela adoptó el sistema que luego pasó a denominarse «método científico», mediante el cual se prescribía al novelista la manera de proceder para estructurar y dar forma a su obra.

Ese estilo que resaltaba lo más áspero y difícil de la condición humana fue entonces una novedad en Europa. Gustavo Flaubert y los hermanos Edmond y Jules Goncourt continuaron la tendencia iniciada por Honoré de Balzac y le pusieron el acento social que ya no perdería hasta la época en que empezó a gestarse *El Señor Presidente* como novela.

Los años posteriores a la segunda guerra mundial fueron la época más prometedora de la novela latinoamericana. Las décadas anteriores significaron una plataforma de experimentación de una serie de tendencias indefinidas en ese campo. *El Señor Presidente* constituyó un ejemplo poco usual de la narrativa contemporánea. La circunstancia de tratarse de una novela no europea le añadió un acento aún más interesante; eran los tiempos en que la literatura de aquellas latitudes comenzaba a adquirir contornos propios. El drama de los países de América Central, su historia, la lucha de su pueblo por defender los valores cívicos y los enfrentamientos sociales en un ambiente casi desconocido para el lector europeo, acrecentaron el interés que despertó aquel tema desde el principio.

El escritor guatemalteco Otto-Raúl González comparó a Miguel Ángel Asturias con aquellos mitológicos guerreros quichés de Xibalbá que se enfrentaron a la tiranía de Tohil para conquistar el dominio del fuego:

> ... Miguel Ángel Asturias viene de Xibalbá. Claro está que nació en el barrio de Candelaria, de la ciudad de Guatemala, pero antes de nacer había estado en Xibalbá, y allí aprendió a tener contacto con el fuego. Jugaba con las brasas como jugar con las canicas, y poco a poco fue aprendiendo a distinguir y a domar las llamas. Allí, en Xibalbá, pasó la escuela primaria de los tizones, hizo el bachillerato de las antorchas y más tarde se doctoró en incendios. Cuando ya era un experto en lumbres, las voluntades que gobiernan Xibalbá lo dejaron salir.
>
> Y Miguel Ángel organizó su primer gran incendio al cual le dio el título de *El Señor Presidente*. Al resplandor de esta calurosa novela americana (la primera completa de este tipo en Guatemala), se descubren las lacras de las dictaduras latinoamericanas. Asturias demostró que sabía dominar y manejar el fuego[31]...

González se refiere a la influencia de las tradiciones indígenas, que está representada en la obra por una continuidad de vocablos cuyo sentido remeda los efectos sonoros de la selva y los abismos ocultos donde los mayas ubicaban la morada de Tohil «... dios del fuego y los volcanes, hacedor de lluvias y tormentas y señor de los mundos subterráneos...»[32].

El lugar físico donde se desarrolla la historia de *El Señor Presidente* es un elemento aleatorio, y aunque el autor no lo aclara en ningún momento, resulta fácil deducir que se trata

---

[31] Introducción a *Mi mejor obra. Autoantología de Miguel Ángel Asturias*, México, Editorial Novaro, 1973, Colección «Grandes Escritores Latinoamericanos».
[32] *Popol-Vuh*.

de Guatemala, aunque, sin menoscabo de la esencia argumental, podría tratarse de cualquier otro país de América Latina. Sin embargo, todo lo coherente de su condición documental no interfiere con los valores casi poéticos revelados por el uso de las metáforas.

La técnica narrativa de Asturias recurre frecuentemente a la asociación de ideas para expresar el sentido cabal de ciertos pasajes o ideas abstractas. La metáfora es básicamente la comparación abreviada de ideas diversas fundidas en un pensamiento único. Hay una relación metonímica entre la historia de la sufrida Guatemala y aquella legendaria Xibalbá del *Popol-Vuh*. Ambos conceptos comparten el mismo ámbito geográfico, uno en el terreno de la realidad y el otro en el de la fantasía.

Ese valor sintagmático[33] de analogía o contigüidad se recrea en el contexto fantástico del argumento de *El Señor Presidente* frente a un periodo concreto de la historia, los veintiún años transcurridos bajo la tiranía de Manuel Estrada Cabrera. Fundamentalmente, la obra deja un mensaje de denuncia social. Esta finalidad resulta tanto más explícita cuanto más va penetrando el lector en el ambiente y la época donde ocurren las escenas.

Las descripciones de lugares ya desaparecidos como El Portal del Señor muestran por lo general una cierta vaguedad que da al texto su carácter estructural de obra abierta; es decir, que el mensaje debe desarrollarse en lo profundo de la razón más como sugestión subliminal que en función explícita de prédica o denuncia política. El medio y la forma representan una condición secundaria. El ensayo, la novela e incluso la poesía, son todos recursos válidos para ese fin. La historia de la humanidad —tanto antigua como reciente— está llena de ejemplos de tiranos que ejercieron y aún ejercen su autoridad con la suma de sus propios conceptos sobre el

---

[33] Sintagmático: en el sentido de la combinación de elementos lingüísticos. Acepción 3.ª Alonso Martín, Enciclopedia del Idioma, Diccionario Histórico y Moderno de la Lengua Española (siglos XII al XX), Etimológico, Tecnológico, Regional e Hispanoamericano, tomo III, pág. 3.789, México, Aguilar, 1958.

destino que corresponde a los pueblos que gobiernan... Sin embargo, no es sólo su persona la que hace y deshace —ordena y manda— en esa convención social que llamamos Estado.

> No debe preocuparse un príncipe que lo acusen de cruel... cuando la crueldad tenga por objeto la unidad y el bienestar de su pueblo. Con todos los castigos ejemplares será más clemente que permitiendo por excesiva clemencia la multiplicación de los desórdenes[34]...

El príncipe de Maquiavelo o el presidente de la novela de Asturias sólo son la cabeza visible de una gran pirámide jerárquica formada por algunos miles de beneficiarios del régimen, que cumplen sus funciones en los diferentes estamentos del sistema; todos, sin distinción, surgen del pueblo y se sustentan en él.

Sobre ese pueblo en su conjunto, como masa anónima, se apoya la estructura del Estado y sobre ella los «valores nacionales» y «religiosos» que brindan el motivo o razón de ser de quienes gobiernan.

«La ley, fría en sí misma, no es accesible a las pasiones que pueden legitimar la cruel acción del asesinato...», decía el marqués de Sade.

No obstante, cuando la ley es la voluntad personal del Señor Presidente, la crueldad se convierte en decreto nacional y su letra en la razón jurídica del Estado. El crimen se transforma entonces en una aplicación simple y llana de la ley personal del autócrata. El lema «Todo por la Patria», cuando la supuesta patria es propiedad privada de los que mandan y de su pirámide administrativa, resulta una burla trágica.

Se transforma en un ejemplo de total arbitrariedad como la del cruel tirano que encarna al presidente. Ésa es su contingencia; la lucha entre el ser lógico y la esencia ontológica

---

[34] Cita de *El Príncipe* de Nicolás Bernardo de Maquiavelo (1469-1527) semejante en muchos aspectos al modelo político del filósofo florentino. *El Señor Presidente* de Asturias debe acudir a la violencia y al engaño, según convenga, para mantenerse en el gobierno. Ambos creen en el mismo concepto sobre la estrategia del poder.

busca la supresión total de sus contrarios porque se cree destinado para ello. Su fuerte personalidad no admite objeciones, quienes se oponen a sus designios sufren la aniquilación física y moral. Las víctimas son tratadas como animales, peor que animales. El efecto comparativo de seres humanos con animales surge en forma reiterada a lo largo del texto. Los detalles representados por símiles escabrosos siempre «conllevan algún elemento de destrucción y tienden a rebajar al hombre a un nivel infrahumano...»[35].

El principal subargumento de la novela relata el amor de una pareja: Camila y Miguel, cuyos respectivos destinos se ven unidos y a la vez distanciados por intereses e intrigas que nada tienen que ver con sus verdaderos deseos. Hay entonces dos temas paralelos y antitéticos a la vez: el amor y la crueldad. El amor de dos seres que intentan reunir sus propias individualidades en medio de un ambiente enrarecido por la presión psicológica y la maldad explícita del gobernante déspota y perverso, al que numerosos autores describen como un horrendo tirano.

Respecto al personaje real representado en la novela y a ese epíteto con el que se lo suele señalar, resulta interesante aclarar el sentido etimológico del vocablo. Igual que en la novela —el presidente de la vida real— fue un déspota cruel cuyos procedimientos políticos parecían inspirados en los consejos de *El Príncipe* de Nicolás Maquiavelo.

En la antigüedad se llamaba tirano al señor feudal que se apoderaba de un reino o territorio mediante el empleo de la fuerza, el engaño o la traición. Adquiría el dominio sobre su Estado en forma arbitraria y se mantenía en el poder a cualquier precio. El déspota, en cambio, podía acceder al gobierno por medios lícitos —plebiscito o derechos reales—, pero era, no obstante, un mal gobernante, autoritario y absolutista. Dice San Isidoro en sus *Etimologías*[36] que en la antigüedad las palabras tirano y rey tenían un mismo significado.

---

[35] Agustina F. de Gaztambide, «*El Señor Presidente*», estudio publicado en la revista literaria *Asomante*, A. G. Universidad de Puerto Rico, núm. 3, julio-septiembre, 1968.

[36] *Isidori Hispalensis. Etimologiæ*, Oxford, Ed. W. M. Lindsay, 1911.

Con el tiempo se aplicó la palabra tirano sólo a los reyes absolutistas.

Para entrar un poco más en el análisis de la figura central de *El Señor Presidente* es conveniente reseñar algunos elementos esenciales que integran el sentido amplio del gobernante autoritario o despótico como figura social.

Éstos son: *a)* El método para ejercer su autoridad; *b)* el concepto personal que el mandatario tiene de su propia función y *c)* las formas de relación entre la pirámide dominante y el resto de la población sojuzgada a sus designios.

El apartado *a)* se refiere a la manera de gobernar propia de los sistemas autoritarios. Generalmente los gobiernos de este tipo recurren a una combinación sutil de prebendas y otros estímulos más o menos lícitos, o humillaciones y hasta castigos brutales para con los subordinados, según sean los resultados de su gestión. (Ej.: Capítulo V, «¡Ese animal!».)

En el ámbito de la propaganda partidaria o institucional, el gobierno autoritario suele apelar al recurso de instigar en la opinión pública el sentimiento de miedo o adversión hacia todo tipo de enemigos reales o imaginarios, como «quintas columnas» que amenacen la estabilidad interna, ejércitos de países vecinos agresivos e imperialistas, etc., con el objeto de que ésta experimente subconscientemente la necesidad de contar con el amparo de un gobierno de fuerte connotación paternalista.

Cuando la sociedad deja de otorgar credibilidad al sistema autoritario, éste prescinde de cualquier forma de concordia y apela directamente al uso de la fuerza para imponer su voluntad.

En el punto *b)* la relación autoritaria de un régimen gobernante puede llegar a ser aceptada por sus gobernados como el simple efecto de distintas causas político-sociales que inciden en la opinión pública para que ésta acepte de buen grado tal situación.

Estas condiciones pueden ser culturales o históricas, como lo es la circunstancia específica de la presidencia de Manuel Estrada Cabrera.

Hay en este caso una personalidad colectiva (la sociedad guatemalteca) proclive a la «sumisión espontánea» por razones históricas, frente a una personalidad fuerte e individualista (Estrada Cabrera), autoconvencida de su propia función como supremo caudillo de los destinos de su pueblo.

En esa sutil combinación de temperamentos individuales, rasgos culturales y circunstancias fortuitas se advierte un marcado componente tradicional de carácter nacionalista.

Si tenemos que las bases sobre las cuales se sustenta el argumento de *El Señor Presidente* son: primero, la realidad social del país durante las dos primeras décadas del siglo xx, y luego, el aspecto étnico-cultural de la población, resulta indispensable una reseña de los hechos históricos acontecidos antes y durante el gobierno de Estrada Cabrera.

La república de Guatemala obtuvo su emancipación política en 1821 como consecuencia natural de la independencia de México. El paso del sistema colonial a la condición de nación libre se produjo paradójicamente sin el auxilio de guerras sangrientas e interminables, como ocurrió en América del Sur con las campañas libertadoras iniciadas en la Gran Colombia por Simón Bolívar, y en las Provincias Unidas del Río de la Plata por José de San Martín.

Luego de una breve anexión a México, que duró hasta 1823, Guatemala logró la unión con El Salvador, Honduras, Nicaragua y Costa Rica, formando una federación de estados, a la que se denominó «Provincias Unidas de Centro América». La precaria alianza de las cinco naciones centroamericanas al imperio de Iturbide, concretada en medio de fuertes controversias por la tenaz oposición de El Salvador, fue el preludio de una marcada inestabilidad social, debida a las pasiones nacionalistas, los reiterados golpes de estado y a las luchas internas entre liberales y conservadores.

Aquel pensamiento —perfecto en lo esencial, pero extremadamente inconsistente en sus aspectos político y administrativo— se fue disgregando en medio de luchas intestinas hasta que finalmente, por un decreto del militar conservador Rafael Carrera, pronunciado el 21 de marzo de 1847, Guatemala se separó definitivamente de aquella frustrada alianza internacional que parecía llamada a un destino de paz y de progreso para toda Centroamérica.

Miguel Ángel Asturias trabajó durante toda su vida con la

pluma y la palabra para lograr el restablecimiento de aquel magnífico ideal[37].

En 1871 una nueva revolución sirvió para instalar en el poder dos años después a Justo Rufino Barrios, un militar liberal y de ideas progresistas, reelegido presidente vitalicio en 1880, al que sus compatriotas llamaron «el reformador». Pese a sus errores, Barrios fue un idealista, adelantado para la mentalidad de su tiempo, que murió en combate en 1885 tratando de restaurar el viejo sueño de la unión centroamericana.

En 1898, al comenzar la presidencia de Manuel Estrada Cabrera, la inmensa mayoría del pueblo guatemalteco carecía de cualquier experiencia política, los ideales cívicos aún se presentaban bastante confusos y la educación sólo llegaba a un reducido porcentaje del total de habitantes del país. La sensación de impotencia ante la pérdida del rico y extenso territorio de Belice —a manos de los ingleses y a pesar del tratado de Dallas—, las constantes luchas entre conservadores y liberales y los repetidos reveses económicos, como la pérdida frente a Europa de los mercados internacionales del café y los colorantes naturales, contribuyeron a ensombrecer aún más el panorama general. Cuando faltó la paz interior, nadie pudo pensar con serenidad y el campo institucional resultó terreno fácil para las llamas del caos.

En medio de aquel controvertido panorama se realizaron las elecciones presidenciales de 1898 que llevaron a Manuel Estrada Cabrera al poder.

Aunque no existen constancias fehacientes de que aquel primer sufragio hubiera sido manipulado, su gobierno, convertido poco después en un sistema autocrático, se prolongó con las reelecciones de 1905, 1911 y 1917, en medio de un fuerte rechazo social.

Durante veintidós años, Estrada Cabrera sometió al país a

---

[37] «Estoy convencido de que nada es más importante y valioso que la Paz, porque ella permite el desarrollo de todas las actividades humanas que conducen al progreso y la dignificación de la humanidad. Sin ese don bendito, todo será hambre, miseria, duelo y desesperanza...» (fragmento de la conferencia pronunciada por Miguel Ángel Asturias en 1958, en el Aula Magna de la Facultad de Filosofía y Letras de la Universidad de Buenos Aires, refiriéndose a la anhelada paz en Centroamérica).

un régimen autoritario, durante los cuales se le acusó de haber cometido toda suerte de crueldades y expoliaciones contra las clases populares constituidas por campesinos indígenas y ladinos.

Sin embargo, el cargo más grave que le hizo la posteridad fue el de haber favorecido la penetración económica extranjera con la entrega de grandes latifundios a la explotación abusiva de monopolios como la compañía norteamericana United Fruit. En 1920 fue acusado públicamente de insania y derrocado, luego de una serie de escaramuzas, por un movimiento popular de carácter civil.

Éste es —en un brevísimo esbozo general— el aspecto histórico del complejo entramado social en el que se desarrollan los distintos capítulos de la novela *El Señor Presidente*.

La comprensión de la compleja elaboración narrativa empleada por Asturias para plantear todos los detalles puestos de manifiesto en cada escena supone el conocimiento de una depurada técnica literaria, pero también un considerable bagaje de conocimientos históricos, étnicos y ambientales, indispensables para poder elaborar con éxito el carácter casi documental del argumento y la dificultosa relación humana existente entre todos los personajes que componen la obra.

En torno al drama de la pareja central (Camila, la hija de Canales, el general disidente que huye, y Miguel, el ex protegido del dictador) existe una compleja y nutrida red de personajes secundarios envueltos en historias igualmente trágicas.

La estupenda descripción de los tipos populares, con su colorido y disparatado lenguaje, en contraste con los sórdidos ambientes en los que éstos se desarrollan, sirve de marco al contexto global de la novela. Es evidente que la estructurada esencialidad del relato, en su función de denuncia social, surgió como resultado de la necesidad de fabulación para hacer pública una dolorosa realidad.

En esta obra, la idea de connotación histórica es similar y a la vez resulta francamente opuesta al sentido referencial de la realidad. El personaje tácito de la novela —es decir, quien ve y narra la historia— responde a la exteriorización del propio sentimiento de Asturias, como un ente incorpóreo e intangible, pero que se intuye presente en todo el proceso argumental.

*El Señor Presidente* tiene un elemento fuertemente consustanciado con la realidad contemporánea, que virtualiza y da fuerza a la lingüística estructural del contexto en el que se encuentra situada la narración. Al analizar el contenido semántico implícito en los diferentes bloques narrativos, todos los elementos coinciden en un mismo resultado. Los componentes del relato dejan percibir la necesidad subconsciente del autor, de recrear sus propias vivencias a través de una novela-denuncia donde pueda proyectarse a sí mismo, como protagonista del mensaje.

Ése es en suma, el significado de su contenido aleccionador —perfectamente identificable en el tiempo y el espacio físico— con la evolución histórica de Guatemala.

El sentido final del mensaje, implícito en el texto literario, representa un proceso gnoseológico en el cual el narrador intenta llegar al lector con una advertencia cuyo sentido es capaz de suscitar la reacción esperada. En este doble juego de estímulos sensoriales, adquiere un valor importante la estilística estructural de la obra como instrumento adecuado para poner de relieve la aptitud comunicativa del autor.

## La estructura narrativa

Al realizar el análisis de esta obra de Miguel Ángel Asturias, y durante el proceso de selección del material literario que nos sirvió para sustentar las bases de comparación sobre las cuales elaboramos este estudio, nos encontramos con una ingente cantidad de variables, cada una concebida y realizada conforme hemos visto que la estructura narrativa es la fuerza unificadora en el contexto de toda narración. Ese efecto es en cierto modo su ideología, el componente que coordina y relaciona causas y efectos en el subconsciente del lector.

Creemos que ni aun los propios personajes logran acertar con el cometido —difícil por cierto— de demostrar el auténtico punto de vista de un autor. En esas variables interpretativas se hallan, desde las «coordenadas de trabajo» estrictamente técnicas y usuales en la interpretación del argumento, hasta las consideraciones puramente subjetivas, en las que el analista entiende, o cree entender, algo que no está explícitamente declarado en el texto.

El lenguaje narrativo, como la música y otras expresiones del espíritu humano, se presta admirablemente a la concepción individual que cada destinatario quiera o pueda darle dentro de su ámbito de inteligencia. Existe en esto un factor determinante que suele inclinar la balanza en favor o en contra de la auténtica comprensión de la obra y su aceptación por parte de quien la lee. Ese elemento es la preparación previa para asimilar el espíritu del libro en el caso de que éste no responda a un determinado proceso estructural que le brinde la apertura al indispensable consenso intelectual entre escritor y lector.

Considerado desde los aspectos compositivo y semántico, el desarrollo de la estructura narrativa de *El Señor Presidente* presenta un organigrama estratificado por niveles textuales. Esto significa que la distribución de componentes morfológicos del texto mantiene un orden relativo cuya interpretación previa facilita su lectura comprensiva.

Este ordenamiento obedece a un sistema comprendido en los fundamentos teóricos del análisis y el comentario de textos.

La unidad orgánica de la estructura narrativa se divide en cuatro estratos principales[38]:

a) La significación: agrupa los elementos semánticos del lenguaje, comprende los recursos fónico-lingüísticos de la narración y su desarrollo incentiva el interés del lector creando expectativa.

b) La ambientación: se refiere a la descripción de los distintos escenarios; los diálogos; los tipos sociales, el carácter individual de los personajes; que brindan indicios sobre el lugar y la época revelando costumbres y circunstancias sociales.

---

[38] «Sector o zona que delimita una idea o argumento, fijando su sentido» (segunda acepción figurativa), *Estética*, Sánchez Muniaín, Madrid, 1945.

c) El mensaje: es el objetivo principal de la obra y en cuyo ámbito confluyen los resultados de los dos estratos anteriores (a y b). Su resultado positivo es el testimonio de la obra como tal. Sin esta condición puede decirse que un trabajo es intrascendente.

d) El colofón: es el acento que pone el énfasis en lo dicho o escrito anteriormente.

Cuando Miguel Ángel Asturias escribió el texto de «*El Señor Presidente* como mito» —muchos años después de haberse publicado la primera edición de la novela— le puso realmente el punto final a la obra[39].

La composición plural del texto, lejos de crear confusión, refuerza y da lugar a la comprensión del problema esencial que plantea el argumento desde un ámbito global. Es entonces cuando la validez de la denuncia queda planteada, los detalles técnicos relacionados con el espacio narrativo y el periodo histórico parecen carecer de valor y comienza a crecer el mensaje implícito en el texto, porque el narrador se mantiene fiel a la perspectiva planteada al final como un horizonte comprensible para el lector.

Asturias incorpora la historia a la novela y no a la inversa. Este tema llama a reflexión, porque no es la retórica el componente principal del alegato, hay otro elemento que aparece frente a los esquemas básicos de nuestra investigación como algo determinante y es precisamente la propia personalidad del escritor. La idea básica del tema se transforma en el personaje tácito que está siempre presente en los diálogos e incluso en el carácter de la veintena de personajes que integran la historia...

Pero... ¿cómo anular la huella de su propia personalidad en caracteres con tantas individualidades ficticias, sin dejar algo parecido a un borrón en el argumento?

¿Cómo rellenar los espacios vacíos de sensibilidad en los aspectos caracterológicos independientes de su personal sincretismo como escritor?

Asturias amaba a sus personajes. Consciente de su propia debilidad afectiva, optó por abrir su alma al devenir del tiem-

---

[39] Véase el Apéndice de esta edición, «*El Señor Presidente* como mito».

Disertación de Miguel Ángel Asturias: *«El Señor Presidente* como mito».
Coloquio de Escritores latinoamericanos. Roma, 1967 (Foto: Agencia
Publi-foto).

po. Los personajes sobreviven al autor, juzgan su obra y el papel que cada cual debió representar en la historia. Su propia desaparición, vista en perspectiva, da paso obligado a la contextualización del mensaje implícito en la novela.

Este proceso lógico, inserto así, a modo de colofón, descarta concepciones ambiguas, evita las incoherencias y permite la comprensión cabal de la escena total, ubicándola en tiempo y espacio.

El destinatario al que nos referimos antes —en este caso el lector— es el receptor de este proceso de la comunicación, pasando a la categoría de colaborador en el sentido polisémico del texto.

Tenemos entonces que en la novela el resumen descriptivo del mensaje está en el epílogo, pero la concepción global del sentimiento mutuo que debe establecerse entre el autor y el destinatario es sin duda este magnífico y breve análisis de Asturias, cuyo texto, más allá de cualquier interpretación literaria, brinda una concepción simbólica de su propia vida y de la época que le tocó vivir.

El fenómeno del mito, ya explicado por los antiguos filósofos griegos como una narración que procede del resultado a escala social de la vida y los hechos de dioses y héroes, es una de las maneras más primitivas de la expresión oral. Actualmente, el vocablo comprende un sentido mucho más extenso, que abarca las más variadas culturas, tanto actuales como de tiempos pretéritos.

Ya explicado su concepto por Platón, el mito es una de las formas de narrativa más lejanas en el tiempo. Su existencia adquirió una representación tradicional de los acontecimientos que debían permanecer imborrables a través del tiempo en la memoria colectiva de los pueblos. Su valor didáctico se afirmaba al principio en el recuerdo de modelos de conducta, valores morales o hechos valientes protagonizados por los héroes y deidades de la antigüedad.

Con el tiempo, aquel modelo básico de transmisión de hechos históricos —reales o fantásticos— fue ampliando su concepto hasta abarcar también la forma inversa como elemento didáctico. Es decir, como ocurre con la novela de Asturias, el hecho negativo es el modelo que no debe tomarse.

El ejemplo de las crueldades cometidas bajo una dictadura, el atentado contra la dignidad humana, es el sentido; sirve para avisar o alertar sobre esa anomalía.

La línea de *El Señor Presidente* corresponde a lo que podríamos denominar estructura generativo-transformacional de las ideas sugeridas a lo largo de la narración. El propósito de Asturias fue establecer un paralelo entre los personajes ficticios y los seres reales. Y logró ese objetivo a través de la narrativa intrarrealista a pesar de la dificultad que el proceso descriptivo presenta a nivel gnoseológico o de asimilación conceptual.

El símil es un concepto comparativo que se utiliza en sentido figurado. Para establecer un parangón creíble y ameno entre los muchos aspectos ilusorios de la realidad y el naturalismo de lo ficticio es necesario recurrir al mito. Ésa es una de las bases de sustentación ideológica del realismo mágico.

Con el propósito de lograr ese efecto, Asturias debió recurrir a una multitud de tropos y otras variantes literarias que le permitieron profundizar en ideas abstractas, partiendo de términos relacionados específicamente con los conceptos expresados en los distintos parágrafos.

El conjunto de capítulos constituye una fuente de la que emanan los diferentes mensajes interactivos entre la base receptora de la memoria del lector y el mecanismo cerebral que forma sus ideas en base a los estímulos externos de la asociación verbal[40].

Esos mensajes, transmitidos de manera progresiva a través de un hilo conductor.—la historia narrada—, conforman un camino estructuralmente organizado dentro de los límites textuales de la obra. Sin embargo, fuera de ella quedan pendientes las ideas conceptualizadas en la estructura narrativa. El punto clave de esta apreciación es la forma como está descrito el problema de la violencia y la conculcación de los más elementales derechos humanos, al amparo de una dictadura.

En este apartado debemos distinguir dos elementos circunstanciales de la lectura: el sentido y el sonido. Siendo que

---

[40] Concepto de la «palabra estímulo» en Carl Gustav Jung, *op. cit.*

el sentido está compuesto invariablemente de distintos sonidos propios de la lengua, pronto advertirá el lector que la masa sonora del conjunto del libro es tal vez su más señalado valor como placer estético.

El sentido abstracto de las imágenes ficticias, e insertadas en el marco de una realidad social ubicada en tiempo y lugar, da motivo a la integración en el texto de formas literarias anejas a la moderna metodología de comunicación de masas.

La literatura comprometida, al proponer modelos estructurales que requieren una especial compenetración del autor con el mensaje implícito en su obra, logra también reflejar su pensamiento político y su inclinación hacia la expresión intrarrealista como medio o formulación objetiva de su propósito esencial. Respecto a la comprensión del sentido alegórico del mito, vemos que ésta se ve favorecida por la fusión del personaje principal (el presidente) con el medio social sobre el que su régimen ejerce un poder omnímodo, y también por la atmósfera ideológica que esa circunstancia crea en los sentimientos individuales del lector. De tal forma, que la valoración del personaje se establece con independencia del juicio subjetivo que pueda merecer el contexto total de la novela.

La variada riqueza del léxico de Asturias contiene, no obstante, dos fuerzas antagónicas: una es la atracción que ejerce su lectura, motivada por la originalidad de los argumentos, y otra la dificultad para llegar a su comprensión total o profunda. Los juegos semánticos en torno al sentido figurado de las palabras marcan una pronunciada parábola en la estructura narrativa de sus obras. Esta influencia se extiende desde el complejo simbolismo de las tradiciones mitológicas indoamericanas hasta el estilo pleno de sensaciones interiores del romanticismo y las formas aún más libres del posmodernismo.

El significado puntual de esas singulares configuraciones literarias (sintagmas) como el de tantas otras combinaciones onomatopéyicas o comparativas, hay que buscarlo en su necesidad de expresar de una manera poética ciertas ideas concretas, para las cuales no existe en castellano una expresión que las describa con propiedad. La asociación de ideas más o menos complejas en un solo vocablo fue para él como pretender expresar el carácter multifacético de los sentimientos subjetivos con una expresión fisonómica. El ejemplo técnico y concreto de la simplicidad y la elocuencia, asimilada por asociación comparativa a la figuración matriz del pensamiento, tenía la condición de un valor estético.

¿Era factible entonces lograr plasmar la multitud de imágenes que generaban sus sentidos en el momento de la inspiración, fuera ésta de carácter táctil, visual o auditiva...?

> —¡Imposible! —decía—, el idioma debe ser libre como el viento y ágil como el ave para volar raudamente en busca del auténtico sentido expresivo... Libre de ataduras, la vista puesta en el objetivo primordial que es la transmisión de una idea específica[41].

Sin darle una importancia absoluta a la exacta definición de los vocablos, Asturias recurría a las similicadencias y onomatopeyas indígenas para dar vida a los matices locales y a las variaciones lingüísticas que le eran propias por su origen.

Asturias fue un lector multidisciplinario, investigador analítico y buscador incansable en archivos, bibliotecas y librerías. Nada en su extensa producción literaria era superficial o improvisado. Al estudiar su obra da la impresión de que nunca estaba conforme con sus primeras versiones y que sentía un impulso irresistible por mejorarlas.

También se daba el caso de que, con el transcurso del tiempo y al ir asimilando nuevos conocimientos relacionados con el tema de sus escritos, solía cambiar el sentido literal de las frases, sin que éstas perdieran la más mínima parte de su contenido descriptivo, y mejorando aún la eufonía del conjunto en el momento de la lectura.

Es así como en muchas oportunidades, luego de releer innumerables veces lo que había escrito, y no obstante haber enviado originales a alguna editorial, decidía sustituir ciertos

---

[41] Fragmento de la disertación pronunciada en el Aula Magna Facultad de Filosofía y Letras, Universidad de Buenos Aires, 1961.

vocablos por otros cuyo significado le parecía más apropiado para lo que él deseaba expresar.

En su extensa obra literaria se advierte la singular preponderancia que le dio al ritmo narrativo, a la cadencia melodiosa de las frases y al sentido figurado de algunos vocablos, cualidades propias o usuales en las fórmulas del realismo mágico. Si consideramos al argumento de *El Señor Presidente* como un sistema de estructuras estilísticas sostenidas por el lenguaje, veremos que cada capítulo, a pesar de su aparente diversidad, configura un segmento perfectamente concatenado en el contexto total general de la obra. Ese estructuralismo se relaciona con la identidad del espacio y la combinación armoniosa entre los efectos acústicos del ambiente y los diálogos de los personajes. Por ello afirma Gómez Redondo, cuando se refiere a la importancia que el autor debe darle a las formas expresivas en la estructura abierta de una obra, que

> ... sus ideas no son lo más importante, sino la reacción que puedan suscitar los diversos componentes de la construcción dramática, sobre todo la palabra, cuya fuerza ha de abrir la conciencia de mundos imprevistos albergados en la existencia particular de los espectadores[42]...

Asturias sabía que, en literatura, la función principal del sentido narrativo es el simbolismo y que el elemento esencial de este proceso es la palabra. Por eso recurría a los efectos acústicos del lenguaje coloquial para expresar el contenido dramático de la narración, logrando así transmitir el espíritu de cada personaje a través de sus formulaciones verbales, aunque éstas estuvieran constituidas por localismos de difícil comprensión fuera de su propio ambiente.

En muchos casos, se trata de voces nuevas, creadas por la fértil imaginación del autor. Voces que aun siendo diferentes en la grafía y en la fonética llevan el sello inconfundible de su creador. El trasfondo cultural de los lenguajes indoamericanos como el quiché contiene un sentido muy similar y has-

---

[42] Fernando Gómez Redondo, *El lenguaje literario,* Madrid, Edaf (Estructura abierta), 1994, pág. 279.

ta idéntico en la mayoría de los casos al lenguaje moderno. Y aunque las comparaciones entre los términos suelen ser más vagas y sutiles en el diccionario, aparecen sin embargo contundentes y concretas en el estilo literario de Asturias. De esa manera, la estructura narrativa parece absorber los valores expresivos o estéticos de ciertos términos indígenas, acertadamente intercalados en el texto castellano, para trasladarlos al momento de la escena.

Desde un punto de vista analítico, su valor intrínseco gana con el agregado de los sonidos ancestrales del universo indígena de Guatemala, que por su poder de captación en la memoria del lector logran consustanciar los modos eufónicos y elocuentes de obras abiertas a la imaginación como la prosa creativa del realismo mágico.

En estas comparaciones se advierten también ciertas formulaciones sintácticas —como un juego de adverbios proposicionales— cuyo valor apodíctico incrementa el acento de la narración. Ese natural y paulatino acercamiento a lo tradicional estuvo influenciado por el éxito obtenido después de *Leyendas de Guatemala*. El mejor ejemplo del uso acertado que hizo Asturias de aquella técnica literaria es el poema «Clarivigilia Primaveral», una apoteosis en verso de la maravillosa concepción cosmogónica del universo maya. Esa extensa obra poética, que es sin duda una de sus realizaciones mejor logradas, estaba ya perfilada en sus primeros escritos[43].

En *El Señor Presidente,* las palabras, es decir, los componentes acústicos utilizados para expresar imágenes, son lo suficientemente amplios como para dibujar en la mente del lector la noción de tiempo y espacio expuesta en la estructura de la narración. Vemos así que las referencias ambientales y de transcurso temporal convergen, se complementan y dan forma a la figura literaria que algunos autores como Bajtin llaman «cronotopo»[44].

[43] Miguel Ángel Asturias, *Clarivigilia Primaveral,* Buenos Aires, Editorial Losada, 1965, Colección «Poetas de Ayer y de Hoy».

[44] V. Ivanov, *The significance of Baxtin's ideas on sign, utterance and dialogue for modern semiotics,* Israel, University of Tel-Aviv, 1976; T. Teodorov, *Mikhaïl Bakhtine; le principe dialogique suivi de Écrits du cercle de Bakhtine,* París, Éditions du Seuil, 1981; M. Bajtin, *Teoría y estética de la novela,* Madrid, Editorial Taurus, 1987.

La experiencia del tiempo detenido en el transcurso de los tres bloques que componen el argumento es un elemento fundamental que el lector debe transitar entre un conjunto de situaciones análogas y contadas con un estilo espontáneo y libre cuyo interés va avanzando progresivamente con los sucesivos capítulos de la obra.

Para comprender a Miguel Ángel Asturias como novelista es necesario considerar su obra dentro del conjunto íntegro de la narrativa latinoamericana, sin olvidar la historia y los orígenes de las letras universales, especialmente algunas nociones de la mitología como raíz formativa de su método y estilo descriptivo. El análisis conceptual más simple y a la vez mejor definido considera a la literatura fantástica, estructuralmente, dentro del pasado y al realismo, por su forma y carácter, como un reflejo de la actualidad.

El estudio comparado de las distintas escuelas narrativas y sus variantes regionales pone en claro la preponderancia de los elementos sustanciales de los que proviene el realismo mágico. Esencialmente americano, el carácter mitológico y su fuerza descriptiva nacieron en las inagotables fuentes tradicionales de los libros sagrados indoamericanos. Como el arte, la narrativa mestiza acusa una fuerte influencia de aquella dialéctica mítico-racional, cuyo discurso permaneció sumamente homogéneo a través del tiempo. Vale decir que la influencia hispánica manifestada en América a partir del descubrimiento nunca fue completa. Sólo logró afianzarse y adquirir preponderancia en los rasgos culturales relativos a la lengua y la religión.

Sin embargo, los mitos y las tradiciones continuaron siendo independientes de cualquier clase de dominio y ajenas al mimetismo que toda cultura avanzada ejerce sobre otra menos desarrollada. Las novelas de Asturias tienen elementos sustanciales de ambas formas. La tradición mágica nacida en la remota antigüedad como expresión cultural de las leyendas y los mitos mantuvo siempre su propio contexto en la narrativa popular a través de generaciones.

Como José Donoso, Augusto Roa Bastos, Alcides Arguedas y más tarde García Márquez, entre otros, Asturias impregnó a su narrativa de resonancias mágicas, costumbristas, tradicionales y hasta épicas que exaltaron el clamor popular de la América oprimida por la guerra, las dictaduras y la miseria. Cuando *El Señor Presidente* apareció en las librerías, se mostró como el paradigma de una forma peculiar de expresión que clamaba la necesidad de ruptura con los valores establecidos en los que prevalecía la intolerancia y la falta de justicia, una revolución intelectual no violenta, sino pensada, o mejor dicho razonada. Cada uno de sus espacios morfológicos encierra un gesto implícito de protesta subliminado a través de la fantasía y del lenguaje; un universo onírico que se nutre con toda la manifiesta grandiosidad de la imaginación.

Ya entonces Miguel Ángel Asturias pensaba que la novela era para él un medio de hacer conocer al mundo las aspiraciones y las necesidades del pueblo al que pertenecía.

> El novelista —decía— debe ser un testigo de su época, debe buscar las realidades vivas de su país, sus aspiraciones y marchar a su lado para dejar hablar a la conciencia con su propia expresión a través de personajes y situaciones.

Francisco Albizúres Palma[45], en su prólogo para la edición guatemalteca, descubre los numerosos medios o elementos que brinda *El Señor Presidente* para el análisis literario puntualizando que:

> ... más allá de la lectura erudita o especializada, ella posee el valor de atrapar la atención de cualquier lector y de conmoverlo por encima de barreras geográficas o del pensamiento...

La innovación verbal es evidente; la potenciación de la palabra, un hecho; las influencias literarias, un rico venero que sabe explotar con una rara habilidad lingüística. El trasfondo de las vivencias infantiles, la memoria subjetiva y las tradiciones populares significaron una influencia personalísima claramente identificable, aunque tampoco es desdeñable la impronta que ejercieron sobre su estilo los movimientos van-

---

[45] *El Señor Presidente,* versión de acuerdo con la Edición Crítica, Guatemala, Editorial Piedra Santa, 1991.

guardistas franceses de principios del siglo xx, como ya se ha consignado.

Dentro de ese estilo tan particular —desde el punto de vista descriptivo se podría considerar neobarroco—, Miguel Ángel Asturias aprovechó todas las posibilidades expresivas que le brindaron los modismos regionales. Para lograr una perfecta interpretación del objetivo argumental de *El Señor Presidente* hace falta, además de la primera lectura general, un repaso, es decir, una segunda lectura de carácter selectivo para recuperar los factores cogitables o elementos clave sobre los cuales se podrá realizar el análisis, de lo que resulta que la compleja estructura de la novela es un esqueleto; el sostén sobre el cual Asturias edificó su mensaje político y social.

Los personajes, la historia argumental e incluso la ideología que el autor quiso imprimir en el texto de la novela (de una manera explícita o subliminal) constituyen un conjunto de componentes básicos, pero no esenciales en la narración. La unidad textual es la verdadera fuerza de cohesión que logra dar carácter a la obra. En consecuencia, para comprender *El Señor Presidente* es necesario proceder no sólo a su lectura semántica, también es importante su análisis estructural.

Propuesto este método de análisis, observamos que *El Señor Presidente* muestra una forma acabada, o cerrada a cualquier derivación, otra abierta a la imaginación con una secuencia de efectos producidos por la concepción creativa del autor y otra onomasiológica del tema. Por lo tanto, su estructura narrativa está constituida por tres elementos fundamentales:

1. El relato propiamente dicho, es decir, la narración en forma y estilo.

2. La fábula como elemento constante y nexo aglutinador de la idea.

3. El discurso o enunciado representado por el narrador, que revive los hechos desde el punto de vista del observador.

La originalidad de la narrativa asturiana deslumbró a toda una generación de lectores. Una parte sustancial de ese triunfo se debió al acertado uso de las figuras gramaticales con carácter humorístico o descriptivo (efectos calambur, juegos de palabras, cuya existencia en el texto se basa en el significado elíptico del sonido más que en el sentido literal del vocablo, etc.). Esa combinación de ingenio personal y variedad lingüística llegó a ser en su momento un modelo innovador para las letras de Latinoamérica en las que se confundían la trascendencia secular de los ancestrales orígenes prehispánicos con la dura realidad social contemporánea de América Latina. Comprender esa parábola demanda una disciplina mental; un doble trabajo de lectura y confrontación de los hechos ficticios con los reales.

Vemos así que en el espacio físico de la estructura narrativa, unos valores se confunden con otros, se asocian, se ensamblan y nos dan no sólo la imaginaria dimensión de lo ficticio, sino también la magnitud de una dolorosa realidad. Ese fondo ambiental, que se distorsiona constantemente con las diferentes escenificaciones y el cambio de personajes, mantiene su unidad estructural a través de la figura tácita del dictador. El terror provocado por *El Señor Presidente* es la identidad especial que configura el ambiente psicológico de toda la obra y le otorga su contenido dramático.

La homogeneidad estructural del espacio y la presencia humana relacionada con el medio ambiente condicionan el orden estructural y los lineamientos generales de la narración. Al ser reseñados en el contexto de la escena novelada como elementos concretos similares a los escenarios teatrales, los diversos ambientes físicos que albergan a la circunstancia dramática provocan el desarrollo del fenómeno de la asimilación por parte del lector. Son extraordinariamente descriptivas, por ejemplo, las figuras del sórdido ambiente humano que se congrega en las cercanías del «Portal del Señor», los repugnantes personajes que habitan y frecuentan el prostíbulo «El Dulce Encanto» o la morbosa relación de las torturas cometidas en la penitenciaría, la «Casa Nueva».

Ese isomorfismo entre la riqueza del plano expresivo y el crudo naturalismo del contenido textual puesto de manifiesto en esta novela fue la piedra fundamental de una nueva corriente realista que enriqueció con su ejemplo a las letras del continente.

La literatura, que es una forma sustancial de la comunicación social, y por lo tanto una expresión vital del pensamien-

77

to humano, se vale del significado de las palabras y sigue inexorablemente las leyes de su progresiva transformación a través del devenir histórico de los pueblos y sus lenguas. Desde el final de la década de los cincuenta, la novela latinoamericana ha ido adquiriendo un carácter propio afirmado —entre otros— por el estilo y la calidad de Alejo Carpentier, Mario Vargas Llosa, García Márquez, Carlos Fuentes, Juan Rulfo, Eduardo Mallea, Octavio Paz o Julio Cortázar.

A lo largo del texto narrativo se dan frecuentes casos en los que la descripción de un pasaje determinado requiere el agregado de un juicio acertado sobre el mismo, como complemento indispensable para redondear el pensamiento. Sin embargo, la palabra que define concretamente la idea exacta de ese juicio no existe, o si existe —en términos generales de sinonimia— éste no coincide a la perfección con dicha idea. El fenómeno de la literatura latinoamericana, que marca y circunscribe en cierto modo la creación de Miguel Ángel Asturias, tuvo su origen unos años antes. Cuando apareció por primera vez *El Señor Presidente* aún no estaba formado este criterio, especialmente en Europa, donde la variante del género era casi desconocida. Los mismos conceptos corresponden —en términos generales— al resto de las disciplinas artísticas y literarias, provenientes de ese complejo y heterodoxo sector sociocultural que es el continente americano.

La tecnología, el arte, el cine y el teatro eran casi por completo ignorados en Europa. Sabemos que el medio condiciona profundamente la esencia de cualquier producción artística o literaria. La novela no escapa a este condicionamiento; por eso Asturias dijo de ella que era una forma de prosa táctil, plural e irreverente con las formas.

Su esencia se nutre con infinidad de elementos sustanciales, como las referencias históricas, las costumbres y el lenguaje. Tenemos entonces que el autor no es en realidad el único creador de su obra. Esas condiciones que citamos anteriormente han desempeñado un papel preponderante en el éxito logrado por la difusión de la novela.

El escritor describe, concatena, arma el argumento; le da vida con su propia técnica y en base a su experiencia, pero el medio, como elemento importante, es el que finalmente presta su marco y el fondo ambiental que alberga al texto, dándole vida y apariencia de realidad. Para reforzar la ficción —que paradójicamente es un reflejo de la realidad—, el autor debe adaptar al argumento una cierta cuota de elementos reales que, unidos y consustanciados con la parte imaginaria, conforman el libro.

Esta condición se da en *El Señor Presidente*. La obra describe un segmento —breve si cabe— de la historia contemporánea de Latinoamérica. Se trata de un proceso que aún no ha terminado. En todo el transcurso del siglo xx han ocurrido acontecimientos que son en realidad tramos concatenados del mismo proceso. En el caso de *El Señor Presidente*, Asturias encuadra esas formas dentro del periodo comprendido por los años de gobierno de Manuel Estrada Cabrera.

Ése es el aspecto temporal. Lo circunstancial se ajusta al estilo de vida, los usos y las costumbres de un país determinado que es Guatemala, donde hipotéticamente se sitúa el punto de vista del lector. Y ésta es una referencia importante: la ubicación geográfica.

El género narrativo no precisa necesariamente estos elementos. Sin embargo, no ocurre así con la novela comprometida, que debe de alguna manera ubicar al lector en el sentido histórico y social de su contenido.

Asturias no aclara en ningún pasaje de la obra que la escena se desarrolla en Guatemala. Para el caso, pudiera haber sido cualquiera de los cinco países de América Central, cuyo origen común confirma la circunstancia de que sus respectivas culturas, tipos humanos e incluso los aspectos geográficos sean similares. Posteriormente, al ahondar el lector en las páginas de *El Señor Presidente* se aprecian aspectos populares que abarcan detalles de otra índole, como los sentimientos personales y los defectos de seres humanos que representan en la ficción hechos y circunstancias de la vida real, con lo que le da un cierto carácter homogéneo. El autor vivió su niñez y adolescencia durante los primeros años del siglo, cuando se desarrollaron los acontecimientos escenificados en el argumento de esta novela. Aunque el tema pueda parecer lejano e intrascendente para el lector contemporáneo, no lo es, porque la historia política, económica y social del continen-

79

te es sólo una. Además, ese proceso aún no ha terminado. La novela comprometida con la realidad divierte con su lectura, pero también genera reacciones, despierta sentimientos. Es, en definitiva, el testimonio de una época.

Los acontecimientos y las circunstancias que generaron el motivo del texto, es decir, la tiranía, las profundas injusticias sociales, la explotación abusiva de los recursos propios de una nación por empresas extranjeras, la violencia y la corrupción de los gobiernos, son componentes de un complejo sistema social común en casi todos los países de América Latina.

En ciertos aspectos, el autor ha cumplido el papel de espectador de la raíz u origen de su propio argumento, asumiendo a su manera y en concordancia con lo que ha vivido la función de narrador de los hechos. Ése es su testimonio. A su manera, con su estilo de narrar las propias vivencias, hizo surgir la realidad desde la misma ficción, adquiriendo, como en el caso de este auténtico alegato, la función de denuncia política.

No escapa a este análisis que mucho de lo latinoamericano tiene una parte sustancial de sus raíces en lo hispánico y que los matices más sutiles de la historia encuentran su reflejo, tanto en España como en el Nuevo Mundo.

La obra de los exiliados españoles ocupa un lugar importante en el conjunto general de la literatura latinoamericana. La presencia hispánica en los países de América Latina fue considerable en los años inmediatos posteriores a la guerra civil (1936-1939). En su caso, la literatura —y en particular la novela— encontró un apropiado sostén para su calidad estética en la expresión de tipo realista, o al menos en aquella que presentaba ciertos visos de realidad integrados en el texto.

Esa forma de autenticidad, no tanto en la descripción de los hechos puntuales como en los conceptos generales que emanan de su argumento, es el mayor valor de la novela comprometida con la defensa de los derechos del hombre y con la propagación de las nociones básicas de la justicia social.

No debe confundirse esa realidad con la situación política de cualquier grupo humano, sea éste un país determinado, un pueblo o una raza en su conjunto. Se trata en todo caso de la interpretación artística de lo temporal, de la recreación hecha sobre una circunstancia específica, puesta de manifiesto bajo ciertas formas estilísticas.

La temática histórica y el regionalismo que constituyeron los recursos básicos de la novela hispanoamericana durante esos años sitúan a *El Señor Presidente*, entre las obras de permanente demanda entre los entusiastas del género. El ambiente y el estilo vieron surgir en el periodo inmediatamente posterior una cantidad de novelas que acusaban ese tipo de inspiración, como *Muertes de Perro* de Francisco Ayala. Buenos Aires, ciudad de cultura universal y uno de los centros más importantes de la intelectualidad hispánica en el Nuevo Mundo, fue el ámbito donde triunfó por primera vez la novela *El Señor Presidente*.

La primera edición mexicana —del propio autor y con una tirada limitada— había pasado inadvertida para la gran masa de lectores. La publicación de la Editorial Losada con un número mayor de ejemplares y de gran difusión en países de habla hispánica permitió descubrir su valor y le brindó la trascendencia que más tarde adquirió, importancia que aún conserva como una de las obras clásicas del género.

## DIVERSIDAD DEL LENGUAJE

La configuración idiomática utilizada por Miguel Ángel Asturias en algunos pasajes sustanciales de *El Señor Presidente* responde al concepto denominado «lenguajitividad», término usado corrientemente en frenología, al que se define como

> uso del lenguaje, deseo y facultad de producir, percibir, juzgar, recordar o imaginar signos arbitrarios que representan ideas, conceptos, sentimientos y relaciones[46].

---

[46] Madrid, Espasa-Calpe, Enciclopedia Universal, 1989, tomo XXIX, página 1.593.

Aunque la frenología, como ciencia, tiene en la actualidad un valor meramente histórico, la idea relacionada con el uso y la aplicación del lenguaje en función de las necesidades específicas de la comunicación humana se ajusta a las formas de expresión libre puestas en práctica por el escritor en el contexto de su formulación narrativa. El uso bastante reiterado de sinónimos, metáforas y raras onomatopeyas con el propósito de distinguir o enfatizar matices conceptuales e ideas afines es una de las características más salientes de esta composición.

El idioma castellano es uno de los más ricos en variables lexicográficas. Para la mayoría de los vocablos de uso corriente existe un promedio de dos a tres sinónimos, parónimos o antónimos, sin contar los conjuntos sintagmáticos y las ideas afines.

Aunque los sinónimos propiamente dichos no signifiquen absolutamente lo mismo —puesto que entre ellos existen sutiles matices diferenciales—, Miguel Ángel Asturias fue un maestro en la forma de intercalar la palabra exacta para definir sus sentimientos, y cuando el término no existía o no se ajustaba exactamente a la idea, lo creó con su particular estilo. Los ejemplos más claros de la capacidad de observación del autor y su habilidad para la descripción de las escenas a través del efecto producido por el sonido más que por el sentido estricto de las palabras, son los capítulos I «En el Portal del Señor» y XIII «Capturas». En ambas citas, que no son las únicas en el libro, el efecto sonoro asume un carácter más profundo que el de un simple conjunto de voces articuladas para expresar ideas.

En términos fisiológicos, el lenguaje es la suma de los actos motores que permiten expresar por medio del sonido una variedad de fenómenos sensoriales e intelectuales. Esos actos, a través de diversos efectos de motilidad voluntaria, reflejan las ideas por medio de las articulaciones vocales.

El habla, que tiene su origen en las imágenes verbales auditivas y visuales, comprende una de las funciones dinámicas más complejas del sistema nervioso central. El desarrollo de esa capacidad creativa y su práctica en las relaciones sociales fue al principio el origen de las lenguas primitivas, y más tarde el motivo de su conformación como estructura de los idiomas evolucionados. Sin embargo, en todas las lenguas vivas existe un progresivo movimiento de descomposición que está íntimamente relacionado con el desarrollo étnico y cultural de la humanidad en su conjunto. Este proceso, inmerso en las brumas de la historia, dio vida, elaboró el desarrollo y constituyó a su vez la decadencia y el fin de las lenguas que hoy llamamos muertas.

Decía el célebre polígrafo romano Marco Terencio Varrón[47], que las civilizaciones dependen de su propia cultura para prolongar la existencia de las lenguas. Desde este punto de vista —compartido por no pocos preceptistas del lenguaje— sería perfectamente lícita la creación de neologismos como mecanismo exponente de un movimiento evolutivo de recomposición y renovación natural de los idiomas que les otorgue flexibilidad y los mantenga vigentes.

Miguel Ángel Asturias escribió un estudio interesante sobre la personalidad y la obra de Varrón, en el que destaca la importancia de los neologismos para la actualización permanente del lenguaje.

El artículo sobre neologismos publicado por la Real Academia Española de la Lengua establece que habiéndose estructurado definitivamente el idioma, no es aceptable agregarle palabras nuevas a discreción. Sin embargo, deja abierta la posibilidad de aceptar todas aquellas formas o modalidades lingüísticas a las que su difusión geográfica y persistencia en el transcurso del tiempo le otorgan importancia como auténticos exponentes del desarrollo y crecimiento del habla.

---

[47] Marco Terencio Varrón, filósofo, lingüista y estadista romano nacido en Sabina en 116 a. C. Fue condiscípulo y amigo de Cicerón, con quien estudió lenguas y literatura en Atenas. Gobernó las colonias de Hispania como pretor y tribuno. Reformó y organizó las bibliotecas públicas de Roma. Su gran erudición comprendió todos los principales conocimientos de su época. Autor de más de 70 libros, con 600 títulos, 25 de ellos sobre lengua y literatura latina; una *Enciclopedia de las Ciencias* que abarcaba Gramática, Retórica, Dialéctica, Música, Aritmética, Geometría, Astronomía, Arquitectura y Medicina. También escribió cien fascículos o *Hebdomades* con 700 biografías de personajes célebres de Grecia y Roma. Como poeta, su producción en verso supera los 150 títulos reunidos bajo el lema de *Satyra Menipeae*. Se destacó notablemente en el género de la tragedia. Falleció en el año 27 a. C.

Esto tendría sentido aplicado fundamentalmente a la costumbre, cada vez más difundida y aceptada en todo el mundo, de emplear palabras nuevas para describir ideas nuevas, especialmente en lo que se refiere a la informática, la electrónica y otras ramas afines de la ciencia.

Pero... ¿puede en la realidad asignarse el mismo significado práctico a la literatura corriente?... Creemos que su valor apodíctico se cumple con tanta razón como en el caso anterior, dado que en la narrativa y en la poesía —por citar dos casos íntimamente ligados al método descriptivo de *El Señor Presidente*— se emplean valores subjetivos fuertemente relacionados a las características propias de una cultura global, rica en matices individuales, como la indoamericana, aunque medie entre ambas formas la diversidad conceptual de sus propias acepciones.

Dice López Pelegrín en su aporte al tratado sobre sinónimos de Roque Barcia:

> Sostener que no se debe crear palabras nuevas, es oponerse al progreso y a la perfección de la lengua; es poner límites a los adelantos de las ciencias, de las artes y de la filosofía; es poner trabas al genio. La neología es permitida, probada su conveniencia[48].

Este apartado establece con claridad la diferencia entre el uso de la neología, que debe hacerse con cierta mesura, y el neologismo, como resultado del uso indiscriminado de la neología.

Mientras que los neologismos técnicos son artificiales y en la mayoría de los casos forzados por su necesidad de adaptación a otras lenguas o vocablos específicos, los neologismos populares —sonoros, espontáneos y generalmente de carácter onomatopéyico— representan casi siempre sentimientos humanos subjetivos y de carácter abstracto.

En *El Señor Presidente* se identifican cinco clases de vocablos que pueden ser considerados apropiadamente como neologismos de inspiración popular.

---

[48] R. Barcia, *op. cit.*

Presentación de *El Señor Presidente* y otras obras en la colección
«Biblioteca Premio Nobel» de Aguilar. Madrid, 1968 (Foto: Gyenes).

1) Asonantes: generalmente utilizados por Asturias a modo de licencia poética por la correspondencia sónica de los sufijos y la identidad de las vocales a contar de la última sílaba acentuada.

Ejemplo:

> —¡Já-já-já-já!... —reía—. ¡Jí-jí-jí-jí! ¿Dónde se esconde, niña Camila?... ¡Ahí voy con tamaño cuero!... ¿Por qué no responde?... ¡Tuero! ¡Tuero! ¡TUERO!
> —¡Já-já-já-já!... ¡Jí-jí-jí-jí!... ¡Jú-jú-jú-jú!... ¡Tuero! ¡Tuero! ¡Salga, niña Camila, que no la hallo!... ¡Salga, niña Camilita, que ya me cansé de buscarla! ¡Já-já-já-já! ¡Salga!... ¡Tuero!... ¡Voy con tamaño cuero!... ¡Jí-jí-jí-jí!... ¡Jú-jú-jú-jú!...

(Capítulo XIII «Capturas»)

2) Eufónicos: en los que el sonido adquiere especial preponderancia sobre el significado aportando una especial resonancia a los diálogos añadiendo gráficamente un claro sentido figurado a la narración.

Ejemplo a)

> «Y estos hombres, ¡qué!; ¿cazarán hombres?», preguntó Tohil. ¡Re-tún-tún! ¡Re-tún-tún!..., retumbó bajo la tierra. «¡Como tú lo pides —respondieron las tribus—, con tal que nos devuelvas el fuego, tú, el Dador de Fuego!»

(Capítulo XXXVII «El baile de Tohil»)

Ejemplo b)

> Seguía la tierra baja, plana, caliente, inalterable de la costa con los ojos perdidos de sueño y la sensación confusa de ir en el tren, cada vez más atrás del tren, cada vez más atrás del tren, más atrás del tren, más atrás del tren, más atrás del tren, cada vez más atrás, cada vez más atrás, cada vez más atrás, más y más cada vez, cada ver cada vez, cada ver cada vez, cada ver cada vez, cada ver cada vez, cada ver cada ver cada ver cada ver cada ver...

(Capítulo XXXVIII «El viaje»)

3) Etnológicos o propios del habla popular: la deformación más o menos acentuada de algunos vocablos de uso co-

rriente es producto de las formas expresivas vulgares en el ambiente rural o suburbano.

No se trata de una manera burda o iletrada de expresarse. Sus formas llevan en muchos casos siglos de existencia y considerable peso dentro de las que se reputan como formas nacionales del habla[49].

Ejemplo a)

> ... —¡Ve, Pancha, abrí ligerito, date priesa; abrí, corré, ve, que es don Miguelito!

> (Capítulo XXIV «Casa de mujeres malas»)

Ejemplo b)

> ... —Y podés salir libre, pues el Señor Presidente necesita de uno que, como «vos», haya estado preso un poco por política. Se trata de vigilar a uno de sus amigos, que él tiene sus razones para creer que lo está traicionando.
> —Dirá usté...
> —¿«Conocés» a don Miguel Cara de Ángel...?
> —Firmá aquí; mañana te mando poner en libertad. Prepará ya tus cosas para salir mañana.

> (Capítulo XXXIII «Los puntos sobre las íes»)

4) Onomatopéyicos: cuando el vocablo surge de manera espontánea por imitación del sonido. Tomadas por Asturias del habla campesina, son voces generalmente herenciales en el lenguaje popular, conformadas con letras cuyo sonido combinado intenta imitar el ruido que quiere representar.

El término, proveniente del griego, posee un sentido etimológico singularmente amplio; sin embargo, dentro de los límites de la técnica gramatical propiamente dicha, significa formar nombres que imitan un sonido determinado. El uso de las onomatopeyas para dibujar ideas en la mente del lector se transforma a partir de entonces en una auténtica herramienta de trabajo.

---

[49] Tomamos como ejemplo la literatura gauchesca, con su aporte sustancial a la poesía y a la narrativa latinoamericana (Área pampeana y del Río de la Plata).

La onomatopeya (del griego ονοματοποιεω =hacer nombres), es decir: crear denominaciones mediante la imitación literal de los sonidos naturales, representa una antigua tradición en la arquitectura de las lenguas, cuyo germen es contemporáneo del origen del habla.

San Isidoro *(Etymologías* 1: 37) especificó la onomatopeya con el concepto de nombre ficticio a imitación de los sonidos o voces confusas *«nomen fictum ad imitandun sonum vocis confusæ».* Asturias utiliza este método natural en la expresión pura de su pensamiento. La conversión de conceptos complejos en palabras no es nueva por cierto, pero sí lo es la forma de aplicar esas ideas en el contexto de un determinado argumento y la descripción del medio social en el cual éste se desarrolla.

Sobre esa concepción libre de la función de la palabra como herramienta del habla y de su relación directa con el sentido figurado que aquélla debe tener, expresó el gramático Benot:

> ... Sin palabras no se habla; pero en las palabras no reside la esencia de hablar. Se habla relacionando sistemáticamente los vocablos para constituirlos en cláusulas expresivas de lo que pasa en nuestro yo[50]...

Coincidentes con este autor, numerosos tratadistas estiman que la palabra representa el carácter subjetivo del individuo, y cuando ésta, a través del uso reiterado, va más allá de los límites personales para adquirir trascendencia colectiva, llega a formar parte por derecho propio en la nomenclatura de un idioma.

Además, el texto de *El Señor Presidente* presenta ciertos aspectos lingüísticos interesantes de señalar en este capítulo: la obra muestra algunos aparentes errores sintácticos y gramaticales, tanto en los diálogos de los personajes como en el discurso del narrador que va relatando los distintos acontecimientos que se suceden en el argumento. Sin embargo, esa particularidad tiene, a nuestro juicio, una explicación.

---

[50] Eduardo Benot, *Arquitectura de las lenguas,* tomo II, l. 1.º, «Entidades Elocutivas», Buenos Aires, Editorial Araujo, 1951.

El análisis estilístico y gramatical aplicado a la crítica literaria establece cierta elasticidad en las formas cuando el autor trata de meterse en la piel de sus personajes adoptando maneras expresivas propias de la época y la cultura en la que se desarrolla la escena. De la misma manera como un autor contemporáneo emplea términos y giros verbales anacrónicos para dar realismo a un diálogo que corresponde a siglos anteriores, se comprende que Asturias haya usado todos los recursos a su alcance para entrar en el ambiente individual y social de su novela.

Esta suerte de licencia narrativa —similar en su cometido a la licencia poética— no afecta en realidad a la función de las reglas ortográficas o sintácticas, puesto que cumple un cometido muy específico como instrumento de comunicación.

La ortodoxia gramatical y estilística se torna entonces difícil de aplicar sin caer en un excesivo rigor en el juicio crítico de la obra, que impida al lector apreciar elementos de ambientación —como el lenguaje vulgar— que son los que realmente valen para ese objetivo.

Veamos entonces algunos de ellos: existe un vicio de construcción de las oraciones cuyo origen se remonta a los tiempos de la colonización de América en el siglo XVII. Se trata del cambio de la preposición «en» por la partícula «a» en los verbos de movimiento. A lo largo de los distintos capítulos y remedando aquella forma popular del habla, a la que nos referimos anteriormente, se advierte en el texto de la novela el uso reiterativo de este supuesto error gramatical (vg.: «meterse *a* la casa» en lugar de meterse en la casa, o «entrar *a* la iglesia» por entrar en la iglesia).

En ciertos casos la preposición «desde» al comienzo de una oración parece redundar; sin embargo, es una forma coloquial corriente en Centroamérica («se fue *desde* esta mañana» por «se fue esta mañana»). Asturias obviamente empleó estas formas vulgares para darle un carácter más local al diálogo.

Se dan también en el texto diversas particularidades lingüísticas que, sin ser reiterativas, cumplen la función concreta de enfatizar el sentido de las oraciones. El uso del «se» ínclito o verbo pronominal es utilizado en diversas ocasiones.

Por ejemplo, cuando en el Epílogo expresa: «... Zambulléron-se las campanadas de la noche en el silencio...», está emplean-do esa forma para evitar la aliteración de la frase. También aparece la figura al comienzo del capítulo XIX cuando defi-ne al Auditor de Guerra como un «... árbol de papel sellado, cuyas raíces nutríanse de todas las clases sociales...».

El término «mas», en función de pero o sin embargo, es decir, como función adversativa aparece pocas veces en el contexto general de la novela. Lo emplea Asturias para afir-mar un concepto por medio de la negación.

Algunas verbigeraciones tienen el motivo manifiesto de indicar un parloteo, jerigonza o ruido ininteligible[51] («¡—indi-pi, a pa! —Yo-po? Pepe, ropo, chu-pu la-pa...», capí-tulo XXIV «Casa de mujeres malas»).

Se trata de un lenguaje de onomatopeyas cuyo objetivo es lograr el marco sonoro que da vida a la escena.

Ejemplo a)

> ... y con ahogo y alarma, aldabeó una y muchas veces más. ¡Tontoro-rón! Ya no quitaba la mano del tocador... ¡Toro-rón-ton, tororón-ton! ¡No podía ser! Ton-ton-ton-ton-ton-tonton-tonton-ton tontontontontontontontontontonton...

(Capítulo XVIII «Toquidos»).

Ejemplo b)

> ... Tan... tan... tan... Tambor de la casa... Cada casa tiene su puertambor para llamar a la gente que la vive y que cuan-do está cerrada es como si la viviera muerta... n tan de la casa... puerta... n tan de la casa...
>
> ... La casa entera quiere salir en un temblor de cuerpo como cuando tiembla, a ver quién está toca que toca que toca el puertambor; las cacerolas caracoleando, los floreros con peso de lana, las palanganas ¡palangán! ¡palangán!

(Capítulo XXVI «Torbellino»).

---

[51] Martín Alonso, *Enciclopedia del idioma. Diccionario Histórico y Moderno de la Española* (siglos XII al XX), Etimológico, Tecnológico, Regional e Hispano-americano, Madrid, Aguilar, 1958.

5) Diminutivos: El habla popular, en una parte considerable de España e Hispanoamérica, suele prescindir con frecuencia de ciertas reglas académicas dando preferencia a versiones más o menos eufónicas en las que el uso corriente suele inclinarse invariablemente por la brevedad y facilidad de pronunciación.

Asturias, profundo observador de esas características lingüísticas y de otras peculiares del habla popular, toma todos esos detalles para su obra y los representa en favor del naturalismo expresivo con la gracia espontánea con que se las oye en el uso cotidiano.

Ejemplo a)

> ... en el recuerdo de los pueblecitos que acababa de recorrer...

> (Capítulo XXXIX «El puerto»)

Ejemplo b)

> ... oculta tras las cortinillas para que no la vieran desde la calle; había quedado encinta y cosía ropitas de niño...

> (Capítulo XL «Gallina ciega»)

6) Otro de los ejemplos que revelan el afán naturalista del autor son los vocablos arcaicos y los apócopes propios del habla corriente reflejados en el texto. Ejemplo:

> —¡Figurín, figurero,
> quién te figuró,
> que te fizo figura
> de figurón!
> —¡Benjamín titiritero,
> no te figuró!...;
> ¿quién te fizo jura
> de figurón?

> (Epílogo)

«Fizo jura» es una entre varias muestras apreciables a lo largo del texto, que ponen de manifiesto la conjunción entre un arcaísmo («fizo» como forma anacrónica del pretérito in-

91

definido del verbo hacer) y un ejemplo de la deformación popular de la lengua provocada por el uso («jura» por decir figura).

Ya desde el comienzo, el propio título de la obra brinda la unidad consustancial que conforman los más de 40 capítulos. A esa unidad se suma el espíritu vivo de los personajes. A través de ellos, de su vida, su sufrimiento, sus dichas y esperanzas, Asturias llega a constituirse en uno de los principales renovadores de la literatura hispanoamericana moderna.

Con su originalísima técnica descriptiva y su extraordinaria fuerza poética, logra crear un estilo de novela social cuyos personajes se presentan nítidos a la comprensión del lector. Los problemas reales, los ambientes naturales, las reacciones espontáneas parecen auténticas y caben perfectas en la urdimbre del guión.

# Esta edición

Para llevar a cabo el análisis literario de *El Señor Presidente* de Miguel Ángel Asturias tuvimos en cuenta una decena de ediciones distintas que hemos confrontado con el único original disponible que hoy se conoce. Este documento se encuentra depositado actualmente en la Biblioteca Nacional de París y es conocido con el nombre de «Manuscrito Pillement»[52].

Siendo ésta la obra más conocida entre todas las del escritor, desde que apareció por primera vez en 1946, fueron muchas las editoriales que la publicaron en lengua castellana.

Como cada editorial consideró primera edición la propia, a efectos de facilitar la integración del conjunto, hemos consignado su orden cronológico.

Las versiones consultadas fueron las siguientes:

1) Primera edición en el orden general: Editorial Costa-Amic, México, 1946. Papel basto, 316 páginas. Impresión tipográfica grande y nítida. Incluye un breve glosario de americanismos y diversas formas coloquiales típicas de Centroamérica. El texto contiene varios errores ortográficos y de sintaxis. Los modismos regionales integrados en el argumento son más numerosos que en las versiones posteriores. En la página que sigue a la portadilla presenta una inscripción o sentencia breve tomada del *Popol-Vuh*[53].

---

[52] Departamento de Manuscritos (Anexo DON 27964).

[53] «Y entonces sacrificaron a todas las tribus ante su rostro...», *Popol-Vuh* (anónimo). Traducción de la versión francesa de Georges Raynaud por Miguel Ángel Asturias y J. M. González de Mendoza, Buenos Aires, Editorial Losada, S. A., 1990, «Biblioteca Clásica y Contemporánea».

2) Primera edición de Editorial Losada, S. A., Buenos Aires, 1948, «Biblioteca Clásica y Contemporánea». Se trata de una copia casi exacta de la edición de Costa-Amic que incluso repite todos sus errores tipográficos.

3) Segunda edición de Editorial Losada, S. A., Buenos Aires, 1952, Colección «Novelistas de España y América». Versión aumentada y corregida de la anterior publicada cuatro años antes por la misma casa editora. Los errores ortográficos aparecen revisados conforme a las normas académicas y los términos coloquiales entrecomillados. El epígrafe del *Popol-Vuh* se ha suprimido. El vocabulario inserto al final de la obra es más completo que los anteriores, además se ve mejor ordenado por su índice alfabético. Hay numerosos cambios de frases y vocablos, realizados en el texto por el propio autor.

4) Tercera edición de Losada, S. A., Buenos Aires, 1959, Colección «Novelistas de España y América». Reproduce casi sin variantes el texto de su segunda edición. En uno de los párrafos finales del capítulo IV se agrega «de Matamoros» a continuación de la palabra «castillo». La especificación se mantiene en las ediciones posteriores. El llamado castillo de Matamoros era una caserna o cuartel militar situado cerca de la ciudad de Guatemala. Este detalle es uno de los pocos elementos en la obra que permiten situar geográficamente la escena. Todas las ediciones extranjeras suprimen esa referencia.

5) Primera edición de Aguilar, S. A., de Ediciones Madrid, 1968, «Biblioteca de Premios Nobel», tomo I de la Colección de *Obras Completas de Miguel Ángel Asturias*. Aunque lleva tal título, esta editorial nunca alcanzó a publicar la totalidad de la obra. Sólo llegó hasta el tomo III. Reproduce íntegramente la versión de la tercera edición de Losada de 1952.

6) Primera edición de la Universidad de San Carlos, Editorial Universitaria, Guatemala, 1969. Esta versión —que también es copia de la de Losada de 1952— llenó en su momento un vacío importante en el ambiente editorial de aquel país. En 1967, durante una visita de Miguel Ángel Asturias, las autoridades universitarias realizaron las gestiones pertinentes con el objeto de obtener la autorización del escritor para publicar la novela, que hasta entonces había permanecido inédita en Guatemala.

7) Primera edición de la Biblioteca Ayacucho, Caracas, 1977. Volumen triple, de 580 páginas, que incluye, además de *El Señor Presidente*, *Leyendas de Guatemala* y *El Alhajadito*. Cuidada publicación de esta editorial venezolana, contiene una introducción de Arturo Úslar Pietri con notas críticas para cada obra y cronología de Giuseppe Bellini[54].

8) Edición Crítica de las Obras Completas de Miguel Ángel Asturias. Publicación: Editions Klincksieck (París) y Fondo de Cultura Económica (México-Madrid-Buenos Aires). Impresa en España en 1978. Prefacio de Arturo Úslar Pietri y estudios de Ricardo Navas Ruiz, Jean-Marie Saint-Lu, Gerald Martin, Charles Minguet e Iber Verdugo. Obra llevada a cabo con la colaboración de la Biblioteca Nacional de París, el Centro Nacional de Investigaciones Científicas de Francia y la Universidad de París X-Nanterre. Es uno de los trabajos de investigación literaria más completos realizados sobre la creación de Asturias y especialmente de esta novela. Lamentablemente tampoco llegaron a publicar la integridad de la obra.

9) Primera publicación conjunta de las editoriales Losada, de Buenos Aires, y Alianza, de Madrid en su Colección «El Libro de Bolsillo». Impresa en Madrid en 1981. Reproduce textualmente la versión de Losada de 1959. En 1989 se reeditó de manera idéntica en México bajo el sello de Ediciones Patria, S. A.

10) Con el mismo patrón de las sucesivas publicaciones de Losada se editaron distintas versiones de la Editora Popular de Cuba y Populibros Peruanos (ambas en rústica, de escasa tirada y sin fecha), por cuya razón las consideramos como una sola.

A principios de 1990 Editorial Piedra Santa, de Guatemala, publicó una cuidada edición de bolsillo, realizada de acuerdo con la Edición Crítica de Klincksieck de París y el Fondo de Cultura Económica de México. Contiene un

---

[54] Prof. Giuseppe Bellini, destacado hispanista italiano, autor de varios ensayos críticos sobre la obra de Miguel Ángel Asturias. Su trabajo más importante en la materia es *La narrativa de Miguel Ángel Asturias*, versión castellana de Ignacio Soriano, Buenos Aires, Editorial Losada, 1969.

breve estudio analítico preliminar y se distribuye en Centro-américa.

En todas las ediciones consultadas —sin excepción— se insertan al final de la obra tres referencias temporales cuyos significados son: la primera (Guatemala, diciembre de 1922) es la fecha en que Asturias empezó a escribir en su tierra natal el cuento *Los mendigos políticos,* y su texto sería luego el germen de la novela. A fines de 1923 partió hacia Europa llevándose aquellos apuntes en su maleta. La segunda (París, noviembre de 1925) es la fecha en que retomó el escrito original y ampliándolo le puso el nombre provisorio de *Malevolge* para luego cambiarlo por el de *Tohil;* y la tercera (8 de diciembre de 1932) corresponde a la época en que dio el trabajo por concluido. Poco después volvió a cambiar el título de *Tohil* por el de *El Señor Presidente.* En julio de 1933 regresó a su patria, entonces bajo la dictadura de Jorge Ubico. Antes de partir envió una copia dactilográfica al editor Costa-Amic de México y para seguridad le dejó otra a su amigo el escritor e historiador francés Georges Pillement.

Esos originales de *El Señor Presidente* son los que Asturias dejó en Francia en 1933 y de los cuales sólo se tuvo noticia de su existencia en 1975, después de su muerte. El documento está compuesto por 340 folios dactilográficos con gran cantidad de notas marginales, tachaduras y correcciones manuscritas de puño y letra del autor.

En los laboratorios especializados de la Biblioteca Nacional de París se intentó con poca suerte recuperar los textos borrados o enmendados a mano por Asturias, para conocer la forma original del escrito y compararla con las versiones actuales. De todas maneras, tales consideraciones sólo entran en el terreno de la investigación literaria profunda.

Actualmente se da por definitiva la versión corregida y aumentada que la Editorial Losada, de Buenos Aires, realizó en 1952 —aceptada por el autor. Esa versión, cuyo texto fue revisado y establecido en la Edición Crítica de Klincksieck y el Fondo de Cultura Económica, se utilizó también en la mayoría de las numerosas traducciones extranjeras.

Las diferencias más importantes que se detectan en la confrontación del «Manuscrito Pillement» y las diversas ediciones enumeradas consisten principalmente en cambios de vocablos —hay casos en que las modificaciones comprenden frases enteras. El capítulo XII, titulado «Camila», y el «Epílogo» muestran una discordancia casi total con las versiones publicadas actualmente.

Tras leer con atención las copias del texto original mecanográfico y todas las versiones señaladas anteriormente, para esta edición hemos adoptado el modelo de la publicación de Losada de 1952, cuyo texto fue revisado y aprobado por Miguel Ángel Asturias para ser reproducido en numerosas ediciones en castellano y en sus traducciones a distintas lenguas.

# Bibliografía

OBRAS DE MIGUEL ÁNGEL ASTURIAS

Las referencias bibliográficas que se indican en esta reseña corresponden generalmente a la primera edición en castellano. De la mayoría de los títulos consignados a continuación —especialmente en lo que se refiere al género de narrativa— existen numerosas reediciones, tanto en España como en Hispanoamérica.

*Narrativa (Novelas y cuentos)*

*Leyendas de Guatemala,* Madrid, Editorial Oriente, 1930.
*El Señor Presidente,* México, Editorial Costa-Amic, 1946.
*Hombres de Maíz,* Buenos Aires, Editorial Losada, 1949.
*Viento Fuerte,* Guatemala, Editorial del Ministerio de Educación Pública, Dirección de Cultura, 1950.
*El Papa Verde,* Buenos Aires, Editorial Losada, 1954.
*Week-End en Guatemala,* Buenos Aires, Editorial Goyanarte, 1956.
*Los Ojos de los Enterrados,* Buenos Aires, Editorial Losada, 1960.
*El Alhajadito,* Buenos Aires, Editorial Goyanarte, 1961.
*Mulata de Tal,* Buenos Aires, Editorial Losada, 1963.
*El Espejo de Lida Sal,* México, Editorial Siglo XXI, 1967.
*Maladrón,* Buenos Aires, Editorial Losada, 1969.
*Florentina* (novela corta), Guatemala, publicación fuera de comercio de Edwin Cifuentes, 1970.
*Torotumbo,* Barcelona, Editorial Plaza y Janés, 1971.
*Juan Girador* (cuento folklórico), París, Centro de Investigaciones del Instituto de Estudios Hispánicos, 1964.
*Viernes de Dolores,* Buenos Aires, Editorial Losada, 1972.

*Ensayos*

*El problema social del indio,* tesis presentada a la Junta Directiva de la Facultad de Derecho, Notariado y Ciencias Políticas y Sociales, Universidad Nacional, Guatemala, Tipografía Sánchez y de Guise, 1923.

*Arquitectura de la vida nueva,* Ensayos y Conferencias, Guatemala, Editorial Gouband, 1928.

*Carta aérea a mis amigos de América,* Buenos Aires, Casa Impresora A. Colombo, 1952.

*Latinoamérica y otros ensayos,* prólogo de Josué de Castro, Madrid, Cía. Guadiana de Publicaciones, 1968.

*Poesía*

*Sonetos* (selección), Guatemala, Tipografía América (edición fuera de comercio), 1936.

*Con el rehén en los dientes,* Guatemala, Lito B. Zadik y Cía., 1942.

*Anoche, 10 de marzo de 1543,* edición conmemorativa del Cuarto Centenario de la fundación de Guatemala, Guatemala, Talleres Tipográficos de Cordón, 1943.

*Sien de Alondra-Antología poética 1918-1948,* prefacio de Alfonso Reyes, Buenos Aires, Editorial Argos, 1949.

*Ejercicios poéticos en forma de soneto sobre temas de Horacio,* Buenos Aires, Ediciones Botella de Mar, 1951.

*Alto es el Sur, Canto a la Argentina,* edición de Alejandro Denis Krause, Buenos Aires, La Plata, 1952; Buenos Aires, Editorial Parlamento, 1989.

*Bolívar. Canto al Libertador,* San Salvador, edición del Ministerio de Cultura de la República de El Salvador, 1955; México, Ediciones Horizonte, 1961; Guatemala, Gráficas Landívar, 1966.

*Nombre Custodio e Imagen Pasajera,* ilustración de Fayad Jamis. Homenaje de la librería La Tertulia a Miguel Ángel Asturias, La Habana, Talleres de Úcar García, S. A., 1959.

*Poesía Precolombina. Selección, Introducción y Notas de Miguel Ángel Asturias,* Buenos Aires, Talleres Gráficos de Cía. General Fabril Editora, 1962. Colección «Los Poetas».

*Clarivigilia Primaveral,* Buenos Aires, Editorial Losada, 1965. Colección «Poetas de Ayer y de Hoy».

*Sonetos de Italia,* Instituto Editoriale Cisalpino, Varese, introducción de Giuseppe Bellini (edición de 300 ejemplares fuera de comercio publicada por la Università Luigi Bocconi), Milán, Cattedra di Letteratura Ispano-Americana, 1965.

*Parla il Gran Lengua,* Poesía Precolombina, edición bilingüe italiano-castellano, Parma, Editorial Guanda, 1965.

*Sonetos de Mallorca-Canto a la Isla Dorada,* prólogo de Alejandro Lanoël-d'Aussenac, Buenos Aires, Ediciones Parlamento, 1989.

*Día Vendrá,* Poesía inédita de Miguel Ángel Asturias, prólogo de Alejandro Lanoël-d'Aussenac, Palma de Mallorca, Publicaciones de la Fundación Miguel Ángel Asturias, 1992. Colección «Cuadernos de Cultura», núm. 21.

*Tres Baladas a la manera de François Villón y un soneto autógrafo,* contiene tres grabados de Marcello Tomasi, prólogo de Alejandro Lanoël-d'Aussenac, Palma de Mallorca, Publicaciones de la Fundación Miguel Ángel Asturias, 1993. Colección «Cuadernos de Cultura», núm. 32.

*Meditaciones del pie descalzo,* Palma de Mallorca, Publicaciones de la Fundación Miguel Ángel Asturias, 1994. Colección «Cuadernos de Cultura», núm. 34.


*Ediciones analíticas*

*Tres de Cuatro Soles,* texto establecido por Dorita Nouhaud, con un «Homenaje» de Aimé Césaire, prefacio de Marcel Bataillon, introducción y notas de Dorita Nouhaud, París-México, Edición Klincksieck-Fondo de Cultura Económica, tomo 19, 1977.

*Viernes de Dolores,* texto establecido por Iber Verdugo, prefacio de Marcel Brion, estudios críticos de Claude Couffon e Iber Verdugo, París-México, Edición Klincksieck-Fondo de Cultura Económica, tomo 13, 1977.

*El Señor Presidente,* texto establecido por Ricardo Navas Ruiz y Jean-Marie Saint-Lu, testimonio de Arturo Úslar Pietri, estudios críticos de Ricardo Navas Ruiz, Jean-Marie Saint-Lu, Gerald Martin, Charles Minguet e Iber Verdugo, París-México, Edición Klincksieck-Fondo de Cultura Económica, tomo 3, 1978.

*Hombres de Maíz,* texto establecido por Gerald Martin, prefacio de Jean Cassou y estudios de Mario Vargas Llosa, Gerald Martin y Giovanni Meo Zilio, notas de Gerald Martin, París-México, Edición Klincksieck-Fondo de Cultura Económica, tomo 4, 1981.

*Miguel Ángel Asturias. París, 1924-1933-Periodismo y Creación Literaria,* Archivos ALLCA XXe Université París X, Centre de Recherches Latinoamericanos, edición crítica, dirección y coordinación de Amos Segala, edición simultánea bajo los auspicios de la UNESCO en México, Argentina, Brasil, Colombia, España, Roma, 1988.

*Obras escogidas-Obras completas*

*Obras escogidas,* tomo I, Madrid, Aguilar, 1.ª ed., 1955, Colección Joya. Prólogo de José María Souvirón. Contiene: Prosa: *Leyendas de Guatemala, El Señor Presidente* y *Hombres de Maíz.* Poesía: *Sien de Alondra* y *Ejercicios poéticos en forma de soneto sobre temas de Horacio,* 2.ª ed., 1961; 3.ª ed., 1964.
*Obras escogidas,* tomo II, México, Aguilar, 1.ª ed., 1961, Colección Joya. Contiene: *Viento Fuerte, El Papa Verde, Week-end en Guatemala, Ocelotle 33, La Galla, ¡Americanos todos!, El Bueyón, Cadáveres para la publicidad, Los Agrarios* y *Toro Tumbo.* 2.ª ed., Madrid, 1968.
*Obras escogidas,* tomo III, Madrid, Aguilar, 1.ª ed., 1966, Colección Joya. Contiene: *Mulata de Tal, Los ojos de los Enterrados* y *El Alhajadito.* Nota: Existe una segunda versión de esta colección en 1968 con el título de *Biblioteca de Premios Nobel;* aunque figura como *Obras Completas,* su contenido es el mismo que el de la edición anterior.
*Los Premios Nobel de Literatura,* Miguel Ángel Asturias, Premio Nobel 1967; *Toro Tumbo, La Audiencia de los Confines, Mensajes indios,* Madrid, Plaza y Janés Editores, 1970.

*Teatro*

*Soluna,* Comedia prodigiosa en dos jornadas y un final, Buenos Aires, Ediciones Losange, 1955. Colección «Teatral».
*La Audiencia de los Confines,* Crónica en tres andanzas, Buenos Aires, Editorial Ariadna, 1957. Colección «Coral», núm. 12.
*Teatro, Chantaje, Dique Seco, Soluna, La Audiencia de los Confines,* Buenos Aires, Editorial Losada, 1964. Colección «Gran Teatro del Mundo».
*El Rey de la Altanería,* Publicación del Grupo de Teatro Universitario de Guatemala, 1968.
*Juárez, el Inmenso,* imágenes y sonido cinematográfico de la Comisión Nacional para la Conmemoración del Centenario del Fallecimiento de don Benito Juárez, México, 1972.

*Fantomima*[55]

*Rayito de Estrella,* París, Imprimérie Française de l'Edition, 1929.
*Émulo Lipolidón,* Guatemala, Tipografía América, 1935. Dedicado a
   Alfonso Reyes, Rafael Alberti, Mariano Brull, Luis Cardoza y
   Aragón, Arturo Úslar Pietri, Francis de Miomandre, Alejo Car-
   pentier, Georges Pillement, etc. Edición de 200 ejemplares fuera
   de comercio, París, 1931-32.
*Alclasán* (obra dedicada a Federico García Lorca), edición de 200
   ejemplares fuera de comercio, Guatemala, Tipografía América,
   1940.
*Amores sin cabeza,* obra de teatro ligera estrenada en París (inédita).


*Ediciones antológicas*

*Torotumbo, La Audiencia de los Confines, Mensajes indios,* Barcelona,
   Plaza y Janés Editores, 1967. Colección «Prosistas de la lengua
   española».
*Poemas y prosa de Miguel Ángel Asturias para el estudio de su vida y obra,*
   selección y notas de Marta Pilón, Guatemala, Editorial Cultural
   Centroamericana, 1968.
*Antología de Miguel Ángel Asturias,* selección de Ángel Palomino,
   vol. II, México, B. Costa-Amic Editor, 1968. Colección «Pensa-
   miento de América».
*Miguel Ángel Asturias en la Literatura,* selección y notas de Aurora
   Sierra Franco, Guatemala, Melitón Salazar Editor, 1969.
*Mi Mejor Obra (Antología),* prólogo de Otto Raúl González, México,
   Editorial Novaro, 1973.
*Tres Obras: Leyendas de Guatemala, El Alhajadito, El Señor Presidente,*
   introducción de Arturo Úslar Pietri, notas y cronología de Giu-
   seppe Bellini, Caracas, Biblioteca Ayacucho, vol. XIX, 1977.


*Libros de viajes*

*Rumania, su nueva imagen,* Cuaderno de la Facultad de Filosofía, Letras
   y Ciencias, México, Xalapa, Universidad Veracruzana, 1964.

---

[55] Género híbrido creado por Asturias. Mezcla de teatro ligero y pantomima, cuyo texto de carácter poético contiene alusiones fantásticas.

*Comiendo en Hungría,* Miguel Ángel Asturias-Pablo Neruda (en castellano, con publicación simultánea en varios idiomas), Barcelona, Editorial Lumen, 1969.

*América, Fábula de Fábulas,* prólogo de Richard Callan, Caracas, Monte Ávila Editores, 1972.

*Traducciones anotadas de obras ajenas,*
*realizadas en colaboración*

*Los dioses, los héroes y los hombres de Guatemala Antigua. Popol-Vuh o Libro del Consejo de los indios quichés,* obra traducida de la versión en francés de Georges Raynaud por Miguel Ángel Asturias y J. M. González de Mendoza, París, Editorial París-América, 1927.

*Los dioses, los héroes y los hombres de Guatemala Antigua: Anales de los Xahil de los indios cakchiqueles,* obra traducida de la versión en francés de Georges Raynaud, por Miguel Ángel Asturias y J. M. González de Mendoza, París, Editorial París-América, 1928.

*El Libro del Consejo,* traducción y notas de George Raynaud en colaboración con Miguel Ángel Asturias y J. M. González de Mendoza, prólogo de Francisco Monteverde, México, Ediciones de la Universidad Nacional Autónoma, 1939.

*Anales de los Xahil,* traducción y notas de George Raynaud, Miguel Ángel Asturias y J. M. González, prólogo de Francisco Monteverde, México, Ediciones de la Universidad Nacional Autónoma, 1946.

*Prólogos, introducciones, selecciones literarias*

*Antología de la prosa rumana,* selección y traducción de Miguel Ángel Asturias y Blanca Mora y Araujo Buenos Aires, Editorial Losada, 1967. «Biblioteca Clásica y Contemporánea», núm. 338.

*Páginas de Rubén Darío,* prólogo, selección y presentación de Miguel Ángel Asturias, Buenos Aires, Editorial Universitaria de Buenos Aires, 1963. «Serie del Nuevo Mundo», núm. 31.

*Antología, verso y prosa de Juan Ramón Molina,* San Salvador, Ministerio de Cultura, Departamento Editorial de El Salvador, 1959.

*Poesía Precolombina,* selección, introducción y notas de Miguel Ángel Asturias, Buenos Aires, Compañía General Fabril Editora, 1960.

*La Novela Latinoamericana. Testimonio de una Época,* texto de la disertación realizada por Miguel Ángel Asturias en ocasión de la re-
cepción del Premio Nobel de Literatura de 1967, Estocolmo,
The Nobel Foundation, 1969. Versión reeditada por la Universidad de Mérida, México, Yucatán, 1973.

*Introducción a la novela latinoamericana,* edición de homenaje a Miguel Ángel Asturias realizada por la Universidad de Estrasburgo,
Francia Ediciones, «Travaux de l'Institut d'Études Latino-ameri-
caines». Publicación: Suplemento de la *Revista Literaria Tilas,*
núm. VIII, Estrasburgo, 1968.

*Juan Ramón Molina, Poeta gemelo de Rubén* (conferencia), extracto de
la publicación literaria *Studi di Letteratura Ispano-americana,* Uni-
versitá Luigi Bocconi, Milano, Istituto Editoriale Cisalpino,
1969.

*El Señor Presidente como Mito* (conferencia), publicación del Istituto
Editoriale Cisalpino, Milán, Varese, 1969.

*El Novelista en la Universidad* (conferencia), publicación de la Universidad Internacional Menéndez Pelayo, Santander, 1971.

*Paisaje y lenguaje en la novela Hispanoamericana* (conferencia), publicación de Annali della Facolta di Lingue e Leterature Straniere de
Università Ca'Foscari, Venecia, Extracto PAIDEIA, 1972.

*Un mano a mano de Nobel a Nobel,* sobretiro de la *Revista Iberoamericana,* vol. XXXIX, núms. 82-83, Madrid, 1973.

*Antología sonora. Grabaciones*

*Archivo de la palabra* (disco 33 rpm.), voz de Miguel Ángel Asturias
Contiene: *Alto es el Sur, Bolívar, Leyenda del tesoro del lugar Florido,*
Buenos Aires, Antología Sonora de Poetas Latinoamericanos,
1957.

*Voz viva de América Latina* (disco 33 rpm), voz de Miguel Ángel Asturias. Cuaderno adjunto: texto de la grabación presentada por
Augusto Monterroso. Contiene grabaciones de la novela *El Señor Presidente:* «En el portal del Señor»; «Cara de ángel» y «Todo
el orbe cante», México, UNAM, 1967.

*La novela como causa de ideas,* conferencia dictada en Liceo «Taoro»
de Santa Cruz de Tenerife (Canarias, 1974), Publicación del Instituto de Estudios Hispanoamericanos de Baleares, Palma de
Mallorca, Fundación Miguel Ángel Asturias, 1994.

*Iconografía de Miguel Ángel Asturias. Premio Nobel de Literatura 1967,* Edición de la Municipalidad de la ciudad de Guatemala, *Cuadernos Municipales,* núm. 21, Guatemala, 1967.

*Epistolario entre Alfonso Reyes y Miguel Ángel Asturias. Quince cartas que comprenden los años 1930-1959,* recopilación de Alicia Reyes «Tikis». Título: «Miguel Ángel Asturias y Alfonso Reyes», Boletín Alfonsino, núm. 2, Montevideo, 1967-1968.

*Proclama de la fundación de la «Asociación de Periodistas de Guatemala,* Revista A. P. G. (14-4-47), Guatemala, 1968.

ENSAYOS CRÍTICOS SOBRE LA OBRA DE MIGUEL ÁNGEL ASTURIAS.
BIBLIOGRAFÍA RELACIONADA

ALBÍZUREZ PALMA, Francisco, *Algunos elementos fundamentales en la novelística de Miguel Ángel Asturias,* Tesis, Universidad Central de Madrid, 1965; Repertorio Centroamericano, núm. 9, San Salvador, 1968.

— *Estudios sobre literatura guatemalteca,* capítulo sexto: «Introducción a la obra de Miguel Ángel Asturias», Guatemala, Editorial Piedra Santa, 1973, págs. 41-93. Colección «Textos Modernos».

ALEGRÍA, Fernando, *Miguel Ángel Asturias, novelista del viejo y del nuevo mundo,* La literatura del Caribe, Memoria del VIII Congreso del Instituto Internacional de Literatura Iberoamericana, San Juan, Puerto Rico, 1963.

ANDERSON IMBERT, Enrique, «Análisis de *El Señor Presidente», Revista Iberoamericana,* núm. 67 enero-abril 1969.

— *Historia de la literatura hispanoamericana,* Biblioteca Actual, t. III, núm. XII, Prosa-Narrativa Centroamericana, Guatemala, páginas 88-90, México-Buenos Aires, Ediciones Fondo de Cultura Económica-Nuevo País, 1959.

ARANGO, Miguel Antonio, *El surrealismo, elemento estructural en «Leyendas de Guatemala» y «El Señor Presidente» de Miguel Ángel Asturias,* Bogotá, Boletín del Instituto Caro y Cuervo de Colombia, 1990.

ARÉVALO, Rafael, *¡Ecce Pericles! Historia de la tiranía de Manuel Estrada Cabrera,* tomos I y II, San José, Costa Rica, Editorial Universitaria Centroamericana (EDUCA), 1971.

AYALA, Juan Antonio, «De *Tirano Banderas* a *El Señor Presidente»,* Revista *Cifra de Humanidades*, San Salvador, Ministerio de Cultura de El Salvador, 1955.

BARKAN, Pierre, «Le don Miguel Ángel Asturias a la Bibliothèque Nationale de Paris. Prémices et raisons du choix», en *Europe-Revue Littéraire*, núms. 553-554, Edición Homenaje a Miguel Ángel Asturias, París, mayo-junio de 1975.

BELLINI, Giuseppe, *La protesta nel Romanzo Ispanoamericano del Novecento*, capítulo II: «La Protesta Politica», Milán, Ed. Istituto Editoriale Cisalpino, 1957.

— *La Narrativa de Miguel Ángel Asturias*, traducción de Ignacio Soriano, Buenos Aires, Editorial Losada, 1969.

— *La destrucción del personaje en las novelas de Miguel Ángel Asturias*, Studi di Letteratura Ispano-Americana, vol. 3, Università Luigi Bocconi, Milán, Ed. Istituto Editoriale Cisalpino, 1971.

BRATOSEVICH, N., «Introducción semántica a *El Señor Presidente*», *Revista Método de Analisis Literario*, Buenos Aires, 1980.

CALIFORNIA STATE UNIVERSITY, *La estructura expresionista en dos novelas de Valle-Inclán. Explicación de Textos Literarios*, vol. I, Departament of Spanish and Portuguese, Sacramento, California, 1972.

CASTAGNINO, Raúl H., «Estado actual de la novela en Hispanoamérica», estudio publicado en *Cuadernos del Sur*, núms. 8 y 9, Bahía Blanca, Argentina, Instituto de Humanidades, Universidad Nacional del Sur, 1968, págs. 129-136.

COUFFON, Claude, «Miguel Ángel Asturias et le Realisme-Magique», Revista *Les Lettres Françaises*, París, 29-11-62.

CHEYMOL, Marc, *Miguel Ángel Asturias dans le Paris des Années Folles*, obra publicada con la colaboración del Institut Français d'Amérique Latine y la Association Archives de la Littérature Latino-Américaine, des Caraïbes et Africaine du XXᵉ Siècle, Amis de Miguel Ángel Asturias, Presses Universitaires de Grenoble, 1987.

DE ANDREA, Pedro F., *Miguel Ángel Asturias, anticipo bibliográfico*, México, Editorial Libros de México-Ediciones De Andrea, 1969.

DE CESARE, Giovanni Battista, «Note e riflessioni su Asturias dal "Realismo Mágico alla magia della realtà"», en *Studi di Leteratura Ispanoamericana*, edición de homenaje a Miguel Ángel Asturias, publicación de la Università degli Studi di Venezia, núm. 7, Milán, Facolta di Lingue e Letteratura Straniere Cisalpino-Golioardica, 1976.

DESSAU, Adalbert, «Guatemala en las novelas de Miguel Ángel Asturias», en *Papeles de Son Armadans*, revista mensual dirigida por Camilo José Cela, Año XVI, tomo LXII, núms. 185-186, Madrid, Palma de Mallorca, agosto-septiembre de 1971.

107

DÍAZ ROZZOTTO, Jaime, *La revolution au Guatemala 1944-1954*, traduction de Jean et Marie Laille, París, Editions Sociales, 1971.

DOMINGO, Xavier, *Entretiens avec Miguel Ángel Asturias*, París, Editions Pierre Belfond, 1966.

FUENTES, Carlos, *La nueva novela Hispanoamericana*, México, Ediciones Joaquín Mortiz, 1969.

GAZTAMBIDE, Agustina G. de, «*El Señor Presidente*», Revista *Asomante*, núm. 3, San Juan, Publicación Universidad San Juan de Puerto Rico, julio-septiembre de 1968.

GIACOMAN, Helmy (recopilación y edición), *Homenaje a Miguel Ángel Asturias. Variaciones interpretativas en torno a su obra*, Nueva York, Ediciones Las Américas-Long Island Publishing Co., 1971.

GUANDIQUE, José Salvador, «Valle-Inclán y Asturias, de *Tirano Banderas* a *El Señor Presidente*», artículo publicado en *El Imparcial*, núms. 1263-1968, Guatemala, Centro de Documentación y Archivo Bibliográfico, Fundación Miguel Ángel Asturias, COD. 1836/4.

GUERRA BORGES, Alfredo, «*El Señor Presidente* de Miguel Ángel Asturias», reseña en *Cuadernos de Guayas*, tomo VI, núm. 11, Guayaquil, *1955*.

GUTIÉRREZ MOUAT, Ricardo, «La letra y el letrado en *El Señor Presidente* de M. A. Asturias», *Revista Iberoamericana* de Pittsburgh (U.S.A), Pensilvania, 1987.

HIMELBLAU, Jack, «Chronologic Deployment of Fictional Events in Miguel Ángel Asturias's *El Señor Presidente*», *Hispanic Journal of Indianápolis*, U.S.A., 1990.

— «Tohil and the President: The hunters and the unted in the *Popol-Vuh* and *El Señor Presidente*», *Romance Quaterly of Lexington*, U.S.A., Massachusetts, 1984.

JUNG, Carl Gustav, «La palabra-estímulo», en *Psicología, sogno e associazione verbale*, introducción de Aldo Carotenuto, Grandi Tascabili Economici, Roma, Edit. Newton, 1995.

LARA, Luis Fernando, *El concepto de norma en lingüística*, México, El Colegio de México, 1976.

LEON HILL, Eladia, «Miguel Ángel Asturias: lo ancestral en su obra literaria», *Studies*, Nueva York, Eliseo Torres & Son, 1972. Colección «Torres Library of literary», núm. 7

LISCANO, Juan, «Sobre *El Señor Presidente* y otros temas de la dictadura», *Cuadernos Americanos*, Año XVII, núm. 2, México, 1958.

LÓPEZ ÁLVAREZ, Luis, *Conversaciones con Miguel Ángel Asturias*, Madrid, Editorial Magisterio Español, 1974.

LORENZ, Günther W., *Diálogo con América Latina* (entrevista con Miguel Ángel Asturias), Barcelona, Editorial Pomaire, 1972.

— *Diálogo con Latinoamérica. Panorama de una literatura del futuro,* versión en castellano de Dora Weidhaas de la Vega, capítulo séptimo: «Miguel Ángel Asturias», Santiago de Chile, Ediciones Universitarias de Valparaíso-Pomaire, 1972, págs. 235-269.

LOVELUCK, Juan, «Tres obras representativas de la novela hispanoamericana actual. I. *El Señor Presidente,* la dictadura y sus demonios», en *Diez conferencias,* Chile, Publicaciones de la Universidad de Concepción, 1963.

MARTIN, Gerald, *Miguel Ángel Asturias: «El Señor Presidente». Landmarks in modern Latin American Fiction,* Londres, Ediciones Routledge, 1990.

MENTON, Seymour, *La novela experimental y la república comprensiva de Hispanoamérica,* estudio analítico y comparativo de *Nostromo, Le Dictateur, Tirano Banderas y El Señor Presidente,* Revista *Humanitas,* México, Universidad de Nueva Laredo, 1960.

— *Historia crítica de la novela guatemalteca,* Guatemala, Editorial Universitaria, 1960.

NOUHAUD, Dorita, *Miguel Ángel Asturias, l'écriture antérieure,* Recherches & Documents, Amériques Latines, París, Ediciones L'Harmattan, 1991.

OSORIO, Nelson, «La nueva narrativa y los problemas de la crítica en Hispanoamérica actual», en *Revista de Crítica Literaria Latinoamericana,* tomo III, núm. 5, Lima, 1977.

PONCEAU, Amédée, *Timoleón. Reflexiones sobre la tiranía,* Lima, Universidad Nacional Mayor de San Marcos-Dirección Universitaria de Biblioteca y Publicaciones, 1970.

RINCÓN, Carlos, «Nociones surrealistas, concepción del lenguaje y función ideológico-literaria del Realismo Mágico en Miguel Ángel Asturias», *Revista de Teoría y Crítica Literaria de Venezuela,* Caracas, 1978.

ROBLES, Humberto E., «Perspectivismo, yuxtaposición y contraste en *El Señor Presidente*», sobretiro de la *Revista Iberoamericana,* núm. 79, México, abril-junio de 1972.

SÁENZ, Jimena, *Genio y figura de Miguel Ángel Asturias,* Buenos Aires, Editorial Universitaria de Buenos Aires (EUDEBA), 1974. Colección «Genio y Figura», núm. 29.

SIERRA FRANCO, Aurora, *Miguel Ángel Asturias en la literatura,* Guatemala, Editorial Istmo, 1969.

SILVA DE VELÁZQUEZ, Caridad L., *Desarrollo y función del paralelo político-religioso en «El Señor Presidente»,* Actas del VI Congreso Internacional de Hispanistas, Canadá, Universidad de Toronto, 1980.

TORRES, José Antonio, «La Teoría de los Tipos Sociales», *Los orígenes*

109

*del poder político,* Serie Ensayo, Buenos Aires, Rastoy y Doeste Libreros Editores, 1924.

UNIVERSIDAD DE SAN CARLOS DE GUATEMALA, *Coloquio con Miguel Ángel Asturias,* publicaciones del Centro de Producción de Materiales, núm. 62, Guatemala, Editorial Universitaria, 1968.

URZA, Carmelo, *Metáfora y deshumanización en «El Señor Presidente»,* explicación de Textos Literarios, Universidad de Sacramento, California, 1985-1986.

ÚSLAR PIETRI, Arturo, *«El Señor Presidente» de Miguel Ángel Asturias: un testimonio personal,* Publicaciones del Seminario, Cuaderno número 3, págs. 49-55, Centre de Recherches Latino-Américaines, Nanterre, Université de Paris X, 10/05/77.

VAN PRAAG-CHANTRAINE, Jacqueline, «Miguel Ángel Asturias. Romancier social et visionnaire», estudio publicado en *Syntheses,* Bruselas, Bélgica, julio-agosto de 1966.

VERDUGO, Iber, *El carácter de la literatura hispanoamericana y la novelística de Miguel Ángel Asturias,* Guatemala, Editorial Universitaria, Universidad de San Carlos, 1968.

YANKAS, Lautaro, «Miguel Ángel Asturias y una tetralogía del Caribe», en *Anales de Literatura Hispanoamericana,* Madrid, Universidad Complutense Cátedra de Literatura Hispanoamericana-Facultad de Filosofía y Letras, 1972.

ZIMMERMAN, Marc, y ROJAS, Raúl, *Guatemala: voces desde el silencio. Un collage épico,* Parte III, Los años de Estrada Cabrera (1898-1920), Guatemala, Editoriales Oscar de León Palacios y Palo de Hormigo, 1993, págs. 102-104. Colección «Tercer Milenio», núm. 2.

110

*El Señor Presidente*

# Primera parte
## 21, 22 y 23 de abril

«¡Alumbra, lumbre de alumbre, luzbel de piedralumbre! Como zumbido de oídos persistía el rumor de las campanas a la oración...». Catedral y Plaza del Mercado de Chichicastenango (Foto: Embajada de Guatemala).

# I
# En el Portal del Señor

... ¡Alumbra, lumbre de alumbre, Luzbel de piedralumbre! Como zumbido de oídos persistía el rumor de las campanas a la oración, maldoblestar de la luz en la sombra, de la sombra en la luz. ¡Alumbra, lumbre de alumbre, Luzbel de piedralumbre, sobre la podredumbre! ¡Alumbra, lumbre de alumbre, sobre la podredumbre, Luzbel de piedralumbre! ¡Alumbra, alumbra, lumbre de alumbre..., alumbre..., alumbra..., alumbra, lumbre de alumbre..., alumbra, alumbre...!

Los pordioseros se arrastraban por las cocinas del mercado, perdidos en la sombra de la Catedral helada, de paso hacia la Plaza de Armas, a lo largo de calles tan anchas como mares, en la ciudad que se iba quedando atrás íngrima y sola.

La noche los reunía al mismo tiempo que a las estrellas. Se juntaban a dormir en el Portal del Señor sin más lazo común que la miseria, maldiciendo unos de otros, insultándose a regañadientes con tirria de enemigos que se buscan pleito, riñendo muchas veces a codazos y algunas con tierra y todo, revolcones en los que, tras escupirse, rabiosos, se mordían. Ni almohada ni confianza halló jamás esta familia de parientes del basurero. Se acostaban separados, sin desvestirse, y dormían como ladrones, con la cabeza en el costal de sus riquezas: desperdicios de carne, zapatos rotos, cabos de candela, puños de arroz cocido envueltos en periódicos viejos, naranjas y guineos pasados.

En las gradas del Portal se les veía, vueltos a la pared, con-

115

tar el dinero, morder las monedas de níquel para saber si eran falsas, hablar a solas, pasar revista a las provisiones de boca y de guerra, que de guerra andaban en la calle armados de piedras y escapularios, y engullirse a escondidas cachos de pan en seco. Nunca se supo que se socorrieran entre ellos; avaros de sus desperdicios, como todo mendigo, preferían darlos a los perros antes que a sus compañeros de infortunio.

Comidos y con el dinero bajo siete nudos en un pañuelo atado al ombligo, se tiraban al suelo y caían en sueños agitados, tristes; pesadillas por las que veían desfilar cerca de sus ojos cerdos con hambre, mujeres flacas, perros quebrados, ruedas de carruajes y fantasmas de Padres que entraban a la Catedral en orden de sepultura, precedidos por una tenia de luna crucificada en tibias heladas. A veces, en lo mejor del sueño, les despertaban los gritos de un idiota que se sentía perdido en la Plaza de Armas. A veces, el sollozar de una ciega que se soñaba cubierta de moscas, colgando de un clavo, como la carne en las carnicerías. A veces, los pasos de una patrulla que a golpes arrastraba a un prisionero político, seguido de mujeres que limpiaban las huellas de sangre con los pañuelos empapados en llanto. A veces, los ronquidos de un valetudinario tiñoso o la respiración de una sordomuda encinta que lloraba de miedo porque sentía un hijo en las entrañas. Pero el grito del idiota era el más triste. Partía el cielo. Era un grito largo, sonsacado, sin acento humano.

Los domingos caía en medio de aquella sociedad extraña un borracho que, dormido, reclamaba a su madre llorando como un niño. Al oír el idiota la palabra madre, que en boca del borracho era imprecación a la vez que lamento, se incorporaba, volvía a mirar a todos lados de punta a punta del Portal, enfrente, y tras despertarse bien y despertar a los compañeros con sus gritos, lloraba de miedo juntando su llanto al del borracho.

Ladraban perros, se oían voces, y los más retobados se alzaban del suelo a engordar el escándalo para que se callara. Que se callara o que viniera la policía. Pero la policía no se acercaba ni por gusto. Ninguno de ellos tenía para pagar la multa. «¡Viva Francia!», gritaba *Patahueca* en medio de los gritos y los saltos del idiota, que acabó siendo el hazmerreír de

116

los mendigos por aquel cojo bribón y mal hablado que, entre semana, algunas noches remedaba al borracho. *Patahueca* remedaba al borracho y el *Pelele* —así apodaban al idiota—, que dormido daba la impresión de estar muerto, revivía a cada grito sin fijarse en los bultos arrebujados por el suelo en pedazos de manta que, al verle medio loco, rifaban palabritas de mal gusto y risas chillonas. Con los ojos lejos de las caras monstruosas de sus compañeros, sin ver nada, sin oír nada, sin sentir nada, fatigado por el llanto, se quedaba dormido, pero al dormirse, carretilla de todas las noches, la voz de *Patahueca* le despertaba:

—¡Madre!...

El *Pelele* abría los ojos de repente, como el que sueña que rueda en el vacío, dilataba las pupilas más y más, encogiéndose todo él; entraña herida cuando le empezaban a correr las lágrimas; luego se dormía poco a poco, vencido por el sueño, el cuerpo casi engrudo, con eco de bascas en la conciencia rota. Pero al dormirse, al no más dormirse, la voz de otra prenda con boca le despertaba:

—¡Madre!...

Era la voz del *Viuda*, mulato degenerado que, entre risa y risa, con pucheros de vieja, continuaba:

—... maaadre de misericordia, esperanza nuestra, Dios te salve, a ti llamamos los desterrados que caímos de leva...

El idiota se despertaba riendo, parecía que a él también le daba risa su pena, hambre, corazón y lágrimas saltándole en los dientes, mientras los pordioseros arrebataban del aire la car-car-car-car-cajada, del aire, del aire..., la car-car-car-car-cajada...; perdía el aliento un timbón con los bigotes sucios de revolcado, y de la risa se orinaba un tuerto que daba cabezazos de chivo en la pared, y protestaban los ciegos porque no se podía dormir con tanta bulla, y el *Mosco,* un ciego al que le faltaban las dos piernas, porque esa manera de divertirse era de amujerados.

A los ciegos los oían como oír barrer y al *Mosco* ni siquiera lo oían. ¡Quién iba a hacer caso de sus fanfarronadas! «¡Yo, que pasé la infancia en un cuartel de artillería, onde las patadas de las mulas y de los jefes me hicieron hombre con oficio de caballo, lo que me sirvió de joven para jalar por las calles la música de carreta! ¡Yo, que perdí los ojos en una borrachera sin saber cómo, la pierna derecha en otra borrachera sin saber cuándo, y la otra en otra borrachera, víctima de un automóvil, sin saber ónde!...»

Contado por los mendigos, se regó entre la gente del pueblo que el *Pelele* se enloquecía al oír hablar de su madre. Calles, plazas, atrios y mercados recorría el infeliz en su afán de escapar al populacho que por aquí, que por allá, le gritaba a todas horas, como maldición del cielo, la palabra madre. Entraba a las casas en busca de asilo, pero de las casas le sacaban los perros o los criados. Lo echaban de los templos, de las tiendas, de todas partes, sin atender a su fatiga de bestia ni a sus ojos que, a pesar de su inconsciencia, suplicaban perdón con la mirada.

La ciudad grande, inmensamente grande para su fatiga, se fue haciendo pequeña para su congoja. A noches de espanto siguieron días de persecución, acosado por las gentes que, no contentas con gritarle: «Pelelito, el domingo te casás con tu madre..., la vieja..., somató..., chicharrón y chaleco!», le golpeaban y arrancaban las ropas a pedazos. Seguido de chiquillos se refugiaba en los barrios pobres, pero allí su suerte era más dura; allí, donde todos andaban a las puertas de la miseria, no sólo lo insultaban, sino que, al verlo correr despavorido, le arrojaban piedras, ratas muertas y latas vacías.

De uno de esos barrios subió hacia el Portal del Señor un día como hoy a la oración, herido en la frente, sin sombrero, arrastrando la cola de un barrilete que de remeda remiendo le prendieron por detrás. Le asustaban las sombras de los muros, los pasos de los perros, las hojas que caían de los árboles, el rodar desigual de los vehículos... Cuando llegó al Portal, casi de noche, los mendigos, vueltos a la pared, contaban y recontaban sus ganancias. *Patahueca* la tenía con el *Mosco* por alegar, la sordomuda se sobaba el vientre para ella inexplicablemente crecido, y la ciega se mecía en sueños colgada de un clavo, cubierta de moscas, como la carne en las carnicerías.

El idiota cayó medio muerto; llevaba noches y noches de no pegar los ojos, días y días de no asentar los pies. Los mendigos callaban y se rascaban las pulgas sin poder dormir, atentos a los pasos de los gendarmes que iban y venían por la plaza poco alumbrada y a los golpecitos de las armas de los centinelas, fantasmas envueltos en ponchos a rayas, que en las ventanas de los cuarteles vecinos velaban en pie de guerra, como todas las noches, al cuidado del Presidente de la República, cuyo domicilio se ignoraba porque habitaba en las afueras de la ciudad muchas casas a la vez, cómo dormía porque se contaba que al lado de un teléfono con un látigo en la mano, y a qué hora, porque sus amigos aseguraban que no dormía nunca.

Por el Portal del Señor avanzó un bulto. Los pordioseros se encogieron como gusanos. Al rechino de las botas militares respondía el graznido de un pájaro siniestro en la noche oscura, navegable, sin fondo...

*Patahueca* peló los ojos; en el aire pesaba la amenaza del fin del mundo, y dijo a la lechuza:

—¡Hualí, hualí, tomá tu sal y tu chile...; no te tengo mal ni dita y por si acaso, maldita!

El *Mosco* se buscaba la cara con los gestos. Dolía la atmósfera como cuando va a temblar. El *Viuda* hacía la cruz entre los ciegos. Sólo el *Pelele* dormía a pierna suelta, por una vez, roncando.

El bulto se detuvo —la risa le entorchaba la cara—, acercándose al idiota de puntepié y, en son de broma, le gritó:

—¡Madre!

No dijo más. Arrancado del suelo por el grito, el *Pelele* se le fue encima y, sin darle tiempo a que hiciera uso de sus armas, le enterró los dedos en los ojos, le hizo pedazos la nariz a dentelladas y le golpeó las partes con las rodillas hasta dejarlo inerte.

Los mendigos cerraron los ojos horrorizados, la lechuza volvió a pasar y el *Pelele* escapó por las calles en tinieblas enloquecido bajo la acción de espantoso paroxismo.

Una fuerza ciega acababa de quitar la vida al coronel José Parrales Sonriente, alias *el hombre de la mulita*.

Estaba amaneciendo.

## II

# La muerte del *Mosco*

El sol entredoraba las azoteas salidizas de la Segunda Sección de Policía —pasaba por la calle una que otra gente—, la Capilla Protestante —se veía una que otra puerta abierta—, y un edificio de ladrillo que estaban construyendo los masones. En la Sección esperaban a los presos, sentadas en el patio —donde parecía llover siempre— y en los poyos de los corredores oscuros, grupos de mujeres descalzas, con el canasto del desayuno en la hamaca de las naguas tendidas de rodilla a rodilla y racimos de hijos, los pequeños pegados a los senos colgantes y los grandecitos amenazando con bostezos los panes del canasto. Entre ellas se contaban sus penas en voz baja, sin dejar de llorar, enjugándose el llanto con la punta del rebozo. Una anciana palúdica y ojosa se bañaba en lágrimas, callada, como dando a entender que su pena de madre era más amarga. El mal no tenía remedio en esta vida, y en aquel funesto sitio de espera, frente a dos o tres arbolitos abandonados, una pila seca y policías descoloridos que de guardia limpiaban con saliva los cuellos de celuloide, a ellas sólo les quedaba el Poder de Dios.

Un gendarme ladino les pasó restregando al *Mosco*. Lo había capturado en la esquina del Colegio de Infantes y lo llevaba de la mano, hamaqueándolo como a un mico. Pero ellas no se dieron cuenta de la gracejada por estar atalayando a los pasadores que de un momento a otro empezarían a entrar los desayunos y a traerles noticias de los presos: «¡Que dice queeee... no tenga pena por él, que ya siguió mejor! ¡Que dice queeee... le traiga unos cuatro riales de ungüento del soldado en cuanto abran la botica! ¡Que dice queeee... lo que le mandó a decir con su primo no debe ser cierto! ¡Que dice queeee... tiene que buscar un defensor y que vea si le habla a un tinterillo, porque ésos no quitan tanto como los abogados! ¡Que dice queeee... le diga que no sea así, que no hay mujeres allí con ellos para que esté celosa, que el otro día se trajeron preso a uno de ésos...; pero que luego encontró novio! ¡Que dice queeee... le mande unos dos riales de rosicler porque está que no puede obrar! ¡Que dice queeee... le viene flojo que venda el armario!»

—¡Hombre, usté! —protestaba el *Mosco* contra los malos tratos del polizonte—, usté sí que como matar culebra, ¿verdá? ¡Ya, porque soy pobre! Pobre, pero honrado... ¡Y no soy su hijo, ¿oye?, ni su muñeco, ni su baboso, ni su qué para que me lleve así! ¡De gracia agarraron ya acarriar con nosotros al Asilo de Mendigos para quedar bien con los gringos! ¡Qué cacha! ¡A la cran sin cola, los chumpipes de la fiesta! ¡Y siquiera lo trataran a uno bien!... No que ái cuando vino el shute metete de Míster Nos, nos tuvieron tres días sin comer, encaramados a las ventanas, vestidos de manta como locos...

Los pordioseros que iban capturando pasaban derecho a una de *Las Tres Marías,* bartolina estrechísima y oscura. El ruido de los cerrojos de diente de lobo y las palabrotas de los carceleros hediendo a ropa húmeda y a chenca cobró amplitud en el interior del sótano abovedado:

—¡Ay, suponte, cuánto chonte! ¡Ay, su pura concección, cuánto jura! ¡Jesupisto me valga!...

Sus compañeros lagrimeaban como animales con moquillo, atormentados por la oscuridad, que sentían que no se les iba a despegar más de los ojos; por el miedo —estaban allí, donde tantos y tantos habían padecido hambre y sed hasta la muerte— y porque les infundía pavor que los fueran a hacer jabón de coche, como a los chuchos, o a degollarlos para darle de comer a la policía. Las caras de los antropófagos, iluminadas como faroles, avanzaban por las tinieblas, los cachetes como nalgas, los bigotes como babas de chocolate...

Un estudiante y un sacristán se encontraban en la misma bartolina.

—Señor; si no me equivoco era usted el que estaba primero aquí. Usted y yo, ¿verdad?

El estudiante habló por decir algo, por despegarse un bocado de angustia que sentía en la garganta.

—Pues creo que sí... —respondió el sacristán, buscando en las tinieblas la cara del que le hablaba.

—Y... bueno, le iba yo a preguntar por qué está preso...

—Pues que es por política, dicen...

El estudiante se estremeció de la cabeza a los pies y articuló a duras penas:

—Yo también...

Los pordioseros buscaban alrededor de ellos su inseparable costal de provisiones; pero en el despacho del Director de la Policía les habían despojado de todo, hasta de lo que llevaban en los bolsillos, para que no entraran ni un fósforo. Las órdenes eran estrictas.

—¿Y su causa? —siguió el estudiante.

—Si no tengo causa, en lo que está usté; ¡estoy por orden superior!

Al decir así el sacristán restregó la espalda en el muro morroñoso para botarse los piojos.

—Era usted...

—¡Nada!... —atajó el sacristán de mal modo—. ¡Yo no era nada!

En ese momento chirriaron las bisagras de la puerta, que se abría como rajándose para dar paso a otro mendigo.

—¡Viva Francia! —gritó *Patahueca* al entrar.

—Estoy preso... —franqueóse el sacristán.

—¡Viva Francia!

—... por un delito que cometí por pura equivocación. ¡Figure usté que por quitar un aviso de la Virgen de la O, fui y quité del cancel de la iglesia en que estaba de sacristán el aviso del jubileo de la madre del Señor Presidente!

—Pero eso, ¿cómo se supo...? —murmuró el estudiante, mientras que el sacristán se enjugaba el llanto con la punta de los dedos, destripándose las lágrimas en los ojos.

—Pues no sé... Mi torcidura... Lo cierto es que me captu-

122

raron y me trajeron al despacho del Director de la Policía, quien, después de darme un par de gaznatadas, mandó que me pusieran en esta bartolina, incomunicado, dijo, por revolucionario.

De miedo, de frío y de hambre lloraban los mendigos apañuscados en la sombra. No se veían ni las manos. A veces quedábanse aletargados y corría entre ellos, como buscando salida, la respiración de la sordomuda encinta.

Quién sabe a qué hora, a media noche quizá, los sacaron del encierro. Se trataba de averiguar un crimen político, según les dijo un hombre rechoncho, de cara arrugada color de brin, bigote cuidado con descuido sobre los labios gruesos, un poco chato y con los ojos encapuchados. El cual concluyó preguntando a todos y a cada uno de ellos si conocían al autor o autores del asesinato del Portal, perpetrado la noche anterior en la persona de un coronel del Ejército.

Un quinqué mechudo alumbraba la estancia adonde les habían trasladado. Su luz débil parecía alumbrar a través de lentes de agua. ¿En dónde estaban las cosas? ¿En dónde estaba el muro? ¿En dónde ese escudo de armas más armado que las mandíbulas de un tigre y ese cincho de policía con tiros de revólver?

La respuesta inesperada de los mendigos hizo saltar de su asiento al Auditor General de Guerra, el mismo que les interrogaba.

—¡Me van a decir la verdad! —gritó, desnudando los ojos de basilisco tras los anteojos de miope, después de dar un puñetazo sobre la mesa que servía de escritorio.

Uno por uno repitieron aquellos que el autor del asesinato del Portal era el *Pelele*, refiriendo con voz de ánimas en pena los detalles del crimen que ellos mismos habían visto con sus propios ojos.

A una seña del Auditor, los policías que esperaban a la puerta pelando la oreja se lanzaron a golpear a los pordioseros, empujándolos hacia una sala desmantelada. De la viga madre, apenas visible, pendía una larga cuerda.

—¡Fue el idiota! —gritaba el primer atormentado en su afán de escapar a la tortura con la verdad—. ¡Señor, fue el

123

idiota! ¡Fue el idiota! ¡Por Dios que fue el idiota! ¡El idiota!
¡El idiota! ¡El idiota! ¡Ese *Pelele!* ¡El *Pelele!* ¡Ése! ¡Ése! ¡Ése!

—¡Eso les aconsejaron que me dijeran, pero conmigo no
valen mentiras! ¡La verdad o la muerte!... ¡Sépalo, ¿oye?, sépalo, sépalo si no lo sabe!

La voz del Auditor se perdía como sangre chorreada en el
oído del infeliz, que sin poder asentar los pies, colgado de los
pulgares, no cesaba de gritar:

—¡Fue el idiota! ¡El idiota fue! ¡Por Dios que fue el idiota!
¡El idiota fue! ¡El idiota fue! ¡El idiota fue!... ¡El idiota fue!

—¡Mentira...! —afirmó el Auditor y, pausa de por medio—, ¡mentira, embustero!... Yo le voy a decir, a ver si se
atreve a negarlo, quiénes asesinaron al coronel José Parrales
Sonriente; yo se lo voy a decir... ¡El general Eusebio Canales
y el licenciado Abel Carvajal!...

A su voz sobrevino un silencio helado; luego, luego una
queja, otra queja más luego y por último un sí... Al soltar la
cuerda, el *Viuda* cayó de bruces sin conciencia. Carbón mojado por la lluvia parecían sus mejillas de mulato empapadas
en sudor y llanto. Interrogados a continuación sus compañeros, que temblaban como los perros que en la calle mueren
envenenados por la policía, todos afirmaron las palabras del
Auditor, menos el *Mosco*. Un rictus de miedo y de asco tenía
en la cara. Le colgaron de los dedos porque aseguraba desde
el suelo, medio enterrado —enterrado hasta la mitad, como
andan todos los que no tienen piernas—, que sus compañeros mentían al inculpar a personas extrañas un crimen cuyo
único responsable era el idiota.

—¡Responsable...! —cogió el Auditor la palabrita al vuelo—. ¿Cómo se atreve usted a decir que un idiota es responsable? ¡Vea sus mentiras! ¡Responsable un irresponsable!

—Eso que se lo diga él...

—¡Hay que fajarle! —sugirió un policía con voz de mujer,
y otro con un vergajo le cruzó la cara.

—¡Diga la verdad! —gritó el Auditor cuando restallaba el
latigazo en las mejillas del viejo—. ¡... La verdad o se está ahí
colgado toda la noche!

—¿No ve que soy ciego?...

—Niegue entonces que fue el *Pelele*...

—¡No, porque ésa es la verdad y tengo calzones!

Un latigazo doble le desangró los labios...

—¡Es ciego, pero oye; diga la verdad, declare como sus compañeros...!

—De acuerdo —adujo el *Mosco* con la voz apagada; el Auditor creyó suya la partida—, de acuerdo, macho lerdo, el *Pelele* fue...

—¡Imbécil!

El insulto del Auditor perdióse en los oídos de una mitad de hombre que ya no oiría más. Al soltar la cuerda, el cadáver del *Mosco*, es decir, el tórax, porque le faltaban las dos piernas, cayó a plomo como péndulo roto.

—¡Viejo embustero, de nada habría servido su declaración, porque era ciego! —exclamó el Auditor al pasar junto al cadáver.

Y corrió a dar parte al Señor Presidente de las primeras diligencias del proceso, en un carricoche tirado por dos caballos flacos, que llevaba de lumbre en los faroles los ojos de la muerte. La policía sacó a botar el cuerpo del *Mosco* en una carreta de basuras que se alejó con dirección al cementerio. Empezaban a cantar los gallos. Los mendigos en libertad volvían a las calles. La sordomuda lloraba de miedo porque sentía un hijo en las entrañas...

## III

# La fuga del *Pelele*

El *Pelele* huyó por las calles intestinales, estrechas y retorcidas de los suburbios de la ciudad, sin turbar con sus gritos desaforados la respiración del cielo ni el sueño de los habitantes, iguales en el espejo de la muerte, como desiguales en la lucha que reanudarían al salir el sol; unos sin lo necesario, obligados a trabajar para ganarse el pan, y otros con lo superfluo en la privilegiada industria del ocio: amigos del Señor Presidente, propietarios de casas —cuarenta casas, cincuenta casas—, prestamistas de dinero al nueve, nueve y medio y diez por ciento mensual, funcionarios con siete y ocho empleos públicos, explotadores de concesiones, montepíos, títulos profesionales, casas de juego, patios de gallos, indios, fábricas de aguardiente, prostíbulos, tabernas y periódicos subvencionados.

La sanguaza del amanecer teñía los bordes del embudo que las montañas formaban a la ciudad regadita como caspa en la campiña. Por las calles, subterráneos en la sombra, pasaban los primeros artesanos para su trabajo, fantasmas en la nada del mundo recreado en cada amanecer, seguidos horas más tarde por los oficinistas, dependientes, artesanos y colegiales, y a eso de las once, ya el sol alto, por los señorones que salían a pasear el desayuno para hacerse el hambre del almuerzo o a visitar a un amigo influyente para comprar en compañía, a los maestros hambrientos, los recibos de sus sueldos atrasados por la mitad de su valor. En sombra subterránea todavía las calles, turbaba el silencio con ruido de tuzas el fustán almidonado de la hija del pueblo, que no se daba tregua en sus amaños para sostener a su familia —marranera, mantequera, regatona, cholojera— y la que muy de mañana se levantaba a hacer la cacha; y cuando la claridad se diluía entre rosada y blanca como flor de begonia, los pasitos de la empleada cenceña, vista de menos por las damas encopetadas que salían de sus habitaciones ya caliente el sol a desperezarse a los corredores, a contar sus sueños a las criadas, a juzgar a la gente que pasaba, a sobar al gato, a leer el periódico o a mirarse en el espejo.

Medio en la realidad, medio en el sueño, corría el *Pelele* perseguido por los perros y por los clavos de una lluvia fina. Corría sin rumbo fijo, despavorido, con la boca abierta, la lengua fuera, enflecada de mocos, la respiración acezosa y los brazos en alto. A sus costados pasaban puertas y puertas y puertas y ventanas y puertas y ventanas... De repente se paraba, con las manos sobre la cara, defendiéndose de los postes del telégrafo, pero al cerciorarse de que los palos eran inofensivos se carcajeaba y seguía adelante, como el que escapa de una prisión cuyos muros de niebla a más correr, mas se alejan.

En los suburbios, donde la ciudad sale allá afuera, como el que por fin llega a su cama, se desplomó en un montón de basura y se quedó dormido. Cubrían el basurero telarañas de árboles secos vestidos de zopilotes, aves negras, que sin quitarle de encima los ojos azulencos, echaron pie a tierra al verle inerte y lo rodearon a saltitos, brinco va y brinco viene, en danza macabra de ave de rapiña. Sin dejar de mirar a todos lados, apachurrándose e intentando el vuelo al menor movimiento de las hojas o del viento en la basura, brinco va y brinco viene, fueron cerrando el círculo hasta tenerlo a distancia del pico. Un graznido feroz dio la señal de ataque. El *Pelele* despertó de pie, defendiéndose ya... Uno de los más atrevidos le había clavado el pico en el labio superior, enterrándoselo, como un dardo, hasta los dientes, mientras los otros carniceros le disputaban los ojos y el corazón a picotazos. El que le tenía por el labio forcejeaba por arrancar el pedazo sin importarle que la presa estuviera viva, y lo habría

127

conseguido de no rodar el *Pelele* por un despeñadero de basuras al ir reculando, entre nubes de polvo y desperdicios que se arrancaban en bloque como costras.

Atardeció. Cielo verde. Campo verde. En los cuarteles sonaban los clarines de las seis, resabio de tribu alerta, de plaza medieval sitiada. En las cárceles empezaba la agonía de los prisioneros, a quienes se mataba a tirar de años. Los horizontes recogían sus cabecitas en las calles de la ciudad, caracol de mil cabezas. Se volvía de las audiencias presidenciales favorecido o desgraciado. La luz de los garitos apuñalaba en la sombra.

El idiota luchaba con el fantasma del zopilote que sentía encima y con el dolor de una pierna que se quebró al caer, dolor insoportable, negro, que le estaba arrancando la vida.

La noche entera estuvo quejándose quedito y recio, quedito y recio como perro herido...

... Erre, erre, ere... ... Erre, erre, ere...

... Erre-e-erre-e-erre-e-erre... e-erre..., e-erre...

Entre las plantas silvestres que convertían las basuras de la ciudad en lindísimas flores, junto a un ojo de agua dulce, el cerebro del idiota agigantaba tempestades en el pequeño universo de su cabeza.

... E-e-err... E-e-eerrr... E-e-eerrr...

Las uñas aceradas de la fiebre le aserraban la frente. Disociación de ideas. Elasticidad del mundo en los espejos. Desproporción fantástica. Huracán delirante. Fuga vertiginosa, horizontal, vertical, oblicua, recién nacida y muerta en espiral...

... erre, erre, ere, ere, erre, ere, erre...

Curvadecurvaencurvadecurvacurvadecurvaencurvala mujer de Lot. (¿La que inventó la Lotería?) Las mulas que tiraban de un tranvía se transformaban en la mujer de Lot y su inmovilidad irritaba a los tranvieros que, no contentos con romper en ellas sus látigos y apedrearlas, a veces invitaban a los caballeros a hacer uso de sus armas. Los más honorables llevaban verduguillos y a estocadas hacían andar a las mulas...

... Erre, erre, ere...

¡I-N-R-Idiota ¡I-N-R-Idiota!

... Erre, erre, ere...

¡El afilador se afila los dientes para reírse! ¡Afiladores de risa! ¡Dientes del afilador!

¡Madre!

El grito del borracho lo sacudía.

¡Madre!

La luna, entre las nubes esponjadas, lucía claramente. Sobre las hojas húmedas, su blancura tomaba lustre y tonalidad de porcelana.

¡Ya se llevan...!

¡Ya se llevan...!

¡Ya se llevan los santos de la iglesia y los van a enterrar!

¡Ay, qué alegre, ay, que los van a enterrar, ay, que los van a enterrar, qué alegre, ay!

¡El cementerio es más alegre que la ciudad, más limpio que la ciudad! ¡Ay, qué alegre que los van, ay, a enterrar!

¡Ta-ra-rá! ¡Ta-ra-rí!

¡Tit-tit!

¡Tararará! ¡Tararí!

¡Simbarán, bún, bún, simbarán!

¡Panejiscosilatenache-jaja-ajajají-turco-del-portal-ajajajá!

¡Tit-tit!

¡Simbarán, bún, bún, simbarán!

Y atropellando por todo, seguía a grandes saltos de un volcán a otro, de astro en astro, de cielo en cielo, medio despierto, medio dormido, entre bocas grandes y pequeñas, con dientes y sin dientes, con labios y sin labios, con labios dobles, con pelos, con lenguas dobles, con triples lenguas, que le gritaban: «¡Madre! ¡Madre! ¡Madre!»

¡Pú-pú!... Tomaba el tren del guarda para alejarse velozmente de la ciudad, buscando hacia las montañas que hacían carga-sillita a los volcanes, más allá de las torres del inalámbrico, más allá del rastro, más allá de un fuerte de artillería, volován relleno de soldados.

Pero el tren volvía al punto de partida como un juguete preso de un hilo y a su llegada —trac-trac, trac-trac— le esperaba en la estación una verdulera gangosa con el pelo de varilla de canasto que le gritaba: «¿Pan para el idiota, lorito?... ¡Agua para el idiota! ¡Agua para el idiota!»

129

Perseguido por la verdulera, que lo amenazaba con un guacal de agua, corría hacia el Portal del Señor, pero en llegando... —¡MADRE! Un grito..., un salto..., un hombre..., la noche..., la lucha..., la muerte..., la sangre..., la fuga..., el idiota... «¡Agua para el idiota, lorito! ¡Agua para el idiota!...»

El dolor de la pierna le despertó. Dentro de los huesos sentía un laberinto. Sus pupilas se entristecieron a la luz del día. Dormidas enredaderas salpicadas de lindas flores invitaban a reposar bajo su sombra, junto a la frescura de una fuente que movía la cola espumosa como si entre musgos y helechos se ocultase argentada ardilla.

Nadie. Nadie.

El *Pelele* se hundió de nuevo en la noche de sus ojos a luchar con su dolor, a buscar postura a la pierna rota, a detenerse con la mano el labio desgarrado. Pero al soltar los párpados calientes le pasaron por encima cielos de sangre. Entre relámpagos huía la sombra de los gusanos convertida en mariposa.

De espaldas se hizo al delirio sonando una campanilla. ¡Nieve para los moribundos! ¡El nevero vende el viático! ¡El cura vende nieve! ¡Nieve para los moribundos! ¡Tilín, tilín! ¡Nieve para los moribundos! ¡Pasa el viático! ¡Pasa el nevero! ¡Quítate el sombrero, mudo baboso! ¡Nieve para los moribundos!...

# IV
# Cara de Ángel

Cubierto de papeles, cueros, trapos, esqueletos de paraguas, alas de sombreros de paja, trastos de peltre agujereados, fragmentos de porcelana, cajas de cartón, pastas de libros, vidrios rotos, zapatos de lenguas abarquilladas al sol, cuellos, cáscaras de huevo, algodones, sobras de comidas..., el *Pelele* seguía soñando. Ahora se veía en un patio grande rodeado de máscaras, que luego se fijó que eran caras atentas a la pelea de dos gallos. Llama de papel fue la pelea. Uno de los combatientes expiró sin agonía bajo la mirada vidriosa de los espectadores, felices de ver salir las navajas en arco embarradas de sangre. Atmósfera de aguardiente. Salivazos teñidos de tabaco. Entrañas. Cansancio salvaje. Sopor. Molicie. Meridiano tropical. Alguien pasaba por su sueño, de puntepié, para no despertarlo...

Era la madre del *Pelele,* querida de un gallero que tocaba la guitarra como con uñas de pedernal y víctima de sus celos y sus vicios. Historia de nunca acabar la de sus penas: hembra de aquel cualquiera y mártir del crío que nació —en el decir de las comadres sabihondas— bajo la acción «direuta» de la luna en trance, en su agonía se juntaron la cabeza desproporcionada de su hijo —una cabezota redonda y con dos coronillas como la luna—, las caras huesudas de todos los enfermos del hospital y los gestos de miedo, de asco, de hipo, de ansia de vómito del gallero borracho.

El *Pelele* percibió el ruido de su fustán almidonado —viento y hojas— y corrió tras ella con las lágrimas en los ojos.

En el pecho materno se alivió. Las entrañas de la que le había dado el ser absorbieron como papel secante el dolor de sus heridas. ¡Qué hondo refugio imperturbable! ¡Qué nutrido afecto! ¡Azucenita! ¡Azucenota! ¡Cariñoteando! ¡Cariñoteando!...

En lo más recóndito de sus oídos canturreaba el gallero:

> ¡Cómo no...
> cómo no...
> cómo no, confite liolio,
> como yo soy gallo liolio
> que al meter la pata liolio,
> arrastro el ala liolio!

El *Pelele* levantó la cabeza y sin decir dijo:

—¡Perdón, ñañola, perdón!

Y la sombra que le pasaba la mano por la cara, cariñoteando respondió a su queja:

—¡Perdón, hijo, perdón!

La voz de su padre, sendero caído de una copa de aguardiente, se oía hasta muy lejos:

> ¡Me enredé...
> me enredé...
> me enredé con una blanca,
> y cuando la yuca es buena,
> sólo la mata se arranca!

El *Pelele* murmuró:

—¡Ñañola, me duele el alma!

Y la sombra que le pasaba la mano por la cara, cariñoteando respondió a su queja:

—¡Hijo, me duele el alma!

La dicha no sabe a carne. Junto a ellos bajaba a besar la tierra la sombra de un pino, fresca como un río. Y cantaba en el pino un pájaro que a la vez que pájaro era campanita de oro:

—¡Soy la Manzana-Rosa del Ave del Paraíso, soy la vida, la mitad de mi cuerpo es mentira y la mitad es verdad; soy rosa y soy manzana, doy a todos un ojo de vidrio y un ojo de verdad: los que ven con mi ojo de vidrio ven porque sueñan, los que ven con mi ojo de verdad ven porque miran! ¡Soy la vida, la Manzana-Rosa del Ave del Paraíso; soy la mentira de todas las cosas reales, la realidad de todas las ficciones!

Súbitamente abandonaba el regazo materno y corría a ver pasar los volatines. Caballos de crin larga como sauces llorones jineteados por mujeres vestidas de vidriera. Carruajes adornados con flores y banderolas de papel de China rodando por la pedriza de las calles con inestabilidad de ebrios. Murga de mugrientos, soplacobres, rascatripas y machacatambores. Los payasos enharinados repartían programas de colores, anunciando la función de gala dedicada al Presidente de la República, Benemérito de la Patria, Jefe del Gran Partido Liberal y Protector de la Juventud Estudiosa.

Su mirada vagaba por el espacio de una bóveda muy alta. Los volatines le dejaron perdido en un edificio levantado sobre un abismo sin fondo de color verdegay. Los escaños pendían de los cortinajes como puentes colgantes. Los confesonarios subían y bajaban de la tierra al cielo, elevadores de almas manejados por el Ángel de la Bola de Oro y el Diablo de los Oncemil Cuernos. De un camarín —como pasa la luz por los cristales, no obstante el vidrio— salió la Virgen del Carmen a preguntarle qué quería, a quién buscaba. Y con ella, propietaria de aquella casa, miel de los ángeles, razón de los santos y pastelería de los pobres, se detuvo a conversar muy complacido. Tan gran señora no medía un metro, pero cuando hablaba daba la impresión de entender de todo como la gente grande. Por señas le contó el *Pelele* lo mucho que le gustaba masticar cera y ella, entre seria y sonriente, le dijo que tomara una de las candelas encendidas en su altar. Luego, recogiéndose el manto de plata que le quedaba largo, le condujo de la mano a un estanque de peces de colores y le dio el arco-iris para que lo chupara como pirulí. ¡La felicidad completa! Sentíase feliz desde la puntitita de la lengua hasta la puntitita de los pies. Lo que no tuvo en la vida: un pedazo de cera para masticar como copal, un pirulí de menta, un estanque de peces de colores y una madre que sobándole la pierna quebrada le cantara «¡sana, sana, culito de rana, siete

133

peditos para vos y tu nana!», lo alcanzaba dormido en la basura.

Pero la dicha dura lo que tarda un aguacero con sol... Por una vereda de tierra color de leche, que se perdía en el basurero, bajó un leñador seguido de su perro: el tercio de leña a la espalda, la chaqueta doblada sobre el tercio de leña y el machete en los brazos como se carga a un niño. El barranco no era profundo, mas el atardecer lo hundía en sombras que amortajaban la basura hacinada en el fondo, desperdicios humanos que por la noche aquietaban el miedo. El leñador volvió a mirar. Habría jurado que le seguían. Más adelante se detuvo. Le jalaba la presencia de alguien que estaba allí escondido. El perro aullaba, erizado, como si viera al diablo. Un remolino de aire levantó papeles sucios manchados como de sangre de mujer o de remolacha. El cielo se veía muy lejos, muy azul, adornado como una tumba altísima por coronas de zopilotes que volaban en círculos dormidos. A poco, el perro echó a correr hacia donde estaba el *Pelele*. Al leñador le sacudió frío de miedo. Y se acercó paso a paso tras el perro a ver quién era el muerto. Era peligroso herirse los pies en los chayes, en los culos de botellas o en las latas de sardina, y había que burlar a saltos las heces pestilentes y los trechos oscuros. Como bajeles en mar de desperdicios hacían agua las palanganas...

Sin dejar la carga —más le pesaba el miedo— tiró de un pie al supuesto cadáver y cuál asombro tuvo al encontrarse con un hombre vivo, cuyas palpitaciones formaban gráficas de angustia a través de sus gritos y los ladridos del can, como el viento cuando entretela la lluvia. Los pasos de alguien que andaba por allí, en un bosquecito cercano de pinos y guayabos viejos, acabaron de turbar al leñador. Si fuera un policía... De veras, pues... Sólo eso le faltaba...

—¡Chú-chó! —gritó al perro. Y como siguiera ladrando, le largó un puntapié—. ¡Chucho, animal, dej' estar!...

Pensó huir... Pero huir era hacerse reo de delito... Peor aún si era un policía... Y volviéndose al herido:

—¡Preste, pues, con eso lo ayudo a pararse!... ¡Ay, Dios, si por poco lo matan!... ¡Preste, no tenga miedo, no grite, que no le estoy haciendo nada malo! Pasé por aquí, lo vide botado y...

134

—Vi que lo desenterrabas —rompió a decir una voz a sus espaldas— y regresé porque creí que era algún conocido; saquémoslo de aquí...

El leñador volvió la cabeza para responder y por poco se cae del susto. Se le fue el aliento y no escapó por no soltar al herido, que apenas se tenía en pie. El que le hablaba era un ángel: tez de dorado mármol, cabellos rubios, boca pequeña y aire de mujer en violento contraste con la negrura de sus ojos varoniles. Vestía de gris. Su traje, a la luz del crepúsculo, se veía como una nube. Llevaba en las manos finas una caña de bambú muy delgada y un sombrero limeño que parecía una paloma.

¡Un ángel... —el leñador no le desclavaba los ojos—, un ángel —se repetía—, ... un ángel!

—Se ve por su traje que es un pobrecito —dijo el aparecido—. ¡Qué triste cosa es ser pobre!...

—Sigún; en este mundo todo tiene sus asigunes. Véame a mí; soy bien pobre, el trabajo, mi mujer y mi rancho, y no encuentro triste mi condición —tartamudeó el leñador como hablando dormido para ganarse al ángel, cuyo poder, en premio a su cristiana conformidad, podía transformarlo, con sólo querer, de leñador en rey. Y por un instante se vio vestido de oro, cubierto por un manto rojo, con una corona de picos en la cabeza y un cetro de brillantes en la mano. El basurero se iba quedando atrás...

—¡Curioso! —observó el aparecido sacando la voz sobre los lamentos del *Pelele*.

—Curioso, ¿por qué?... Después de todo, somos los pobres los más conformes. ¡Y qué remedio, pue! Verdá es que con eso de la escuela los que han aprendido a ler andan inflenciados de cosas imposibles. Hasta mi mujer resulta a veces triste porque dice que quisiera tener alas los domingos.

El herido se desmayó dos y tres veces en la cuesta, cada vez más empinada. Los árboles subían y bajaban en sus ojos de moribundo, como los dedos de los bailarines en las danzas chinas. Las palabras de los que le llevaban casi cargado recorrían sus oídos haciendo equis como borrachos en piso resbaloso. Una gran mancha negra le agarraba la cara. Resfríos repentinos soplaban por su cuerpo la ceniza de las imágenes quemadas.

—¿Conque tu mujer quisiera tener alas los domingos? —dijo el aparecido—. Tener alas, y pensar que al tenerlas le serían inútiles.

—Ansina, pue; bien que ella dice que las quisiera para irse a pasear, y cuando está brava conmigo se las pide al aire.

El leñador se detuvo a limpiarse el sudor de la frente con la chaqueta, exclamando:

—¡Pesa su poquito!

En tanto, el aparecido decía:

—Para eso le bastan y le sobran los pies; por mucho que tuviera alas no se iría.

—De cierto que no, y no por su bella gracia, sino porque la mujer es pájaro que no se aviene a vivir sin jaula, y porque pocos serían los leños que traigo a memeches para rompérselos encima —en esto se acordó de que hablaba con un ángel y apresuróse a dorar la píldora—, con divino modo, ¿no le parece?

El desconocido guardó silencio.

—¿Quién le pegaría a este pobre hombre? —añadió el leñador para cambiar de conversación, molesto por lo que acababa de decir.

—Nunca falta...

—Verdá que hay prójimos para todo... A éste sí que sí que... lo agarraron como matar culebra: un navajazo en la boca y al basurero.

—Sin duda tiene otras heridas.

—La del labio pa mí que se la trabaron con navaja de barba, y lo despeñaron aquí, no vaya usté a crer, para que el crimen quedara oculto.

—Pero entre el cielo y la tierra...

—Lo mesmo iba a decir yo.

Los árboles se cubrían de zopilotes ya para salir del barranco y el miedo, más fuerte que el dolor, hizo callar al *Pelele;* entre tirabuzón y erizo encogióse en un silencio de muerte.

El viento corría ligero por la planicie, soplaba de la ciudad al campo, hilado, amable, familiar...

El aparecido consultó su reloj y se marchó de prisa, después de echar al herido unas cuantas monedas en el bolsillo y despedirse del leñador afablemente.

El cielo, sin una nube, brillaba espléndido. Al campo asomaba el arrabal con luces eléctricas encendidas como fósforos en un teatro a oscuras. Las arboledas culebreantes surgían de las tinieblas junto a las primeras moradas: casuchas de lodo con olor de rastrojo, barracas de madera con olor de ladino, caserones de zaguán sórdido, hediendo a caballeriza, y posadas en las que era clásica la venta de zacate, la moza con traído en el castillo y la tertulia de arrieros en la oscuridad.

El leñador abandonó al herido al llegar a las primeras casas; todavía le dijo por dónde se iba al hospital. El *Pelele* entreabrió los párpados en busca de alivio, de algo que le quitara el hipo; pero su mirada de moribundo, fija como espina, clavó su ruego en las puertas cerradas de la calle desierta. Remotamente se oían clarines, sumisión de pueblo nómada, y campanas que decían por los fieles difuntos de tres en tres toques trémulos: ¡Lás-tima!... ¡Lás-tima!... ¡Lás-tima!...

Un zopilote que se arrastraba por la sombra lo asustó. La queja rencorosa del animal quebrado de un ala era para él una amenaza. Y poco a poco se fue de allí, poco a poco, apoyándose en los muros, en el temblor inmóvil de los muros, quejido y quejido, sin saber adónde, con el viento en la cara, el viento que mordía hielo para soplar de noche. El hipo lo picoteaba...

El leñador dejó caer el tercio de leña en el patio de su rancho, como lo hacía siempre. El perro, que se le había adelantado, lo recibió con fiestas. Apartó el can y, sin quitarse el sombrero, abriéndose la chaqueta como murciélago sobre los hombros, llegóse a la lumbre encendida en el rincón donde su mujer calentaba las tortillas, y le refirió lo sucedido.

—En el basurero encontré un ángel...

El resplandor de las llamas lentejueleaba en las paredes de caña y en el techo de paja, como las alas de otros ángeles.

Escapaba del rancho un humo blanco, tembloroso, vegetal.

leñador = woodcutter

V

# ¡Ese animal!

El secretario del Presidente oía al doctor Barreño.

—Yo le diré, señor secretario, que tengo diez años de ir diariamente a un cuartel como cirujano militar. Yo le diré que he sido víctima de un atropello incalificable, que he sido arrestado, arresto que se debió a..., yo le diré, lo siguiente: en el Hospital Militar se presentó una enfermedad extraña; día a día morían diez y doce individuos por la mañana, diez y doce individuos por la tarde, diez y doce individuos por la noche. Yo le diré que el Jefe de Sanidad Militar me comisionó para que en compañía de otros colegas pasáramos a estudiar el caso e informáramos a qué se debía la muerte de individuos que la víspera entraban al hospital buenos o casi buenos. Yo le diré que después de cinco autopsias logré establecer que esos infelices morían de una perforación en el estómago del tamaño de un real, producida por un agente extraño que yo desconocía y que resultó ser el sulfato de soda que les daban de purgante, sulfato de soda comprado en las fábricas de agua gaseosa y de mala calidad, por consiguiente. Yo le diré que mis colegas médicos no opinaron como yo y que, sin duda por eso, no fueron arrestados; para ellos se trataba de una enfermedad nueva que había que estudiar. Yo le diré que han muerto ciento cuarenta soldados y que aún quedan dos barriles de sulfato. Yo le diré que por robarse algunos pesos, el Jefe de Sanidad Militar sacrificó ciento cuarenta hombres, y los que seguirán... Yo le diré...

—¡Doctor Luis Barreño! —gritó a la puerta de la secretaría un ayudante presidencial.

—... yo le diré, señor secretario, lo que él me diga.

El secretario acompañó al doctor Barreño unos pasos. A fuer de humanitaria interesaba la jerigonza de su crónica escalonada, monótona, gris, de acuerdo con su cabeza canosa y su cara de bistec seco de hombre de ciencia.

El Presidente de la República le recibió en pie, la cabeza levantada, un brazo suelto naturalmente y el otro a la espalda, y, sin darle tiempo a que lo saludara, le cantó:

—Yo le diré, don Luis, ¡y eso sí!, que no estoy dispuesto a que por chismes de mediquetes se menoscabe el crédito de mi gobierno en lo más mínimo. ¡Deberían saberlo mis enemigos para no descuidarse, porque a la primera, les boto la cabeza! ¡Retírese! ¡Salga!..., y ¡llame a ese animal!

De espaldas a la puerta, el sombrero en la mano y una arruga trágica en la frente, pálido como el día en que lo han de enterrar, salió el doctor Barreño.

—¡Perdido, señor secretario, estoy perdido!... Todo lo que oí fue: «¡Retírese, salga, llame a ese animal!...»

—¡Yo soy ese animal!

De una mesa esquinada se levantó un escribiente, dijo así, y pasó a la sala presidencial por la puerta que acababa de cerrar el doctor Barreño.

—¡Creía que me pegaba!... ¡Viera visto..., viera visto! —hilvanó el médico enjugándose el sudor que le corría por la cara—. ¡Viera visto! Pero le estoy quitando su tiempo, señor secretario, y usted está muy ocupado. Me voy, ¿oye? Y muchas gracias...

—Adiós, doctorcito. De nada. Que le vaya bien.

El secretario concluía el despacho que el Señor Presidente firmaría dentro de unos momentos. La ciudad apuraba la naranjada del crepúsculo vestida de lindos celajes de tarlatana con estrellas en la cabeza como ángel de loa. De los campanarios luminosos caía en las calles el salvavidas del Ave-María.

Barreño entró en su casa que pedazos se hacía. ¡Quién quita una puñalada trapera! Cerró la puerta mirando a los tejados, por donde una mano criminal podía bajar a estrangularlo, y se refugió en su cuarto detrás de un ropero.

Los levitones pendían solemnes, como ahorcados que se conservan en naftalina, y bajo su signo de muerte recordó Barreño el asesinato de su padre, acaecido de noche en un camino, solo, hace muchos años. Su familia tuvo que conformarse con una investigación judicial sin resultado; la farsa coronaba la infamia, y una carta anónima que decía más o menos: «Veníamos con mi cuñado por el camino que va de *Vuelta Grande* a *La Canoa* a eso de las once de la noche, cuando a lo lejos sonó una detonación; otra, otra, otra..., pudimos contar hasta cinco. Nos refugiamos en un bosquecito cercano. Oímos que a nuestro encuentro venían caballerías a galope tendido. Jinetes y caballos pasaron casi rozándonos, y continuamos la marcha al cabo de un rato, cuando todo quedó en silencio. Pero nuestras bestias no tardaron en armarse. Mientras reculaban resoplando, nos apeamos pistola en mano a ver qué había de por medio y encontramos tendido el cadáver de un hombre boca abajo y a unos pasos una mula herida que mi cuñado despeñó. Sin vacilar regresamos a dar parte a *Vuelta Grande*. En la Comandancia encontramos al coronel José Parrales Sonriente, *el hombre de la mulita,* acompañado de un grupo de amigos, sentados alrededor de una mesa llena de copas. Le llamamos aparte y en voz baja le contamos lo que habíamos visto. Primero lo de los tiros, luego... En oyéndonos se encogió de hombros, torció los ojos hacia la llama de la candela manchada de rojo y repuso pausadamente: «¡Váyanse derechito a su casa, yo sé lo que les digo, y no vuelvan a hablar de esto!...»

—¡Luis!... ¡Luis!...

Del ropero se descolgó un levitón como ave de rapiña.

—¡Luis!

Barreño saltó y se puso a hojear un libro a dos pasos de su biblioteca. ¡El susto que se habría llevado su mujer si lo encuentra en el ropero!...

—¡Ya ni gracia tienes! ¡Te vas a matar estudiando o te vas a volver loco! ¡Acuérdate que siempre te lo digo! No quieres entender que para ser algo en esta vida se necesita más labia que saber. ¿Qué ganas con estudiar? ¿Qué ganas con estudiar? ¡Nada! ¡Dijera yo un par de calcetines, pero qué...! ¡No faltaba más! ¡No faltaba más!...

140

La luz y la voz de su esposa le devolvieron la tranquilidad.

—¡No faltaba más! Estudiar..., estudiar... ¿Para qué? Para que después de muerto te digan que eras sabio, como se lo dicen a todo el mundo... ¡Bah!... Que estudien los empíricos; tú no tienes necesidad, que para eso sirve el título, para saber sin estudiar... ¡Y... no me hagas caras! En lugar de biblioteca deberías tener clientela. Si por cada librote inútil de esos tuvieras un enfermo, estaríamos mejor de salud nosotros aquí en la casa. Yo, por mí, quisiera ver tu clínica llena, oír sonar el teléfono a todas horas, verte en consultas... En fin, que llegaras a ser algo...

—Tú le llamas ser algo a...

—Pues entonces... algo efectivo... Y para eso no me digas que se necesita botar las pestañas sobre los libros, como tú lo haces. Ya quisieran saber los otros médicos la mitad de lo que tú sabes. Basta con hacerse de buenas cuñas y de nombre. El médico del Señor Presidente por aquí... El médico del Señor Presidente por allá... Y eso sí, ya ves; eso sí ya es ser algo...

—Puesss... —y Barreño detuvo el pues entre los labios salvando una pequeña fuga de memoria— ... esss, hija, pierde las esperanzas; te caerías de espaldas si te contara que vengo de ver al Presidente. Sí, de ver al Presidente.

—¡Ah, caramba!, ¿y qué te dijo, cómo te recibió?

—Mal. Botar la cabeza fue todo lo que le oí decir. Tuve miedo y lo peor es que no encontraba la puerta para salir.

—¿Un regaño? ¡Bueno, no es al primero ni al último que regaña; a otros les pega! —y tras una prolongada pausa, agregó—: A ti lo que siempre te ha perdido es el miedo...

—Pero, mujer, dame uno que sea valiente con una fiera.

—No, hombre, si no me refiero a eso; hablo de la cirugía, ya que no puedes llegar a ser médico del Presidente. Para eso lo que urge es que pierdas el miedo. Pero para ser cirujano lo que se necesita es valor. Créemelo. Valor y decisión para meter el cuchillo. Una costurera que no echa a perder tela no llegará a cortar bien un vestido nunca. Y un vestido, bueno, un vestido vale algo. Los médicos, en cambio, pueden ensayar en el hospital con los indios. Y lo del Presidente, no hagas caso. ¡Ven a comer! El hombre debe estar para que lo chamarreen con ese asesinato horrible del Portal del Señor.

—¡Mira, calla!, no suceda aquí lo que no ha sucedido nunca; que yo te dé una bofetada. ¡No es un asesinato ni nada de horrible tiene el que hayan acabado con ese verdugo odioso, el que le quitó la vida a mi padre, en un camino solo, a un anciano solo...!

—¡Según un anónimo! Pero, no pareces hombre; ¿quién se lleva de anónimos?

—Si yo me llevara de anónimos...

—No pareces hombre...

—Pero ¡déjame hablar! Si yo me llevara de anónimos, no estarías aquí en mi casa —Barreño se registraba los bolsillos con la mano febril y el gesto en suspenso—; no estarías aquí en mi casa. Toma: lee...

Pálida, sin más rojo que el químico bermellón de los labios, tomó ella el papel que le tendía su marido y en un segundo le pasó los ojos:

> Doctor: aganos el fabor de consolar a su mujer, ahora que el hombre de la mulita pasó a mejor bida. Consejo de unos amigos y amigas que le quieren.

Con una carcajada dolorosa, astillas de risa que llenaban las probetas y retortas del pequeño laboratorio de Barreño, como un veneno a estudiar, ella devolvió el papel a su marido. Una sirvienta acababa de decir a la puerta:

—¡Ya está servida la comida!

En Palacio, el Presidente firmaba el despacho asistido por el viejecito que entró al salir el doctor Barreño y oír que llamaban a *ese animal*.

*Ese animal* era un hombre pobremente vestido, con la piel rosada como ratón tierno, el cabello de oro de mala calidad, y los ojos azules y turbios perdidos en anteojos color de yema de huevo.

El Presidente puso la última firma y el viejecito, por secar de prisa, derramó el tintero sobre el pliego firmado.

—¡ANIMAL!

—¡Se... ñor!

—¡ANIMAL!

Un timbrazo..., otro..., otro... Pasos y un ayudante en la puerta.

—¡General, que le den doscientos palos a éste, ya ya! —rugió el Presidente; y pasó en seguida a la Casa Presidencial. La comida estaba puesta.

A *ese animal* se le llenaron los ojos de lágrimas. No habló porque no pudo y porque sabía que era inútil implorar perdón: el Señor Presidente estaba como endemoniado con el asesinato de Parrales Sonriente. A sus ojos nublados asomaron a implorar por él su mujer y sus hijos: una vieja trabajada y una media docena de chicuelos flacos. Con la mano hecha un garabato se buscaba la bolsa de la chaqueta para sacar el pañuelo y llorar amargamente —¡y no poder gritar para aliviarse!—, pensando, no como el resto de los mortales, que aquel castigo era inicuo; por el contrario, que bueno estaba que le pegaran para enseñarle a no ser torpe —¡y no poder gritar para aliviarse!—, para enseñarle a hacer bien las cosas, y no derramar la tinta sobre las notas —¡y no poder gritar para aliviarse!...

Entre los labios cerrados le salían los dientes en forma de peineta, contribuyendo con sus carrillos fláccidos y su angustia a darle aspecto de condenado a muerte. El sudor de la espalda le pegaba la camisa, acongojándole de un modo extraño. ¡Nunca había sudado tanto!... ¡Y no poder gritar para aliviarse! Y la basca del miedo le, le, le hacía tiritar...

El ayudante le sacó del brazo como dundo, embutido en una torpeza macabra: los ojos fijos, los oídos con una terrible sensación de vacío, la piel pesada, pesadísima, doblándose por los riñones, flojo, cada vez más flojo...

Minutos después, en el comedor:

—¿Da su permiso, señor Presidente?

—Pase, general.

—Señor, vengo a darle parte de *ese animal* que no aguantó los doscientos palos.

La sirvienta que sostenía el plato del que tomaba el Presidente, en ese momento, una papa frita, se puso a temblar...

—Y usted, ¿por qué tiembla? —la increpó el amo. Y volviéndose al general que, cuadrado, con el quepis en la mano, esperaba sin pestañear—: ¡Está bien, retírese!

Sin dejar el plato, la sirvienta corrió a alcanzar al ayudante y le preguntó por qué no había aguantado los doscientos palos.

—¿Cómo por qué? ¡Porque se murió!

Y siempre con el plato, volvió al comedor.

—¡Señor —dijo casi llorando al Presidente, que comía tranquilo—, dice que no aguantó porque se murió!

—¿Y qué? ¡Traiga lo que sigue!

# VI

# La cabeza de un general

Miguel Cara de Ángel, el hombre de toda la confianza del Presidente, entró de sobremesa.

—¡Mil excusas, señor Presidente! —dijo al asomar a la puerta del comedor. (Era bello y malo como Satán.)—. ¡Mil excusas, Señor Presidente, si vengo-ooo... pero tuve que ayudar a un leñatero con un herido que recogió de la basura y no me fue posible venir antes! ¡Informo al Señor Presidente que no se trataba de persona conocida, sino de uno así como cualquiera!

El Presidente vestía, como siempre, de luto riguroso: negros los zapatos, negro el traje, negra la corbata, negro el sombrero que nunca se quitaba; en los bigotes canos, peinados sobre las comisuras de los labios, disimulaba las encías sin dientes, tenía los carrillos pellejudos y los párpados como pellizcados.

—¿Y se lo llevó adonde corresponde?... —interrogó desarrugando el ceño...

—Señor...

—¡Qué cuento es ése! ¡Alguien que se precia de ser amigo del Presidente de la República no abandona en la calle a un infeliz herido víctima de oculta mano!

Un leve movimiento en la puerta del comedor le hizo volver la cabeza.

—Pase, general...

—Con el permiso del Señor Presidente...

—¿Ya están listos, general?

—Sí, Señor Presidente...

—Vaya usted mismo, general; presente a la viuda mis condolencias y hágale entrega de esos trescientos pesos que le manda el Presidente de la República para que se ayude en los gastos del entierro.

El general, que permanecía cuadrado, con el quepis en la diestra, sin parpadear, sin respirar casi, se inclinó, recogió el dinero de la mesa, giró sobre los talones y, minutos después, salió en automóvil con el féretro que encerraba el cuerpo de *ese animal.*

Cara de Ángel se apresuró a explicar:

—Pensé seguir con el herido hasta el hospital, pero luego me dije: «Con una orden del Señor Presidente lo atenderán mejor.» Y como venía para acá a su llamado y a manifestarle una vez más que no me pasa la muerte que villanos dieron por la espalda a nuestro Parrales Sonriente...

—Ya daré la orden...

—No otra cosa podía esperarse del que dicen que no debía gobernar este país...

El Presidente saltó como picado.

—¿Quiénes?

—¡Yo, el primero, Señor Presidente, entre los muchos que profesamos la creencia de que un hombre como usted debería gobernar un pueblo como Francia, o la libre Suiza, o la industriosa Bélgica o la maravillosa Dinamarca!... Pero Francia..., Francia sobre todo... ¡Usted sería el hombre ideal para guiar los destinos del gran pueblo de Gambetta y Víctor Hugo!

Una sonrisa casi imperceptible se dibujó bajo el bigote del Presidente, el cual, limpiando sus anteojos con un pañuelo de seda blanca, sin dejar de mirar a Cara de Ángel, tras una breve pausa encaminó la conversación por otro lado.

—Te llamé, Miguel, para algo que me interesa que se arregle esta misma noche. Las autoridades competentes han ordenado la captura de ese pícaro de Eusebio Canales, el general que tú conoces, y lo prenderán en su casa mañana a primera hora. Por razones particulares, aunque es uno de los que asesinaron a Parrales Sonriente, no conviene al Gobierno que vaya a la cárcel y necesito su fuga inmediata. Corre a buscarlo, cuéntale lo que sabes y aconséjale, como cosa tuya, que se escape esta misma noche. Puedes prestarle ayuda para que lo haga, pues, como todo militar de escuela, cree en el honor, se va a querer pasar de vivo y si lo agarran mañana le quito la cabeza. Ni él debe saber esta conversación; solamente tú y yo. Y tú ten cuidado que la policía no se entere que andas por ahí; mira cómo te las arreglas para no dar el cuerpo y que este pícaro se largue. Puedes retirarte.

El favorito salió con media cara cubierta en la bufanda negra. (Era bello y malo como Satán.) Los oficiales que guardaban el comedor del amo le saludaron militarmente. Presentimiento; o acaso habían oído que llevaba en las manos la cabeza de un general. Sesenta desesperados bostezaban en la sala de audiencia, esperando que el Señor Presidente se desocupara. Las calles cercanas a Palacio y a la Casa Presidencial se veían alfombradas de flores. Grupos de soldados, al mando del Comandante de Armas, adornaban el frente de los cuarteles vecinos con faroles, banderitas y cadenas de papel de china azul y blanco.

Cara de Ángel no se dio cuenta de aquellos preparativos de fiesta. Había que ver al general, concertar un plan y proporcionarle la fuga. Todo le pareció fácil antes que ladraran los perros en el bosque monstruoso que separaba al Señor Presidente de sus enemigos, bosque de árboles de orejas que al menor eco se revolvían como agitadas por el huracán. Ni una brizna de ruido quedaba leguas a la redonda con el hambre de aquellos millones de cartílagos. Los perros seguían ladrando. Una red de hilos invisibles, más invisibles que los hilos del telégrafo, comunicaba cada hoja con el Señor Presidente, atento a lo que pasaba en las vísceras más secretas de los ciudadanos.

Si fuera posible hacer pacto con el diablo, venderle el alma con tal de burlar la vigilancia de la policía y permitir la fuga al general... Pero el diablo no se presta para actos caritativos; bien que hasta dónde no dejaría raja aquel lance singular... La cabeza del general y algo más... Pronunció las palabras como si de verdad llevara en las manos la cabeza del general y algo más.

Había llegado a la casa de Canales, situada en el barrio de la Merced. Era un caserón de esquina, casi centenario, con cierta soberanía de moneda antigua en los ocho balcones que caían a la calle principal y el portón para carruajes que daba a la otra calle. El favorito pensó detenerse aquí y, caso de oír gente dentro, llamar para que le abrieran. Le hizo desistir la presencia de los gendarmes, que rondaban en la acera de enfrente. Apuró el paso y fue echando los ojos por las ventanas a ver si dentro había a quién hacerle señas. No vio a nadie. Imposible detenerse en la acera sin hacerse sospechoso. Pero en la esquina opuesta a la casa se abría un fondín de mala muerte, y para poder permanecer cerca de allí lo que faltaba era entrar y tomar algo. Una cerveza. Hizo decir algunas palabras a la que despachaba y con el vaso de cerveza en la mano volvió la cara para ver quién ocupaba una banquita acuñada a la pared, bulto de hombre que al entrar alcanzó a ver con el rabo de ojo. Sombrero de la coronilla a la frente, casi sobre los ojos, toalla alrededor del pescuezo, el cuello de la chaqueta levantado, pantalones campanudos, botines abotonados sin abotonar, talón alto, tapa de hule, cuero amarillo, género café. Distraídamente levantó los ojos el favorito y fue viendo las botellas alineadas en los tramos de la estantería, la ese luminosa de la bombita de la luz eléctrica, un anuncio de vinos españoles, Baco cabalgando un barril entre frailes barrigones y mujeres desnudas, y un retrato del Señor Presidente, echado a perder de joven, con ferrocarriles en los hombros, como charreteras, y un angelito dejándole caer en la cabeza una corona de laurel. Retrato de mucho gusto. De vez en vez volvía la mirada a la casa del general. Sería grave que el de la banquita y la fondera fueran más que amigos y estuvieran haciendo malobra. Se desabrochó la chaqueta al tiempo de cruzar una pierna sobre la otra y recostarse de codos en el mostrador con el aire de la persona que no se va a marchar pronto. ¿Y si pidiera otra cerveza? La pidió y para ganar tiempo pagó con un billete de cien pesos. Tal vez la fondera no tenía vuelto. Ésta abrió el cajón de la venta con disgusto, hurgó entre los billetes mugrientos y lo cerró de golpe. No tenía vuelto. Siempre la misma historia de salir a buscar cambio. Se echó el delantal sobre los brazos desnudos y agarró la calle, no sin volver a mirar al de la banquita para recomendarle que estuviera ojo al Cristo con el cliente: un que sí voy a tener cuidado, un que no se vaya a robar algo. Precaución inútil, porque en ese momento salió una señorita de la casa del general, como llovida del cielo, y Cara de Ángel no esperó más.

—Señorita —le dijo andando a la par de ella—, prevenga al dueño de la casa de donde acaba de salir usted, que tengo algo muy urgente que comunicarle.

—¿Mi papá?

—¿Hija del general Canales?

—Sí, señor...

—Pues... no se detenga; no, no... Ande..., andemos, andemos... Aquí tiene usted mi tarjeta. Dígale, por favor, que le espero en mi casa lo más pronto posible; que de aquí me voy para allá, que allá le espero, que su vida está en peligro... Sí, sí, en mi casa, lo más pronto posible...

El viento le arrebató el sombrero y tuvo que volver corriendo a darle alcance. Dos y tres veces se le fue de las manos. Por fin le dio caza. Los aspavientos del que persigue un ave de corral.

Volvió al fondín, con el pretexto del vuelto, a ver la impresión que su salida repentina había hecho al de la banquita y lo encontró luchando con la fondera; la tenía acuñada contra la pared y con la boca ansiosa le buscaba la boca para darle un beso.

—¡Policía desgraciado, no es de balde que te llamas Bascas! —dijo la fondera cuando, del susto, al oír los pasos de Cara de Ángel, el de la banquita la soltó.

Cara de Ángel intervino amistosamente para favorecer sus planes; desarmó a la fondera, que se había armado de una botella, y volvió a mirar al de la banquita con ojos complacientes.

—¡Cálmese, cálmese, señora! ¿Qué son esas cosas? ¡Quédese con el vuelto y arréglense por las buenas! Nada logrará con hacer escándalo y puede venir la policía, más si el amigo...

—Lucio Vásquez, pa servir a usté...

—¿Lucio Vásquez? ¡Sucio Bascas! ¡Y la policía..., para

todo van saliendo con la policía! ¡Que preben! ¡Que preben a entrar aquí! No le tengo miedo a nadie ni soy india, ¿oye, señor?, ¡para que éste me asuste con la Casa Nueva!

—¡A una casa-mala te meto si yo quiero! —murmuró Vásquez, escupiendo en seguida algo que se jaló de las narices.

—¡Será metedera! ¡Cómo no, Chón!

—¡Pero, hombre, hagan las paces, ya está!

—¡Sí, señor, si yo ya no estoy diciendo nada!

La voz de Vásquez era desagradable; hablaba como mujer, con una vocecita tierna, atiplada, falsa. Enamorado hasta los huesos de la fondera, luchaba con ella día y noche para que le diera un beso con su gusto, no le pedía más. Pero la fondera no se dejaba por aquello de que la que da el beso da el queso. Súplicas, amenazas, regalitos, llantos fingidos y verdaderos, serenatas, tustes, todo se estrellaba en la negativa cerril de la fondera, la cual no cedió nunca ni jamás se dio por las buenas. «El que me quiera —decía—, ya sabe que conmigo el amor es lucha a brazo partido.»

—Ahora que se callaron —continuó Cara de Ángel, hablaba como para él, frotando el índice en una monedita de níquel clavada en el mostrador—, les contaré lo que pasa con la señorita de allí enfrente.

E iba a contar que un amigo le había encargado que le preguntara si le recibía una carta, pero la fondera se interpuso...

—¡Dichosote, si ya vimos que es usté el que le está rascando el ala!

El favorito sintió que le llovía luz en los ojos... Rascar el ala... Contar que se opone la familia... Fingir un rapto... Rapto y parto tienen las mismas letras...

Sobre la monedita de níquel clavada en el mostrador seguía frotando el dedo, sólo que ahora más de prisa.

—Es verdad —contestó Cara de Ángel—, pero estoy fregado porque su papá no quiere que nos casemos...

—¡Cállese con ese viejo! —intervino Vásquez—. ¡Ahí las carotas de herrero mal pagado que le hace a uno, como si uno tuviera la culpa de la orden que hay de seguirlo por todas partes!

—¡Así son los ricos! —agregó la fondera de mal modo.

—Y por eso —explicó Cara de Ángel— he pensado sacármela de su casa. Ella está de acuerdo. Cabalmente acabamos de hablar y lo vamos a hacer esta noche.

La fondera y Vásquez sonrieron.

—¡Servite un trago! —le dijo Vásquez—, que esto se está poniendo bueno. —Luego se volvió a ofrecer a Cara de Ángel un cigarrillo—. ¿Fuma, caballero?

—No, gracias... Pero..., por no hacerle el desprecio...

La fondera sirvió tres tragos mientras aquéllos encendían los cigarrillos.

Un momento después dijo Cara de Ángel, ya cuando les había acabado de pasar el ardor del trago.

—¿Desde luego cuento con ustedes? ¡Valga lo que valga, lo que necesito es que me ayuden! ¡Ah, pero eso sí, debe ser hoy mismo!

—Después de las once de la noche yo no puedo, tengo servicio —observó Vásquez—, pero ésta...

—¡*Ésta* será tu cara, mirá cómo hablás!

—¡Ella, que diga, la *Masacuata* —y volvió a mirar a la fondera—, hará mis veces. Vale por dos, salvo que quiera que le mande un suple; tengo un amigo con quien quedé de juntarme por onde los chinos!

—¡Vos para todo vas saliendo con ese Genaro Rodas, guacal de horchata, mi compañero!

—¿Qué es eso de guacal de horchata? —indagó Cara de Ángel.

—Eso es que parece muerto, que es descoli..., ya no sé ni hablar..., des-co-lo-rido, vaya...!

—¿Y qué tiene que ver?

—Que yo vea no hay inconveniente...

—... Pues, sí hay, y perdone, señor, que le corte la palabra; yo no se lo quería decir: la mujer de ese Genaro Rodas, una tal llamada Fedina, anda contando que la hija del general va a ser madrina de su hijo; quiere decir que ese Genaro Rodas, tu amigo, para lo que el señor lo quiere no es mestrual.

—¡Qué trompeta!

—¡Para vos todo es trompeta!

Cara de Ángel agradeció a Vásquez su buena voluntad, dándole a entender que era mejor que no contaran con guacal de horchata, porque, como decía la fondera, efectivamente no era neutral.

—Es una lástima, amigo Vásquez, que usted no pueda ayudarme en la cosa ésta...

—Yo también siento no poderle hacer campaña, usté; de haberlo sabido, me arreglo para pedir permiso.

—Si se pudiera arreglar con dinero...

—¡No, usté, de ninguna manera, yo no suelo ser así; es porque ya sabe que no se puede arreglar! —y se llevó la mano a la oreja.

—¡Qué se ha de hacer, lo que no se puede, no se puede! Volveré de madrugada, dos menos cuarto o una y media, que el amor se llama luego y fuego.

Acabó de despedirse en la puerta, se llevo el reloj de pulsera al oído para saber si estaba andando —¡qué cosquillita fatal la de aquella pulsación isócrona!—, y partió a toda prisa con la bufanda negra sobre la cara pálida. Llevaba en las manos la cabeza del general y algo más.

# VII

# Absolución arzobispal

Genaro Rodas se detuvo junto a la pared a encender un cigarrillo. Lucio Vásquez asomó cuando rascaba el fósforo en la cajetilla. Un perro vomitaba en la reja del Sagrario.

—¡Este viento fregado! —refunfuñó Rodas a la vista de su amigo.

—¿Qué tal, vos? —saludó Vásquez, y siguieron andando.

—¿Qué tal, viejo?

—¿Para dónde vas?

—¿Cómo para dónde vas? ¡Vos si que me hacés gracia! ¿No habíamos quedado de juntarnos por aquí, pues?

—¡Ah! ¡Ah! Creí que te se había olvidado. Ya te voy a contar qué hubo de aquello. Vamos a meternos un trago. No sé, pero tengo ganas de meterme un trago. Venite, pasemos por el Portal a ver si hay algo.

—No creo, vos, pero si querés pasemos; allí, desde que prohibieron que llegaran a dormir los pordioseros, ni gatos se ven de noche.

—Por fortuna, decí. Atravesemos por el atrio de la Catedral, si te parece. Y qué aire el que se alborotó...

Después del asesinato del coronel Parrales Sonriente, la Policía Secreta no desamparaba ni un momento el Portal del Señor; vigilancia encargada a los hombres más amargos. Vásquez y su amigo recorrieron el Portal de punta a punta, subieron por las gradas que caían a la esquina del Palacio Arzobispal y salieron por el lado de las Cien Puertas. Las sombras de las pilastras echadas en el piso ocupaban el lugar de los mendigos. Una escalera, y otra, y otra, advertían que un pintor de brocha gorda iba a rejuvenecer el edificio. Y en efecto, entre las disposiciones del Honorable Ayuntamiento encaminadas a testimoniar al Presidente de la República su incondicional adhesión, sobresalía la de pintura y aseo del edificio que había sido teatro del odioso asesinato, a costa de los turcos que en él tenían sus bazares hediondos a cacho quemado. «Que paguen los turcos, que en cierto modo son culpables de la muerte del coronel Parrales Sonriente, por vivir en el sitio en que se perpetró el crimen», decían, hablando en plata, los severos acuerdos edilicios. Y los turcos, con aquellas contribuciones de carácter vindicativo, habrían acabado más pobres que los pordioseros que antes dormían a sus puertas sin la ayuda de amigos cuya influencia les permitió pagar los gastos de pintura, aseo y mejora del alumbrado del Portal del Señor, con recibos por cobrar al Tesoro Nacional, que ellos habían comprado por la mitad de su valor.

Pero la presencia de la Policía Secreta les aguó la fiesta. En voz baja se preguntaban el porqué de aquella vigilancia. ¿No se licuaron los recibos en los recipientes llenos de cal? ¿No se compraron a sus costillas brochas grandes como las barbas de los Profetas de Israel? Prudentemente, aumentaron en las puertas de sus almacenes, por dentro, el número de trancas, pasadores y candados.

Vásquez y Rodas dejaron el Portal por el lado de las Cien Puertas. El silencio ordeñaba el eco espeso de los pasos. Adelante, calle arriba, se colaron en una cantina llamada *«El Despertar del León»*. Vásquez saludó al cantinero, pidió dos copas y vino a sentarse al lado de Rodas, en una mesita, detrás de un cancel.

—Contá, pues, vos, qué hubo de mi lío —dijo Rodas.

—¡Salú! —Vásquez levantó la copa de aguardiente blanco.

—¡A la tuya, viejito!

El cantinero, que se había acercado a servirles, agregó maquinalmente:

—¡A su salú, señores!

Ambos vaciaron las copas de un solo trago.

—De aquello no hubo nada... —Vásquez escupió estas

palabras con el último sorbo de alcohol diluido en espumosa saliva—; el subdirector metió a un su ahijado y cuando yo le hablé por vos, ya el chance se lo había dado a ése que tal vez es un mugre.

—¡Vos dirés!

—Pero como donde manda capitán no manda marinero... Yo le hice ver que vos querías entrar a la policía secreta, que eras un tipo muy de a petate. ¡Ya vos sabés cómo son las caulas!

—Y él, ¿qué te dijo?

—Lo que estás oyendo, que ya tenía el puesto un ahijado suyo, y ya con eso me tapó el hocico. Ahora que te voy a decir, está más difícil que cuando yo entré conseguir hueso en la secreta. Todos han choteado que ésa es la carrera del porvenir.

Rodas frotó sobre las palabras de su amigo un gesto de hombros y una palabra ininteligible. Había venido con la esperanza de encontrar trabajo.

—¡No, hombre, no es para que te aflijás, no es para que te aflijás! En cuanto sepamos de otro hueso te lo consigo. Por Dios, por mi madre, que sí; más ahora que la cosa se está poniendo color de hormiga y que de seguro van a aumentar plazas. No sé si te conté... —dicho esto, Vásquez se volvió a todos lados—. ¡No soy baboso! ¡Mejor no te cuento!

—¡Bueno, pues, no me contés nada; a mí qué me importa!

—La cosa está tramada...

—¡Mirá, viejo, no me contés nada; haceme el favor de callarte! ¡Ya dudaste, ya dudaste, vaya...!

—¡No, hombre, no, qué rascado sos vos!

—¡Mirá, callate, a mí no me gustan esas desconfianzas, parecés mujer! ¿Quién te está preguntando nada para que andés con esas plantas?

Vásquez se puso de pie, para ver si alguien le oía, y agregó a media voz, aproximándose a Rodas, que le escuchaba de mal modo, ofendido por sus reticencias.

—No sé si te conté que los pordioseros que dormían en el Portal la noche del crimen, ya volaron lengua, y que hasta con frijoles se sabe quiénes se pepenaron al coronel —y subiendo la voz—, ¿quiénes dirés vos? —y bajándola a tono de secreto de Estado—, nada menos que el general Eusebio Canales y el licenciado Abel Carbajal...

—¿Por derecho es eso que me estás contando?

—Hoy salió la orden de captura contra ellos, con eso te lo digo todo.

—¡Ahí está, viejo —adujo Rodas más calmado—; ese coronel que decían que mataba una mosca de un tiro a cien pasos y al que todos le cargaban pelos, se lo volaron sin revólver ni fierro, con sólo apretarle el pescuezo como gallina! En esta vida, viejo, el todo es decidirse. ¡Qué de a zompopo esos que se lo soplaron!

Vásquez propuso otro farolazo y ya fue pidiéndolo:

—¡Dos pisitos, don Lucho!

Don Lucho, el cantinero, llenó de nuevo las copas. Atendía a los clientes luciendo sus tirantes de seda negra.

—¡Atravesémonoslo, pues, vos! —dijo Vásquez y, entre dientes, después de escupir, agregó—: ¡A vos seguido se te va el pájaro! ¡Ya sabés que es mi veneno ver las copas llenas, y si no lo sabés, sabélo! ¡Salú!

Rodas, que estaba distraído, se apresuró a brindar. En seguida, al despegarse la copa vacía de los labios, exclamó:

—¡Papos eran ésos que se mandaron al otro lado al coronel, de volver por el Portal! ¡Cualquier día!

—¿Y quién está diciendo que van a volver?

—¿Cómo?

—¡Mie... entras se averigua, todo lo que vos querás! ¡Ja, ja, ja! ¡Ya me hiciste rirr!

—¡Con lo que salís vos! Lo que yo digo es que si ya saben quiénes se tiraron al coronel, no vale la pena que estén esperando que esos señores vuelvan por el Portal para capturarlos, o... no hay duda que por la linda cara de los turcos estás cuidando el Portal. ¡Decí! ¡Decí!

—¡No alegués ignorancias!

—¡Ni vos me vengás con cantadas a estas horas!

—Lo que la policía secreta hace en el Portal del Señor, no tiene nada que ver con el lío del coronel Parrales, ni te importa...

—... ¡de torta por si al caso!

—¡De pura torta, y cuchillo que no corta!

—¡La vieja que te aborta! ¡Ay, juerzas!

—No, en serio, lo que la policía secreta aguarda en el Portal no tiene que ver con el asesinato. De veras, de veras que no. Ni te figurás lo que estamos haciendo allí... Estamos esperando a un hombre con rabia.

—¡Me zafo!

—¿Te acordás de aquel mudo que en las calles le gritaban «madre»? Aquel alto, huesudo, de las piernas torcidas, que corría por las calles como loco... ¿Te acordás?... Sí te habés de acordar, ya lo creo. Pues a ése es al que estamos atalayando en el Portal, de donde desapareció hace tres días. Le vamos a dar chorizo...

Y al decir así Vásquez se llevó la mano a la pistola.

—¡Haceme cosquillas!

—No, hombre, si no es por sacarte franco; es cierto, créelo que es cierto; ha mordido a plebe de gente y los médicos recetaron que se le introdujera en la piel una onza de plomo. ¡Qué tal te sentís!

—Vos lo que querés es hacerme güegüecho, pero todavía no ha nacido quién, viejito, no soy tan zorenco. Lo que la policía espera en el Portal es el regreso de los que le retorcieron el pescuezo al coronel...

—¡Jolón, no! ¡Qué negro, por la gran zoraida! ¡Al mudo, lo que estás oyendo, al mudo, al mudo que tiene rabia y ha mordido a plebe de gente! ¿Querés que te lo vuelva a repetir?


El *Pelele* engusanaba la calle de quejidos, a la rastra el cuerpo que le mordía el dolor de los ijares, a veces sobre las manos, embrocado, dándose impulso con la punta de un pie, raspando el vientre por las piedras, a veces sobre el muslo de la pierna buena, que encogía mientras adelantaba el brazo para darse empuje con el codo. La plaza asomó por fin. El aire metía ruido de zopilotes en los árboles del parque magullados por el viento. El *Pelele* tuvo miedo y quedó largo rato desclavado de su conciencia, con el ansia de las entrañas vivas en la lengua seca, gorda y reseca como pescado muerto en la ceniza, y la entrepierna remojada como tijera húmeda.

Grada por grada subió al Portal del Señor, grada por grada, a estirones de gato moribundo, y se arrinconó en una sombra con la boca abierta, los ojos pastosos y los trapos que llevaba encima tiesos de sangre y tierra. El silencio fundía los pasos de los últimos transeúntes, los golpecitos de las armas de los centinelas y las pisadas de los perros callejeros que, con el hocico a ras del suelo, hurgaban en busca de huesos, los papeles y las hojas de tamales que a orillas del Portal arrastraba el viento.

Don Lucho llenó otra vez las copas dobles que llamaban «dos pisos».

—¿Cómo es eso de te se pone? —decía Vásquez entre dos escupidas, con la voz más aguda que de costumbre—. ¿No te estoy contando, pues, que estaba yo hoy como a las nueve, más serían, tal vez las nueve y media, antes de venirme a juntar con vos, cortejeándome a la *Masacuata*, cuando entró a la cantina un tipo a beberse una cerveza? Aquélla se la sirvió volando. El tipo pidió otra y pagó con un billete de cien varas. Aquélla no tenía vuelto y fue a descambiar. Pero yo me hice una brochota grande, pues desde que vi entrar al traído se me puso que... que ahí había gato encerrado, y como si lo hubiera sabido, viejo: una patoja salió de la casa de enfrente y ni bien había salido, el tipo se había puesto las botas tras ella. Y ya no pude volar más vidrio, porque en eso regresó la *Masacuata*, y yo, ya sabés, me puse a querérmela luchar...

—Y entonces las cien varas...

—No, ya vas a ver. En lucha estábamos con aquélla, cuando el tipo regresó por el vuelto del billete, y como nos encontró abrazados, se hizo de confianza y nos contó que estaba coche por la hija del general Canales y que pensaba robársela hoy en la noche, si era posible. La hija del general Canales era la patoja, que había salido a ponerse de acuerdo con él. No sabés cómo me rogó para que yo le ayudara en el volado, pero yo qué iba a poder, con esta cuidadera del Portal...

—¡Qué largos!, ¿verdá, vos?

Rodas acompañó esta exclamación con un chisguetazo de saliva.

—Y como a ese traído yo me lo he visto parado muchas veces por la Casa Presidencial...

—¡Me zafo, debe ser familia...!

—No, ¡qué va a ser!, ni por donde pasó el zope. Lo que sí me extraña es la prisota que se cargaba por robarse a la muchacha ésa hoy mismo. Algo sabe de la captura del general y querrá armarse de traída cuando los cuques carguen con el viejo.

—Sin jerónimo de duda, en lo que estás vos...

—¡Metámonos el ultimátum y nos vamos a la mierda!

Don Lucho llenó las copas y los amigos no tardaron en vaciarlas. Escupían sobre gargajos y chencas de cigarrillos baratos.

—¿Como cuánto le debemos, don Lucho?

—Son dieciséis con cuatro...

—¿De cada uno? —intervino Rodas.

—¡No, cómo va a ser eso; todo junto! —respondió el cantinero, mientras Vásquez le contaba en la mano algunos billetes y cuatro monedas de níquel.

—¡Hasta la vista, don Lucho!

—¡Don Luchito, ya nos vemos!

Estas voces se confundieron con la voz del cantinero, que se acercó a despedirles hasta la puerta.

—¡Ah, la gran flauta, qué frío el que hace...! —exclamó Rodas al salir a la calle, clavándose las manos en las bolsas del pantalón.

Paso a paso llegaron a las tiendas de la cárcel, en la esquina inmediata al Portal del Señor, y a instancias de Vásquez, que se sentía contento y estiraba los brazos como si se despegara de una torta de pereza, se detuvieron allí.

—¡Éste sí que es el mero despertar del lión que tiene melena de tirabuzones! —decía desperezándose—. ¡Y qué lío el que se debe tener un lión para ser un lión! Y haceme el favor de ponerte alegre, porque ésta es mi noche alegre, ésta es mi noche alegre; soy yo quien te lo digo, ¡ésta es mi noche alegre!

Y a fuerza de repetir así, con la voz aguda, cada vez más aguda, parecía cambiar la noche en pandereta negra con sonajas de oro, estrechar en el viento manos de amigos invisibles y traer al titiritero del Portal con los personajes de sus pantomimas a enzoguillarle la garganta de cosquillas para que se carcajeara. Y reía, reía ensayando a dar pasos de baile con las manos en las bolsas de la chaqueta cuta y cuando tomaba su risa ahogo de queja y ya no era gusto sino sufrimiento, se doblaba por la cintura para defender la boca del estómago. De pronto guardó silencio. La carcajada se le endureció en la boca, como el yeso que emplean los dentistas para tomar el molde de la dentadura. Había visto al *Pelele*. Sus pasos patearon el silencio del Portal. La vieja fábrica los fue multiplicando por dos, por ocho, por doce. El idiota se quejaba quedito y recio como un perro herido. Un alarido desgarró la noche. Vásquez, a quien el *Pelele* vio acercarse con la pistola en la mano, lo arrastraba de la pierna quebrada hacia las gradas que caían a la esquina del Palacio Arzobispal. Rodas asistía a la escena, sin movimiento, con el resuello espeso, empapado en sudor. Al primer disparo el *Pelele* se desplomó por la gradería de piedra. Otro disparo puso fin a la obra. Los turcos se encogieron entre dos detonaciones. Y nadie vio nada, pero en una de las ventanas del Palacio Arzobispal, los ojos de un santo ayudaban a bien morir al infortunado y en el momento en que su cuerpo rodaba por las gradas, su mano con esposa de amatista, le absolvía abriéndole el Reino de Dios.

VIII

# El titiritero del Portal

A las detonaciones y alaridos del *Pelele*, a la fuga de Vásquez y su amigo, mal vestidas de luna corrían las calles por las calles sin saber bien lo que había sucedido y los árboles de la plaza se tronaban los dedos en la pena de no poder decir con el viento, por los hilos telefónicos, lo que acababa de pasar. Las calles asomaban a las esquinas preguntándose por el lugar del crimen y, como desorientadas, unas corrían hacia los barrios céntricos y otras hacia los arrabales. ¡No, no fue en el Callejón del Judío, zigzagueante y con olas, como trazado por un borracho! ¡No en el Callejón de Escuintilla, antaño sellado por la fama de cadetes que estrenaban sus espadas en carne de gendarmes malandrines, remozando historias de mosqueteros y caballerías! ¡No en el Callejón del Rey, el preferido de los jugadores, por donde reza que ninguno pasa sin saludar al rey! ¡No en el Callejón de Santa Teresa, de vecindario amargo y acentuado declive! ¡No en el Callejón del Consejo, ni por la Pila de La Habana, ni por las Cinco-Calles, ni por el Martinico...!

Había sido en la Plaza Central, allí donde el agua seguía lava que lava los mingitorios públicos con no sé qué de llanto, los centinelas golpea que golpea las armas y la noche gira que gira en la bóveda helada del cielo con la Catedral y el cielo.

Una confusa palpitación de sien herida por los disparos tenía el viento, que no lograba arrancar a soplidos las ideas fijas de las hojas de la cabeza de los árboles.

De repente abrióse una puerta en el Portal del Señor y como ratón asomó el titiritero. Su mujer lo empujaba a la calle, con curiosidad de niña de cincuenta años, para que viera y le dijera lo que sucedía. ¿Qué sucedía? ¿Qué habían sido aquellas dos detonaciones tan seguiditas? Al titiritero le resultaba poco gracioso asomarse a la puerta en paños menores por las novelerías de doña *Venjamón,* como apodaban a su esposa, sin duda porque él se llamaba Benjamín, y grosero cuando ésta en sus embelequerías y ansia de saber si habían matado a algún turco empezó a clavarle entre las costillas las diez espuelas de sus dedos para que alargara el cuello lo más posible.

—¡Pero, mujer, si no veo nada! ¡Cómo querés que te diga! ¿Y qué son esas exigencias?

—¿Qué decís?... ¿Fue por onde los turcos?

—Digo que no veo nada, que qué son esas exigencias...

—¡Hablá claro, por amor de Dios!

Cuando el titiritero se apeaba los dientes postizos, para hablar movía la boca chupada como ventosa.

—¡Ah!, ya veo, esperá; ¡ya veo de qué se trata!

—¡Pero, Benjamín, no te entiendo nada! —y casi jirimiqueando—. ¿Querrés entender que no te entiendo nada?

—¡Ya veo, ya veo!... ¡Allá, por la esquina del Palacio Arzobispal, se está juntando gente!

—¡Hombre, quitá de la puerta, porque ni ves nada —sos un inútil— ni te entiendo una palabra!

Don Benjamín dejó pasar a su esposa, que asomó desgreñada, con un seno colgando sobre el camisón de indiana amarilla y el otro enredado en el escapulario de la Virgen del Carmen.

—¡Allí... que llevan la camilla! —fue lo último que dijo don Benjamín.

—¡Ah, bueno, bueno, si fue allí no más!... ¡Pero no fue por onde los turcos, como yo creía! ¡Cómo no me habías dicho, Benjamín, que fue allí no más; pues con razón, pues, que se oyeron los tiros tan cerca!

—Como que vi, ve, que llevaban la camilla —repitió el titiritero. Su voz parecía salir del fondo de la tierra, cuando hablaba detrás de su mujer.

—¿Que qué?

—¡Que yo como que vi, ve, que llevaban la camilla!

—¡Callá, no sé lo que estás diciendo, y mejor si te vas a poner los dientes que sin ellos, como si me hablaras en inglés!

—¡Que yo como que vi, ve...!

—¡No, ahora la traen!

—¡No, niña, ya estaba allí!

—¡Que ahora la traen, digo yo, y no soy choca!, ¿verdá?

—¡No sé, pero yo como que vi...!

—¿Que qué...? ¿La camilla? Entendé que no...

Don Benjamín no medía un metro; era delgadito y velludo como murciélago y estaba aliviado si quería ver en lo que paraba aquel grupo de gentes y gendarmes a espaldas de doña *Venjamón,* dama de puerta mayor, dos asientos en el tranvía, uno para cada nalga, y ocho varas y tercia por vestido.

—Pero sólo vos querés ver... —se atrevió don Benjamín con la esperanza de salir de aquel eclipse total.

Al decir así, como si hubiera dicho ¡ábrete, perejil!, giró doña *Venjamón* como una montaña, y se le vino encima.

—¡En prestá te cargo, chu-malía! —le gritó. Y alzándolo del suelo lo sacó a la puerta como un niño en brazos.

El titiritero escupió verde, morado, anaranjado, de todos colores. A lo lejos, mientras él pataleaba sobre el vientre o cofre de su esposa, cuatro hombres borrachos cruzaban la plaza llevando en una camilla el cuerpo del *Pelele.* Doña *Venjamón* se santiguó. Por él lloraban los mingitorios públicos y el viento metía ruido de zopilotes en los árboles del parque, descoloridos, color de guardapolvo.

—¡Chichigua te doy y no esclava, me debió decir el cura, ¡maldita sea tu estampa!, el día que nos casamos! —refunfuñó el titiritero al poner los pies en tierra firme.

Su cara mitad lo dejaba hablar, cara mitad inverosímil, pues si él apenas llegaba a mitad de naranja mandarina, ella sobraba para toronja; le dejaba hablar, parte porque no le entendía una palabra sin los dientes y parte por no faltarle al respeto de obra.

Un cuarto de hora después, doña *Venjamón* roncaba como si su aparato respiratorio luchase por no morir aplastado bajo aquel tonel de carne, y él, con el hígado en los ojos, maldecía de su matrimonio.

Pero su teatro de títeres salió ganancioso de aquel lance singular. Los muñecos se aventuraron por los terrenos de la tragedia, con el llanto goteado de sus ojos de cartón-piedra, mediante un sistema de tubitos que alimentaban con una jeringa de lavativa metida en una palangana de agua. Sus títeres sólo habían reído y si alguna vez lloraron fue con muecas risueñas, sin la elocuencia del llanto, corriéndoles por las mejillas y anegando el piso del tabladillo de las alegres farsas con verdaderos ríos de lágrimas.

Don Benjamín creyó que los niños llorarían con aquellas comedias picadas de un sentido de pena y su sorpresa no tuvo límites cuando los vio reír con más ganas, a mandíbula batiente, con más alegría que antes. Los niños reían de ver llorar... Los niños reían de ver pegar...

—¡Ilógico! ¡Ilógico! —concluía don Benjamín.

—¡Lógico! ¡Relógico! —le contradecía doña *Venjamón.*

—¡Ilógico! ¡Ilógico! ¡Ilógico!

—¡Relógico! ¡Relógico! ¡Relógico!

—¡No entremos en razones! —proponía don Benjamín.

—¡No entremos en razones! —aceptaba ella...

—Pero es ilógico...

—¡Relógico, vaya! ¡Relógico, recontralógico!

Cuando doña *Venjamón* la tenía con su marido iba agregando sílabas a las palabras, como válvulas de escape para no estallar.

—¡Ilololológico! —gritaba el titiritero a punto de arrancarse los pelos de la rabia...

—¡Relógico! ¡Relógico! ¡Recontralógico! ¡Requetecontrarrelógico!

Lo uno o lo otro, lo cierto es que en el teatrillo del titiritero del Portal funcionó por mucho tiempo aquel chisme de lavativa que hacía llorar a los muñecos para divertir a los niños.

# IX

# Ojo de vidrio

El pequeño comercio de la ciudad cerraba sus puertas en las primeras horas de la noche, después de hacer cuentas, recibir el periódico y despachar a los últimos clientes. Grupos de muchachos se divertían en las esquinas con los ronrones que atraídos por la luz revoloteaban alrededor de los focos eléctricos. Insecto cazado era sometido a una serie de torturas que prolongaban los más belitres a falta de un piadoso que le pusiera el pie para acabar de una vez. Se veía en las ventanas parejas de novios entregados a la pena de sus amores, y patrullas armadas de bayonetas y rondas armadas de palos que al paso del jefe, hombre tras hombre, recorrían las calles tranquilas. Algunas noches, sin embargo, cambiaba todo. Los pacíficos sacrificadores de ronrones jugaban a la guerra organizándose para librar batallas cuya duración dependía de los proyectiles, porque no se retiraban los combatientes mientras quedaban piedras en la calle. La madre de la novia, con su presencia, ponía fin a las escenas amorosas haciendo correr al novio, sombrero en mano, como si se le hubiera aparecido el Diablo. Y la patrulla, por cambiar de paso, la tomaba de primas a primeras contra un paseante cualquiera, registrándole de pies a cabeza y cargando con él a la cárcel, cuando no tenía armas, por sospechoso, vago, conspirador, o, como decía el jefe, porque me cae mal....

La impresión de los barrios pobres a estas horas de la noche era de infinita soledad, de una miseria sucia con restos de abandono oriental, sellada por el fatalismo religioso que le hacía voluntad de Dios. Los desagües iban llevándose la luna a flor de tierra, y el agua de beber contaba, en las alcantarillas, las horas sin fin de un pueblo que se creía condenado a la esclavitud y al vicio.

En uno de estos barrios se despidieron Lucio Vásquez y su amigo.

—¡Adiós, Genaro!... —dijo aquél requiriéndole con los ojos para que guardara el secreto—, me voy volando porque voy a ver si todavía es tiempo de darle una manita al traído de la hija del general.

Genaro se detuvo un momento con el gesto indeciso del que se arrepiente de decir algo al amigo que se va; luego acercóse a una casa —vivía en una tienda— y llamó con el dedo.

—¿Quién? ¿Quién es? —reclamaron dentro.

—Yo... —respondió Genaro, inclinando la cabeza sobre la puerta, como el que habla al oído de una persona bajita.

—¿Quién yo? —dijo al abrir una mujer.

En camisón y despeinada, su esposa, Fedina de Rodas, alzó el brazo levantando la candela a la altura de la cabeza, para verle la cara.

Al entrar Genaro, bajó la candela, y dejó caer los aldabones con gran estrépito y encaminóse a su cama, sin decir palabra. Frente al reloj plantó la luz para que viera el resinvergüenza a qué horas llegaba. Éste se detuvo a acariciar al gato que dormía sobre la tilichera, ensayando a silbar un aire alegre.

—¿Qué hay de nuevo que tan contento? —gritó Fedina sobándose los pies para meterse en la cama.

—¡Nada! —se apresuró a contestar Genaro, perdido como una sombra en la oscuridad de la tienda, temeroso de que su mujer le conociera en la voz la pena que traía.

—¡Cada vez más amigo de ese policía que habla como mujer!

—¡No! —cortó Genaro, pasando a la trastienda que les servía de dormitorio con los ojos ocultos en el sombrero gacho.

—¡Mentiroso, aquí se acaban de despedir! ¡Ah!, yo sé lo que te digo; nada buenos son esos hombres que hablan, como tu amigote, con vocecita de gallo-gallina. Tus idas y venidas con ése es porque andarán viendo cómo te hacés policía secreto. ¡Oficio de vagos, cómo no les da vergüenza!

—¿Y esto? —preguntó Genaro, para dar otro rumbo a la conversación, sacando un faldoncito de una caja.

Fedina tomó el faldón de las manos de su marido, como una bandera de paz, y sentóse en la cama muy animada a contarle que era obsequio de la hija del general Canales, a quien tenía hablada para madrina de su primogénito. Rodas escondió la cara en la sombra que bañaba la cuna de su hijo, y, de mal humor, sin oír lo que hablaba su mujer de los preparativos del bautizo, interpuso la mano entre la candela y sus ojos para apartar la luz, mas al instante la retiró sacudiéndola para limpiarse el reflejo de sangre que le pegaba los dedos. El fantasma de la muerte se alzaba de la cuna de su hijo, como de un ataúd. A los muertos se les debía mecer como a los niños. Era un fantasma color de clara de huevo, con nube en los ojos, sin pelo, sin cejas, sin dientes, que se retorcía en espiral como los intestinos de los incensarios en el Oficio de Difuntos. A lo lejos escuchaba Genaro la voz de su mujer. Hablaba de su hijo, del bautizo, de la hija del general, de invitar a la vecina de pegado a la casa, al vecino gordo de enfrente, a la vecina de a la vuelta, al vecino de la esquina, al de la fonda, al de la carnicería, al de la panadería.

—¡Qué alegres vamos a estar!...

Y cortando bruscamente:

—Genaro: ¿qué te pasa?

Éste saltó:

—¡A mí no me pasa nada!

El grito de su esposa bañó de puntitos negros el fantasma de la muerte, puntitos que marcaron sobre la sombra de un rincón el esqueleto. Era un esqueleto de mujer, pero de mujer no tenía sino los senos caídos, fláccidos y velludos como ratas colgando sobre la trampa de las costillas.

—Genaro: ¿qué te pasa?

—A mí no me pasa nada.

—Para eso, para volver como sonámbulo, con la cola entre las piernas, te vas a la calle. ¡Diablo de hombre, que no puede estarse en su casa!

La voz de su esposa arropó el esqueleto.

—No, si a mí no me pasa nada.

Un ojo se le paseaba por los dedos de la mano derecha como una luz de lamparita eléctrica. Del meñique al mediano, del mediano al anular, del anular al índice, del índice al pulgar. Un ojo... Un solo ojo... Se le tasajeaban las palpitaciones. Apretó la mano para destriparlo, duro, hasta enterrarse las uñas en la carne. Pero imposible; al abrir la mano reapareció en sus dedos, no más grande que el corazón de un pájaro y más horroroso que el infierno. Una rociada de caldo de res hirviente le empapaba las sienes. ¿Quién le miraba con el ojo que tenía en los dedos y que saltaba, como la bolita de una ruleta, al compás de un doble de difuntos?

Fedina le retiró del canasto donde dormía su hijo.

—Genaro: ¿qué te pasa?

—¡Nada!

Y... unos suspiros más tarde:

—¡Nada, es un ojo que me persigue, es un ojo que me persigue! Es que me veo las manos... ¡No, no puede ser! Son mis ojos, es un ojo...

—¡Encomendate a Dios! —zanjó ella entre dientes, sin entender bien aquellas jerigonzas.

—¡Un ojo..., sí, un ojo redondo, negro, pestañudo, como de vidrio!

—¡Lo que es, es que estás borracho!

—¡Cómo va a ser eso, si no he bebido nada!

—¡Nada, y se te siente la boca hedionda a trago!

En la mitad de la habitación que ocupaba el dormitorio —la otra mitad de la pieza la ocupaba la tienda—, Rodas se sentía perdido en un subterráneo, lejos de todo consuelo, entre murciélagos y arañas, serpientes y cangrejos.

—¡Algo hiciste —añadió Fedina, cortada la frase por un bostezo—; es el ojo de Dios que te está mirando!

Genaro se plantó de un salto en la cama y con zapatos y todo, vestido, se metió bajo las sábanas. Junto al cuerpo de su mujer, un bello cuerpo de mujer joven, saltaba el ojo. Fedina apagó la luz, mas fue peor; el ojo creció en la sombra con tanta rapidez, que en un segundo abarcó las paredes, el piso, el techo, las casas, su vida, su hijo...

—No —repuso Genaro a una lejana afirmación de su mujer que, a sus gritos de espanto, había vuelto a encender la luz y le enjugaba con un pañal el sudor helado que le corría por la frente—, no es el ojo de Dios, es el ojo del Diablo...

Fedina se santiguó. Genaro le dijo que volviera a apagar la luz. El ojo se hizo un ocho al pasar de la claridad a la tiniebla, luego tronó, parecía que se iba a estrellar con algo, y no tardó en estrellarse contra unos pasos que resonaban en la calle...

—¡El Portal! ¡El Portal! —gritó Genaro—. ¡Sí! ¡Sí! ¡Luz! ¡Fósforos! ¡Luz! ¡Por vida tuya, por vida tuya!

Ella le pasó el brazo encima para alcanzar la caja de fósforos. A lo lejos se oyeron las ruedas de un carruaje. Genaro, con los dedos metidos en la boca, hablaba como si se estuviera ahogando: no quería quedarse solo y llamaba a su mujer que, para calmarle, se había echado la nagua e iba a salir a calentarle un trago de café.

A los gritos de su marido, Fedina volvió a la cama presa de miedo. «¿Estará engasado o... qué?», se decía, siguiendo con sus hermosas pupilas negras las palpitaciones de la llama. Pensaba en los gusanos que le sacaron del estómago a la Niña Enriqueta, la del Mesón del Teatro; en el paxte que en lugar de sesos le encontraron a un indio en el hospital; en el Cadejo que no dejaba dormir. Como la gallina que abre las alas y llama a los polluelos en viendo pasar al gavilán, se levantó a poner sobre el pechito de su recién nacido una medalla de San Blas, rezando el Trisagio en alta voz.

Pero el Trisagio sacudió a Genaro como si le estuvieran pegando. Con los ojos cerrados tiróse de la cama para alcanzar a su mujer, que estaba a unos pasos de la cuna, y de rodillas, abrazándola por las piernas, le contó lo que había visto.

—Sobre las gradas, sí, para abajo, rodó chorreando sangre al primer disparo, y no cerró los ojos. Las piernas abiertas, la mirada inmóvil... ¡Una mirada fría, pegajosa, no sé...! ¡Una pupila que como un relámpago lo abarcó todo y se fijó en nosotros! ¡Un ojo pestañudo que no se me quita de aquí, de aquí de los dedos, de aquí, Dios mío, de aquí!...

Le hizo callar un sollozo del crío. Ella levantó del canasto al niño envuelto en sus ropillas de franela y le dio el pecho, sin poder alejarse del marido que le infundía asco y que arrodillado se apretaba a sus piernas, gemebundo.

—Lo más grave es que Lucio...

—¿Ése que habla como mujer se llama Lucio?

—Sí, Lucio Vásquez...

—¿Es al que le dicen «Terciopelo»?

—Sí.

—¿Y a santo de qué lo mató?

—Estaba mandado, tenía rabia. Pero no es eso lo más grave; lo más grave es que Lucio me contó que hay orden de captura contra el general Canales, y que un tipo que él conoce se va a robar a la señorita su hija hoy en la noche.

—¿A la señorita Camila? ¿A mi comadre?

—Sí.

Al oír lo que no era creíble, Fedina lloró con la facilidad y abundancia con que lloran las gentes del pueblo por las desgracias ajenas. Sobre la cabecita de su hijo que arrullaba caía el agua de sus lágrimas, calentita como el agua que las abuelas llevan a la iglesia para agregar al agua fría y bendita de la pila bautismal. La criatura se adormeció. Había pasado la noche y estaban bajo una especie de ensalmo, cuando la aurora pintó bajo la puerta su renglón de oro y se quebraron en el silencio de la tienda los toquidos de la acarreadora del pan.

—¡Pan! ¡Pan! ¡Pan!

## X

# Príncipes de la milicia

El general Eusebio Canales, alias *Chamarrita*, abandonó la casa de Cara de Ángel con porte marcial, como si fuera a ponerse al frente de un ejército, pero al cerrar la puerta y quedar solo en la calle, su paso de parada militar se licuó en carrerita de indio que va al mercado a vender una gallina. El afanoso trotar de los espías le iba pisando los calcañales. Le producía basca el dolor de una hernia inguinal que se apretaba con los dedos. En la respiración se le escapaban restos de palabras, de quejas despedazadas y el sabor del corazón que salta, que se encoge, faltando por momentos, a tal punto que hay que apretarse la mano al pecho, enajenados los ojos, suspenso el pensamiento, y agarrarse a él a pesar de las costillas, como a un miembro entablillado, para que dé de sí. Menos mal. Acababa de cruzar la esquina que ha un minuto viera tan lejos. Y ahora a la que sigue, sólo que ésta... ¡qué distante a través de su fatiga!... Escupió. Por poco se le van los pies. Una cáscara. En el confín de la calle resbalaba un carruaje. Él era el que iba a resbalar. Pero él vio que el carruaje, las casas, las luces... Apretó el paso. No le quedaba más. Menos mal. Acababa de doblar la esquina que minutos ha viera tan distante. Y ahora a la otra, sólo que ésta... ¡qué remota a través de su fatiga!... Se mordió los dientes para poder contra las rodillas. Ya casi no daba paso. Las rodillas tiesas y una comezón fatídica en el cóccix y más atrás de la lengua. Las rodillas. Tendría que arrastrarse, seguir a su casa por el suelo ayudándose de las manos, de los codos, de todo lo que en él pugnaba por escapar de la muerte. Acortó la marcha. Seguían las esquinas desamparadas. Es más, parecía que se multiplicaban en la noche sin sueño como puertas de mamparas transparentes. Se estaba poniendo en ridículo ante él y ante los demás, todos los que le veían y no le veían, contrasentido con que se explicaba su posición de hombre público, siempre, aun en la soledad nocturna, bajo la mirada de sus conciudadanos. «¡Suceda lo que suceda —articuló—, mi deber es quedarme en casa, y a mayor gloria si es cierto lo que acaba de afirmarme este zángano de Cara de Ángel!»

Y más adelante:

«¡Escapar es decir yo soy culpable!» El eco retecleaba sus pasos. «¡Escapar es decir que soy culpable, es...! ¡Pero no hacerlo!...» El eco retecleaba sus pasos... «¡Es decir yo soy culpable!... ¡Pero no hacerlo!» El eco retecleaba sus pasos...

Se llevó la mano al pecho para arrancarse la cataplasma de miedo que le había pegado el favorito... Le faltaban sus medallas militares... «Escapar era decir soy culpable, pero no hacerlo...» El dedo de Cara de Ángel le señalaba el camino del destierro como única salvación posible... «¡Hay que salvar el pellejo, general! ¡Todavía es tiempo!» Y todo lo que él era, y todo lo que él valía, y todo lo que él amaba con ternura de niño, patria, familia, recuerdos, tradiciones, y Camila, su hija..., todo giraba alrededor de aquel índice fatal, como si al fragmentarse sus ideas el universo entero se hubiera fragmentado.

Pero de aquella visión de vértigo, pasos adelante no quedaba más que una confusa lágrima en sus ojos...

«¡Los generales son los príncipes de la milicia!», dije en un discurso... «¡Qué imbécil! ¡Cuánto me ha costado la frasecita! ¿Por qué no dije mejor que éramos los príncipes de la estulticia? El Presidente no me perdonará nunca eso de los príncipes de la milicia, y como ya me tenía en la nuca, ahora sale de mí achacándome la muerte de un coronel que dispensó siempre a mis canas cariñoso respeto.»

Delgada e hiriente apuntó una sonrisa bajo su bigote cano. En el fondo de sí mismo se iba abriendo campo otro general Canales, un general Canales que avanzaba a paso de tortuga, a la rastra los pies como cucurucho después de la procesión, sin hablar, oscuro, triste, oloroso a pólvora de cohete quemado. El verdadero *Chamarrita*, el Canales que había salido de casa de Cara de Ángel arrogante, en el apogeo de su carrera militar, dando espaldas de titán a un fondo de gloriosas batallas libradas por Alejandro, Julio César, Napoleón y Bolívar, veíase sustituido de improviso por una caricatura de general, por un general Canales que avanzaba sin entorchados ni plumajerías, sin franjas rutilantes, sin botas, sin espuelas de oro. Al lado de este intruso vestido de color sanate, peludo, deshinchado, junto a este entierro de pobre, el otro, el auténtico, el verdadero *Chamarrita* parecía, sin jactancia de su parte, entierro de primera por sus cordones, flecos, laureles, plumajes y saludos solemnes. El descharchado general Canales avanzaba a la hora de una derrota que no conocería la historia, adelantándose al verdadero, al que se iba quedando atrás como fantoche en un baño de oro y azul, el tricornio sobre los ojos, la espada rota, los puños de fuera y en el pecho enmohecidas cruces y medallas.

Sin aflojar el paso, Canales apartó los ojos de su fotografía de gala sintiéndose moralmente vencido. Le acongojaba verse en el destierro con un pantalón de portero y una americana, larga o corta, estrecha u holgada, jamás a su medida. Iba sobre las ruinas de él mismo pisoteando a lo largo de las calles sus galones...

«¡Pero si soy inocente!» Y se repitió con la voz más persuasiva de su corazón: «¡Pero si soy inocente! ¿Por qué temer...?»

«¡Por eso! —le respondía su conciencia con la lengua de Cara de Ángel—, ¡por eso!... Otro gallo le cantaría si usted fuera culpable. El crimen es preciso porque garantiza al gobierno la adhesión del ciudadano. ¿La patria? ¡Sálvese, general, yo sé lo que le digo; qué patria ni qué india envuelta! ¿Las leyes? ¡Buenas son tortas! ¡Sálvese, general, porque le espera la muerte!»

«¡Pero si soy inocente!»

«¡No se pregunte, general, si es culpable o inocente: pregúntese si cuenta o no con el favor del amo, que un inocente a mal con el gobierno, es peor que si fuera culpable!»

Apartó los oídos de la voz de Cara de Ángel mascullando

palabras de venganza, ahogado en las palpitaciones de su propio corazón. Más adelante pensó en su hija. Le estaría esperando con el alma en un hilo. Sonó el reloj de la torre de la Merced. El cielo estaba limpio, tachonado de estrellas, sin una nube. Al asomar a la esquina de su casa vio las ventanas iluminadas. Sus reflejos, que se regaban hasta media calle, eran un ansia...

«Dejaré a Camila en casa de Juan, mi hermano, mientras puedo mandar por ella. Cara de Ángel me ofreció llevarla esta misma noche o mañana por la mañana.»

No tuvo necesidad del llavín que ya traía en la mano, pues apenas llegó se abrió la puerta.

—¡Papaíto!

—¡Calla! ¡Ven..., te explicaré!... Hay que ganar tiempo... Te explicaré... Que mi asistente prepare una bestia en la cochera..., el dinero..., un revólver... Después mandaré por mi ropa... No hace falta sino lo más necesario en una valija. ¡No sé lo que te digo ni tú me entiendes! Ordena que ensillen mi mula baya y tú prepara mis cosas, mientras que yo voy a mudarme y a escribir una carta para mis hermanos. Te vas a quedar con Juan unos días.

Sorprendida por un loco no se habría asustado la hija de Canales como se asustó al ver entrar a su papá, hombre de suyo sereno, en aquel estado de nervios. Le faltaba la voz. Le temblaba el color. Nunca lo había visto así. Urgida por la prisa, quebrada por la pena, sin oír bien ni poder decir otra cosa que «¡ay, Dios mío!», «¡ay, Dios mío!», corrió a despertar al asistente para que ensillara la cabalgadura, una magnífica mula de ojos que parecían chispas, y volvió a cómo poner la valija, ya no decía componer (... toallas, calcetines, panes..., sí, con mantequilla, pero se olvidaba la sal...), después de pasar a la cocina despertando a su nana, cuyo primer sueño lo descabezaba siempre sentada en la carbonera, al lado del poyo caliente, junto al fuego, ahora en la ceniza, y el gato que de cuando en cuando movía las orejas, como para espantarse los ruidos.

El general escribía a vuelapluma al pasar la sirvienta por la sala, cerrando las ventanas a piedra y lodo.

El silencio se apoderaba de la casa, pero no el silencio de

papel de seda de las noches dulces y tranquilas, ese silencio con carbón nocturno que saca las copias de los sueños dichosos, más leve que el pensamiento de las flores, menos talco que el agua... El silencio que ahora se apoderaba de la casa y que turbaban las toses del general, las carreras de su hija, los sollozos de la sirvienta y un acoquinado abrir y cerrar de armarios, cómodas y alacenas, era un silencio acartonado, amordazante, molesto como ropa extraña.

Un hombre menudito, de cara argeñada y cuerpo de bailarín, escribe sin levantar la pluma ni hacer ruido —parece tejer una telaraña:

«Excelentísimo Señor Presidente
Constitucional de la República,
Presente.

Excelentísimo Señor:

»Conforme instrucciones recibidas, síguese minuciosamente al general Eusebio Canales. A última hora tengo el honor de informar al Señor Presidente que se le vio en casa de uno de los amigos de Su Excelencia, del señor don Miguel Cara de Ángel. Allí, la cocinera que espía al amo y a la de adentro, y la de adentro que espía al amo y a la cocinera, me informan en este momento que Cara de Ángel se encerró en su habitación con el general Canales aproximadamente tres cuartos de hora. Agregan que el general se marchó agitadísimo. Conforme instrucciones se ha redoblado la vigilancia de la casa de Canales, reiterándose las órdenes de muerte al menor intento de fuga.

»La de adentro —y esto no lo sabe la cocinera— completa el parte. El amo le dejó entender —me informa por teléfono— que Canales había venido a ofrecerle a su hija a cambio de una eficaz intervención en su favor cerca del Presidente.

»La cocinera —y esto no lo sabe la de adentro— es al respecto más explícita: dice que cuando se marchó el general, el amo estaba muy contento y que le encargó que en cuanto abrieran los almacenes se aprovisionara de conservas, licores, galletas, bombones, pues iba a venir a vivir con él una señorita de buena familia.

»Es cuanto tengo el honor de informar al Señor Presidente de la República...»

Escribió la fecha, firmó —rúbrica garabatosa en forma de rehilete— y, como salvando una fuga de memoria, antes de soltar la pluma, que ya le precisaba porque quería escarbarse las narices agregó:

«Otrosí.—Adicionales al parte rendido esta mañana: Doctor Luis Barreño: Visitaron su clínica esta tarde tres personas, de las cuales dos eran menesterosos; por la noche salió a pasear al parque con su esposa. Licenciado Abel Carvajal: Por la tarde estuvo en el Banco Americano, en una farmacia de frente a Capuchinas y en el Club Alemán; aquí conversó largo rato con Mr. Romsth, a quien la policía sigue por separado, y volvió a su casa-habitación a las siete y media de la noche. No se le vio salir después y, conforme instrucciones, se ha redoblado la vigilancia alrededor de la casa. — Firma al calce. Fecha ut supra. Vale.»

# XI
## El rapto

Al despedirse de Rodas se disparó Lucio Vásquez —que pies le faltaban— hacia donde la *Masacuata*, a ver si aún era tiempo de echar una manita en el rapto de la niña, y pasó que se hacía pedazos por la Pila de la Merced, sitio de espantos y sucedidos en el decir popular, y mentidero de mujeres que hilvanaban la aguja de la chismografía en el hilo de agua sucia que caía al cántaro.

¡Pipiarse a una gente, pensaba el victimario del *Pelele* sin aflojar el paso, qué de a rechipuste! Y ya que Dios quiso que me desocupara tempranito en el Portal, puedo darme este placer. ¡María Santísima, si uno se pone que no cabe del gusto cuando se pepena algo o se roba una gallina, que será cuando se birla a una hembra!

La fonda de la *Masacuata* asomó por fin, pero las aguas se le juntaron al ver el reloj de la Merced... Casi era la hora... o no vio bien. Saludó a algunos de los policías que guardaban la casa de Canales y de un solo paso, ese último paso que se va de los pies como conejo, clavóse en la puerta del fondín.

La *Masacuata*, que se había recostado en espera de las dos de la mañana con los nervios de punta, estrujábase pierna contra pierna, magullábase los brazos en posturas incómodas, espolvoreaba brazas por los poros, enterraba y desenterraba la cabeza de la almohada sin poder cerrar los ojos.

Al toquido de Vásquez saltó de la cama a la puerta sofocada, con el resuello grueso como cepillo de lavar caballos.

—¿Quién es?

—¡Yo, Vásquez, abrí!

—¡No te esperaba!

—¿Qué hora es? —preguntó aquél al entrar.

—¡La una y cuarto! —repuso la fondera en el acto, sin ver el reloj, con la certeza de la que en espera de las dos de la mañana contaba los minutos, los cinco minutos, los diez minutos, los cuartos, los veinte minutos...

—¿Y cómo es que yo vi en el reloj de la Merced las dos menos un cuarto?

—¡No me digás! ¡Ya se les adelantaría otra vez el reloj a los curas!

—Y decíme, ¿no ha regresado el del billete?

—No.

Vásquez abrazó a la fondera dispuesto de antemano a que le pagara su gesto de ternura con un golpe. Pero no hubo tal; la *Masacuata*, hecha una mansa paloma, se dejó abrazar y al unir sus bocas, sellaron el convenio dulce y amoroso de llegar a todo aquella noche. La única luz que alumbraba la estancia ardía delante de una imagen de la Virgen de Chiquinquirá. Cerca veíase un ramo de rosas de papel. Vásquez sopló la llama de la candela y le echó la zancadilla a la fondera. La imagen de la Virgen se borró en la sombra y por el suelo rodaron dos cuerpos hechos una trenza de ajos.


Cara de Ángel asomó por el teatro a toda prisa, acompañado de un grupo de facinerosos.

—Una vez la muchacha en mi poder —les venía diciendo—, ustedes pueden saquear la casa. Les prometo que no saldrán con las manos vacías. Pero ¡eso sí!, mucho ojo ahora y mucho cuidado después con soltar la lengua, que si me han de hacer mal el favor, mejor no me lo hacen.

Al volver una esquina les detuvo una patrulla. El favorito se entendió con el jefe, mientras los soldados los rodeaban.

—Vamos a dar una serenata, teniente...

—¿Y por ónde, si me hace el favor, por ónde...? —dijo aquél dando dos golpecitos con la espada en el suelo.

—Aquí, por el Callejón de Jesús...

—Y la marimba no la traen, ni las charangas... ¡Chasgracias si va a ser serenata a lo mudo!

Disimuladamente alargó Cara de Ángel al oficial un billete de cien pesos, que en el acto puso fin a la dificultad.

La mole del templo de la Merced asomó al extremo de la calle. Un templo en forma de tortuga, con dos ojitos o ventanas en la cúpula. El favorito mandó que no se llegara en grupo adonde la *Masacuata*.

—¡Fonda *El Tus-Tep,* acuérdense! —les dijo en alta voz cuando se iban separando—. ¡El *Tus-Tep!* ¡Cuidado, muchá, quién se mete en otra parte! *El Tus-Tep,* en la vecindad de una colchonería.

Los pasos de los que formaban el grupo se fueron apagando por rumbos opuestos. El plan de la fuga era el siguiente: al dar el reloj de la Merced las dos de la mañana, subirían a casa del general Canales uno o más hombres mandados por Cara de Ángel, y tan pronto como éstos empezaran a andar por el tejado, la hija del general saldría a una de las ventanas del frente de la casa a pedir auxilio contra ladrones a grandes voces, a fin de atraer hacia allí a los gendarmes que vigilaban la manzana, y de ese modo, aprovechando la confusión, permitir a Canales la salida por la puerta de la cochera.

Un tonto, un loco y un niño no habrían concertado tan absurdo plan. Aquello no tenía pies ni cabeza, y si el general y el favorito, a pesar de entenderlo así, lo encontraron aceptable, fue porque uno y otro lo juzgó para sus adentros trampa de doble fondo. Para Canales la protección del favorito le aseguraba la fuga mejor que cualquier plan, y para Cara de Ángel el buen éxito no dependía de lo acordado entre ellos, sino del Señor Presidente, a quien comunicó por teléfono, en marchándose el general de su casa, la hora y los pormenores de la estratagema.

Las noches de abril son en el trópico las viudas de los días cálidos de marzo, oscuras, frías, despeinadas, tristes. Cara de Ángel asomó a la esquina del fondín y esquina de la casa de Canales contando las sombras color de aguacate de los policías de línea repartidos aquí y allá, le dio la vuelta a la manzana paso a paso y de regreso colóse en la puertecita de madriguera de *El Tus-Tep* con el cuerpo cortado: había un gendarme uniformado por puerta en todas las casas vecinas y no se contaba el número de agentes de la policía secreta que se paseaban por las aceras intranquilos. Su impresión fue fatal. «Estoy cooperando a un crimen —se dijo—; a este hombre lo van a asesinar al salir de su casa.» Y en este supuesto, que a medida que le daba vueltas en la cabeza se le hacía más negro, alzarse con la hija de aquel moribundo le pareció odioso, repugnante, tanto como amable y simpático y grato de añadidura a su posible fuga. A un hombre sin entrañas como él, no era la bondad lo que le llevaba a sentirse a disgusto en presencia de una emboscada, tendida en pleno corazón de la ciudad contra un ciudadano que, confiado e indefenso, escaparía de su casa sintiéndose protegido por la sombra de un amigo del Señor Presidente, protección que a la postre no pasaba de ser un ardid de refinada crueldad para amargar con el desengaño los últimos y atroces momentos de la víctima al verse burlada, cogida, traicionada, y un medio ingenioso para dar al crimen cariz legal, explicado como extremo recurso de la autoridad, a fin de evitar la fuga de un presunto reo de asesinato que iba a ser capturado el día siguiente. Muy otro era el sentimiento que llevaba a Cara de Ángel a desaprobar en silencio, mordiéndose los labios, una tan ruin y diabólica maquinación. De buena fe se llegó a consentir protector del general y por lo mismo con cierto derecho sobre su hija, derecho que sentía sacrificado al verse, después de todo, en su papel de siempre, de instrumento ciego, en su puesto de esbirro, en su sitio de verdugo. Un viento extraño corría por la planicie de su silencio. Una vegetación salvaje alzábase con sed de sus pestañas, con esa sed de los cactus espinosos, con esa sed de los árboles que no mitiga el agua del cielo. ¿Por qué será así el deseo? ¿Por qué los árboles bajo la lluvia tienen sed?

Relampagueó en su frente la idea de volver atrás, llamar a casa de Canales, prevenirle... (Entrevió a su hija que le sonreía agradecida.) Pero pasaba ya la puerta del fondín y Vásquez y sus hombres le reanimaron, aquél con su palabra y éstos con su presencia.

—Rempuje no más, que de mi parte queda lo que ordene. Sí, usté, estoy dispuesto a ayudarlo en todo, ¿oye?, y soy de los que no se rajan y tienen siete vidas, hijo de moro valiente.

Vásquez se esforzaba por ahuecar la voz de mujer para dar reciedumbre a sus entonaciones.

—Si usté no me hubiera traído la buena suerte —agregó en voz baja—, de fijo que no le hablaría como le estoy hablando. No, usté, créame que no. ¡Usté me enderezó el amor con la *Masacuata*, que ahora sí que se portó conmigo como la gente!

—¡Qué gusto encontrármelo aquí, y tan decidido; así me cuadran los hombres! —exclamó Cara de Ángel, estrechando la mano del victimario del *Pelele* con efusión—. ¡Me devuelven sus palabras, amigo Vásquez, el ánimo que me robaron los policías; hay uno por cada puerta!

—¡Venga a meterse un puyón para que se le vaya el miedo!

—¡Y conste que no es por mí, que, por mí, sé decirle que no es la primera vez que me veo en trapos de cucaracha; es por ella, porque, como usted comprende, no me gustaría que al sacarla de su casa nos echaran el guante y fuéramos presos!

—Pero vea usté, ¿quién se los va a cargar, si no quedará un policía en la calle ni para remedio cuando vean que en la casa hay saqueyo? No, usté, ni para remedio, y podría apostar mi cabeza. Se lo aseguro, usté. En cuanto vean donde afilar las de gato, todos se meterán a ver qué sacan, sin jerónimo de duda.

—¿Y no sería prudente que usted saliera a hablar con ellos, ya que tuvo la bondad de venir, y como saben que usted es incapaz...?

—¡Cháchara, nada de decirles nada; cuando ellos vean la puerta de par en par van a pensar: «por aquí, que no peco»... y hasta con dulce, usté! ¡Más cuando me vuelen ojo a mí, que tengo fama desde que nos metimos, con Antonio Libélula, a la casa de aquel curita que se puso tan afligido al vernos caer del tabanco en su cuarto y encender la luz, que nos tiró las llaves del armario donde estaba la mashushaca, envueltas en un pañuelo para que no sonaran al caer, y se hizo el dormido! Sí, usté, esa vez sí que salí yo franco. Y más que los muchachos están decididos —acabó Vásquez refiriéndose al grupo de hombres de mala traza, callados y pulgosos, que apuraban copa tras copa de aguardiente, arrojándose el líquido de una vez hasta el garguero y escupiendo amargo al despegarse el cristal de los labios—... ¡Sí, usté, están decididos!...

Cara de Ángel levantó la copa invitando a beber a Vásquez a la salud del amor. La *Masacuata* agregóse con una copa de anisado. Y bebieron los tres.

En la penumbra —por precaución no se encendió la luz eléctrica y seguía como única luz en la estancia la candela ofrecida a la Virgen de Chiquinquirá— proyectaban los cuerpos de los descamisados sombras fantásticas, alargadas como gacelas en los muros de color de pasto seco, y las botellas parecían llamitas de colores en los estantes. Todos seguían la marcha del reloj. Los escupitajos golpeaban el piso como balazos. Cara de Ángel, lejos del grupo, esperaba recostado de espaldas a la pared, muy cerca de la imagen de la Virgen. Sus grandes ojos negros seguían de mueble en mueble el pensamiento que con insistencia de mosca le asaltaba en los instantes decisivos: tener mujer e hijos. Sonrió para su saliva recordando la anécdota de aquel reo político condenado a muerte que, doce horas antes de la ejecución, recibe la visita del Auditor de Guerra, enviado de lo alto para que pida una gracia, incluso la vida, con tal que se reporte en su manera de hablar. «Pues la gracia que pido es dejar un hijo», responde el reo a quemarropa. «Concedida», le dice el Auditor y, tentándoselas de vivo, hace venir una mujer pública. El condenado, sin tocar a la mujer, la despide y al volver aquél le suelta: «¡Para hijos de puta basta con los que hay!...»

Otra sonrisilla cosquilleó en las comisuras de sus labios mientras se decía: «¡Fui director del instituto, director de un diario, diplomático, diputado, alcalde, y ahora, como si nada, jefe de una cuadrilla de malhechores!... ¡Caramba, lo que es la vida! *That is the life in the tropic!*»

Dos campanadas se arrancaron de las piedras de la Merced.

—¡Todo el mundo a la calle! —gritó Cara de Ángel, y sacando el revólver dijo a la *Masacuata* antes de salir—: ¡Ya regreso con mi tesoro!

—¡Manos a la obra! —ordenó Vásquez, trepando como

182

lagartija por una ventana a la casa del general, seguido de dos de la pandilla—. ¡Y... cuidado quién se raja!

En la casa del general aún resonaban las dos campanadas del reloj.

—¿Vienes, Camila?

—¡Sí, papaíto!

Canales vestía pantalón de montar y casaca azul. Sobre su casaca limpia de entorchados se destacaba, sin mancha, su cabeza cana. Camila llegó a sus brazos desfallecida, sin una lágrima, sin una palabra. El alma no comprende la felicidad ni la desgracia sin deletrearlas antes. Hay que morder y morder el pañuelo salóbrego de llanto, rasgarlo, hacerle dientes con los dientes. Para Camila todo aquello era un juego o una pesadilla; verdad, no, verdad no podía ser; algo que estuviera pasando, pasándole a ella, pasándole a su papá, no podía ser. El general Canales la envolvió en sus brazos para decirle adiós.

—Así abracé a tu madre cuando salí a la última guerra en defensa de la patria. La pobrecita se quedó con la idea de que yo no regresaría y fue ella la que no me esperó.

Al oír que andaban en la azotea, el viejo militar arrancó a Camila de sus brazos y atravesó el patio, por entre arriates y macetas con flores, hacia la puerta de la cochera. El perfume de cada azalea, de cada geranio, de cada rosal, le decía adiós. Le decía adiós el búcaro rezongón, la claridad de las habitaciones. La casa se apagó de una vez, como cortada a tajo del resto de las casas. Huir no era digno de un soldado... Pero la idea de volver a su país al frente de una revolución libertadora...

Camila, de acuerdo con el plan, salió a la ventana a pedir auxilio:

—¡Se están entrando los ladrones! ¡Se están entrando los ladrones!

Antes de que su voz se perdiera en la noche inmensa acudieron los primeros gendarmes, los que cuidaban el frente de la casa, soplando los largos dedos huecos de los silbatos. Sonido destemplado de metal y madera. La puerta de la calle se franqueó en seguida. Otros agentes vestidos de paisanos asomaron a las esquinas, sin saber de qué se trataba, mas por aquello de las dudas, con el «Señor de la Agonía» bien afilado en la mano, el sombrero sobre la frente y el cuello de la chaqueta levantado sobre el pescuezo. La puerta de par en par se los tragaba a todos. Río revuelto. En las casas hay tanta cosa indispuesta con su dueño... Vásquez cortó los alambres de la luz eléctrica al subir al techo, y corredores y habitaciones eran una sola sombra dura. Algunos encendían fósforos para dar con los armarios, los aparadores, las cómodas. Y sin hacer más ni más las registraban de arriba abajo, después de hacer saltar las chapas a golpe vivo, romper los cristales a cañonazos de revólver o convertir en astillas las maderas finas. Otros, perdidos en la sala, derribaban las sillas, las mesas, las esquineras con retratos, barajas trágicas en la tiniebla, o manoteaban un piano de media cola que había quedado abierto y que se dolía como bestia maltratada cada vez que lo golpeaban.

A lo lejos se oyó una risa de tenedores, cucharas y cuchillos regados en el piso y en seguida un grito que machacaron de un golpe. La *Chabelona* ocultaba a Camila en el comedor, entre la pared y uno de los aparadores. El favorito la hizo rodar de un empellón. La vieja se llevó en las trenzas enredado el agarrador de la gaveta de los cubiertos, que se esparcieron por el suelo. Vásquez la calló de un barretazo. Pegó al bulto. No se veían ni las manos.

# Segunda parte
## 24, 25, 26 y 27 de abril

# XII

# Camila

Horas y horas se pasaba en su cuarto ante el espejo. «El diablo se le va a asomar por mica», le gritaba su nana. «¿Más diablo que yo?», respondía Camila, el pelo en llamas negras alborotado, la cara trigueña lustrosa de manteca de cacao para despercudirse, náufragos los ojos verdes, oblicuos y jalados para atrás. La pura China Canales, como la apodaban en el colegio, aunque fuera con su gabacha de colegiala cerrada hasta las islillas, se veía más mujercita, menos fea, caprichuda y averiguadora.

—Quince años —se decía ante el espejo—, y no paso de ser una burrita con muchos tíos y tías, primos y primas, que siempre han de andar juntos como insectos.

Se tiraba del pelo, gritaba, hacía caras. Le caía mal formar parte de aquella nube de gente emparentada. Ser la nena. Ir con ellos a la parada. Ir con ellos a todas partes. A misa de doce, al Cerro del Carmen, a montarse al caballo rubio, a dar vueltas al Teatro Colón, a bajar y subir barrancos por El Sauce.

Sus tíos eran unos espantajos bigotudos, con ruido de anillos en los dedos. Sus primos unos despeinados, gordinflones, plomosos. Sus tías unas repugnantes. Así los veía, desesperada de que unos —los primos— le regalaran cartuchos de caramelos con banderita, como a una chiquilla; de que otros —los tíos— la acariciaran con las manos malolientes a cigarro, tomándola de los cachetes con el pulgar y el índice para

187

moverle la cara de un lado a otro —instintivamente Camila entiesaba la nuca—; o de que la besaran sus tías sin levantarse el velito del sombrero, sólo para dejarle en la piel sensación de telaraña pegada con saliva.

Los domingos por la tarde se dormía o se aburría en la sala, cansada de ver retratos antiguos en un álbum de familia, fuera de los que pendían de las paredes tapizadas de rojo o se habían distribuido en esquineras negras, mesas plateadas y consolas de mármol, mientras su papá ronroneaba como mirando a la calle desierta por una ventana, o correspondía a los adioses de vecinos y conocidos que le saludaban al pasar. Uno allá cada año. Le rendían el sombrero. Era el general Canales. Y el general les contestaba con la voz campanuda: «Buenas tardes...» «Hasta luego...» «Me alegro de verlo...» «¡Cuídese mucho!...»

Las fotografías de su mamá recién casada, a la que sólo se le veían los dedos y la cara —todo lo demás eran los tres reinos de la naturaleza, a la última moda en el traje hasta los tobillos, los mitones hasta cerca del codo, el cuello rodeado de pieles y el sombrero chorreando listones y plumas bajo una sombrilla de encajes alechugados—; y las fotografías de sus tías pechugonas y forradas como muebles de sala, el pelo como empedrado y diademitas en la frente; y las de las amigas de entonces, unas con mantón de manila, peineta y abanico, otras retratadas de indias con sandalias, güipil, tocoyal y un cántaro en el hombro, o fotografiadas con madrileña, lunares postizos y joyas, iban adormeciendo a Camila, untándola somnolencias de crepúsculo y presentimientos de dedicatoria: «Este retrato tras de ti como mi sombra.» «A todas horas contigo este pálido testigo de mi cariño.» «Si el olvido borra esas letras enmudecerá mi recuerdo.» Al pie de otras fotografías sólo se alcanzaba a leer entre violetas secas fijadas con listoncitos descoloridos: «Remember, 1898»; «... idolatrada»; «Hasta más allá de la tumba»; «Tu incógnita...».

Su papá saludaba a los que pasaban por la calle desierta, uno allá cada cuando, mas su voz campanuda resonaba en la sala como respondiendo a las dedicatorias. «Este retrato tras de ti como mi sombra»: «¡Me alegro mucho, que le vaya bien...!» «A todas horas contigo este pálido testigo de mi cariño»: «¡Adiós, que se conserve bien...!» «Si el olvido borra estas letras enmudecerá mi recuerdo»: «¡Para servirlo, saludos a su mamá!»

Un amigo escapaba a veces del álbum de retratos y se detenía a conversar con el general en la ventana. Camila lo espiaba escondida en el cortinaje. Era aquél que en el retrato tenía aire de conquistador, joven, esbelto, cejudo, de vistoso pantalón a cuadros, levita abotonada y sombrero entre bolero y cumbo, el *ya me atrevo* de fin de siglo.

Camila sonreía y se tragaba estas palabras: «Mejor se hubiera quedado en el retrato, señor... Sería anticuado en su vestir, se prestaría a burlas su traje de museo, pero no estaría barrigón, calvo y con los cachetes como chupando bolitas.»

Desde la penumbra del cortinaje de terciopelo, oliendo a polvo, asomaba Camila sus ojos verdes al cristal de la tarde dominguera. Nada cambiaba la crueldad de sus pupilas de vidrio helado para ver desde su casa lo que pasaba en la calle.

Separados por los barrotes del balcón voladizo, mataban el tiempo su papá, con los codos hundidos en un cojín de raso —relumbraban las mangas de su camisa de lino, pues estaba en mangas de camisa—, y un amigo que parecía muy de su confianza. Un señor bilioso, nariz ganchuda, bigote pequeño y bastón de pomo de oro. Las casualidades. Callejeando allí por la casa lo detuvo el general con un «¡Dichosos los ojos que te ven por la Merced, qué milagrote!», y Camila lo encontró en el álbum. No era fácil reconocerlo. Sólo fijándose mucho en su retrato. El pobre señor tuvo su nariz proporcionada, la cara dulzona, llenita. Bien dicen que el tiempo pasa sobre la gente. Ahora tenía la cara angulosa, los pómulos salientes, filo en las arcadas de las cejas despobladas y la mandíbula cortante. Mientras conversaba con su papá con voz pausada y cavernosa, se llevaba el pomo del bastón a la nariz a cada rato, como para oler el oro.

La inmensidad en movimiento. Ella en movimiento. Todo lo que en ella estaba inmóvil, en movimiento. Jugaron palabras de sorpresa en sus labios al ver el mar por primera vez, mas al preguntarle sus tíos qué le parecía el espectáculo, dijo con aire de huera importancia: «¡Me lo sabía de memoria en fotografía!...»

El viento palpitante le agitaba en las manos un sombrero rosado de ala muy grande. Era como un aro. Como un gran pájaro redondo.

Los primos, con la boca abierta y los ojos de par en par, no salían de su asombro. El oleaje ensordecedor ahogaba las palabras de sus tías. ¡Qué lindo! ¡Cómo se hace! ¡Cuánta agua! ¡Parece que está bravo! ¡Y allá, vean..., es el sol que se está hundiendo! ¿No olvidaríamos algo en el tren por bajar corriendo?... ¿Ya vieron si las cosas están cabales?... ¡Hay que contar las valijas!...

Sus tíos, cargados con valijas de ropas ligeras, propias para la costa, esos trajes arrugados como pasas que visten los temporadistas; con los racimos de cocos que las señoras arrebataron de las manos de los vendedores en las estaciones de tránsito, sólo porque eran baratos, y una runfia de tanates y canastas, se alejaron hacia el hotel en fila india.

—Lo que dijiste, yo me fijé... —habló por fin uno de sus primos, el más canillón. (Un golpe de sangre bajo la piel acentuó el color trigueño de Camila con ligero carmín, al sentirse aludida.)—. Y no lo tomé como lo dijiste. Para mí lo que tú quisiste decir es que el mar se parece a los retratos que salen en las vistas de viajes, sólo que en más grande.

Camila había oído hablar de las vistas de movimiento que daban a la vuelta del Portal del Señor, en las Cien Puertas, pero no sabía ni tenía idea de cómo eran. Sin embargo, con lo dicho por su primo, fácil le fue imaginárselas entornando los ojos y viendo el mar. Todo en movimiento. Nada estable. Retratos y retratos confundiéndose, revolviéndose, saltando en pedazos para formar una visión fugaz a cada instante, en un estado que no era sólido, ni líquido, ni gaseoso, sino el estado en que la vida está en el mar. El estado luminoso. En las vistas y en el mar.

Con los dedos encogidos en los zapatos y la mirada en todas partes, siguió contemplando Camila lo que sus ojos no acababan de ver. Si en el primer instante sintió vaciarse sus pupilas para abarcar la inmensidad, ahora la inmensidad se las llenaba. Era el regreso de la marea hasta sus ojos.

Seguida de su primo bajó por la playa poco a poco —no era fácil andar en la arena—, para estar más cerca de las olas, pero en lugar de una mano caballerosa, el Océano Pacífico le lanzó una guantada líquida de agua clara que le bañó los pies. Sorprendida, apenas si tuvo tiempo para retirarse, no sin dejarle prenda —el sombrero rosado que se veía como un punto diminuto entre los tumbos— y no sin un chillidito de niña consentida que amenaza con ir a dar la queja a su papá: «¡Ah... mar!»

Ni ella ni su primo se dieron cuenta. Había pronunciado por primera vez el verbo «amar» amenazando al mar. El cielo color tamarindo, hacia el sitio en que se ocultaba el sol completamente, enfriaba el verde profundo del agua.

¿Por qué se besó los brazos en la playa respirando el olor de su piel asoleada y salobre? ¿Por qué hizo otro tanto con las frutas que no la dejaban comer, al acercárselas a los labios juntitos y olisquearlas? «A las niñas les hace mal el ácido —sermoneaban sus tías en el hotel—, quedarse con los pies húmedos y andar potranqueando.» Camila había besado a su papá y a su nana, sin olerlos. Conteniendo la respiración había besado el pie como raíz lastimada de Jesús de la Merced. Y sin oler lo que se besa, el beso no sabe a nada. Su carne salobre y trigueña como la arena, y las piñuelas y los membrillos, la enseñaron a besar con las ventanas de la nariz abiertas, ansiosas, anhelantes. Mas del descubrimiento al hecho, ella no supo si olía o si mordía cuando ya, para terminar la temporada, la besó en la boca el primo que hablaba de las vistas del movimiento y sabía silbar el tango argentino.

Al volver a la capital, Camila le metió flota a su nana para que la llevara a las vistas. Era a la vuelta del Portal del Señor, en las Cien Puertas. Fueron a escondidas de su papá, tronándose los dedos y rezando el Trisagio. Por poco se vuelven desde la puerta al ver el salón lleno de gente. Se apropiaron de dos sillas cercanas a una cortina blanca, que por ratitos bañaban con un como reflejo de sol. Estaban probando los aparatos, los lentes, la electricidad, que producía un ruido de chisporroteo igual al de los carbones de la luz eléctrica en los faroles de las calles.

La sala se oscureció de repente. Camila tuvo la impresión de que estaba jugando al tuero. En la pantalla todo era borroso. Retratos con movimientos de saltamontes. Sombras de personas que al hablar parecía que mascaban, al andar que iban dando saltos y al mover los brazos que se desgonzaban. A Camila se le hizo tan precioso el recuerdo de una vez que se escondió con un muchacho en el cuarto del tragaluz, que se olvidó de las vistas. El candil de las ánimas moqueaba en el rincón más tenebroso de la estancia, frente a un Cristo de celuloide casi transparente. Se escondieron bajo una cama. Hubo que tirarse al suelo. La cama no dejaba de echar fuerte, traquido y traquido. Un mueble abuelo que no estaba para que lo resmolieran. «¡Tuero!», se oyó gritar en el último patio. «¡Tuero!», gritaron en el primer patio. «¡Tuero! ¡Tuero!...» Al oír los pasos del que buscaba diciendo a voces: «¡Voy con tamaño cuero!», Camila empezó a quererse reír. Su compañero de escondite la miraba fijamente, amenazándola para que se callara. Ella le oía el consejo con los ojos serios, pero no aguantó la risa al sentir una mesa de noche entreabierta y apestosa a loco que le quedaba en las narices, y habría soltado la carcajada si no se le llenan los ojos de una arenita que se le fue haciendo agua al sentir en la cabeza el ardor de un coscorrón.

Y como aquella vez del escondite, así salió de las vistas, con los ojos llorosos y atropelladamente, entre los que abandonaban las sillas y corrían hacia las puertas en la oscuridad. No pararon hasta el Portal del Comercio. Y allí supo Camila que el público había salido huyendo de la excomunión. En la pantalla, una mujer de traje pegado al cuerpo y un hombre mechudo de bigote y corbata de artista, bailaban el tango argentino.

Vásquez salió a la calle armado todavía —la barreta que le sirvió para callar a la *Chabelona* era arma contundente—, y a una señal de su cabeza, asomó Cara de Ángel con la hija del general en los brazos.

La policía empezaba a huir con el botín cuando aquéllos desaparecieron por la puerta de *El Tus-Tep*.

De los policías, el que no llevaba a miches un galápago, llevaba un reloj de pared, un espejo de cuerpo entero, una estatua, una mesa, un crucifijo, una tortuga, gallinas, patos, palomas y todo lo que Dios creó. Ropa de hombre, zapatos de mujer, trastos de China, flores, imágenes de santos, palanganas, trébedes, lámparas, una araña de almendrones, candelabros, frascos de medicinas, retratos, libros, paraguas para aguas del cielo y para aguas humanas.

La fondera esperaba en *El Tus-Tep* con la tranca en la mano para acuñar luego la puerta.

Jamás sospechó Camila que existiera este cuchitril hediendo a petate podrido, a dos pasos de donde feliz vivía entre los mimos del viejo militar, parece mentira ayer dichoso; los cuidados de su nana, parece mentira hoy malherida; las flores de su patio ayer no pisoteadas, hoy por tierra; la gata fugada y el canario muerto, aplastado con jaula y todo. Al quitarle el favorito de los ojos la bufanda negra, Camila tuvo la impresión de estar muy lejos de su casa... Dos y tres veces se pasó la mano por la cara, mirando a todos lados para saber dónde estaba. Los dedos se le perdieron en un grito al darse cuenta de su desgracia. No estaba soñando.

—Señorita... —alrededor de su cuerpo adormecido, pesado, la voz del que esa tarde le anunció la catástrofe—, aquí, por lo menos, no corre usted ningún peligro. ¿Qué le damos para que le pase el susto?

—¡Susto de agua y fuego! —dijo la fondera, y corrió a desenterrar el rescoldo en el apaste con ceniza que le servía de cocina, instante que aprovechó Lucio Vásquez para tocar a degüello y empinarse una garrafa de aguardiente de sabor, sin saborearlo, como quien bebe mataburro.

A soplidos le sacaba la fondera los ojos al fuego, sin dejar de repetir entre dientes: «fuego y luego, luego y fuego». A su espalda, por la pared de la trastienda, que alumbraba de rojo el resplandor del rescoldo, resbaló la sombra de Vásquez camino al patio.

—Aquí fue donde él le dijo a ella... —decía Lucio con su voz aflautada—. No hay quién que por cien no venga... y por mil también. El que a mataburro vive, a mataburro muere...

El agua que llenaba una taza de bola tomó color de persona asustada al caerle la brasa y apagarse. Como la pepita de una fruta infernal flotó el carbón negro que la *Masacuata* echó ardiendo y sacó apagado con las tenazas. «Susto de agua y fuego», repetía. Camila recobró la voz a los primeros tragos:

—¿Y mi papá? —fue lo primero que dijo.

—Tranquilícese, no tenga pena; beba más agüita de brasa, al general no le ha sucedido nada —le contestó Cara de Ángel.

—¿Lo sabe usted?

—Lo supongo...

—Y una desgracia...

—¡Isht, no la llame usted!

Camila volvió a mirar a Cara de Ángel. El semblante dice muchas veces más que las palabras. Pero se le perdieron los ojos en las pupilas del favorito, negras y sin pensamiento.

—Es menester que se siente, niña... —observó la *Masacuata*. Volvía arrastrando la banquita que Vásquez ocupaba esa tarde, cuando el señor de la cerveza y el billete entró en la fonda por primera vez...

... ¿Esa tarde hacía muchos años o esa tarde hacía pocas horas? El favorito fijaba los ojos, alternativamente, en la hija del general y en la llama de la candela ofrecida a la Virgen de Chiquinquirá. El pensamiento de apagar la luz y hacer una que no sirve le negreaba en las pupilas. Un soplido y... suya por la razón o la fuerza. Pero trajo las pupilas de la imagen de la Virgen a la figura de Camila caída en el asiento y, al verle la cara pálida bajo las lágrimas granudas, el cabello en desorden y el cuerpo de ángel a medio hacer, cambió el gesto, le quitó la taza de la mano con aire paternal y se dijo: «¡pobrecita!»...

Las toses de la fondera, para darles a entender que los dejaba a solas y sus improperios al encontrar a Vásquez completamente borracho, tirado en el patiecito oloroso a rosas de cachirulo que seguía a la trastienda, coincidieron con nuevos llantos de Camila.

—¡Vos sí que dialtiro sos liso —la *Masacuata* estaba hecha una chichigua—, desconsiderado, que sólo servís para derramarle a uno las bilis! ¡Bien dicen que con vos el que parpadea pierde! ¡Mucho que decís que me querés!... Se ve..., se ve... ¡Apenas di media vuelta te sembraste la garrafa! ¡Para vos que no me cuesta..., que lo salgo a fiar..., que me lo regalan!... ¡Ladronote!... ¡Salí de aquí o te saco a pescozadas!

La voz quejosa del borracho, los golpes de su cabeza en el suelo cuando la fondera empezó a jalarlo de los pies... El aire cerró la puerta del patiecito. No se oyó más.

—Pero si ya pasó, si ya pasó... —entredecía Cara de Ángel al oído de Camila, que lloraba a mares—. Su papá no corre peligro y usted escondida aquí está segura; aquí estoy yo para defenderla... Ya pasó, no llore; llorando así se va a poner más nerviosa... Míreme sin llorar y le explico todo bien cómo fue...

Camila dejó de llorar poco a poco. Cara de Ángel, que le acariciaba la cabeza, le quitó el pañuelo de la mano para secarle los ojos. Una lechada de cal y pintura rosada fue el día en el horizonte, entre las cosas, bajo las puertas. Los seres se olfateaban antes de verse. Los árboles, enloquecidos por la comezón de los trinos y sin poderse rascar. Bostezo y bostezo las pilas. Y el aire botando el pelo negro de la noche, el pelo de los muertos, para tocarse con peluca rubia.

—Pero lo indispensable es que usted se calme, porque es echarlo a perder todo. Se compromete usted, comprometemos a su papá y me compromete a mí. Esta noche volveré para llevarla a casa de sus tíos. El cuento aquí es ganar tiempo. Hay que tener paciencia. No se pueden arreglar ciertas cosas así no más. Algunas necesitan más *eme-o-de-o* que otras.

—No, si por mí qué pena; ya, con lo que me ha dicho, me siento segura. Se lo agradezco. Todo está explicado y debo quedarme aquí. La angustia es por mi papá. Lo que yo quisiera es tener la certeza de que a mi papá no le ha pasado nada.

—Yo me encargaré de traerle noticias.

—¿Hoy mismo?

—Hoy mismo...

Antes de salir, Cara de Ángel se volvió para darle con la mano un golpecito cariñoso en la mejilla.

—¡Cal-ma-da!

La hija del general Canales alzó los ojos otra vez llenos de lágrimas y le contestó:

—Noticias...

# Capturas

Ni el pan recibió por salir a la carrera la esposa de Genaro Rodas. A saber Dios si venían los canastos con su ganancia. Dejó a su marido tirado en la cama sin desvestirse, como estropajo, y a su mamoncito dormido en el canasto que le servía de cuna. Las seis de la mañana.

Sonando en el reloj de la Merced y dando ella el primer toquido en casa de Canales. Que dispensaran la alarma y el madrugón, pensaba, tocador en mano ya para llamar de nuevo. Pero ¿venían a abrir o no venían a abrir? El general debe saber cuanto antes lo que Lucio Vásquez le contó anoche al atarantado de mi marido en esa cantina que se llama de *El Despertar del León*...

Dejó de tocar y mientras salían a abrir fue reflexionando: que los limosneros le echan el muerto del Portal del Señor, que van a venir a capturarlo esta mañana y lo último, lo peor del mundo, que se quieren robar a la señorita...

«¡Eso sí que es canela! ¡Eso sí que es canela!», repetía para sus adentros sin dejar de tocar.

Y un vuelco con otro del corazón. ¿Que me llevan preso al general? Bueno, pues para eso es hombre y preso se queda. Pero que acarreen con la señorita... ¡Sangre de Cristo! El tiznón no tiene remedio. Y apostara mi cabeza que ésas son cosas de algún guanaco salado y sin vergüenza, de ésos que vienen a la ciudad con las mañas del monte.

Tocó de nuevo. La casa, la calle, el aire, todo como en un

tambor. Era desesperante que no abrieran. Deletreó el nombre de la fonda de la esquina para hacer tiempo: *El Tus-Tep*... No había mucho que deletrear, si no se fijaba en lo que decían los muñecos pintarrajeados de uno y otro lado de la puerta; de un lado un hombre, del otro lado una mujer; de la boca de la mujer salía este letrero: «¡Ven a bailar el tustepito!», y de por la espalda del hombre que apretaba una botella en la mano: «¡No, porque estoy bailando el tustepón!»...

Cansada de tocar —no estaban o no abrían— empujó la puerta. La mano se le fue hasta a saber dónde... ¿Sólo entornada? Se terció el pañolón barbado, franqueó el zaguán en un mar de corazonadas y asomó al corredor que no sabía de ella, helada por la realidad como el ave por el perdigón, huida la sangre, pobres los alientos, fatua la mirada, paralizados los miembros al ver las macetas de flores por tierra, por tierra las colas de quetzal, mamparas y ventanas rotas, rotos los espejos, destrozados los armarios, violadas las llaves, papeles y trajes y muebles y alfombras, todo ultrajado, todo envejecido en una noche, todo hecho un molote despreciable, basura sin vida, sin intimidad, sucia, sin alma...

La *Chabelona* vagaba con el cráneo roto, como fantasma entre las ruinas de aquel nido abandonado, en busca de la señorita.

—¡Já-já-já-já!... —reía— ... ¡Jí-jí-jí-jí! ¿Dónde se esconde, niña Camila?... ¡Ahí voy con tamaño cuero! ...................
.......................................................................
¿Por qué no responde?... ¡Tuero! ¡Tuero! ¡TUERO!.............
.......................................................................

Creía jugar al escondite con Camila y la buscaba y rebuscaba en los rincones, entre las flores, bajo las camas, tras las puertas, revolviéndolo todo como torbellino...

—¡Já-já-já-já!... ¡Jí-jí-jí-jí!... ¡Jú-jú-jú-jú!... ¡Tuero! ¡Tuero! ¡Salga, niña Camila, que no la jallo!... ¡Salga, niña Camilita, que ya me cansé de buscarla! ¡Já-já-já-já! ¡Salga!... ¡Tuero!... ¡Voy con tamaño cuero... ¡Jí-jí-jí-jí!... ¡Jú-jú-jú-jú!...

Busca buscando se arrimó a la pila y al ver su imagen en el agua quieta, chilló como mono herido y con la risa hecha temblor de miedo entre los labios, el pelo sobre la cara y sobre el pelo las manos, acurrucóse poco a poquito para huir

197

de aquella visión insólita. Suspiraba frases de perdón como si se excusara ante ella misma de ser tan fea, de estar tan vieja, de ser tan chiquita, de estar tan clinuda... De repente dio otro grito. Por entre la lluvia estropajosa de sus cabellos y las rendijas de sus dedos había visto saltar el sol desde el tejado, caerle encima y arrancarle la sombra que ahora contemplaba en el patio. Mordida por la cólera se puso en pie y la tomó contra su sombra y su imagen golpeando el agua y el piso, el agua con las manos, el piso con los pies. Su idea era borrarlas. La sombra se retorcía como animal azotado, mas a pesar del furioso taconeo, siempre estaba allí. Su imagen despedazábase en la congoja del líquido golpeado, pero en cesando la agitación del agua reaparecía de nuevo. Aulló con berrinche de fiera rabiosa, al sentirse incapaz de destruir aquel polvito de carbón regado sobre las piedras, que huía bajo sus pisotones como si de veras sintiera los golpes, y aquel otro polvito luminoso espolvoreado en el agua y con no sé qué de pez de su imagen que abollaba a palmotadas y puñetazos.

Ya los pies le sangraban, ya botaba las manos de cansancio y su sombra y su imagen seguían indestructibles.

Convulsa e iracunda, con la desesperación del que arremete por última vez, se lanzó de cabeza contra la pila...

Dos rosas cayeron en el agua...

La rama de un rosal espinudo le había arrebatado los ojos...

Saltó por el suelo como su propia sombra hasta quedar exánime al pie de un naranjo que pringaba de sangre un choreque de abril.

La banda marcial pasaba por la calle. ¡Cuánta violencia y cuánto aire guerrero! ¡Qué hambre de arcos triunfales! Sin embargo, y a pesar de los esfuerzos de los trompeteros por soplar duro y parejo, los vecinos, lejos de abrir los ojos con premura de héroes fatigados de ver la tizona sin objeto en la dorada paz de los trigos, se despertaban con la buena nueva del día de fiesta y el humilde propósito de persignarse para que Dios les librara de los malos pensamientos, de las malas palabras y de las malas obras contra el Presidente de la República.

La *Chabelona* topó a la banda al final de un rápido adormecimiento. Estaba a oscuras. Sin duda la señorita había venido de puntillas a cubrirle los ojos por detrás.

«¡Niña Camila, si ya sé que es usté, déjeme verla!», balbuceó, llevándose las manos a la cara para arrancarse de los párpados las manos de la señorita, que le hacían un daño horrible.

El viento aporreaba las mazorcas de sonidos calle abajo. La música y la oscuridad de la ceguera que le vendaba los ojos como en un juego de niños trajeron a su recuerdo la escuela donde aprendió las primeras letras, allá por Pueblo Viejo. Un salto de edad y se veía ya grande, sentada a la sombra de dos árboles de mango y luego, lueguito, relueguito, de otro salto, en una carreta de bueyes que rodaba por caminos planos y olorosos a troj. El chirriar de las ruedas desangraba como doble corona de espinas el silencio del carretero imberbe que la hizo mujer. Rumia que rumia fueron arrastrando los vencidos bueyes el tálamo nupcial. Ebriedad de cielo en la planicie elástica... Pero el recuerdo se dislocaba de pronto y con ímpetu de catarata veía entrar a la casa un chorro de hombres... Su hálito de bestias negras, su grita infernal, sus golpes, sus blasfemias, sus risotadas, el piano que gritaba hasta desgañitarse como si le arrancaran las muelas a manada limpia, la señorita perdida como un perfume y un mazazo en medio de la frente acompañado de un grito extraño y de una sombra inmensa.

La esposa de Genaro Rodas, Niña Fedina, encontró a la sirvienta tirada en el patio, con las mejillas bañadas en sangre, los cabellos en desorden, las ropas hechas pedazos, luchando con las moscas que manos invisibles le arrojaban por puños a la cara; y como la que se encuentra con un espanto, huyó por las habitaciones presa de miedo.

—¡Pobre! ¡Pobre! —murmuraba sin cesar.

Al pie de una ventana encontró la carta escrita por el general para su hermano Juan. Le recomendaba que mirara por Camila... Pero no la leyó toda Niña Fedina, parte porque la atormentaban los gritos de la *Chabelona*, que parecían salir de los espejos rotos, de los cristales hechos trizas, de las sillas maltrechas, de las cómodas forzadas, de los retratos caídos, y parte porque precisaba poner pies en polvorosa. Se enjugó el sudor de la cara con el pañuelo que, doblado en cuatro, apretaba nerviosamente en la mano repujada de sortijas baratas, y guardándose el papel en el cotón, se encaminó a la calle a toda prisa.

Demasiado tarde. Un oficial de gesto duro la apresó en la puerta. La casa estaba rodeada de soldados. Del patio subía el grito de la sirvienta atormentada por las moscas.


Lucio Vásquez, quien a instancias de la *Masacuata* y de Camila volaba ojo desde la puerta de *El Tus-Tep*, se quedó sin respiración al ver que agarraban a la esposa de Genaro Rodas, el amigo a quien al calor de los tragos había contado anoche, en *El Despertar del León,* lo de la captura del general.

—¡No lloro, pero me acuerdo! —exclamó la fondera, que había salido a la puerta en el momento en que capturaban a Niña Fedina.

Un soldado se acercó a la fonda. «¡A la hija del general buscan!», se dijo la fondera con el alma en los pies. Otro tanto pensó Vásquez, turbado hasta la raíz de los pelos. El soldado se acercó a decir que cerraran. Entornaron las puertas y se quedaron espiando por las rendijas lo que pasaba en la calle.

Vásquez reanimóse en la penumbra y con el pretexto del susto quiso acariciar a la *Masacuata,* pero ésta, como de costumbre, no se dejó. Por poco le pega un sopapo.

—¡Vos sí que tan chucana!

—¡Ah, sí! ¿verdá? ¡Cómo no, Chon! ¡Cómo no me iba a dejar que me estuvieras manosiando como batidor sin orejas! ¡Qué tal si no te cuento anoche que esta babosa andaba con que la hija del general...!

—¡Mirá que te pueden oír! —interrumpió Vásquez. Hablaban inclinados, mirando a la calle por las rendijas de la puerta.

—¡No siás bruto, si estoy hablando quedito!... Te decía que qué tal si no te cuento que esta mujer andaba con que la hija del general iba a ser la madrina de su chirís; traés al Genaro y se amuela la cosa.

—¡Siriaco! —contestó aquél, jalándose después una tela indespegable que sentía entre el galillo y la nariz.

—¡No siás desasiado! ¡Vos sí que dialtiro sos cualquiera; no tenés gota de educación!

—¡Qué delicada, pues...!

—¡Ischt!

El Auditor de Guerra bajaba en aquel instante de un carricoche.

—Es el Auditor... —dijo Vásquez.

—¿Y a qué viene? —preguntó la *Masacuata*.

—A la captura del general...

—¿Y por eso anda vestido de *loro*? ¡Haceme favor!... ¡Ayy-jo del mismo!, volale pluma a las que se ha puesto en la cabeza...

—No, ¡qué va a ser por eso!; y vos sí que para preguntona te pintás. Anda vestido así porque de aquí se va a ir a donde el Presidente.

—¡Dichoso!

—¡Si no capturaron anoche al general, ya me llevó puta!

—¡Qué lo van a capturar anoche!

—¡Mejor hacés shó!

Al bajar el Auditor del carricoche se pasaron órdenes en voz baja y un capitán, seguido de un piquete de soldados, se entró a la casa de Canales con el sable desenvainado en una mano y el revólver en la otra, como los oficiales en los cromos de las batallas de la guerra ruso-japonesa.

Y a los pocos minutos —siglos para Vásquez, que seguía los acontecimientos con el alma en un hilo— volvió el oficial con la cara descompuesta, descolorido y agitadísimo) a dar parte al Auditor de lo que sucedía.

—¿Qué?... ¿Qué? —gritó el Auditor.

Las palabras del oficial salían atormentadas de los pliegues de sus huelgos crecidos.

—¿Qué... que... que se ha fugado...? —rugió aquél; dos venas se le hincharon en la frente como interrogaciones negras— ... ¿Y que, que, que, que han saqueado la casa?...

Sin perder segundo desapareció por la puerta seguido del oficial; una rápida ojeada de relámpago, y volvió a la calle más ligero, la mano gordezuela y rabiosa apretada a la empuñadura del espadín y tan pálido que se confundía con sus labios su bigote de ala de mosca.

—¡Cómo se ha fugado es lo que yo quisiera saber! —exclamó al salir a la puerta—. ¡Órdenes; para eso se inventó el teléfono, para capturar a los enemigos del gobierno! ¡Viejo salado; como lo coja lo cuelgo! ¡No quisiera estar en su pellejo!

La mirada del Auditor dividió como un rayo a Niña Fedina. Un oficial y un sargento la habían traído casi a la fuerza adonde él vociferaba.

—¡Perra!... —le dijo y, sin dejar de mirarla, añadió—: ¡Haremos cantar a ésta! ¡Teniente, tome diez soldados y llévela deprisita adonde corresponde! ¡Incomunicada!, ¿eh?...

Un grito inmóvil llenaba el espacio, un grito aceitoso, lacerante, descarnado.

—¡Dios mío, qué le estarán haciendo a ese Señor Crucificado! —se quejó Vásquez. El grito de la *Chabelona,* cada vez más agudo, le abría hoyo en el pecho.

—¡Señor! —recalcó la fondera con retintín—, ¿no oís que es mujer? ¡Para vos que todos los hombres tienen acento de cenzontle señorita!

—No me digás así...

El Auditor ordenó que se catearan las casas vecinas a la del general. Grupos de soldados, al mando de cabos y sargentos, se repartieron por todos lados. Registraban patios, habitaciones, dependencias privadas, tapancos, pilas. Subían a los tejados, removían roperos, camas, tapices, alacenas, barriles, armarios, cofres. Al vecino que tardaba en abrir la puerta se la echaban abajo a culatazos. Los perros ladraban furibundos junto a los amos pálidos. Cada casa era una regadera de ladridos...

—¡Como registren aquí! —dijo Vásquez, que casi había perdido el habla de la angustia—. ¡En la que nos hemos metido!... Y siquiera fuera por algo, pero por embelequeros...

La *Masacuata* corrió a prevenir a Camila.

—Yo soy de opinión —vino diciendo Vásquez detrás— que se tape la cara y se vaya de aquí...

Y a reculones volvió a la puerta sin esperar respuesta.

—¡Esperen! ¡Espérense! —dijo al poner el ojo en la rendija—. ¡El Auditor ya dio contraorden, ya no están registrando, nos hemos salvado!

202

De dos pasos se plantó la fondera en la puerta para ver con propios ojos lo que Lucio le anunciaba con tanta alegría.

—¡Mirujeá tú, Señor Crucificado!... —susurró la fondera.

—¿Quién es ésa, vos?

—¡La posolera, no estás viendo! —y agregó retirando el cuerpo de la mano codiciosa de Vásquez—. ¡Estate quieto, vos, hombre! ¡Estate quieto! ¡Estate quieto! ¡A la perra con vos!

—¡Pobre, choteá cómo la traen!

—¡Como si el tranvía le hubiera pasado encima!

—¿Por qué harán turnio los que se mueren?

—¡Quitá, no quiero ver!

Una escolta, al mando de un capitán con la espada desenvainada, había sacado de casa de Canales a la *Chabelona*, la infeliz sirvienta. El Auditor ya no pudo interrogarla. Veinticuatro horas antes, esta basura humana ahora agonizante era el alma de un hogar donde por toda política el canario urdía sus intrigas de alpiste, el chorro en la pila sus círculos concéntricos, el general sus interminables solitarios, y Camila sus caprichos.

El Auditor saltó al carricoche seguido de un oficial. Humo se hizo el vehículo en la primera esquina. Vino una camilla cargada por cuatro hombres desguachipados y sucios, para llevar al anfiteatro el cadáver de la *Chabelona*. Desfilaron las tropas hacia uno de los castillos y la *Masacuata* abrió el establecimiento. Vásquez ocupaba su habitual banquita, disimulando mal la pena que le produjo la captura de la esposa de Genaro Rodas, con la cabeza hecha un horno de cocer ladrillos, el flato del tóxico por todas partes, hasta sentir que le volvía la borrachera por momentos, y la sospecha de la fuga del general.

Niña Fedina acortaba mientras tanto el camino de la cárcel en lucha con los de la escolta, que a cada paso la bajaban a empellones de la acera a mitad de la calle. Se dejaba maltratar sin decir nada, pero, de pronto, andando, andando, como rebasada su paciencia, le dio a uno de todos un bofetón en la cara. Un culatazo, respuesta que no esperaba, y otro soldado que le pegó por detrás, en la espalda, le hicieron trastabillar, golpearse los dientes y ver luces.

—¡Calzonudos!... ¡Para lo que les sirven las armas!... ¡Deberían tener más vergüenza! —intervino una mujer que volvía del mercado con el canasto lleno de verduras y frutas.

—¡Shó! —le gritó un soldado.

—¡Será tu cara, machetón!

—¡Vaya, señora! Señora, siga su camino; ligerito siga su camino; ¿o no tiene oficio? —le gritó un sargento.

—¡Seré como ustedes, cebones!

—¡Cállese —intervino el oficial—, o la rompemos!

—¡La rompemos, qué mismas! ¡Eso era lo único que nos faltaba, ishtos que ái andan y que parecen chinos de tan secos, con los codos de fuera y los pantalones comidos del fundillo! ¡Repasearse quisieran en uno y que uno se quedara con el hocico callado! ¡Partida de piojosos..., ajar a la gente por gusto!

Y entre los transeúntes que la miraban asustados, poco a poco se fue quedando atrás la desconocida defensora de la esposa de Genaro Rodas. En medio de la patrulla seguía hacia la cárcel, trágica, descompuesta, sudorosa, barriendo el suelo con las barbas de su pañolón de burato.

El carricoche del Auditor de Guerra asomó a la esquina de casa del licenciado Abel Carvajal, en el momento en que éste salía de bolero y leva hacia palacio. El Auditor dejó el carruaje bamboleándose al saltar del estribo a medio andén. Carvajal había cerrado la puerta de su casa y se calzaba un guante con parsimonia cuando lo capturó el colega. Un piquete de soldados lo condujo por el centro de la calle, vestido con traje de ceremonia, hasta la Segunda Sección de Policía, adornada por fuera con banderitas y cadenas de papel de China. Derechito lo pasaron al calabozo en que seguían presos el estudiante y el sacristán.

# XIV

## ¡Todo el orbe cante!

Las calles iban apareciendo en la claridad huidiza del alba entre tejados y campos que trascendían a frescura de abril. Por allí se descolgaban las mulas de la leche a todo correr, las orejas de los botijos de metal repiqueteando, perseguidas por el jadeo y el látigo del peón que las arreaba. Por allí les amanecía a las vacas que ordeñaban en los zaguanes de las casas ricas y en las esquinas de los barrios pobres, entre parroquianos que en vía de restablecimiento o aniquilamiento, con ojos de sueños hondos y vidriosos, hacían tiempo a la vaca preferida y se acercaban a su turno, personalmente, a recibir la leche, ladeando el vaso con divino modo para que de tal suerte se hiciera más líquido que espuma. Por allí pasaban las acarreadoras del pan con la cabeza hundida en el tórax, comba la cintura, tensas las piernas y los pies descalzos, pespunteando pasos seguidos e inseguros bajo el peso de enormes canastos, canasto sobre canasto, pagodas que dejaban en el aire olor a hojaldres con azúcar y ajonjolí tostado. Por allí se oía la alborada en los días de fiesta nacional, despertador que paseaban fantasmas de metal y viento, sonidos de sabores, estornudos de colores, mientras aclara no aclara sonaba en las iglesias, tímida y atrevida, la campana de la primera misa, tímida y atrevida porque si su tantaneo formaba parte del día de fiesta con gusto a chocolate y a torta de canónigo, en los días de fiesta nacional olía a cosa prohibida.

Fiesta nacional...

De las calles ascendía con olor a tierra buena el regocijo del vecindario, que echaba la pila por la ventana para que no levantaran mucho polvo al paso de las tropas que pasaban con el pabellón hacia Palacio —el pabellón oloroso a pañuelo nuevo—, ni los carruajes de los señorones que se echaban a la calle de punta en blanco, doctores con el armario en la leva traslapada, generales de uniforme relumbrante, hediendo a candelero —aquéllos tocados con sombreros de luces, éstos con tricornio de plumas—, ni el trotecito de los empleados subalternos, cuya importancia se medía en el lenguaje de buen gobierno por el precio del entierro que algún día les pagaría el Estado.

¡Señor, Señor, llenos están los cielos y la tierra de vuestra gloria! El Presidente se dejaba ver, agradecido con el pueblo que así correspondía a sus desvelos, aislado de todos, muy lejos, en el grupo de sus íntimos.

¡Señor, Señor, llenos están los cielos y la tierra de vuestra gloria! Las señoras sentían el divino poder del Dios Amado. Sacerdotes de mucha enjundia le incensaban. Los juristas se veían en un torneo de Alfonso el Sabio. Los diplomáticos, excelencias de Tiflis, se daban grandes tonos consintiéndose en Versalles, en la Corte del Rey Sol. Los periodistas nacionales y extranjeros se relamían en presencia del redivivo Pericles. ¡Señor, Señor, llenos están los cielos y la tierra de vuestra gloria! Los poetas se creían en Atenas, así lo pregonaban al mundo. Un escultor de santos se consideraba Fidias y sonreía poniendo los ojos en blanco y frotándose las manos, al oír que se vivaba en las calles el nombre del egregio gobernante. ¡Señor, Señor, llenos están los cielos y la tierra de vuestra gloria! Un compositor de marchas fúnebres, devoto de Baco y del Santo Entierro, asomaba la cara de tomate a un balcón para ver dónde quedaba la tierra.

Mas si los artistas se creían en Atenas, los banqueros judíos se las daban en Cartago, paseando por los salones del estadista que depositó en ellos su confianza y en sus cajas sin fondo los dineritos de la nación a cero y nada por ciento, negocio que les permitía enriquecerse con los rendidos y convertir la moneda de metal de oro y plata en pellejillos de circuncisión. ¡Señor, Señor, llenos están los cielos y la tierra de vuestra gloria!

206

Cara de Ángel se abrió campo entre los convidados. (Era bello y malo como Satán.)

—¡El pueblo lo reclama en el balcón, Señor Presidente!

—¿... el pueblo?

El amo puso en estas dos palabras un bacilo de interrogación. El silencio reinaba en torno suyo. Bajo el peso de una gran tristeza que pronto debeló con rabia para que no le llegara a los ojos, se levantó del asiento y fue al balcón.

Lo rodeaba el grupo de los íntimos cuando apareció ante el pueblo: un grupo de mujeres que venían a festejar el feliz aniversario de cuando salvó la vida. La encargada de pronunciar el discurso comenzó apenas vio aparecer al Presidente.

—«¡Hijo del pueblo...!»

El amo tragó saliva amarga evocando tal vez sus años de estudiante, al lado de su madre sin recursos, en una ciudad empedrada de malas voluntades; pero el favorito, que le bailaba el agua, se atrevió en voz baja:

—Como Jesús, hijo del pueblo...

—«¡Hijo de el pueblo! —repitió la del discurso—, del pueblo digo: el sol, en este día de radiante hermosura, el cielo viste, cuida su luz tus ojos y tu vida, enseña del trabajo sacrosanto que sucede en la bóveda celeste a la luz la sombra, la sombra de la noche negra y sin perdón de donde salieron las manos criminales que en lugar de sembrar los campos, como tú, Señor, lo enseñas, sembraron a tu paso una bomba que a pesar de sus científicas precauciones europeas, te dejó ileso...»

Un aplauso cerrado ahogó la voz de la *Lengua de Vaca,* como llamaban por mal nombre a la regalona que decía el discurso, y una serie de abanicos de vivas dieron aire al mandatario y a su séquito:

—¡Viva el Señor Presidente!

—¡Viva el Señor Presidente de la República!

—¡Viva el Señor Presidente Constitucional de la República!

—¡Con un viva que resuene por todos los ámbitos del mundo y no acabe nunca, viva el Señor Presidente Constitucional de la República, Benemérito de la Patria, Jefe del Gran Partido Liberal, Liberal de Corazón y Protector de la Juventud Estudiosa!...

*La Lengua de Vaca* continuó:

—«¡En sien ajada habría sido la bandera, de lograr sus propósitos esos malos hijos de la Patria, robustecidos en su intento criminal por el apoyo de los enemigos del Señor Presidente; nunca reflexionaron que la mano de Dios velaba y vela sobre su preciosa existencia con beneplácito de todos los que sabiéndolo digno de ser el Primer Ciudadano de la Nación, lo rodearon en aquellos instantes "así-agos", y le rodean y rodearán siempre que sea necesario!

»¡Sí, señores..., señores y señoras; hoy más que nunca sabemos que de cumplirse los fines nefandos de aquel día de triste recuerdo para nuestro país, que marcha a la descubierta de los pueblos civilizados la Patria se habría quedado huérfana de padre y protector en manos de los que trabajan en la sombra los puñales para herir el pecho de la Democracia, como dijo aquel gran tribuno que se llamó Juan Montalvo!

»¡Mercé a eso, el pabellón sigue ondeando impoluto y no ha huido del escudo patrio el ave que, como el ave "tenis", renació de las cenizas de los "manos" —corrigiéndose—, "mames" que declararon la independencia nacional en aquella grora de la libertá de América, sin derramar una sola gota de sangre, ratificando de tal suerte el anhelo de libertá que habían manifestado los "mames" —corrigiéndose—, "manes" indios que lucharon hasta la muerte por la conquista de la libertá y del derecho!

»Y por eso, señores, venimos a festejar hoy día al muy ilustre protector de las clases necesitadas, que vela por nosotros con amor de padre y lleva a nuestro país, como ya dije, a la vanguardia del progreso que Fultón impulsó con el vapor de agua y Juana Santa María defendió del filibustero intruso poniendo fuego al polvorín fatal en tierras de Lempira. ¡Viva la Patria! ¡Viva el Presidente Constitucional de la República, Jefe del Partido Liberal, Benemérito de la Patria, Protector de la mujer desvalida, del niño y de la instrucción!»

Los vivas de la *Lengua de Vaca* se perdieron en un incendio de vítores que un mar de aplausos fue apagando.

El Presidente contestó algunas palabras, la diestra empuñada sobre el balcón de mármol, de medio lado para no dar el pecho, paseando la cara de hombro a hombro sobre la concurrencia, entrealforzado el ceño, los ojos a cigarritas. Hombres y mujeres enjugaron más de una lágrima.

—Si el Señor Presidente se entrara... —se atrevió Cara de Ángel al oírlo moquear—. El populacho le afecta el corazón...

El Auditor de Guerra se precipitó hacia el Presidente, que volvía del balcón seguido de unos cuantos amigos, para darle parte de la fuga del general Canales y felicitarle por su discurso antes que los demás; pero como todos los que se acercaron con este propósito, se detuvo cohibido por un temor extraño, por una fuerza sobrenatural, y para no quedarse con la mano tendida, se la alargó a Cara de Ángel.

El favorito le volvió la espalda y, con la mano al aire, oyó el Auditor la primera detonación de una serie de explosiones que se sucedieron en pocos segundos como descargas de artillería. Aún se escuchan los gritos; aún saltan, aún corren, aún patalean las sillas derribadas, las mujeres con ataque, aún se oye el paso de los soldados que se van regando como arroces, la mano en la cartuchera que no se abre pronto, el fusil cargado, entre ametralladoras, espejos rojos y oficiales y cañones...

Un coronel se perdió escalera arriba guardándose el revólver. Otro bajaba por una escalera de caracol guardándose el revólver. No era nada. Un capitán pasó por una ventana guardándose el revólver. Otro ganó una puerta guardándose el revólver. No era nada. ¡No era nada! Pero el aire estaba frío. La noticia cundió por las salas en desorden. No era nada. Poco a poco se fueron juntando los convidados; quién había hecho aguas del susto, quién perdido los guantes, y a los que les volvía el color no les bajaba el habla, y a los que les volvía el habla les faltaba color. Lo que ninguno pudo decir fue por dónde y a qué hora desapareció el Presidente.

Por tierra yacía, al pie de una escalinata, el primer bombo de la banda marcial. Rodó desde el primer piso con bombo y todo y ahí la de ¡sálvese el que pueda!

# XV

# Tíos y tías

El favorito salió de Palacio entre el Presidente del Poder Judicial, viejecillo que de leva y chistera recordaba los ratones de los dibujos infantiles, y un representante del pueblo, descascatado como santo viejo de puro antiguo; los cuales discutían con argumentos de hacerse agua la boca si era mejor el *Gran Hotel* o una cantina de los alrededores para ir a quitarse el susto que les había dado el idiota del bombo, a quien ellos mandaran sin pizca de remordimiento a baterías, al infierno o a otro peor castigo. Cuando hablaba el representante del pueblo, partidario del *Gran Hotel,* parecía dictar reglas de observancia obligatoria acerca de los sitios más aristocráticos para empinar la botella, lo que de carambola de bola y banda era en bien de las cargas del Estado. Cuando hablaba el magistrado, lo hacía con el énfasis del que resuelve un asunto en sentencia que causa ejecutoria: «atañedera a la riqueza medular es la falta de apariencia y por eso, yo, amigo mío, prefiero el fondín pobre, en el que se está de confianza con amigos de abrazo, al hotel suntuoso donde no todo lo que brilla es oro».

Cara de Ángel les dejó discutiendo en la esquina de Palacio —en aquel conflicto de autoridades lo mejor era lavarse las manos— y echó por el barrio de *El Incienso,* en busca del domicilio de don Juan Canales. Urgía que este señor fuera o mandara a recoger a su sobrina a la fonda de *El Tus-Tep.* «Que vaya o mande por ella, ¡a mí qué me importa! —se iba diciendo—; que no dependa más de mí, que exista como existía hasta ayer que yo la ignoraba, que yo no sabía que existía, que no era nada para mí...» Dos o tres personas se botaron a la calle cediéndole la acera para saludarlo. Agradeció sin fijarse quiénes eran.

De los hermanos del general, don Juan vivía por *El Incienso,* en una de las casas del costado de *El Cuño,* como se llamaba la fábrica de moneda, que, dicho sea de paso, era un edificio de solemnidad patibularia. Desconchados bastiones reforzaban las murallas llorosas y por las ventanas, que defendían rejas de hierro, se adivinaban salas con aspecto de jaulas para fieras. Allí se guardaban los millones del diablo.

Al toquido del favorito respondió un perro. Advertíase por la manera de ladrar de tan iracundo cancerbero que estaba atado.

Con la chistera en la mano franqueó Cara de Ángel la puerta de la casa —era bello y malo como Satán—, contento de encontrarse en el sitio en que iba a dejar a la hija del general y aturdido por el ladrar del perro y los paseadelante, paseadelante de un varón sanguíneo, risueño y ventrudo, que no era otro que don Juan Canales.

—¡Pase adelante, tenga la bondad, pase adelante, por aquí, señor, por aquí, si me hace el favor! ¿Y a qué debemos el gusto de tenerle en casa? —Don Juan decía todo esto como autómata, en un tono de voz que estaba muy lejos de la angustia que sentía en presencia de aquel precioso arete del Señor Presidente.

Cara de Ángel rodaba los ojos por la sala. ¡Qué ladridos daba a las visitas el perro del mal gusto! Del grupo de los retratos de los hermanos Canales advirtió que habían quitado el retrato del general. Un espejo, en el extremo opuesto, repetía el hueco del retrato y parte de la sala tapizada de un papel que fue amarillo, color de telegrama.

El perro, observó Cara de Ángel, mientras don Juan agotaba las frases comunes de su repertorio de fórmulas sociales, sigue siendo el alma de la casa, como en los tiempos primitivos. La defensa de la tribu. Hasta el Señor Presidente tiene una jauría de perros importados.

El dueño de la casa apareció por el espejo manoteando desesperadamente. Don Juan Canales, dichas las frases de cajón, como buen nadador se había tirado al fondo.

—¡Aquí, en mi casa —refería—, mi mujer y este servidor de usted hemos desaprobado con verdadera indignación la conducta de mi hermano Eusebio! ¡Qué cuento es ése! Un crimen es siempre repugnante y más en este caso, tratándose de quien se trataba, de una persona apreciabilísima por todos conceptos, de un hombre que era la honra de nuestro Ejército y, sobre todo, diga usted, de un amigo del Señor Presidente.

Cara de Ángel guardó el pavoroso silencio del que, sin poder salvar a una persona por falta de medios, la ve ahogarse, sólo comparable con el silencio de las visitas cuando callan, temerosas de aceptar o rechazar lo que se está diciendo.

Don Juan perdió el control sobre sus nervios al oír que sus palabras caían en el vacío y empezó a dar manotadas al aire, a querer alcanzar fondo con los pies. Su cabeza era un hervor. Suponíase mezclado en el asesinato del Portal del Señor y en sus largas ramificaciones políticas. De nada le serviría ser inocente, de nada. Ya estaba complicado, ya estaba complicado. ¡La lotería, amigo, la lotería! ¡La lotería, amigo, la lotería! Ésta era la frase-síntesis de aquel país, como lo pregonaba *Tío Fulgencio,* un buen señor que vendía billetes de lotería por las calles, católico fervoroso y cobrador de ajuste. En lugar de Cara de Ángel miraba Canales la silueta de esqueleto de *Tío Fulgencio,* cuyos huesos, mandíbulas y dedos parecían sostenidos con alambres nerviosos. *Tío Fulgencio* apretaba la cartera de cuero negro bajo el brazo anguloso, desarrugaba la cara y, dándose nalgaditas en los pantalones fondilludos, alargaba la quijada para decir con una voz que le salía por las narices y la boca sin dientes: «¡Amigo, amigo, la única ley en egta tierra eg la lotería: pog lotería cae ugté en la cágcel, pog lotería lo fugilan, pog lotería lo hagen diputado, diplomático, pregidente de la Gepública, general, minigtro! ¿De qué vale el egtudio aquí, si to eg pog lotería? ¡Lotería, amigo, lotería, cómpreme, pueg, un número de la lotería!» Y todo aquel esqueleto nudoso, tronco de vid retorcido, se sacudía de la risa que le iba saliendo de la boca, como lista de lotería toda de números premiados.

Cara de Ángel, muy lejos de lo que don Juan pensaba, lo observaba en silencio, preguntándose hasta dónde aquel hombre cobarde y repugnante era algo de Camila.

—¡Por ahí se dice, mejor dicho, le contaron a mi mujer, que se me quiere complicar en el asesinato del coronel Parrales Sonriente!... —continuó Canales, enjugándose con un pañuelo, que gran dificultad tuvo para sacarse del bolsillo, las gruesas gotas de sudor que le rodaban por la frente.

—No sé nada —le contestó aquél en seco.

—¡Sería injusto! Y ya le digo, aquí, con mi mujer, desaprobamos desde el primer momento la conducta de Eusebio. Además, no sé si usted estará al tanto, en los últimos tiempos nos veíamos muy de cuando en vez con mi hermano. Casi nunca. Mejor dicho, nunca. Pasábamos como dos extraños: buenos días, buenos días; buenas tardes, buenas tardes; pero nada más. Adiós, adiós, pero nada más.

Ya la voz de don Juan era insegura. Su esposa seguía la visita detrás de una mampara y creyó prudente salir en auxilio de su marido.

—¡Preséntame, Juan! —exclamó al entrar saludando a Cara de Ángel con una inclinación de cabeza y una sonrisa de cortesía.

—¡Sí, de veras! —contestó el aturdido esposo poniéndose de pie al mismo tiempo que el favorito—. ¡Aquí voy a tener el gusto de presentarle a mi señora!

—Judith de Canales...

Cara de Ángel oyó el nombre de la esposa de don Juan, pero no recuerda haber dicho el suyo.

En aquella visita, que prolongaba sin motivo, bajo la fuerza inexplicable que en su corazón empezaba a desordenar su existencia, las palabras extrañas a Camila perdíanse en sus oídos sin dejar rastro.

«¡Pero por qué no me hablan estas gentes de su sobrina! —pensaba—. Si me hablaran de ella yo les pondría atención; si me hablaran de ella yo les diría que no tuvieran pena, que no se está complicando a don Juan en asesinato alguno; si me hablaran de ella... ¡Pero qué necio soy! De Camila, que yo quisiera que dejara de ser Camila y que se quedara aquí con ellos sin yo pensar más en ella; yo, ella,

213

ellos... ¡Pero qué necio! Ella y ellos, yo no, yo aparte, aparte, lejos, yo con ella no...»

Doña Judith —como ella firmaba— tomó asiento en el sofá y restregóse un pañuelito de encajes en la nariz para darse un compás de espera.

—Decían ustedes... Les corté su conversación. Perdonen...

—¡De...!

—¡Sí...!

—¡Han...!

Los tres hablaron al mismo tiempo, y después de unos cuantos «siga usted, siga usted» de lo más gracioso, don Juan, sin saber por qué, se quedó con la palabra. («¡Qué animal!», le gritó su esposa con los ojos.)

—Le contaba yo aquí al amigo que contigo nosotros nos indignamos cuando, en forma puramente confidencial, supimos que mi hermano Eusebio era uno de los asesinos del coronel Parrales Sonriente...

—¡Ah, sí, sí, sí!... —apuntaló doña Judith, levantando el promontorio de sus senos— ... ¡Aquí, con Juan, hemos dicho que el general, mi cuñado, no debió jamás manchar sus galones con semejante barbaridad, y lo peor es que ahora, para ajuste de penas, nos han venido a decir que quieren complicar a mi marido!

—Por eso también le explicaba yo a don Miguel, que estábamos distanciados desde hacía mucho tiempo con mi hermano, que éramos como enemigos..., sí, como enemigos a muerte; ¡él no me podía ver ni en pintura y yo menos a él!

—No tanto, verdá, cuestiones de familia, que siempre enojan y separan —añadió doña Judith dejando flotar en el ambiente un suspiro.

—Eso es lo que yo he creído —terció Cara de Ángel—; que don Juan no olvide que entre hermanos hay siempre lazos indestructibles...

—¿Cómo, don Miguel, cómo es eso?... ¿Yo cómplice?

—¡Permítame!

—¡No crea usted! —hilvanó doña Judith con los ojos bajos—. Todos los lazos se destruyen cuando median cuestiones de dinero; es triste que sea así, pero se ve todos los días; ¡el dinero no respeta sangre!

214

—¡Permítame!... Decía yo que entre los hermanos hay lazos indestructibles, porque a pesar de las profundas diferencias que existían entre don Juan y el general, éste, viéndose perdido y obligado a dejar el país contó...

—¡Es un pícaro si me mezcló en sus crímenes! ¡Ah, la calumnia!...

—¡Pero si no se trata de nada de eso!

—¡Juan, Juan, deja que hable el señor!

—¡Contó con la ayuda de ustedes para que su hija no quedara abandonada y me encargó que hablara con ustedes para que aquí, en su casa...!

Esta vez fue Cara de Ángel el que sintió que sus palabras caían en el vacío. Tuvo la impresión de hablar a personas que no entendían español. Entre don Juan, panzudo y rasurado, y doña Judith, metida en la carretilla de mano de sus senos, cayeron sus palabras en el espejo para todos ausentes.

—Y es a ustedes a quienes corresponde ver lo que se debe hacer con esa niña.

—¡Sí, desde luego!... —Tan pronto como don Juan supo que Cara de Ángel no venía a capturarlo, recobró su aplomo de hombre formal—.... ¡No sé qué responder a usted, pues, la verdad, esto me agarra tan de sorpresa!... En mi casa, desde luego, ni pensarlo... ¡Qué quiere usted, no se puede jugar con fuego!... Aquí, con nosotros ya lo creo que esa pobre infeliz estaría muy bien, pero mi mujer y yo no estamos dispuestos a perder la amistad de las personas que nos tratan, quienes nos tendrían a mal el haber abierto la puerta de un hogar honrado a la hija de un enemigo del Señor Presidente... Además, es público que mi famoso hermano ofreció..., ¿cómo dijéramos?..., sí, ofreció a su hija a un íntimo amigo del Jefe de la Nación, para que éste a su vez...

—¡Todo por escapar a la cárcel, ya se sabe! —interrumpió doña Judith, hundiendo el promontorio de su pecho en el barranco de otro suspiro—. Pero, como Juan decía, ofreció a su hija a un amigo del Señor Presidente, quien a su vez debía ofrecerla al propio Presidente, el cual, como es natural y lógico pensar, rechazó propuesta tan abyecta, y fue entonces cuando el *Príncipe de la milicia,* como le apodaban desde aquel su famosísimo discurso, viéndose en un callejón sin salida, resolvió fugarse y dejarnos a su señorita hija. ¡Ello..., qué podía esperarse de quien como la peste trajo el entredicho político a los suyos y el descrédito sobre su nombre! No crea usted que nosotros no hemos sufrido por la cola de este asunto. ¡Vaya que nos ha sacado canas, Dios y la Virgen son testigos!

Un relámpago de cólera cruzó las noches profundas que llevaba Cara de Ángel en los ojos.

—Pues no hay más que hablar...

—Lo sentimos por usted, que se molestó en venir a buscarnos. Me hubiera usted llamado...

—Y por usted —agregó doña Judith a las palabras de su marido—, si no nos fuera del todo imposible, habríamos accedido de mil amores.

Cara de Ángel salió sin volverse a mirarlos ni pronunciar palabra. El perro ladraba enfurecido, arrastrando la cadena por el suelo de un punto a otro.

—Iré a casa de sus hermanos —dijo en el zaguán, ya para despedirse.

—No pierda su tiempo —apresuróse a contestar don Juan—; si yo, que tengo fama de conservador porque vivo por aquí, no la acepté en mi casa, ellos, que son liberales... ¡Bueno, bueno!, van a creer que usted está loco o simplemente que es una broma...

Estas palabras las dijo casi en la calle; luego cerró la puerta poco a poco, frotóse las manos gordezuelas y se volvió después de un instante de indecisión. Sentía irresistibles deseos de acariciar a alguien, pero no a su mujer, y fue a buscar al perro, que seguía ladrando.

—Te digo que dejes a ese animal si vas a salir —le gritó doña Judith desde el patio, donde podaba los rosales aprovechando que ya había pasado la fuerza del sol.

—Sí, ya me voy...

—Pues apúrate, que yo tengo que rezar mi hora de guardia, y no es hora de andar en la calle después de las seis.

## XVI

# En la Casa Nueva

A un salto de las ocho de la mañana (¡buenos días aquéllos de la clepsidra, cuando no había relojes saltamontes, ni
se contaba el tiempo a brincos!) fue encerrada Niña Fedina
en un calabozo que era casi una sepultura en forma de guitarra, previa su filiación regular y un largo reconocimiento de
lo que llevaba sobre su persona. La registraron de la cabeza a
los pies, de las uñas a los sobacos, por todas partes —registro
enojosísimo— y con más minuciosidad al encontrarle en la
camisa una carta del general Canales, escrita de su puño y letra, la carta que ella había recogido del suelo en la casa de
éste.

Fatigada de estar de pie y sin espacio en el calabozo para
dos pasos, se sentó —después de todo era mejor estar sentada—, mas al cabo de un rato volvió a levantarse. El frío del
piso le ganaba las asentaderas, las canillas, las manos, las orejas —la carne es heladiza—, y en pie estuvo de seguida otro
rato, si bien más tarde tornó a sentarse, y a levantarse y a sentarse y a levantarse...

En los patios se oía cantar a las reclusas que sacaban de los
calabozos a tomar el sol, tonadas con sabor de legumbres
crudas, a pesar de tanto hervor de corazón como tenían. Algunas de estas tonadas, que a veces quedábanse tarareando
con voz adormecida, eran de una monotonía cruel, cuyo
peso encadenador rompían, de repente, gritos desesperados... Blasfemaban..., insultaban..., maldecían...

217

Desde el primer momento atemorizó a Niña Fedina una voz destemplada que en tono de salmodia repetía y repetía:

De la Casa-Nueva
a las casas malas,
cielito lindo,
no hay más que un paso,
y ahora que estamos solos,
cielito lindo,
dame un abrazo.

¡Ay, ay, ay, ay!,
dame un abrazo,
que de ésta, a las
malas casas,
cielito lindo,
no hay más que un paso.

Los dos primeros versos disonaban del resto de la canción; sin embargo, esta pequeña dificultad parecía encarecer el parentesco cercano de las casas malas y la Casa-Nueva. Se desgajaba el ritmo, sacrificado a la realidad, para subrayar aquella verdad atormentadora, que hacía sacudirse a Niña Fedina con miedo de tener miedo cuando ya estaba temblando y sin sentir aún todo el miedo, el indiscernible y espantoso miedo que sintió después, cuando aquella voz de disco usado que escondía más secretos que un crimen, la caló hasta los huesos. Desayunarse de canción tan aceda, era injusto. Una despellejada no se revuelve en su tormento como ella en su mazmorra, oyendo lo que otras detenidas, sin pensar que la cama de la prostituta es más helada que la cárcel, oirían tal vez como suprema esperanza de libertad y de calor.

El recuerdo de su hijo la sosegó. Pensaba en él como si aún lo llevara en las entrañas. Las madres nunca llegan a sentirse completamente vacías de sus hijos. Lo primero que haría en saliendo de la cárcel, sería bautizarlo. Estaba pendiente el bautizo. Era lindo el faldón y linda la cofia que le regaló la señorita Camila. Y pensaba hacer la fiesta con tamal y chocolate al desayuno, arroz a la valenciana y pipián al mediodía, agua de canela, horchata, helados y barquillos por la tarde. Al tipógrafo del ojo de vidrio ya le diera el encargo de las estampitas impresas con que pensaba obsequiar a sus amistades. Y quería que fueran dos carruajes de «onde Shumann», de ésos de los caballotes que semejan locomotoras, de cadenas plateadas que hacen ruido y de cocheros de leva y sombrero de copa. Luego trató de quitarse de la cabeza estos pensamientos, no le fuera a suceder lo que cuentan que le pasó a aquel que la víspera de su matrimonio se decía: «¡mañana, a estas horas, ya te verás, boquita!», y a quien, por desgracia, el día siguiente, antes de la boda, pasando por una calle, le dieron un ladrillazo en la boca.

Y volvió a pensar en su hijo, y tan adentro se le fue el gozo, que, sin fijarse, tenía puestos los ojos en una telaraña de dibujos indecentes, a cuya vista se turbó de nuevo. Cruces, frases santas, nombres de hombres, fechas, números cabalísticos, enlazábanse con sexos de todos tamaños. Y se veían: la palabra Dios junto a un falo, un número 13 sobre un testículo monstruoso, y diablos con cuernos retorcidos como candelabros, y florecillas de pétalos en forma de dedos, y caricaturas de jueces y magistrados, y barquitos, y áncoras, y soles, y cunas, y botellas, y manecitas entrelazadas, y ojos y corazones atravesados por puñales, y soles bigotudos como policías, y lunas con cara de señorita vieja, y estrellas de tres y cinco picos, y relojes, y sirenas, y guitarras con alas, y flechas...

Aterrorizada, quiso alejarse de aquel mundo de locuras perversas, pero dio contra los otros muros también manchados de obscenidades. Muda de pavor cerró los ojos; era una mujer que empezaba a rodar por un terreno resbaladizo y a su paso, en lugar de ventanas, se abrían simas y el cielo le enseñaba las estrellas como un lobo de dientes.

Por el suelo, un pueblo de hormigas se llevaba una cucaracha muerta. Niña Fedina, bajo la impresión de los dibujos, creyó ver un sexo arrastrado por su propio vello hacia las camas del vicio.

De la Casa-Nueva
a las casas malas,
cielito lindo...

Y volvía la canción a frotarle suavemente astillitas de vidrio en la carne viva, como lijándole el pudor femenino.

En la ciudad continuaba la fiesta en honor del Presidente de la República. En la Plaza Central se alzaba por las noches la clásica manta de las vistas a manera de patíbulo, y exhibíanse fragmentos de películas borrosas a los ojos de una multitud devota que parecía asistir a un auto de fe. Los edificios públicos se destacaban iluminados en el fondo del cielo. Como turbante se enrollaba un tropel de pasos alrededor del parque de forma circular, rodeado de una verja de agudísimas puntas. Lo mejor de la sociedad, reunido allí, daba vueltas y vueltas en las noches de fiesta, mientras la gente del pueblo presenciaba aquel cinematógrafo, bajo las estrellas, con religioso silencio. Un sardinero de viejos y viejas, de lisiados y matrimonios que ya no disimulaban el fastidio, bostezo y bostezo, seguían desde los bancos y escaños del jardín a los paseantes, que no dejaban muchacha sin piropo ni amigo sin saludo. De tiempo en tiempo, ricos y pobres levantaban los ojos al cielo: un cohete de colores, tras el estallido, deshilaba sedas de güipil en arco-iris.

La primera noche en un calabozo es algo terrible. El prisionero se va quedando en la sombra como fuera de la vida, en un mundo de pesadilla. Los muros desaparecen, se borra el techo, se pierde el piso, y, sin embargo, ¡qué lejos el ánima de sentirse libre!; más bien se siente muerta.

Apresuradamente, Niña Fedina empezó a rezar: «¡Acordaos, oh misericordiosísima Virgen María, que jamás se ha oído decir que haya sido abandonado de vos ninguno de cuantos han acudido a vuestro amparo, implorando vuestro auxilio y reclamando vuestra protección! Yo, animada con tal confianza, acudo a vos, oh Madre Virgen de las Vírgenes, a vos me acerco y llorando mis pecados me postro delante de vuestros pies. No desechéis mis súplicas, oh Virgen María; antes bien oídlas propicia y acogedlas. Amén.» La sombra le apretaba la garganta. No pudo rezar más. Se dejó caer y con los brazos, que fue sintiendo muy largos, muy largos, abarcó la tierra helada, todas las tierras heladas, de todos los presos, de todos los que injustamente sufren persecución por la jus-

ticia, de los agonizantes y caminantes... Y ya fue de decir la
letanía...

Ora pronobis...
Ora pronobis...
Ora pronobis...
Ora pronobis...
Ora pronobis...
Ora pronobis...
Ora pronobis...
Ora pronobis...

Poco a poco, se incorporó. Tenía hambre. ¿Quién le daría
de mamar a su hijo? A gatas acercóse a la puerta, que golpeó
en vano.

Ora pronobis...
Ora pronobis...
Ora pronobis...

A lo lejos se oyeron sonar doce campanadas...

Ora pronobis...
Ora pronobis...

En el mundo de su hijo...

Ora pronobis...

Doce campanadas, las contó bien... Reanimada, hizo esfuerzos para pensarse libre y lo consiguió. Viose en su casa,
entre sus cosas y sus conocidos, diciendo a la Juanita:
«¡adiós, me alegro de verla!», saliendo a llamar a palmotadas
a la Gabrielita, atalayando el carbón, saludando con una re-
verencia a don Timoteo. Su negocio se le antojaba como
algo vivo, como algo hecho de ella y de todos...
Fuera, seguía la fiesta, la manta de las vistas en lugar del patíbulo y la vuelta al parque de los esclavos atados a la noria.
Cuando menos lo esperaba se abrió la puerta del calabozo. El ruido de los cerrojos la hizo recoger los pies, como si

de pronto se hubiera sentido a la orilla de un precipicio. Dos hombres la buscaron en la sombra y, sin dirigirle la palabra, la empujaron por un corredor estrecho, que el viento nocturno barría a soplidos, y por dos salas en tinieblas, hacia un salón alumbrado. Cuando ella entró, el Auditor de Guerra hablaba con el amanuense en voz baja.

«¡Éste es el señor que le toca el armonio a la Virgen del Carmen! —se dijo Niña Fedina—. Ya me parecía conocerle cuando me capturaron; lo he visto en la iglesia. ¡No debe ser mal hombre!...»

Los ojos del Auditor se fijaron en ella con detenimiento. Luego la interrogó sobre sus generales: nombre, edad, estado, profesión, domicilio. La mujer de Rodas contestó a estas cuestiones con entereza, agregando por su parte, cuando el amanuense aún escribía su última respuesta, una pregunta que no se oyó bien porque a tiempo llamaron por teléfono y escuchóse, crecida en el silencio de la habitación vecina, la voz ronca de una mujer que decía: «... ¡Sí! ¿Cómo siguió?... ... ¡Que me alegro!... ... Yo mandé a preguntar esta mañana con la Canducha... ¿El vestido?... ... El vestido está bueno, sí, está bien tallado... ¿Cómo?... ... No, no, no está manchado... ¡Que digo que no está manchado!... ... Sí, pero sin falta... ... Sí, sí... ... Sí..., vengan sin falta... Adiós... Que pasen buena noche... Adiós...»

El Auditor, mientras tanto, respondía a la pregunta de Niña Fedina en tono familiar de burla cruel y lépera:

—Pues no tenga cuidado, que para eso estamos nosotros aquí, para dar informes a las que, como usted, no saben por qué están detenidas...

Y cambiando de voz, con los ojos de sapo crecidos en las órbitas, agregó con lentitud:

—Pero antes va usted a decirme lo que hacía en la casa del general Eusebio Canales esta mañana.

—Había... Había ido a buscar al general para un asunto...

—¿Un asunto de qué si se puede saber?...

—¡Un mi asuntito, señor! ¡Un mi mandado! De... Vea... Se lo voy a decir todo de una vez: para decirle que lo iban a capturar por el asesinato de ese coronel no sé cuántos que mataron en el portal...

—¿Y todavía tiene cara de preguntar por qué está presa? ¡Bandida! ¿Le parece poco, poco?... ¡Bandida! ¿Le parece poco, poco?...

A cada *poco* la indignación del Auditor crecía.

—¡Espéreme, señor, que le diga! ¡Espéreme, señor, si no es lo que usted está creyendo de mí! ¡Espéreme, óigame, por vida suya, si cuando yo llegué a la casa del general, el general ya no estaba; yo no lo vi, yo no vi a ninguno, todos se habían ido, la casa estaba sola, la criada andaba por allí corriendo!

—¿Le parece poco? ¿Le parece poco? ¿Y a qué hora llegó usted?

—¡Sonando en el reló de la Mercé las seis de la mañana, señor!

—¡Qué bien se acuerda! ¿Y cómo supo usted que el general Canales iba a ser preso?

—¡Yo!

—¡Sí, usted!

—¡Por mi marido lo supe!

—Y su marido. ¿Cómo se llama su marido?

—¡Genaro Rodas!

—¿Por quién lo supo? ¿Cómo lo supo? ¿Quién se lo dijo?

—Por un amigo, señor, uno llamádose Lucio Vásquez, que es de la policía secreta; ése se lo contó a mi marido y mi marido...

—¡Y usted al general! —se adelantó a decir el Auditor.

Niña Fedina movió la cabeza como quien dice: ¡Qué *negro,* NO!

—¿Y qué camino tomó el general?

—¡Pero por Dios Santo, si yo no he visto al general, como se lo estoy diciendo! ¿No me oye, pues? ¡No lo he visto, no lo he visto! ¡Qué me sacaba yo con decirle que no; y pior si eso es lo que está escribiendo en mi declaración ese señor!... —y señaló al amanuense, que la volvió a mirar, con su cara pálida y pecosa, de secante blanco que se ha bebido muchos puntos suspensivos.

—¡A usted poco le importa lo que él escribe! ¡Responda a lo que se le pregunta! ¿Qué camino tomó el general?

Sobrevino un largo silencio. La voz del Auditor, más dura, martilló:

—¿Qué camino tomó el general?

—¡No sé! ¿Qué quiere que le responda yo de eso? ¡No sé, no le vi, no le hablé!... ¡Vaya una cosa!

—¡Mal hace usted en negarlo, porque la autoridad lo sabe todo, y sabe que usted habló con el general!

—¡Mejor me da risa!

—¡Óigalo bien y no se ría, que todo lo sabe la autoridad, todo, todo! —a cada *todo* hacía temblar la mesa—. Si usted no vio al general, ¿de dónde tenía usted esta carta?... Ella sola vino volando y se le metió en la camisa, ¿verdad?

—Ésa es la carta que me encontré botada en la casa de él; la pepené del suelo cuando ya salía; pero mejor ya no le digo nada, porque usted no me cree, como si yo fuera alguna mentirosa.

—¡La *pepené!*... ¡Ni hablar sabe! —refunfuñó el amanuense.

—Vea, déjese de cuentos, señora, y confiese la verdad, que lo que se está preparando con sus mentiras es un castigo que se va a acordar de mí toda su vida.

—¡Pues lo que le he dicho es la verdá; ahora, si usted no quiere creerlo así, tampoco es mi hijo para que yo se lo haga entender a palos!

—¡Le va costar muy caro, vea que se lo estoy diciendo! Y, otra cosa; ¿qué tenía usted que hacer con el general? ¿Qué era usted, qué es usted de él? Su hermana, su qué... ¿Qué se sacó?...

—Yo... del general... nada, onque tal vez sólo lo habré visto dos veces; pero ái tiene usted, que cupo la casualidad de que yo tenía apalabrada a su hija, para que me llevara al bautismo a mi hijo...

—¡Eso no es una razón!

—¡Ya era casi mi comadre, señor!

El amanuense agregó por detrás:

—¡Son embustes!

—Y si yo me afligí y perdí la cabeza y corrí adonde corrí, fue porque ese Lucio le contó a mi marido que un hombre iba a robarse a la hija de...

—¡Déjese de mentiras! Más vale que me confiese por las buenas el paradero del general, que yo sé que usted lo sabe, que usted es la única que lo sabe y que nos lo va a decir aquí, sólo a nosotros, sólo a mí... ¡Déjese de llorar, hable, la oigo!

Y amortiguando la voz, hasta tomar acento de confesor añadió:

—Si me dice en dónde está el general..., vea, óigame; yo sé que usted lo sabe y que me lo va a decir; si me dice el sitio donde el general se escondió, la perdono; óigame, pues, la perdono; la mando poner en libertad y de aquí se va ya derechito a su casa, tranquilamente... Piénselo... ¡Piénselo bien...!

—¡Ay, señor, si yo supiera se lo diría! Pero no lo sé, cabe la desgracia que no lo sé... ¡Santísima Trinidad, qué hago yo!

—¿Por qué me lo niega? ¿No ve que con eso usted misma se hace daño?

En las pausas que seguían a las frases del Auditor, el amanuense se chupaba las muelas.

—Pues si no vale que la esté tratando por bien, porque ustedes son mala gente —esta última frase la dijo el Auditor más ligero y con un enojo creciente de volcán en erupción—, me lo va a decir por mal. Sepa que usted ha cometido un delito gravísimo contra la seguridad del Estado, y que está en manos de la justicia por ser responsable de la fuga de un traidor, sedicioso, rebelde, asesino y enemigo del Señor Presidente... ¡Y ya es mucho decir, esto ya es mucho decir, mucho decir!

La esposa de Rodas no sabía qué hacer. Las palabras de aquel hombre endemoniado escondían una amenaza inmediata, tremenda, algo así como la muerte. Le temblaban las mandíbulas, los dedos, las piernas... Al que le tiemblan los dedos diríase que ha sacado los huesos, y que sacude como guantes, las manos. Al que le tiemblan las mandíbulas sin poder hablar está telegrafiando angustias. Y al que le tiemblan las piernas va de pie en un carruaje que arrastran, como alma que se lleva el diablo, dos bestias desbocadas.

—¡Señor! —imploró.

—¡Vea que no es juguete! ¡A ver, pronto! ¿Dónde está el general?

Una puerta se abrió a lo lejos para dar paso al llanto de un niño. Un llanto caliente, acongojado...

—¡Hágalo por su hijo!

Ni bien el Auditor había dicho así y la Niña Fedina, erguida la cabeza, buscaba por todos lados a ver de dónde venía el llanto.

—Desde hace dos horas está llorando, y es en balde que busque dónde está... ¡Llora de hambre y se morirá de hambre si usted no me dice el paradero del general!

Ella se lanzó por una puerta, pero le salieron al paso tres hombres, tres bestias negras que sin gran trabajo quebraron sus pobres fuerzas de mujer. En aquel forcejeo inútil se le soltó el cabello, se le salió la blusa de la faja y se le desprendieron las enaguas. Pero qué le importaba que los trapos se le cayeran. Casi desnuda volvió arrastrándose de rodillas a implorar del Auditor que le dejara dar el pecho a su mamoncito.

—¡Por la Virgen del Carmen, señor —suplicó abrazándose al zapato del licenciado—; sí, por la Virgen del Carmen, déjeme darle de mamar a mi muchachito; vea que está que ya no tiene fuerzas para llorar, vea que se me muere; aunque después me mate a mí!

—¡Aquí no hay Vírgenes del Carmen que valgan! ¡Si usted no me dice dónde está oculto el general, aquí nos estamos, y su hijo hasta que reviente de llorar!

Como loca se arrodilló ante los hombres que guardaban la puerta. Luego luchó con ellos. Luego volvió a arrodillarse ante el Auditor, a quererle besar los zapatos.

—¡Señor, por mi hijo!

—Pues por su hijo: ¿dónde está el general? ¡Es inútil que se arrodille y haga toda esa comedia, porque si usted no responde a lo que le pregunto, no tenga esperanza de darle de mamar a su hijo!

Al decir esto, el Auditor se puso de pie, cansado de estar sentado. El amanuense se chupaba las muelas, con la pluma presta a tomar la declaración que no acababa de salir de los labios de aquella madre infeliz.

—¿Dónde está el general?

En las noches de invierno, el agua llora en las reposaderas. Así se oía el llanto del niño, gorgoriteante, acoquinado.

—¿Dónde está el general?

Niña Fedina callaba como una bestia herida, mordiéndose los labios sin saber qué hacer.

—¿Dónde está el general?

Así pasaron cinco, diez, quince minutos. Por fin el Auditor, secándose los labios con un pañuelo de orilla negra, añadió a todas sus preguntas la amenaza:

—¡Pues si no me dice, va a molernos un poco de cal viva a ver si así se acuerda del camino que tomó ese hombre!

—¡Todo lo que quieran hago; pero antes déjenme que... que... que le dé de mamar al muchachito! ¡Señor, no sea así, vea que no es justo! ¡Señor, la criaturita no tiene la culpa! ¡Castígueme a mí como quiera!

Uno de los hombres que cubrían la puerta la arrojó al suelo de un empujón; otro le dio un puntapié que la dejó por tierra. El llanto y la indignación le borraban los ladrillos, los objetos. No sentía más que el llanto de su hijo.

Y era la una de la mañana cuando empezó a moler la cal para que no le siguieran pegando. Su hijito lloraba...

De tiempo en tiempo, el Auditor repetía:

—¿Dónde está el general? ¿Dónde está el general?

La una...

Las dos...

Por fin, las tres... Su hijito lloraba...

Las tres cuando ya debían ser como las cinco...

Las cuatro no llegaban... Y su hijito lloraba...

Y las cuatro... Y su hijito lloraba...

—¿Dónde está el general? ¿Dónde está el general?

Con las manos cubiertas de grietas incontables y profundas, que a cada movimiento se le abrían más, los dedos despellejados de las puntas, llagados los entrededos y las uñas sangrantes, Niña Fedina bramaba del dolor al llevar y traer la mano de la piedra sobre la cal. Cuando se detenía a implorar, por su hijo más que por su dolor, la golpeaban.

—¿Dónde está el general? ¿Dónde está el general?

Ella no escuchaba la voz del Auditor. El llorar de su hijo, cada vez más apagado, llenaba sus oídos.

A las cinco menos veinte la abandonaron sobre el piso, sin conocimiento. De sus labios caía una baba viscosa y de sus senos lastimados por fístulas casi invisibles, manaba la leche más blanca que la cal. A intervalos corrían de sus ojos inflamados llantos furtivos.

Más tarde —ya pintaba el alba— la trasladaron al calabo-zo. Allí despertó con su hijo moribundo, helado, sin vida, como un muñeco de trapo. Al sentirse en el regazo materno, el niño se reanimó un poco y no tardó en arrojarse sobre el seno con avidez; mas, al poner en él la boquita, y sentir el sabor acre de la cal, soltó el pezón y soltó el llanto, e inútil fue cuanto ella hizo después porque lo volviera a tomar. Con la criatura en los brazos dio voces, golpeó la puerta... Se le enfriaba... Se le enfriaba... Se le enfriaba... No era posible que le dejaran morir así cuando era inocente, y tornó a golpear la puerta y a gritar...

—¡Ay, mi hijo se me muere! ¡Ay, mi hijo se muere! ¡Ay, mi vida, mi pedacito, mi vida!... ¡Vengan, por Dios! ¡Abran! ¡Por Dios, abran! ¡Se me muere mi hijo! ¡Virgen Santísima! ¡San Antonio bendito! ¡Jesús de Santa Catarina!

Fuera seguía la fiesta. El segundo día como el primero. La manta de las vistas a manera de patíbulo y la vuelta al parque de los esclavos atados a la noria.

## XVII

# Amor urdemales

—... ¡Si vendrá, si no vendrá!

—¡Como si lo estuviera viendo!

—Ya tarda; pero con tal que venga, ¿no le parece?

—De eso esté usté segura, como de que ahora es de noche; una oreja me quito si no viene. No se atormente...

—¿Y cree usted que me va a traer noticias de papá? Él me ofreció...

—Por supuesto... Pues con mayor razón...

—¡Ay, Dios quiera que no me traiga malas noticias!... Estoy que no sé... Me voy a volver loca... Quisiera que viniera pronto para salir de dudas, y que mejor no viniera si me trae malas noticias.

La *Masacuata* seguía desde el rincón de la cocinita improvisada las palpitaciones de la voz de Camila, que hablaba recostada en la cama. Una candela ardía pegada al suelo delante de la Virgen de Chiquinquirá.

—En lo que está usté; ya lo creo que va a venir, y con noticias que le van a dar gusto, acuérdese de mí... Que dónde lo estoy leyendo, dirá usté... Me se pone y lo que es para eso de las corazonadas soy infalible... ¡Mirá con quién, con los hombres!... Bueno, si yo le fuera a contar... Es verdá que un dedo no hace mano, pero todos son lo mismo: al olor del hueso ái están que parecen chuchos...

El ruido del soplador espaciaba las frases de la fondera. Camila la veía soplar el fuego sin ponerle asunto.

—El amor, niña, es como las granizadas. Cuando se empiezan a chupar, acabaditas de hacer, abunda el jarabe que es un contento; por todos lados sale y hay que apurarse a jalar para adentro, que si no, se cae; pero después, después no queda más que un terrón de hielo desabrido y sin color.

Por la calle se oyeron pasos. A Camila le latía el corazón tan fuerte que tuvo que oprimírselo con las dos manos. Pasaron por la puerta y se alejaron presto.

—Creía que era él...

—No debe tardar...

—Debe ser que fue adonde mis tíos antes de venir aquí; probablemente se venga con él mi tío Juan...

—¡Chist, gato! El gato se está bebiendo su leche, espántelo...

Camila volvió a mirar el animal que, asustado por el grito de la fondera, se lamía los bigotes empapados en leche, cerca de la taza olvidada en una silla.

—¿Cómo se llama su gato?

—*Benjuí*...

—Yo tenía uno que se llamaba *Gota;* era gata...

Ahora sí se oyeron pasos y tal vez que...

Era él.

Mientras la *Masacuata* desatrancaba la puerta, Camila se pasó las manos por los cabellos para arreglárselos un poco. El corazón le daba golpes en el pecho. Al final de aquel día que ella creyó por momentos eterno, interminable, que no iba a acabar nunca, estaba entumecida, floja, sin ánimo, ojerosa, como la enferma que oye cuchichear de los preparativos de su operación.

—¡Sí, señorita, buenas noticias! —dijo Cara de Ángel desde la puerta, cambiando la cara de pena que traía.

Ella esperaba de pie al lado de la cama, con una mano puesta sobre la cabecera, los ojos llenos de lágrimas y el semblante frío. El favorito le acarició las manos.

—Las noticias de su papá, que son las que más le interesan, primero... —pronunciadas estas palabras se fijó en la *Masacuata,* y entonces, sin cambiar de tono de voz, mudó de pensamiento—. Pues su papá no sabe que está usted aquí escondida...

230

—¿Y dónde está él...?

—¡Cálmese!

—¡Con sólo saber que no le ha pasado nada, me conformo!

—Siéntese, donnn... —se interpuso la fondera, ofreciendo la banquita a Cara de Ángel.

—Gracias...

—Y como de necesidad ustedes tendrán su qué hablar, si no se le ofrece nada, van a dejar que me vaya para volver de acún rato. Voy a salir a ver qué es de Lucio, que se fue desde esta mañana y no ha regresado.

El favorito estuvo a punto de pedir a la fondera que no lo dejara a solas con Camila.

Pero ya la *Masacuata* pasaba al patiecito oscuro a cambiarse de enagua y Camila decía:

—Dios se lo pague por todo, ¿oye, señora?... ¡Pobre, tan buena que es!... Y tiene gracia todo lo que habla. Dice que usted es muy bueno, que es usted muy rico y muy simpático, que lo conoce hace mucho tiempo...

—Sí, es mera buena. Sin embargo, no se podía hablar ante ella con toda confianza y estuvo mejor que se largara. De su papá todo lo que se sabe es que va huyendo, y mientras no pase la frontera no tendremos noticias ciertas. Y diga: ¿le contó algo de su papá usted a esta mujer?

—No, porque creí que estaba enterada de todo...

—Pues conviene que no sepa ni media palabra...

—Y mis tíos, ¿qué le dijeron?...

—No los pude ir a ver por andar agenciándome noticias de su papá; pero ya les anuncié mi visita para mañana.

—Perdone mis exigencias, pero usted comprende, me sentiré más consolada allí con ellos; sobre todo con mi tío Juan; él es mi padrino y ha sido para mí como mi padre...

—¿Se veían ustedes muy a menudo...?

—Casi todos los días... Casi..., sí... Sí, porque cuando no íbamos a su casa, él venía a la nuestra con su señora o solo. Es el hermano a quien más ha querido mi papá. Siempre me dijo: «Cuando yo falte te dejaré con Juan, y a él debes buscar y obedecer como si fuera tu padre.» Todavía el domingo comimos todos juntos.

—En todo caso quiero que usted sepa que si yo la escondí aquí fue para evitar que la atropellara la policía y porque esto quedaba más cerca.

El cansancio de la candela sin despabilar flotaba como la mirada de un miope. Cara de Ángel se veía en aquella luz disminuido en su personalidad, medio enfermo, y miraba a Camila más pálida, más sola y más chula que nunca en su trajecito color limón.

—¿En qué piensa?...

Su voz tenía intimidad de hombre apaciguado.

—En las penas en que andará mi pobre papá huyendo por sitios desconocidos, oscuros, no me explico bien, con hambre, con sueño, con sed y sin amparo. La Virgen lo acompañe. Todo el día le he tenido su candela encendida...

—No piense en esas cosas, no llame la desgracia; las cosas tienen que suceder como está escrito que sucedan. ¡Qué lejos estaba usted de conocerme y qué lejos estaba yo de poder servir a su papá!... —y apañándole una mano, que ella se dejó acariciar, fijaron ambos los ojos en el cuadro de la Virgen.

El favorito pensaba:

¡En el ojo de la llave del cielo
cabrías bien, porque fue el cerrajero,
cuando nacías, a sacar con nieve
la forma de tu cuerpo en un lucero!

La estrofa, sin razón de ser en aquellos momentos, quedó suelta en su cabeza y como confundida a la palpitación en que se iban envolviendo sus dos almas.

—¿Y qué me dice usted? Ya mi papá irá muy lejos; se sabrá cuando más o menos...

—No tengo ni idea, pero es cuestión de días...

—¿De muchos días?

—No...

—Mi tío Juan tal vez tiene noticias...

—Probablemente...

—Algo le pasa a usted cuando le hablo de mis tíos...

—Pero ¡qué está usted diciendo! De ninguna manera. Por

232

el contrario, pienso que sin ellos mi responsabilidad sería mayor. Adónde iba yo a llevarla a usted si no estuvieran ellos...

Cara de Ángel cambiaba de voz cuando se dejaba de fantasear sobre la fuga del general y hablaba de los tíos, del general que se temía ver regresar amarrado y seguido de una escolta, o frío como un tamal en un tapesco ensangrentado.

La puerta se abrió de repente. Era la *Masacuata*, que entraba que se hacía pedazos. Las trancas rodaron por el suelo. Un soplo de aire hamaqueó la luz.

—Acepten y perdonen que les interrumpa y que venga así tan brusca... ¡Lucio está preso!... Me lo acababa de decir una mi conocida cuando me llegó este papelito. Está en la Penitenciaría... ¡Chismes de ese Genaro Rodas! ¡Lástima de pantalones de hombre! ¡No he tenido gusto en toda la santa tarde! A cada rato el corazón me hacía *pon-gón, pon-gón, pon-gón*... Ái fue a decir que usted y Lucio se habían sacado a la señorita de su casa...

El favorito no pudo impedir la catástrofe. Un puñado de palabras y la explosión... Camila, él y su pobre amor acababan de volar deshechos en un segundo, en menos de un segundo... Cuando Cara de Ángel empezó a darse cuenta de la realidad, Camila lloraba sin consuelo tirada de bruces sobre la cama; la fondera seguía habla que habla contando los detalles del rapto, sin comprender el mundo que precipitaba en las simas de la desesperación con sus palabras, y en cuanto a él, sentía que lo estaban enterrando vivo con los ojos abiertos.

Después de llorar mucho rato se levantó Camila como sonámbula, pidiendo a la fondera algo con que taparse para salir a la calle.

—Y si usted es, como dice, un caballero —se volvió a decir a Cara de Ángel, cuando aquélla le hubo dado un perraje—, acompáñeme a casa de mi tío Juan.

El favorito quiso decir eso que no se puede decir, esa palabra inexpresable con los labios y que baila en los ojos de los que golpea la fatalidad en lo más íntimo de su esperanza.

—¿Dónde está mi sombrero? —preguntó con la voz ronca de tragar saliva de angustias.

Y ya con el sombrero en la mano volvióse al interior de la fonda para mirar nuevamente, antes de partir, el sitio en que acababa de naufragar una ilusión.

—Pero... —objetó ya para dejar la puerta—, me temo que sea demasiado tarde...

—Si fuéramos a casa ajena, sí; pero vamos a mi casa; donde cualquiera de mis tíos sepa usted que estoy en mi casa...

Cara de Ángel la detuvo de un brazo con suavidad y como arrancándose el alma, le dijo violentamente la verdad:

—En casa de sus tíos ni pensarlo; no quieren oír hablar de usted, no quieren saber nada del general, lo desconocen como hermano. Me lo ha dicho hoy su tío Juan...

—¡Pero usted mismo acaba de decirme que no los ha visto, que les anunció su visita!... ¿En qué quedamos? ¡Olvida usted sus palabras de hace un momento y calumnia a mis tíos para retener en esta fonda a la prenda robada que se le va de las manos! ¡Que mis tíos no quieren oír hablar de nosotros, que no me reciben en su casa!... Bueno, está usted loco. ¡Venga, acompáñeme, para que se convenza de lo contrario!

—No estoy loco, no crea, y daría la vida porque no fuera usted a exponerse a un desprecio, y si he mentido es porque... no sé... Mentía por ternura, por querer ahorrarle hasta el último momento el dolor que ahora va a sufrir... Yo pensaba volver a suplicarles mañana, menear otras pitas, pedirles que no la dejaran en la calle abandonada, pero eso ya no es posible, ya usted va andando, ya no es posible...

Las calles alumbradas se ven más solas. La fondera salió con la candela que ardía ante la Virgen para seguirles los primeros pasos. El viento se la apagó. La llamita hizo movimiento de santiguada.

234

# Toquidos

*¡Ton-torón-ton! ¡Ton-torón-ton!*

Como buscaniguas corrieron los aldabonazos por toda la casa, despertando al perro que en el acto ladró hacia la calle. El ruido le había quemado el sueño. Camila volvió la cabeza a Cara de Ángel —en la puerta de su tío Juan ya se sentía segura— y le dijo muy ufana:

—¡Ladra porque no me ha conocido! *¡Rubí! ¡Rubí!* —agregó llamando al perro que no dejaba de ladrar—. *¡Rubí! ¡Rubí!*, ¡soy yo! ¿No me conoce, *Rubí?* Corra, vaya a que vengan luego a abrir.

Y volviéndose otra vez a Cara de Ángel:

—¡Vamos a esperar un momentito!

—¡Sí, sí, por mí no tenga cuidado, esperemos!

Éste hablaba con desmigado decir, como el que lo ha perdido todo, a quien todo le da igual.

—Tal vez no han oído, será menester tocar más duro.

Y levantó y dejó caer el llamador muchas veces; un llamador de bronce dorado, que tenía forma de mano.

—Las criadas deben estar dormidas; aunque ya era tiempo que hubiesen salido a ver. Por algo mi papá, que padece de no dormir, dice siempre que pasa mala noche: «¡Quién con sueño de criada!»

*Rubí* era el único que daba señales de vida en toda la casa. Su ladrar se oía cuándo en el zaguán, cuándo en el patio. Correteaba incansable tras los toquidos, piedras lanzadas contra el silencio que a Camila se le iba haciendo tranca en la garganta.

—¡Es extraño! —observó sin separarse de la puerta—. ¡Indudablemente están dormidos; voy a tocar más duro a ver si salen!

*¡Ton-torón-ton-ton... Ton-ton-torontón!*

—¡Ahora vendrán! Es que sin duda no habían oído...

—¡Primero están saliendo los vecinos! —dijo Cara de Ángel; aunque no se veía en la neblina, se oía el ruido de las puertas.

—Pero no tiene nada, ¿verdad?

—¡Más que fuera, toque, toque, no tenga cuidado!

—Vamos a aguardar un ratito a ver si ahora vienen...

Y mentalmente Camila fue contando para hacer tiempo: uno, dos, tres, cuatro, cinco, seis, siete, ocho, nueve, diez, once, doce, trece, catorce, quince, dieciséis, diecisiete, dieciocho, diecinueve, veinte, veintiuno, veintidós, veintitrés, veintitrés, veintitrés..., veinticuatro..., ve in ti cinco...

—¡No vienen!

—... veintiséis, veintisiete, veintiocho, veintinueve, tre in ta..., treinta y uno, treinta y dos, treinta y tres, treinta y cuatro..., treinta y cinco... —le daba miedo llegar a cincuenta— ... treinta y seis... treinta y siete, treinta y ocho...

Repentinamente, sin saber por qué, había sentido que era verdad lo que Cara de Ángel le afirmara de su tío Juan, y con ahogo y alarma aldabeó una y muchas veces más. *¡Ton-tororón!* Ya no quitaba la mano del tocador... *¡Tororón-ton, tororón-ton!* ¡No podía ser! *Ton-ton-ton-ton-tontontontontonton tontontontontontontontontontonton...*

La respuesta fue siempre la misma; el interminable ladrar del perro. ¿Qué les hizo ella, que ella ignoraba, para que no le abrieran la puerta de su casa? Llamó de nuevo. Su esperanza renacía a cada aldabonazo. ¿Qué iba a ser de ella si la dejaban en la calle? De sólo pensarlo se le dormía el cuerpo. Llamó y llamó. Llamó con saña, como si diera de martillazos en la cabeza de un enemigo. Sentía los pies pesados, la boca amarga, la lengua como estropajo y en los dientes la bullidora picazón del miedo.

Una ventana hizo ruido de rasguño y hasta se adivinaron

voces. Todo su cuerpo se recalentó. ¡Ya salían, bendito sea Dios! Le alegraba separarse de aquel hombre cuyos ojos negros despedían fosforescencias diabólicas, como los de los gatos; de aquel individuo repugnante a pesar de ser bello como un ángel. En ese momentito, el mundo de la casa y el mundo de la calle, separados por la puerta, se rozaban como dos astros sin luz. La casa permite comer el pan en oculto —el pan comido en oculto es suave, enseña la sabiduría—; posee la seguridad de lo que permanece y apareja la consideración social, y es como retrato familiar, en el que el papá se esmera en el nudo de la corbata, la mamá luce sus mejores joyas y los niños están peinados con *Agua Florida* legítima. No así la calle, mundo de inestabilidades, peligroso, aventurado, falso como los espejos, lavadero público de suciedades de vecindario.

¡Cuántas veces había jugado de niña en aquella puerta! ¡Cuántas otras, en tanto su papá y su tío Juan conversaban de sus asuntos, ya para despedirse, ella se había entretenido en mirar desde allí los aleros de las casas vecinas, recortados como lomos escamosos sobre el azul del cielo!

—¿No oyó usted que salieron por esa ventana? ¿Verdad que sí? Pero no abren. O... nos equivocaríamos de casa... ¡Tendría gracia!

Y soltando el tocador se bajó del andén para verle la cara a la casa. No se había equivocado. Sí que era la de su tío Juan «Juan Canales. Constructor», decía en la puerta una placa de metal. Como un niño, hizo pucheros y soltó el llanto. Los caballitos de sus lágrimas arrastraban desde lo más remoto de su cerebro la idea negra de que era verdad lo que afirmó Cara de Ángel al salir de *El Tus-Tep*. Ella no quería creerlo, aunque fuera cierto.

La neblina vendaba las calles. Estuquería de natas con color de pulque y olor a verdolaga.

—Acompáñeme a casa de mis otros tíos; vamos primero a ver a mi tío Luis, si le parece.

—Adonde usted diga...

—Véngase, pues... —el llanto le caía de los ojos como una lluvia—; aquí no me han querido abrir...

Y echaron adelante. Ella volviendo la cabeza a cada paso

—no abandonaba la esperanza de que por último abrieran— y Cara de Ángel, sombrío. Ya vería don Juan Canales; era imposible que él dejara sin venganzas semejante ultraje. Cada vez más lejos, el perro seguía ladrando. Pronto desapareció todo consuelo. Ni el perro se oía ya. Frente al *Cuño* encontraron un cartero borracho. Iba arrojando las cartas a mitad de la calle como dormido. Casi no podía dar un paso. De vez en vez alzaba los brazos y reía con cacareo de ave doméstica, en lucha con los alambres de sus babas enredados en los botones del uniforme. Camila y Cara de Ángel, movidos por el mismo resorte, se pusieron a recogerle las cartas y a ponérselas en la mochila, advirtiéndole que no las botara de nuevo.

—¡Mu... uchas gra... cias...; le es... digo... que mu... uchas... gra... cias! —deletreaba las palabras, recostado en un bastión del *Cuño*. Después, cuando aquéllos le dejaron, ya con las cartas en el bolso, se alejó cantando:

> ¡Para subir al cielo
> se necesita,
> una escalera grande
> y una chiquita!

Y mitad cantado, mitad hablado, añadió con otra música:

> ¡Suba, suba, suba,
> la Virgen al cielo,
> suba, suba, suba,
> subirá a su Reino!

—¡Cuando San Juan baje el dedo, yo, «Gup... Gup... Gu... mercindo» Solares, ya no seré cartero, ya no seré cartero, ya no seré cartero...

Y cantando:

> ¡Cuando yo me muera
> quién me enterrará,
> sólo las Hermanas
> de la Caridad!

—¡Ay, *juín-juín-juilín*, por demás estás, por demás estás, por demás estás!

En la neblina se perdió dando tumbos. Era un hombrecillo cabezón. El uniforme le quedaba grande y la gorra pequeña.

Mientras tanto, don Juan Canales hacía lo imposible por ponerse en comunicación con su hermano José Antonio. La central de teléfonos no contestaba y ya el ruido del manubrio le producía bascas. Por fin le respondieron con voz de ultratumba. Pidió la casa de don José Antonio Canales y, contra lo que esperaba, inmediatamente la voz de su hermano mayor se oyó en el aparato.

—... Sí, sí, Juan es el que te habla... ... Creí que no me habías conocido... Pues figúrate... Ella y el tipo, sí... Ya lo creo, ya lo creo... ... Por supuesto... ... Sí, sí... ¿Qué me dices?... ... ¡Nooo, no le abrimos!... ... Ya te figuras... ... Y, sin duda, que de aquí se fueron para allá contigo... ... ¿Qué, qué?... Ya me lo suponía así... ¡Nos dejaron temblando!... ¡También a ustedes, y para tu mujer el susto no estuvo bueno; mi mujer quería salir a la puerta, pero yo me opuse! ¡Naturalmente! Naturalmente, eso se cae de su peso. ... Bueno, el vecindario allí contig... ... Sí, hombre... ... Y aquí conmigo peor. Deben estar para echar chispas... Y de tu casa seguramente que se fueron para donde Luis... ¡Ah!, ¿no? ¿Ya venían?...

Un palor calderil, de luego en luego claridad sumisa, jugo de limón, jugo de naranja, rubor de hoguera nueva, oro mate de primera llama, luz de amanecer, les agarró en la calle, cuando volvían de llamar inútilmente a la casa de don José Antonio.

A cada paso repetía Camila:

—¡Yo me las arreglaré!

Los dientes le castañeteaban del frío. Las praderas de sus ojos, húmedas de llanto, veían pintar la mañana con insospechada amargura. Había tomado el aire de las personas heridas por la fatalidad. Su andar era poco suelto. Su gesto un no estar en sí.

Los pajaritos saludaban la aurora en los jardines de los parques públicos y en los del interior de las casas, los pequeños jardines de los patios. Un concierto celestial de músicas trémulas subía al azul divino del amanecer, mientras despertaban las rosas y mientras, por otro lado, el tantaneo de las campanas, que daban los buenos días a Nuestro Señor, alternaba con los golpes fofos de las carnicerías donde hachaban la carne; y el solfeo de los gallos que con las alas se contaban los compases, con las descargas en sordina de las panaderías al caer el pan en las bateas; y las voces y pasos de los trasnochadores con el ruido de alguna puerta abierta por viejecilla en busca de comunión o mucama en busca de pan para el viajero que en desayunando saldría a tomar el tren.

Amanecía...

Los zopilotes se disputaban el cadáver de un gato a picotazo limpio. Los perros perseguían a las perras, jadeantes, con los ojos enardecidos y la lengua fuera. Un perro pasaba renqueando, con la cola entre las piernas, y apenas si volvía a mirar, melancólico y medroso, para enseñar los dientes. A lo largo de puertas y muros dibujaban los canes las cataratas del Niágara.

Amanecía...

Las cuadrillas de indios que barrían durante la noche las calles céntricas regresaban a sus ranchos uno tras otro, como fantasmas vestidos de jerga, riéndose y hablando en una lengua que sonaba a canto de chicharra en el silencio matinal. Las escobas a manera de paraguas cogidas con el sobaco. Los dientes de turrón en las caras de cobre. Descalzos. Rotos. A veces se detenía uno de ellos a la orilla del andén y se sonaba al aire, inclinándose al tiempo de apretarse la nariz con el pulgar y el índice. Delante de las puertas de los templos todos se quitaban el sombrero.

Amanecía...

Araucarias inaccesibles, telarañas verdes para cazar estrellas fugaces. Nubes de primera comunión. Pitos de locomotoras extranjeras.

La *Masacuata* se felicitó de verles volver juntos. No pudo cerrar los ojos de la pena en toda la noche e iba a salir en seguida para la Penitenciaría con el desayuno de Lucio Vásquez.

Cara de Ángel se despidió, mientras Camila lloraba su desgracia increíble.

—¡Hasta luego! —dijo sin saber por qué; él ya no tenía qué hacer allí.

Y al salir sintió por primera vez, desde la muerte de su madre, los ojos llenos de lágrimas.

## XIX
# Las cuentas y el chocolate

El Auditor de Guerra acabó de tomar su chocolate de arroz con una doble empinada de pocillo, para beberse hasta el asiento; luego se limpió el bigote color de ala de mosca con la manga de la camisa y, acercándose a la luz de la lámpara, metió los ojos en el recipiente para ver si se lo había bebido todo. Entre sus papelotes y sus códigos mugrientos, silencioso y feo, miope y glotón, no se podía decir, cuando se quitaba el cuello, si era hombre o mujer aquel Licenciado en Derecho, aquel árbol de papel sellado, cuyas raíces nutríanse de todas las clases sociales, hasta de las más humildes y miserables. Nunca, sin duda, vieran las generaciones un hambre tal de papel sellado. Al sacar los ojos del pocillo, que examinó con el dedo para ver si no había dejado nada, vio asomar por la única puerta de su escritorio a la sirvienta, espectro que arrastraba los pies como si los zapatos le quedaran grandes, poco a poco, uno tras otro, uno tras otro.

—¡Ya te bebiste el chocolate, dirés!

—¡Sí, Dios te lo pague, estaba muy sabroso! A mí me gusta cuando por el tragadero le pasa a uno el pusunque.

—¿Dónde pusiste la taza? —inquirió la sirvienta, buscando entre los libros que hacían sombra sobre la mesa.

—¡Allí! ¿No la estás viendo?

—Ahora que decís eso, mirá, ya estos cajones están llenos de papel sellado. Mañana, si te parece, saldré a ver qué se vende.

—Pero que sea con modo, para que no se sepa. La gente es muy fregada.

—¡Vos estás creyendo que no tengo dos dedos de frente! Hay como sobre cuatrocientas fojas de a veinticinco centavos, como doscientas de a cincuenta... Las estuve contando mientras que se calentaban mis planchas ahora en la tardecita.

Un toquido en la puerta de la calle le cortó la palabra a la sirvienta.

—¡Qué manera de tocar, imbéciles! —respingó el Auditor.

—Si así tocan siempre... A saber quién será... Muchas veces estoy yo en la cocina y hasta allá llegan los toquidotes...

La sirvienta dijo estas últimas palabras ya para salir a ver quién llamaba. Parecía un paraguas la pobre, con su cabeza pequeña y sus enaguas largas y descoloridas.

—¡Que no estoy! —le gritó el Auditor—. Y mirá, mejor si salís por la ventana...

Transcurridos unos momentos volvió la vieja, siempre arrastrando los pies, con una carta.

—Esperan contestación...

El Auditor rompió el sobre de mal modo; pasó los ojos por la tarjetita que encerraba y dijo a la sirvienta con el gesto endulzado:

—¡Que está recibida!

Y ésta, arrastrando los pies, volvió a dar la respuesta al muchacho que había traído el mandado, y cerró la ventana a piedra y lodo.

Tardó en volver; andaba bendiciendo las puertas. Nunca acababa de llevarse la taza sucia de chocolate.

En tanto, aquél, arrellenado en el sillón, releía con sus puntos y sus comas la tarjetita que acababa de recibir. Era de un colega que le proponía un negocio. La *Chón Diente de Oro* —le decía el Licenciado Vidalitas—, amiga del Señor Presidente y propietaria de un acreditado establecimiento de mujeres públicas, vino a buscarme esta mañana a mi bufete, para decirme que vio en la Casa Nueva a una mujer joven y bonita que le convendría para su negocio. Ofrece 10.000 pesos por ella. Sabiendo que está presa de tu orden, te molesto para que me digas si tienes inconveniente en recibir ese dinerito y entregarle dicha mujer a mi clienta...

242

—Si no se te ofrece nada, me voy a acostar.

—No, nada, que pasés buena noche...

—Así la pasés vos... ¡Que descansen las ánimas del Purgatorio!

El Auditor, mientras la sirvienta salía arrastrando los pies, repasaba la cantidad del negocio en perspectiva, número por número, un uno, un cero, otro cero, otro cero, otro cero... ¡Diez mil pesos!

La vieja regresó:

—No me acordaba de decirte que el Padre mandó a avisar que mañana va a decir la misa más temprano.

—¡Ah, verdad pues, que mañana es sábado! Despertame en cuanto llamen, ¿oíste?, que anoche me desvelé y me puede agarrar el sueño.

—Ái te despierto, pues...

Dicho esto se fue poco a poco, arrastrando los pies. Pero volvió a venir. Había olvidado de llevar al lavadero de los trastes la taza sucia. Ya estaba desnuda cuando se acordó.

—Y por fortuna me acordé —díjose a media voz—; si no, sí que sí que... —con gran trabajo se puso los zapatos— ... sí que sí que... —y acabó con un *¡sea por Dios!* envuelto en un suspiro. De no poderle tanto dejar un traste sucio se habría quedado metidita en la cama.

El Auditor no se dio cuenta de la última entrada y salida de la vieja, enfrascado en la lectura de su última obra maestra: el proceso de la fuga del general Eusebio Canales. Cuatro eran los reos principales: Fedina de Rodas, Genaro Rodas, Lucio Vásquez y... —se pasaba la lengua por los labios— el otro, un personaje que se las debía, Miguel Cara de Ángel.

El rapto de la hija del general, como esa nube negra que arroja el pulpo cuando se siente atacado, no fue sino una treta para burlar la vigilancia de la autoridad, se decía. Las declaraciones de Fedina Rodas son terminantes a este respecto. La casa estaba vacía cuando ella se presentó a buscar al general a las seis de la mañana. Sus declaraciones me parecieron veraces desde el primer momento, y si apreté un poquito el tornillo fue para estar más seguro: su dicho era la condenación irrefutable de Cara de Ángel. Si a las seis de la mañana en la casa ya no había nadie, y por otra parte, si de los partes de

243

policía se desprende que el general llegó a recogerse al filo de las doce de la noche, *ergo,* el reo se fugó a las dos de la mañana, mientras el otro hacía el simulacro de alzarse con su hija...

¡Qué decepción para el Señor Presidente cuando sepa que el hombre de toda su confianza preparó y dirigió la fuga de uno de sus más encarnizados enemigos!... ¡Cómo se va a poner cuando se entere que el íntimo amigo del coronel Parrales Sonriente coopera a la fuga de uno de sus victimarios!...

Leyó y releyó los artículos del Código Militar, que ya se sabía de memoria, en todo lo concerniente a los encubridores, y como el que se regala con una salsa picante, la dicha le brillaba en los ojos de basilisco y en la piel de brin al encontrar en aquel cuerpo de leyes por cada dos renglones esta frasecita: *pena de muerte,* o su variante: *pena de la vida.*

¡Ah, don Miguelín, Miguelito, por fin en mis manos y por el tiempo que yo quiera! ¡Jamás creí que nos fuéramos a ver la cara tan pronto, ayer que usted me despreció en Palacio! ¡Y la rosca del tornillo de mi venganza es interminable, ya se lo advierto!

Y calentando el pensamiento de su desquite, helado corazón de bala, subió las gradas del Palacio a las once de la mañana el día siguiente. Llevaba el proceso y la orden de captura contra Cara de Ángel.

—¡Vea, señor Auditor —le dijo el Presidente al concluir aquél de exponerle los hechos—; déjeme aquí esa causa y óigame lo que le voy a decir: ni la señora de Rodas ni Miguel son culpables; a esa señora mándela poner en libertad y rompa esa orden de captura; los culpables son ustedes, imbéciles, servidores de qué..., de qué sirven..., de nada! ... Al menor intento de fuga la policía debió haber acabado a balazos con el general Canales. ¡Eso era lo que estaba mandado! ¡Ahora, como la policía no puede ver puerta abierta sin que le coman las uñas por robar! ¡Póngase usted que Cara de Ángel hubiera cooperado a la fuga de Canales. No cooperaba a la fuga, sino a la muerte de Canales... Pero como la policía es una solemne porquería... Puede retirarse... Y en cuanto a los otros dos reos, Vásquez y Rodas, siéntemeles la mano, que son un par de pícaros; sobre todo Vásquez, que sabe más de lo que le han enseñado... Puede retirarse.

244

## XX

# Coyotes de la misma loma

Genaro Rodas, que no había podido arrancarse de los ojos con el llanto la mirada del *Pelele,* compareció ante el Auditor baja la frente y sin ración de ánimo por las desgracias de su casa y por el desaliento que en el más templado deja la falta de libertad. Aquél mandó retirarle las esposas y, como se hace con un criado, le ordenó que se acercara.

—Hijito —le dijo al cabo de un largo silencio que por sí sólo era una reconvención—, lo sé todo, y si te interrogo es porque quiero oír de tu propia boca cómo estuvo la muerte de ese mendigo en el Portal del Señor...

—Lo que pasó... —rompió a hablar Genaro precipitadamente, pero luego se detuvo, como asustado de lo que iba a decir.

—Sí, lo que pasó...

—¡Ay, señor, por el amor de Dios, no me vaya a hacer nada! ¡Ay, señor! ¡Ay, no! ¡Yo le diré la verdad, pero por vida suya, señor, no me vaya a hacer nada!

—¡No tengás cuidado, hijito; la ley es severa con los criminales empedernidos, pero tratándose de un muchachote!... ¡Perdé cuidado, decime la verdad!

—¡Ay, no me vaya a hacer nada, vea que tengo miedo!

Y al hablar así se retorcía suplicante, como defendiéndose de una amenaza que flotaba en el aire contra él.

—¡No, hombre!

—Lo que pasó... Fue la otra noche, ya sabe usted cuándo.

Esa noche yo quedé citado con Lucio Vásquez al costado de la Catedral, subiendo por onde los chinos. Yo, señor, andaba queriendo encontrar empleo y este Lucio me había dicho que me iba a buscar trabajo en la Secreta. Nos juntamos como se lo consigno y al encontrarnos, que qué tal, que aquí que allá, aquél me invitó a tomar un trago en una cantina que viene quedando arribita de la Plaza de Armas y que se llama *El despertar del León*. Pero ahí está que el trago se volvieron dos, tres, cuatro, cinco, y para no cansarlo...

—Sí, sí... —aprobó el Auditor, al tiempo de volver la cabeza al amanuense pecoso que escribía la declaración del reo.

—Entonces, usté verá, resultó con que no me había conseguido el empleo en la Secreta. Entonces le dije yo que no tuviera cuidado. Entonces resultó que... ¡ah, ya me acuerdo!, que él pagó los tragos. Y entonces ya salimos los dos juntos otra vez y nos fuimos para el Portal del Señor, donde Lucio me había dicho que estaba de turno en espera de un mudo con rabia que me contó después que tenía que tronarse. Tanto es así que yo le dije: ¡me zafo! Entonces nos fuimos para el Portal. Yo me quedé un poco atrás, ya para llegar. Él atravesó la calle paso a paso, pero al llegar a la boca del Portal salió volado. Yo corrí detrás de él creyendo que nos venían persiguiendo. Pero qué... Vásquez arrancó de la pared un bulto, era el mudo; el mudo, al sentirse cogido, gritó como si le hubiera caído una paré encima. Aquí ya fue sacando el revólver y, sin decirle nada, le disparó el primer tiro, luego otro... ¡Ay, señor, yo no tuve la culpa, no me vaya a hacer nada, yo no fui quien lo mató! Por buscar trabajo, señor..., vea lo que me pasa... Mejor me hubiera quedado de carpintero... ¡Quién me metió a querer ser policía!

La mirada gélida del *Pelele* volvió a pegársele entre los ojos a Rodas. El Auditor, sin cambiar el gesto, oprimió en silencio un timbre. Se oyeron pasos y asomaron por una puerta varios carceleros precedidos de un alcaide.

—Vea, alcaide, que le den doscientos palos a éste.

La voz del Auditor no se alteró en lo más mínimo para dar aquella orden; lo dijo como el gerente de un banco que manda pagar a un cliente doscientos pesos.

Rodas no comprendía. Levantó la cabeza para mirar a los

esbirros descalzos que le esperaban. Y comprendió menos cuando les vio las caras serenas, impasibles, sin dar muestras del menor asombro. El amanuense adelantaba hacia él la cara pecosa y los ojos sin expresión. El alcaide habló con el Auditor. El Auditor habló con el alcaide. Rodas estaba sordo. Rodas no comprendía. Empero, tuvo la impresión del que va a hacer de cuerpo cuando el alcaide le gritó que pasara al cuarto vecino —un largo zaguán abovedado— y cuando al tenerlo al alcance de la mano, le dio un empellón brutal.

El Auditor vociferaba contra Rodas al entrar Lucio Vásquez, el otro reo.

—¡No se puede tratar bien a esta gente! ¡Esta gente lo que necesita es palo y más palo!

Vásquez, a pesar de sentirse entre los suyos, no las tenía todas consigo, y menos oyendo lo que oía. Era demasiado grave haber contribuido, aunque involuntariamente y ¡por embelequería!, a la fuga del general Canales.

—¿Su nombre?

—Lucio Vásquez.

—¿Originario?

—De aquí...

—¿De la Penitenciaría?

—¡No, cómo va a ser eso: de la capital!

—¿Casado? ¿Soltero?

—¡Soltero toda la vida!

—¡Responda a lo que se le pregunta como se debe! ¿Profesión u oficio?

—Empleado toda la vidurria...

—¿Qué es eso?

—¡Empleado público, pues...!

—¿Ha estado preso?

—Sí.

—¿Por qué delito?

—Asesinato en cuadrilla.

—¿Edad?

—No tengo edad.

—¿Cómo que no tiene edad?

—¡No sé cuántos tengo; pero clave ahí treinta y cinco, por si hace falta tener alguna edad!

—¿Qué sabe usted del asesinato del *Pelele?*

El Auditor lanzó la pregunta a quemarropa, con los ojos puestos en los ojos del rec. Sus palabras, contra lo esperado por él, no produjeron ningún efecto en el ánimo de Vásquez, que en forma muy natural, poco faltó para que se frotara las manos, dijo:

—Del asesinato del *Pelele* lo que sé es que yo lo maté —y, llevándose la mano al pecho, recalcó para que no hubiera duda—: ¡Yo!...

—¡Y a usted le parece esto algo así como una travesura! —exclamó el Auditor—. ¿O es tan ignorante que no sabe que puede costarle la vida?...

—Tal vez...

—¿Cómo que tal vez?

El Auditor estuvo un momento sin saber qué actitud debía tomar. Lo desarmaban la tranquilidad de Vásquez, su voz de guitarrilla, sus ojos de lince. Para ganar tiempo, volvióse al amanuense:

—Escriba...

Y con voz trémula agregó:

—Escriba que Lucio Vásquez declara que él asesinó al *Pelele,* con la complicidad de Genaro Rodas.

—Si ya está escrito —respondió el amanuense entre dientes.

—Lo que veo —objetó Lucio, sin perder la calma, y con un tonito zumbón que hizo morderse los labios al Auditor— es que el Licenciado no sabe muchas cosas. ¿A qué viene esta declaración? No hay duda que yo me iba a manchar las manos por un baboso así...

—¡Respete al tribunal, o lo rompo!

—Lo que le estoy diciendo lo veo muy en su lugar. Le digo que yo no iba a ser tan orejón de matar a ése por el placer de matarlo, y que al obrar así obedecía órdenes expresas del Señor Presidente...

—¡Silencio! ¡Embustero! ¡Ja...! ¡Aliviados estábamos...!

Y no concluyó la frase porque en ese momento entraban los carceleros a Rodas colgando de los brazos, con los pies arrastrados por el suelo, como un trapo, como el lienzo de la Verónica.

—¿Cuántos fueron? —preguntó el Auditor al alcaide, que sonreía al amanuense con el vergajo enrollado en el cuello como la cola de un mono.

—¡Doscientos!

—Pues...

El amanuense sacó al Auditor del embarazo en que estaba:

—Yo decía que le dieran otros doscientos... —murmuró juntando las palabras para que no le entendieran.

El Auditor oyó el consejo:

—Sí, alcaide; vea que le den otros doscientos, mientras yo sigo con éste.

«¡Éste será tu cara, viejo, cara de asiento de bicicleta!», pensó Vásquez.

Los carceleros volvieron sobre sus pasos arrastrando la afligida carga, seguidos del capataz. En el rincón del suplicio le embrocaron sobre un petate. Cuatro le sujetaron las manos y los pies, y los otros le apalearon. El capataz llevaba la cuenta, Rodas se encogió a los primeros latigazos, pero ya sin fuerzas, no como cuando hace un momento le empezaron a pegar, que revolcábase y bramaba de dolor. En las varas de membrillo húmedas, flexibles de color amarillento verdoso, salían coágulos de sangre de las heridas de la primera tanda que empezaban a cicatrizar. Ahogados gritos de bestia que agoniza sin conciencia clara de su dolor fueron los últimos lamentos. Juntaba la cara al petate, áfono, con el gesto contraído y el cabello en desorden. Su queja acuchillante se confundía con el jadear de los carceleros que el capataz, cuando no pegaban duro, castigaba con la verga.

—¡Aliviados estábamos, Lucio Vásquez, con que cada hijo de vecino que cometiese un acto delictuoso fuera a salir libre con sólo afirmar que había sido de orden del Señor Presidente! ¿Dónde está la prueba? El Señor Presidente no está loco para dar una orden así. ¿Dónde está el papel en que consta que se le ordenó a usted proceder contra ese infeliz en forma tan villana y cobarde?

Vásquez palideció, y, mientras buscaba la respuesta, se puso las manos temblorosas en los bolsillos del pantalón.

—En los tribunales, ya sabe usted que cuando se habla es

con el papel al canto; si no, ¿adónde íbamos a parar? ¿Dónde está esa orden?

—Vea, lo que pasa es que ya esa orden no la tengo. La devolví. El Señor Presidente debe saber...

—¿Cómo es eso? ¿Y por qué la devolvió?

—¡Porque decía al pie que se devolviera firmada al estar cumplida! No me iba a quedar con ella, ¿verdá?... Me parece... Comprenda usté...

—¡Ni una palabra, ni una palabra más! ¡Mañas conmigo! ¡Presidentazos conmigo! ¡Bandolero, yo no soy niño de escuela para creerle tonterías de ese jaez! El dicho de una persona no hace prueba, salvo los casos especificados en los Códigos, cuando el dicho de la policía funge como plena prueba. Pero no se trata de un curso de Derecho Penal... Y basta..., basta; he dicho basta...

—Pues si no quiere creerme a mí, vaya a preguntárselo a él; quizás así lo crea. ¿Acaso no estaba yo con usted cuando los limosneros acusaron?...

—¡Silencio, o lo hago callar a palos!... ¡Ya me veo yo preguntándole al Señor Presidente!... ¡Lo que sí le digo, Vásquez, es que usted sabe más de lo que le han enseñado y su cabeza está en peligro!

Lucio dobló la cabeza como guillotinado por las palabras del Auditor. El viento, detrás de las ventanas, soplaba iracundo.

## XXI

# Vuelta en redondo

Cara de Ángel se arrancó el cuello y la corbata frenético. Nada más tonto, pensaba, que la explicacioncilla que el prójimo se busca de los actos ajenos. Actos ajenos... ¡Ajenos!... El reproche es a veces murmuración aceda. Calla lo favorable y exagera lo corriente. Un bello estiércol. Arde como cepillo sobre llaga. Y va más hondo ese reproche velado, de pelo muy fino, que se disimula en la información familiar, amistosa o de simple caridad... ¡Y hasta las criadas! ¡Al diablo con todos estos chismes de hueso!

Y de un tirón saltaron los botones de la camisa. Una desgarradura. Se oyó como si se hubiese partido el pecho. Las sirvientas le habían informado por menudo de cuanto se contaba en la calle de sus amores. Los hombres que no han querido casarse por no tener en casa mujer que les repita, como alumna aplicada en día de premios, lo que la gente dice de ellos —nunca nada bueno— acaban, como Cara de Ángel, oyéndolo de labios de la servidumbre.

Entornó las cortinas de su habitación sin acabar de quitarse la camisa. Necesitaba dormir o, por lo menos, que el cuarto fingiera ignorar el día, ese día, constataba con rencor, que no podía ser otro más que ese mismo día.

«¡Dormir!», repitióse al borde de la cama, ya sin zapatos, ya sin calcetines, con la camisa abierta, desabrochándose el pantalón. «¡Ah, pero qué idiota! ¡Si no me he quitado la chaqueta!»

251

De talones, con las puntas de los dedos hacia arriba para no asentar en el piso de cemento heladísimo la planta de los pies, llegóse a colgar la americana al respaldo de una silla y a saltitos, rápido y friolento y en un pie como un alcaraván, volvió a la cama. *Y ¡pún!...*, se enterró perseguido por..., por el animal del piso. Las piernas de sus pantalones arrojados al aire giraron como las agujas de un reloj gigantesco. El piso, más que de cemento, parecía de hielo. ¡Qué horror! De hielo con sal. De hielo de lágrimas. Saltó a la cama como a una barca de salvamento desde un témpano de hielo. Buscaba a echarse fuera de cuanto le sucedía, y cayó en su cama, que antojósele una isla, una isla blanca rodeada de penumbras y de hechos inmóviles, pulverizados. Venía a olvidar, a dormir, a no ser. Ya no más razones montables y desmontables como las piezas de una máquina. A la droga con los tornillos del sentido común. Mejor el sueño, la sinrazón, esa babosidad dulce de color azul al principio, aunque suele presentarse verde, y después negra, que desde los ojos se destila por dentro al organismo, produciendo la inhibición de la persona. ¡Ay, anhelo! Lo anhelado se tiene y no se tiene. Es como un ruiseñor de oro al que nuestras manos le hacen jaula con los diez dedos juntos. Un sueño de una pieza, reparador, sin visitas que entran por los espejos y se van por las ventanas de la nariz. Algo así anhelaba, algo como su reposado dormir de antes. Pronto se convenció de lo alto que le quedaba el sueño, más alto que el techo, en el espacio claro que sobre su casa era el día, aquel imborrable día. Se acostó boca abajo. Imposible. Del lado izquierdo, para callarse el corazón. Del lado derecho. Todo igual. Cien horas le separaban de sus sueños perfectos, de cuando se acostaba sin preocupaciones sentimentales. Su instinto le acusaba de estar en ese desasosiego por no haber tomado a Camila por la fuerza. Lo oscuro de la vida se siente tan cerca algunas veces, que el suicidio es el único medio de evasión. «¡Ya no seré más!»..., se decía. Y todo él temblaba en su interior. Se tocó un pie con otro. Le comía la falta de clavo en la cruz en que estaba. «Los borrachos tienen no sé qué de ahorcados cuando marchan —se dijo—, y los ahorcados no sé qué de borrachos cuando patalean o los mueve el viento.» Su instinto le acusaba. Sexo de borracho... Sexo de ahorcado... ¡Tú, Cara de Ángel! ¡Sexo de moco de chompipe!... «La bestia no se equivoca de una cifra en este libro de contabilidades sexuales», fue pensando. «Orinamos hijos en el cementerio. La trompeta del juicio... Bueno, no será trompeta. Una tijera de oro cortará ese chorro perenne de niños. Los hombres somos como las tripas de cerdo que el carnicero demonio rellena de carne picada para hacer chorizos. Y al sobreponerme a mí mismo para librar a Camila de mis intenciones, dejé una parte de mi ser sin relleno y por eso me siento vacío, intranquilo, colérico, enfermo, dado a la trampa. El hombre se rellena de mujer —carne picada— como una tripa de cerdo para estar contento. ¡Qué vulgaridad!»

Las sábanas le quedaban como faldones. Insoportables faldones mojados en sudor.

¡Le deben doler las hojas al Árbol de la Noche Triste! «¡Ay, mi cabeza!» Sonido licuado de carillón... *Brujas la Muerta*... Tirabuzones de seda sobre su nuca...... «Nunca...» Pero en la vecindad tienen un fonógrafo. No lo había oído. No lo sabía. Primera noticia. En la casa de atrás tienen un perro. Deben ser dos. Pero aquí tienen un fonógrafo. Uno solo. «Entre la trompeta del fonógrafo de esta vecindad, y los perros de la casa de allá atrás, que oyen la voz del amo, queda mi casa, mi cabeza, yo... Estar cerca y estar lejos es ser vecinos. Esto es lo feo de ser vecino de alguien. Pero éstos, ¡qué trabajo tienen!: tocar el fonógrafo. Y hablar mal de todo el mundo. Ya me figuro lo que dirán de mí. Par de anisillos descoloridos. De mí que digan lo que quieran, qué me importa; pero de ella... Como yo llegue a averiguar que han dicho media palabra mal de ella, les hago miembros de *La Juventud Liberal*. Muchas veces los he amenazado con eso; mas ahora, ahora estoy dispuesto a cumplirlo. ¡Cómo les amargaría la vida! Aunque tal vez no, son muy sinvergüenzas. Ya los oigo repetir por todas partes: "¡Se sacó a la pobre muchacha después de media noche, la arrastró al fondín de una alcahueta y la violó; la policía secreta guardaba la puerta para que nadie se acercara! La atmósfera —se quedarán pensando, ¡caballos!— mientras la desnudaba, desgarrándole las ropas, tenía carne y pluma temblorosa de ave recién caída en la trampa. Y la hizo suya —se

253

dirán— sin acariciarla, con los ojos cerrados, como quien comete un crimen o se bebe un purgante." Si supieran que no es así, que aquí estoy medio arrepentido de mi proceder caballeroso. Si imaginaran que todo lo que dicen es falso. A la que deben de estarse imaginando es a ella. Se la imaginarán conmigo, conmigo y con ellos. Ellos desnudándola; ellos haciendo lo que yo hice según ellos. Lo de *La Juventud Liberal* es poco para este par de serafines. Algo más duro hay que buscar. El castigo ideal, ya que los dos son solteros —¡es verdad que son solterones!—, sería... con un par de señoras de aquéllas, aquéllas. Sé de dos que el Señor Presidente tiene sobre la nuca. Pues con ésas. Pues con ésas. Pero una de ellas está embarazada. No importa. Mejor. Cuando el Señor Presidente quiere algo no es cosa de andarle mirando el vientre a la futura... Y que ésos, por mieditis, se casan, se casan...»

Se hizo un ovillo y con los brazos prensados entre las piernas recogidas, apretó la cabeza en las almohadas para dar tregua al relampagueante herir de sus ideas. Los rincones helados de las sábanas le reservaban choques físicos, alivios pasajeros en la fuga desencadenada de su pensamiento. Allá lejos fue a buscar por último estas gratas sorpresas desagradables, alargando los pies para sacarlos de las sábanas y tocar con ellos los barrotes de bronce de la cama. Poco a poco abrió los ojos en seguida. Parecía que al hacerlo iba rompiendo la costura finísima de sus pestañas. Colgaba de sus ojos, ventosas adheridas al techo, ingrávido como la penumbra, los huesos sin endurecer, las costillas reducidas a cartílagos y la cabeza a blanda sustancia... Aldabeaba entre las sombras una mano de algodón... La mano de algodón de una sonámbula... Las casas son árboles de aldabas... Bosques de árboles de aldabas las ciudades son... Las hojas del sonido iban cayendo mientras ella llamaba... El tronco intacto de la puerta después de botar las hojas del sonido intacto... A ella no le quedaba más que tocar... A ellos no les quedaba más que abrir... Pero no abrieron. Así les hubiera echado abajo la puerta. Clavo que te clavas, así les hubiera echado abajo la puerta; clavo que te clavas, y nada; así les hubiera echado abajo la casa...

—... ¿Quién?... ¿Qué?...

—Es una esquela de muerto que acaban de traer.

—Sí, pero no se la entrés, porque debe estar dormido. Po-
nésela por ahí, por su escritorio.

—«El señor Joaquín Cerón falleció anoche auxiliado por
los Santos Sacramentos. Su esposa, hijos y demás parientes
cumplen con el triste deber de participarlo a Ud. y le ruegan
encomendar su alma a Dios y asistir a la conducción del cadáver al Cementerio General hoy, a las 4 p. m. El duelo se
despide en la puerta del cementerio. Casa mortuoria: Callejón del Carrocero.»

Involuntariamente había oído leer a una de sus sirvientas
la esquela de don Joaquín Cerón.

Libertó un brazo de la sábana y se lo dobló bajo la cabeza.
Don Juan Canales se le paseaba por la frente vestido de plumas. Había arrancado cuatro corazones de palo y cuatro Corazones de Jesús y los tocaba como castañuelas. Y sentía a
doña Judith en el occipucio, los cíclopes senos presos en el
corsé crujiente, corsé de tela metálica y arena, y en el peinado pompeyano un magnífico peine de manola que le daba
aspecto de tarasca. Se le acalambró el brazo que tenía bajo la
cabeza a guisa de almohada y lo fue desdoblando poco a
poco, como se hace con una prenda de vestir en la que anda
un alacrán...

Poco a poco...

Hacia el hombro le iba subiendo un ascensor cargado de
hormigas... hacia el codo le iba bajando un ascensor cargado
de hormigas de imán... Por el tubo del antebrazo caía el ca-
lambre de la penumbra... Era un chorro su mano. Un chorro
de dedos dobles... Hasta el piso sentía las diez mil uñas...

¡Pobrecita, clava que te clava y nada!... So bestias, mulas;
si abren les escupo a la cara... Como tres y dos son cinco..., y
cinco diez..., y nueve, diecinueve, que les escupo a la cara.
Tocaba al principio con mucho brillo y a las últimas, más parecía dar con un pico en tierra... No llamaba, cavaba su propia sepultura... ¡Qué despertar sin esperanza!... Mañana iré a
verla... Puedo... Con el pretexto de llevarle noticias de su
papá, puedo... O... si hoy hubiera noticias... Puedo..., aunque
de mis palabras dudará...

«... ¡De sus palabras no dudo! ¡Es cierto, es indudablemente cierto que mis tíos le negaron a mi padre y le dijeron que

255

no me querían ver ni pintada por sus casas!» Así reflexionaba Camila tendida en la cama de la *Masacuata,* quejándose del dolor de espalda, algo así como mal de yegua, mientras que en la fonda, que separaba de la alcoba un tabique de tablas viejas, brines y petates, comentaban los parroquianos entre copa y copa los sucesos del día: la fuga del general, el rapto de su hija, las vivezas del favorito... La fondera hacía oídos sordos o se desayunaba de todo lo que aquellos le contaban...

Un fuerte mareo alejó a Camila de aquella gentuza pestilente. Sensación de caída vertical en el silencio. Entre gritar —sería imprudencia— y no gritar —susto de aquel total aflojamiento—, gritó... Amortajábala un frío de plumas de ave muerta. La *Masacuata* acudió en el acto —¿qué le sucedía?— y todo fue verla de color verdoso de botella, con los brazos rígidos como de palo, las mandíbulas trabadas y los párpados caídos, como correr a echarse un trago de aguardiente, de la primera garrafa que tuvo a mano, y volver a rociárselo en la cara. Ni supo, de la pena, a qué hora se marcharon los clientes. Clamaba con la Virgen de Chichinquirá y todos los santos para que aquella niña no se le fuera a quedar allí.

«... Esta mañana, cuando nos despedimos, lloraba sobre mis palabras, ¡qué le quedaba!... Lo que nos parece mentira siendo verdad, nos hace llorar de júbilo o de pena...»

Así pensaba Cara de Ángel en su cama, casi dormido, aún despierto, despierto a una azulosa combustión angélica. Y poco a poco, ya dormido, flotando bajo su propio pensamiento, sin cuerpo, sin forma, como un aire tibio, móvil al soplo de su propia respiración...

Sólo Camila persistía en aquel hundirse de su cuerpo en el anulamiento, alta, dulce y cruel como una cruz de camposanto...

El Sueño, señor que surca los mares oscuros de la realidad, le recogió en una de sus muchas barcas. Invisibles manos le arrancaron de las fauces abiertas de los hechos, olas hambrientas que se disputaban los pedazos de sus víctimas en peleas encarnizadas.

—¿Quién es? —preguntó el Sueño.

—Miguel Cara de Ángel... —respondieron hombres invisibles. Sus manos, como sombras blancas, salían de las sombras negras, y eran impalpables.

—Llevadle a la barca de... —el Sueño dudó— ... los enamorados que habiendo perdido la esperanza de amar ellos, se conforman con que les amen.

Y los hombres del Sueño le conducían obedientes a esa barca, caminando por sobre esa capa de irrealidad que recubre de un polvo muy fino los hechos diarios de la vida, cuando un ruido, como una garra, se los arrancó de las manos...

... La cama...

... Las sirvientas...

No; la esquela, no... ¡Un niño!

Cara de Ángel pasóse la mano por los ojos y alzó la cabeza aterrorizado. A dos pasos de su cama había un niño acezoso, sin poder hablar. Por fin dijo:

—Es ... que... ... man... da ... a decir... la señora de la fonda... que se vaya para allá..., porque la señorita... está muy... grave...

Si tal hubiera oído del Señor Presidente, no se habría vestido el favorito con tanta rapidez. Salió a la calle con el primer sombrero que arrancó de la capotera, sin amarrarse bien los zapatos, mal hecho el nudo de la corbata...

—¿Quién es? —preguntó el Sueño. Sus hombres acababan de pescar en las aguas sucias de la vida una rosa en vías de marchitarse.

—Camila Canales... —le respondieron...

—Bien, ponedla, si hay lugar, en la barca de las enamoradas que no serán felices...

—¿Cómo dice, doctor? —la voz de Cara de Ángel sobaba dejos paternales. El estado de Camila era alarmante.

—Es lo que yo creo, que la fiebre le tiene que subir. El proceso de la pulmonía...

## XXII

# La tumba viva

Su hijo había dejado de existir... Con ese modo de moverse, un poco de fantoche, de los que en el caos de su vida deshecha se van desatando de la cordura, Niña Fedina alzó el cadáver que pesaba como una cáscara seca hasta juntárselo a la cara febrosa. Lo besaba. Se lo untaba. Mas pronto se puso de rodillas —fluía bajo la puerta un reflejo pajizo—, inclinándose adonde la luz del alba era reguero claro, a ras del suelo, en la rendija casi, para ver mejor el despojo de su pequeño.

Con la carita plegada como la piel de una cicatriz, dos círculos negros alrededor de los ojos y los labios terrosos, más que un niño de meses parecía un feto en pañales. Lo arrebató sin demora de la claridad, apretujándolo contra sus senos pletóricos de leche. Quejábase de Dios en un lenguaje inarticulado de palabras amasadas con llanto; por ratitos se le paraba el corazón y, como un hipo agónico, lamento tras lamento, balbucía: ¡hij!... ¡hij!... ¡hij!... ¡hij!...

Las lágrimas le rodaban por la cara inmóvil. Lloró hasta desfallecer, olvidándose de su marido, a quien amenazaban con matar de hambre en la Penitenciaría, si ella no confesaba; haciendo caso omiso de sus propios dolores físicos, manos y senos llagados, ojos ardorosos, espalda molida a golpes; posponiendo las preocupaciones de su negocio abandonado, inhibida de todo, embrutecida. Y cuando el llanto le faltó que ya no pudo llorar, se fue sintiendo la tumba de su hijo, que de nuevo lo encerraba en su vientre, que era suyo su último interminable sueño. Incisoria alegría partió un instante la eternidad de su dolor. La idea de ser la tumba de su hijo le acariciaba el corazón como un bálsamo. Era suya la alegría de las mujeres que se enterraban con sus amantes en el Oriente sagrado. Y en medida mayor, porque ella no se enterraba con su hijo; ella era la tumba viva, la cuna de tierra última, el regazo materno donde ambos, estrechamente unidos, quedarían en suspenso hasta que les llamasen a Josafat. Sin enjugarse el llanto, se arregló los cabellos como la que se prepara para una fiesta y apretó el cadáver contra sus senos, entre sus brazos y sus piernas, acurrucada en un rincón del calabozo.

Las tumbas no besan a los muertos, ella no lo debía besar; en cambio, los oprimen mucho, mucho, como ella lo estaba haciendo. Son camisas de fuerza y de cariño que los obligan a soportar quietos, inmóviles, las cosquillas de los gusanos, los ardores de la descomposición. Apenas aumentó la luz de la rendija un incierto afán cada mil años. Las sombras, perseguidas por el claror que iba subiendo, ganaban los muros paulatinamente como alacranes. Eran los muros de hueso... Huesos tatuados por dibujos obscenos. Niña Fedina cerró los ojos —las tumbas son oscuras por dentro— y no dijo palabra ni quiso quejido —las tumbas son calladas por fuera.

Mediaba la tarde. Olor de cipresales lavados con agua del cielo. Golondrinas. Media luna. Las calles bañadas de sol entero aún se llenaban de chiquillos bulliciosos. Las escuelas vaciaban un río de vidas nuevas en la ciudad. Algunos salían jugando a la tenta, en mareante ir y venir de moscas. Otros formaban rueda a dos que se pegaban como gallos coléricos. Sangre de narices, mocos, lágrimas. Otros corrían aldabeando las puertas. Otros asaltaban las tincheras de dulces, antes que se acabaran los bocadillos amelcochados, las cocadas, las tartaritas de almendra, las espumillas; o caían, como piratas, en los canastos de frutas que abandonaban tal como embarcaciones vacías y desmanteladas. Atrás se iban quedando los que hacían cambalaches, coleccionaban sellos o fumaban, esforzándose por dar el golpe.

De un carruaje que se detuvo frente a la Casa Nueva se

apearon tres mujeres jóvenes y una vieja doble ancho. Por su traza se veía lo que eran. Las jóvenes vestían cretonas de vivísimos colores, medias rojas, zapatos amarillos de tacón exageradamente alto, las enaguas arriba de las rodillas, dejando ver el calzón de encajes largos y sucios, y la blusa descotada hasta el ombligo. El peinado que llamaban *colochera Luis XV,* consistente en una gran cantidad de rizos mantecosos, que de un lado a otro recogía un listón verde o amarillo; el color de las mejillas, que recordaba los focos eléctricos rojos de las puertas de los prostíbulos. La vieja vestida de negro con pañolón morado, pujó al apearse del carruaje, asiéndose a una de las loderas con la mano regordeta y tupida de brillantes.

—Que se espere el carruaje, ¿verdad, Niña Chonita? —preguntó la más joven de las tres jóvenes gracias, alzando la voz chillona, como para que en la calle desierta la oyeran las piedras.

—Sí, pues, que se espere aquí —contestó la vieja.

Y entraron las cuatro a la Casa Nueva, donde la portera las recibió con fiestas.

Otras personas esperaban en el zaguán inhospitalario.

—Ve, Chinta, ¿está el secretario?... —interrogó la vieja a la portera.

—Si, doña Chón, acaba de venir.

—Decile, por vida tuya, que si me quiere recibir, que le traigo una ordencita que me precisa mucho.

Mientras volvía la portera, la vieja se quedó callada. El ambiente, para las personas de cierta edad, conservaba su aire de convento. Antes de ser prisión de delincuentes había sido cárcel de amor. Mujeres y mujeres. Por sus murallones vagaba, como vuelo de paloma, la voz dulce de las teresas. Si faltaban azucenas, la luz era blanca, acariciadora, gozosa, y a los ayunos y cilicios sustituían los espineros de todas las torturas florecidos bajo el signo de la cruz y de las telarañas.

Al volver la portera, doña Chón pasó a entenderse con el secretario. Ya ella había hablado con la directora. El Auditor de Guerra mandaba a que le entregaran, a cambio de los diez mil pesos —lo que no decía—, a la detenida Fedina de Rodas, quien, a partir de aquel momento, haría alta en *El Dulce Encanto,* como se llamaba el prostíbulo de doña *Chón Diente de Oro.*

Dos toquidos como dos truenos resonaron en el calabozo donde seguía aquella infeliz acurrucada con su hijo, sin moverse, sin abrir los ojos, casi sin respirar. Sobreponiéndose a su conciencia, ella hizo como que no oía. Los cerrojos lloraron entonces. Un quejido de viejas bisagras oxidadas prolongóse como lamentación en el silencio. Abrieron y la sacaron a empellones. Ella apretaba los ojos para no ver la luz —las tumbas son oscuras por dentro—. Y así, a ciegas, con el tesoro de su muertecito apretado contra su corazón, la sacaron. Ya era una bestia comprada para el negocio más infame.

—¡Se está haciendo la muda!

—¡No abre los ojos por no vernos!

—¡Es que debe tener vergüenza!

—¡No querrá que le despierten a su hijo!

Por el estilo eran las reflexiones que la *Chón Diente de Oro* y las tres jóvenes gracias se hicieron en el camino. El carruaje rodaba por las calles desempedradas produciendo un ruido de todos los diablos. El auriga, un español con aire de quijote, enflaquecía a insultos los caballos, que luego, como era picador, le servirían en la plaza de toros. Al lado de éste hizo Niña Fedina el corto camino que separaba la Casa Nueva de las casas malas, como en la canción, en el más absoluto olvido del mundo que la rodeaba, sin mover los párpados, sin mover los labios, apretando a su hijo con todas sus fuerzas.

Doña Chón se detuvo a pagar el carruaje. Las otras, mientras tanto, ayudaron a bajar a Fedina y con manos afables de compañeras, a empujoncitos, la fueron entrando a *El Dulce Encanto*.

Algunos clientes, casi todos militares, pernoctaban en los salones del prostíbulo.

—¿Qui-horas son, vos? —gritó doña Chón de entrada al cantinero.

Uno de los militares respondió:

—Las seis y veinte, doña *Chompipa*...

—¿Aquí estás vos, cuque buruque? ¡No te había visto!

—Y veinticinco son en este reloj... —interpuso el cantinero.

La *nueva* fue la curiosidad de todos. Todos la querían para esa noche. Fedina seguía en su obstinado silencio de tumba,

261

con el cadáver de su hijo cubierto entre sus brazos, sin alzar los párpados, sintiéndose fría y pesada como piedra.

—Vean —ordenó la *Diente de Oro* a las tres jóvenes gracias—; llévenla a la cocina para que la Manuela le dé un bocado, y hagan que se vista y se peine un poco.

Un capitán de artillería, de ojos zarcos, se acercó a la *nueva* para hurgarle las piernas. Pero una de las tres gracias la defendió. Mas luego otro militar se abrazó a ella, como al tronco de una palmera, poniendo los ojos en blanco y mostrando sus dientes de indio magníficos, como un perro junto a la hembra en brama. Y la besó después, restregándole los labios aguardentosos en la mejilla helada y salobre de llanto seco. ¡Cuánta alegría de cuartel y de burdel! El calor de las rameras compensa el frío ejercicio de las balas.

—¡Ve, cuque buruque, calientamicos, estate quieto!... —intervino doña Chón, poniendo fin a tanto desplante—. ¡Ah, sí, ¿verdá?, será cosa de echarle chachaguate...!

Fedina no se defendió de aquellos manipuleos deshonestos, contentándose con apretar los párpados y cerrar los labios para librar su ceguera y su mutismo de tumba amenazados, no sin oprimir contra su oscuridad y su silencio, exprimiéndolo, el despojo de su hijo, que arrullaba todavía como un niño dormido.

La pasaron a un patio pequeño donde la tarde se ahogaba en una pila poco a poco. Oíanse lamentos de mujeres, voces quebradizas, frágiles, cuchicheos de enfermas o colegialas, de prisioneras o monjas, risas falsas, grititos raspantes y pasos de personas que andan en medias. De una habitación arrojaron una baraja que se regó en abanico por el suelo. No se supo quién. Una mujer, con el cabello en desorden, sacó la cara por una puertecita de palomar y volviéndose a la baraja, como a la fatalidad misma, se enjugó una lágrima en la mejilla descolorida.

Un foco rojo alumbraba la calle en la puerta de *El Dulce Encanto*. Parecía la pupila inflamada de una bestia. Hombres y piedras tomaban un tinte trágico. El misterio de las cámaras fotográficas. Los hombres llegaban a bañarse en aquella lumbrarada roja, como variolosos para que no les quedara la cicatriz. Exponían sus caras a la luz con vergüenza de que los vieran, como bebiendo sangre, y se volvían después a la luz de las calles, a la luz blanca del alumbrado municipal, a la luz clara de la lámpara hogareña con la molestia de haber velado una fotografía.

Fedina seguía sin darse cuenta de nada de lo que pasaba, con la idea de su inexistencia para todo lo que no fuera su hijo. Los ojos más cerrados que nunca, así mismo los labios, y el cadáver siempre contra sus senos pletóricos de leche. Inútil decir todo lo que hicieron sus compañeras para sacarla de aquel estado antes de llegar a la cocina.

La cocinera, Manuela Calvario, reinaba desde hacía muchos años entre el carbón y la basura de *El Dulce Encanto* y era una especie de Padre Eterno sin barbas y con los fustanes almidonados. Los carrillos fláccidos de la respetable y gigantesca cocinera se llenaron de una sustancia aeriforme que pronto adquirió forma de lenguaje al ver aparecer a Fedina.

—¡Otra sinvergüenza!... Y ésta, ¿de dónde sale?... ¿Y qué es lo que trae ahí tan agarrado...?

Por señas —ya las tres gracias, sin saber por qué, tampoco osaban hablar— le dijeron a la cocinera que salía de la cárcel, poniendo una mano sobre la otra en forma de reja.

—¡Gallina pu... erca! —continuó aquélla. Y cuando las otras se marcharon, añadió—: ¡Veneno te diera yo en lugar de comida! ¡Aquí está tu bocadito! ¡Aquí..., tomá..., tomá...!

Y le propinó una serie de golpes en la espalda con el asador.

Fedina se tendió por tierra con su muertecito sin abrir los ojos ni responder. Ya no lo sentía de tanto llevarlo en la misma postura. La Calvario iba y venía vociferando y persignándose.

En una de tantas vueltas y revueltas sintió mal olor en la cocina. Regresaba del lavadero con un plato. Sin detenerse en pequeñas dio de puntapiés a Fedina gritando:

—¡La que jiede es esta podrida! ¡Vengan a sacarla de aquí! ¡Llévensela de aquí! ¡Yo no la quiero aquí!

A sus gritos alborotadores vino doña Chón y entre ambas, a la fuerza, como quebrándole las ramas a un árbol, le abrieron los brazos a la infeliz que, al sentir que le arrancaban a su hijo, peló los ojos, soltó un alarido y cayó redonda.

—El niño es el que jiede. ¡Si está muerto! ¡Qué bárbara!...
—exclamó doña Manuela. La *Diente de Oro* no pudo soplar palabra y mientras las prostitutas invadían la cocina, corrió al teléfono para dar parte a la autoridad. Todas querían ver y besar al niño, besarlo muchas veces, y se lo arrebataban de las manos, de las bocas. Una máscara de saliva de vicio cubrió la carita arrugada del cadáver, que ya olía mal. Se armó la gran lloradera y el velorio. El mayor Farfán intervino para lograr la autorización de la policía. Se desocupó una de las alcobas galantes, la más amplia; quemóse incienso para quitar a los tapices la hedentina de esperma viejo; doña Manuela quemó brea en la cocina, y en un charol negro, entre flores y linos, se puso al niño todo encogido, seco, amarillento, como un germen de ensalada china...

A todas se les había muerto aquella noche un hijo. Cuatro cirios ardían. Olor de tamales y aguardiente, de carnes enfermas, de colillas y orines. Una mujer medio borracha, con un seno fuera y un puro en la boca, que tan pronto lo masticaba como lo fumaba, repetía, bañada en lágrimas:

> ¡Dormite, niñito,
> cabeza de ayote,
> que si no te dormís
> te come el coyote!
>
> ¡Dormite, mi vida,
> que tengo que hacer,
> lavar los pañales,
> sentarme a coser!

# XXIII

# El parte al Señor Presidente

1. Alejandra, viuda de Bran, domiciliada en esta ciudad, propietaria de la colchonería *La Ballena Franca,* manifiesta que por quedar su establecimiento comercial pared de por medio de la fonda *El Tus-Tep,* ha podido observar que en esta última se reúnen frecuentemente, y sobre todo por las noches, algunas personas con el cristiano propósito de visitar a una enferma. Que lo pone en conocimiento del Señor Presidente porque a ella se le figura que en esa fonda está escondido el general Eusebio Canales, por las conversaciones que ha escuchado a través del muro, y que las personas que allí llegan conspiran contra la seguridad del Estado y contra la preciosa vida del Señor Presidente.

2. Soledad Belmares, residente en esta capital, dice: que ya no tiene qué comer porque se le acabaron los recursos y que como es desconocida no le facilita ninguna persona dinero, por ser de otra parte; que en tal circunstancia le ruega al Señor Presidente concederle la libertad de su hijo Manuel Belmares H. y su cuñado Federico Horneros P.; que el Ministro de su país puede informar que ellos no se ocupan de política; que sólo vinieron a buscar la vida con su trabajo honrado, siendo todo su delito el haber aceptado una recomendación del general Eusebio Canales para que les facilitaran trabajo en la Estación.

3. El coronel Prudencio Perfecto Paz manifiesta: que el viaje que hizo últimamente a la frontera fue con el objeto de

ver las condiciones del terreno, estado de los caminos y veredas, para formarse juicio de los lugares que deben ocuparse: describe detalladamente un plan de campaña que puede desarrollarse en los puntos ventajosos y estratégicos en caso de un movimiento revolucionario: que confirma la noticia de que en la frontera hay gente enganchada para venir a ésta: que los que se ocupan de tal enganche son Juan León Parada y otros, teniendo como material de guerra bombas de mano, ametralladoras, rifles de calibre reducido y dinamita para minas y todo lo concerniente a sus aplicaciones; que la gente armada que hay entre los revolucionarios se compone de 25 a 30 individuos, quienes atacan a las fuerzas del Supremo Gobierno a cada momento; que no ha podido confirmar la noticia de que Canales esté al frente de ellos, y que en este supuesto de seguro invadirán, salvo arreglos diplomáticos para la concentración de los revoltosos: que él está listo para el caso de llevarse a cabo la invasión que anuncian para principios del mes entrante, pero que carece de armas para la compañía de tiradores y sólo tiene parque Cal. 43: que con excepción de algunos pocos enfermos que son atendidos como corresponde, la tropa está bien y se le da instrucción diaria de seis a ocho de la mañana; beneficiándoles una res por semana para su racionamiento: que ya pidió al puerto costales llenos de arena para que les sirvan de fortín.

4. Juan Antonio Mares rinde su agradecimiento al Señor Presidente, por el interés que se sirvió poner para que lo asistieran los doctores: que estando nuevamente a sus órdenes, le suplica permitirle pasar a esta capital por tener varios asuntos que poner en su superior conocimiento, acerca de las actividades políticas del licenciado Abel Carvajal.

5. Luis Raveles M. manifiesta que, encontrándose enfermo y falto de elementos para curarse, desea regresar a los Estados Unidos, en donde suplica quedar empleado en algún Consulado de la República, pero no en Nueva Orleáns, ni en las mismas condiciones de antes, sino como un sincero amigo del Señor Presidente: que a fines de enero pasado tuvo la inmensa suerte de salir marcado en la lista de audiencia, pero que cuando estaba en el zaguán, ya para entrar, notó cierta

desconfianza de parte del Estado Mayor, que lo transferían del orden de la lista, y cuando parecía llegar su turno, un oficial lo llevó aparte a una habitación, lo registró como si hubiera sido un anarquista y le dijo que hacía aquello porque tenía informes de que venía, pagado por el licenciado Abel Carvajal, a asesinar al Señor Presidente: que al regresar ya se había suspendido la audiencia: que ha hecho cuanto ha podido después por hablar con el Señor Presidente, pero que no lo ha logrado, para manifestarle ciertas cosas que no puede confiar al papel.

6. Nicomedes Aceituno escribe informando que a su regreso a esta capital, de donde sale frecuentemente por asuntos comerciales, encontró en uno de los caminos que el letrero de la caja de agua donde figura el nombre del Señor Presidente fue destrozado casi en su totalidad, que le arrancaron seis letras y otras fueron dañadas.

7. Lucio Vásquez, preso en la Penitenciaría Central por orden de la Auditoría de Guerra, suplica le conceda audiencia.

8. Catarino Regisio pone en conocimiento: que estando de administrador en la finca *La Tierra,* propiedad del general Eusebio Canales, en agosto del año pasado, este señor recibió un día a cuatro amigos que lo llegaron a ver, a quienes, en medio de su embriaguez, les manifestó que si la revolución lograba tomar cuerpo, él tenía a su disposición dos batallones: el uno era de uno de ellos, dirigiéndose a un mayor de apellido Farfán, y el otro, de un teniente coronel cuyo nombre no indicó: y que como siguen los rumores de revolución lo pone en conocimiento del Señor Presidente por escrito, ya que no le fue posible hacerlo personalmente, a pesar de haber solicitado varias audiencias.

9. El general Megadeo Rayón remite una carta que el presbítero Antonio Blas Custodio le dirigió, en la cual le manifiesta que el Padre Urquijo lo calumnia por el hecho de haberlo ido a sustituir en la parroquia de San Lucas, de orden del señor Arzobispo, poniendo con sus dichos falsos en movimiento al pueblo católico con ayuda de doña Arcadia de Ayuso: que como la presencia del Padre Urquijo, amigo del licenciado Abel Carvajal, puede acarrear serias consecuencias, lo pone en conocimiento del Señor Presidente.

10. Alfredo Toledano, de esta ciudad, manifiesta que como padece de insomnios se duerme siempre tarde durante la noche, por cuyo motivo sorprendió a uno de los amigos del Señor Presidente, Miguel Cara de Ángel, llamando con toquidos alarmantes a la casa de don Juan Canales, hermano del general del mismo apellido, y quien no deja de echar sus chifletas contra el gobierno. Lo pone en conocimiento del Señor Presidente por el interés que pueda tener.

11. Nicomedes Aceituno, agente viajero, pone en conocimiento que el que desperfeccionó el nombre del Señor Presidente en la caja de agua fue el tenedor de libros Guillermo Lizaro, en estado de ebriedad.

12. Casimiro Rebeco Luna manifiesta que ya va a completar dos años y medio de estar detenido en la Segunda Sección de Policía; que como es pobre y no tiene parientes que intercedan por él, se dirige al Señor Presidente suplicándole que se sirva ordenar su libertad: que el delito de que se le acusa es el de haber quitado del cancel de la iglesia donde estaba de sacristán el aviso de jubileo por la madre del Señor Presidente, por consejo de enemigos del gobierno; que eso no es cierto, y que si él lo hizo así, fue por quitar otro aviso, porque no sabe leer.

13. El doctor Luis Barreño solicita al Señor Presidente permiso para salir al extranjero en viaje de estudios, en compañía de su señora.

14. Adelaida Peñal, pupila del prostíbulo *El Dulce Encanto*, de esta ciudad, se dirige al Señor Presidente para hacerle saber que el mayor Modesto Farfán le afirmó, en estado de ebriedad, que el general Eusebio Canales era el único general de verdad que él había conocido en el Ejército y que su desgracia se debía al miedo que le alzaba el Señor Presidente a los jefes instruidos; que, sin embargo, la revolución triunfaría.

15. Mónica Perdomino, enferma en el Hospital General, en la cama n.º 14 de la sala de San Rafael, manifiesta que por quedar su cama pegada a la de la enferma Fedina Rodas, ha oído que en su delirio dicha enferma habla del general Canales; que como no tiene muy bien segura la cabeza no ha podido fijarse en lo que dice, pero que sería conveniente que al-

guien la velara y apuntara: lo que pone en conocimiento del Señor Presidente por ser una humilde admiradora de su Gobierno.

16. Tomás Javelí participa su efectuado enlace con la señorita Arquelina Suárez, acto que dedicó al Señor Presidente de la República.

28 de abril...

# Casa de mujeres malas

—¡Indi-*pi*, a *pa!*
—¿Yo-*po*? Pe-*pe*, ro-*po*, chu-*pu*, la-*pa*...
—¿*Quitín*-qué?
—¡Na-*pa*, la-*pa!*
—¡Na-*pa*, la-*pa!*
—... ¡Chu-jú!
—¡Cállense, pues, cállense! ¡Qué cosas! Que desde que Dios amanece han de estar ahí *chalaca, chalaca;* parecen animales que no entienden —gritó la *Diente de Oro.*

Vestía su excelencia blusa negra y naguas moradas y rumiaba la cena en un sillón de cuero detrás del mostrador de la cantina.

Pasado un rato, habló a una criada cobriza de trenzas apretadas y lustrosas:

—¡Ve, Pancha, diciles a las mujeres que se vengan para acá; no es ése el modo, va a venir gente y ya deberían estar aquí aplastadas! ¡Siempre hay que andar arriando a éstas, por la gran chucha!

Dos muchachas entraron corriendo en medias.

—¡Quietas ustedes! ¡Consuelo! ¡Ah, qué bonitas las chiquitillas! ¡Chu-Malía, con sus juegos!... Y mirá, Adelaida —¡Adelaida, se te está hablando!—, si viene el mayor es bueno que le quités la espada en prenda de lo que nos debe. ¿Cuánto debe a la casa, vos, jocicón?

—Novecientos cabales, más treinta y seis que le di anoche —contestó el cantinero.

—Una espada no vale tanto; bueno..., ni que fuera de oro, pero pior es nalgas. ¡Adelaida!, ¿es con la paré, no es con vos, verdá?

—Sí, doña Chón, si ya oí... —dijo entre risa y risa Adelaida Peñal, y siguió jugando con su compañera, que la tenía cogida por el moño.

El surtido de mujeres de *El Dulce Encanto* ocupaba los viejos divanes en silencio. Altas, bajas, gordas, flacas, viejas, jóvenes, adolescentes, dóciles, hurañas, rubias, pelirrojas, de cabellos negros, de ojos pequeños, de ojos grandes, blancas, morenas, zambas. Sin parecerse, se parecían; eran parecidas en el olor; olían a hombre, todas olían a hombre, olor acre de marisco viejo. En las camisitas de telas baratas les bailaban los senos casi líquidos. Lucían, al sentarse despernancadas, los caños de las piernas flacas, las ataderas de colores gayos, los calzones rojos a las veces con tira de encaje blanco, o de color salmón pálido y remate de encaje negro.

La espera de las visitas las ponía irascibles. Esperaban como emigrantes, con ojos de reses, amontonadas delante de los espejos. Para entretener la nigua, unas dormían, otras fumaban, otras devoraban pirulíes de menta, otras contaban en las cadenas de papel azul y blanco del adorno del techo, el número aproximado de cagaditas de moscas; las enemigas reñían, las amigas se acariciaban con lentitud y sin decoro.

Casi todas tenían apodo. *Mojarra* llamaban a la de ojos grandes; si era de poca estatura, *Mojarrita*, y si ya era tarde y jamona, *Mojarrona*. *Chata*, a la de nariz arremangada; *Negra*, a la morena; *Prieta*, a la zamba; *China*, a la de ojos oblicuos; *Canche*, a la de pelo rubio; *Tartaja*, a la tartamuda.

Fuera de estos motes corrientes, había la *Santa*, la *Marrana*, la *Patuda*, la *Mielconsebo*, la *Mica*, la *Lombriz*, la *Paloma*, la *Bomba*, la *Sintripas*, la *Bombasorda*.

Algunos hombres pasaban en las primeras horas de la noche a entretenerse con las mujeres desocupadas en conversaciones amorosas, besuqueos y molestentaderas. Siempre lisos y lamidos. Doña Chón habría querido darles sus gaznatadas, que veneno y bastante tenían para ella con ser *gafos*, pero los aguantaba en su casa sin tronarles el caite por no disgustar a las *reinas*. ¡Pobres las *reinas*, se enredaban con aquellos hombres

—protectores que las explotaban, amantes que las mordían— por hambre de ternura, de tener quién por ellas!

También caían en las primeras horas de la noche muchachos inexpertos. Entraban temblando, casi sin poder hablar, con cierta torpeza en los movimientos, como mariposas aturdidas, y no se sentían bien hasta que no se hallaban de nuevo en la calle. Buenas presas. Al mandado y no al retozo. Quince años. «Buenas noches.» «No me olvides.» Salían del burdel con gusto de sabandija en la boca, lo que antes de entrar tenía de pecado y de proeza, y con esa dulce fatiga que da reírse mucho o repicar con volteadora. ¡Ah, qué bien se encontraban fuera de aquella casa hedionda! Mordían el aire como zacate fresco y contemplaban las estrellas como irradiaciones de sus propios músculos.

Después iba alternándose la clientela seria. El bienfamado hombre de negocios, ardoroso, barrigón. Astronómica cantidad de vientre la redondeaba la caja torácica. El empleado de almacén que abrazaba como midiendo género por vara, al contrario del médico que lo hacía como auscultando. El periodista, cliente que al final de cuentas dejaba empeñado hasta el sombrero. El abogado con algo de gato y de geranio en su domesticidad recelosa y vulgar. El provinciano con los dientes de leche. El empleado público encorvado y sin gancho para las mujeres. El burgués adiposo. El artesano con olor de zalea. El adinerado que a cada momento se tocaba con disimulo la leopoldina, la cartera, el reloj, los anillos. El farmacéutico, más silencioso y taciturno que el peluquero, menos atento que el dentista...

La sala ardía a media noche. Hombres y mujeres se quemaban con la boca. Los besos, triquitraques lascivos de carne y de saliva, alternaban con los mordiscos, las confidencias con los golpes, las sonrisas con las risotadas y los taponazos de champán con los taponazos de plomo cuando había valientes.

—¡Ésta es media vida! —decía un viejo acodado a una mesa, con los ojos bailarines, los pies inquietos y en la frente un haz de venas que le saltaban enardecidas.

Y cada vez más entusiasmado, preguntaba a un compañero de juerga:

272

—¿Me podré ir con aquella mujer que está allá?...

—Sí, hombre, si para eso son...

—¿Y aquélla que está junto a ésa?... ¡Ésa me gusta más!

—Pues con ésa también.

Una morena que por coquetería llevaba los pies desnudos, atravesó la sala.

—¿Y con ésa que va allí?

—¿Cuál? ¿La mulatísima?...

—¿Cómo se llama?

—Adelaida, y le dicen la *Marrana*. Pero no te fijes en ella, porque está con el mayor Farfán. Creo que es su casera.

—¡Marrana, cómo lo acaricia! —observó el viejo en voz baja.

La cocota embriagaba a Farfán con sus artes de serpiente, acercándole los filtros embrujadores de sus ojos, más hermosos que nunca bajo la acción de la belladona; el cansancio de sus labios pulposos —besaba con la lengua como pegando sellos— y el peso de sus senos tibios y del vientre combo.

—¡Quítese mejor ésta su porquería! —insinuó la *Marrana* a la oreja de Farfán. Y sin esperar respuesta —para luego es tarde— le desenganchó la espada del arnés y se la dio al cantinero.

Un ferrocarril de gritos pasó corriendo, atravesó los túneles de todos los oídos y siguió corriendo...

Las parejas bailaban al compás y al descompás con movimientos de animales de dos cabezas. Tocaba el piano un hombre pintarrajeado como mujer. Al piano y a él le faltaban algunos marfiles. «Soy mico, remico y plomoso», respondía a los que le preguntaban por qué se pintaba, agregando para quedar bien: «Me llaman Pepe los amigos y Violeta los muchachos. Uso camisa deshonesta, sin ser jugador de tenis, para lucir los pechos de cucurrucú, monóculo por elegancia y levita por distracción. Los polvos —¡ay, qué mal hablado!— y el colorete me sirven para disimular las picaduras de viruela que tengo en la cara, pues han de estar y estarán que la maligna conmigo jugó confeti... ¡Ay, no les hago caso, porque estoy con mi costumbre!»

Un ferrocarril de gritos pasó corriendo. Bajo sus ruedas triturantes, entre sus émbolos y piñones, se revolcaba una mujer ebria, blanda, lívida, color de afrecho, apretándose las manos en las ingles, despintándose las mejillas y la boca con el llanto.

—¡Ay, mis o... vaaaAAArios! ¡Ay mis ovAAArios! ¡Ay, mis o ... vaaAAAAAArios! ¡Mis ovarios! ¡Ay... mis ovarios! ¡Ay...!

Sólo los borrachos no se acercaron al grupo de los que corrían a ver qué pasaba. En la confusión, los casados preguntaban si estaba herida para marcharse antes que entrara la policía, y los demás, tomando las cosas menos a la tremenda, corrían de un punto a otro por el gusto de dar contra los compañeros. Cada vez era más grande el grupo alrededor de la mujer, que se sacudía interminablemente con los ojos en blanco y la lengua fuera. En lo agudo de la crisis se le escapó la dentadura postiza. Fue el delirio, la locura entre los espectadores. Una sola carcajada saludó el rápido deslizarse de los dientes por el piso de cemento.

Doña Chón puso fin al escándalo. Andaba por allá adentro y vino a la carrera como gallina esponjada que acude a sus polluelos cacareando; tomó de un brazo a la infeliz gritona y barrió con ella la casa hasta la cocina donde, con ayuda de la Calvario, la sepultaron en la carbonera, no sin que ésta le propinase algunos puntazos con el asador.

Aprovechando la confusión, el viejo enamorado de la *Marrana* se la birló al mayor, que ya no veía de borracho.

—¡Mipiorquería!, ¿verdá, mayor Farfán? —exclamó la *Diente de Oro* al volver de la cocina—. ¡Para hartarse y estar todo el día echada no le duelen los ovarios; es como si a la hora de la batalla resultara un militar con que le duelen...!

Una risotada de ebrios ahogó su voz. Reían como escupiendo melcocha. Ella, mientras tanto, se volvió a decir al cantinero:

—¡A esta mula escandalosa iba yo a sustituirla con la muchachona que traje ayer de la Casa Nueva! ¡Lástima que se me accidentó!...

—¡Y bien güena que era...!

—Yo ya le dije al licenciado que veya cómo se las arregla para que el Auditor me devuelva mi pisto... No es así, no más, que se va a quedar con esos diez mil pesos ese hijo de puta... Así, papo...

274

—¡Por usté, pues!... ¡Porque lo que es ese likcencioso me tengo sabido que es un relágrima!

—¡Como todo santulón!

—¡Puesss... y de ajuste likcencioso, figúrese usté!

—¡Todo lo que vos quedrás, pero lo que yo te aseguro es que conmigo no se asegunda la bañada!... ¡No son zompopos, sino los meros culones, achís...!

No concluyó la frase por asomarse a la ventana a ver quién tocaba.

—¡Jesúsmaríasantísima, y toda la corte celestial! ¡Pensando en usté estaba y Dios me lo manda! —dijo en alta voz al caballero que esperaba a la puerta con el embozo hasta los ojos, bañado por la luz purpúrea del foco, y, sin contestarle las buenas noches, entróse a ordenar a la interina que abriera pronto.

—¡Ve, Pancha, abrí ligerito, date priesa; abrí, corré, ve, que es don Miguelito!

Doña Chón lo había conocido por pura corazonada y por los ojos de Satanás.

—¡Ésos sí que son milagros!

Cara de Ángel paseó la mirada por el salón, mientras saludaba, tranquilizándose al encontrar un bulto que debía ser el mayor Farfán; una baba larga le colgaba del labio caído.

—¡Un milagrote, porque lo que es usté no sabe visitar a los pobres!

—No, doña Chón, ¡cómo va a ser eso!...

—¡Y viene que ni mandado a traer! Estaba yo clamando con todos los santos con un apuro que tengo y me lo traen a usté...

—Pues ya sabe que estoy siempre a sus órdenes...

—Muchas gracias. Ando en un apuro que ái le voy a contar; pero antes quiero que se beba un trago.

—No se moleste...

—¡Qué molestia! ¡Alguna cosita, cualquier cosa, lo que desee, lo que le pida su corazón!... ¡Vaya, por no hacernos el desprecio...! Un güisquey le cae bien. Pero que se lo sirvan allá conmigo. Pase por aquí.

Las habitaciones de la *Diente de Oro,* separadas por completo del resto de la casa, quedaban como en un mundo aparte.

En mesas, cómodas y consolas de mármol amontonábanse estampas, esculturas y relicarios de imágenes piadosas. Una Sagrada Familia sobresalía por el tamaño y la perfección del trabajo. Al Niñito Dios, alto como un lirio, lo único que le faltaba era hablar. Relumbraban a sus lados San José y la Virgen en traje de estrellas. La Virgen alhajada y San José con un tecomatillo formado con dos perlas que valían cada una un Potosí. En larga bomba agonizaba un Cristo moreno bañado en sangre y en ancho escaparate recubierto de conchas subía al cielo una Purísima, imitación en escultura del cuadro de Murillo, aunque lo que más valía era la serpiente de esmeralda enroscada a sus pies. Alternaban con las imágenes piadosas los retratos de doña Chón (diminutivo de Concepción, su verdadero nombre), a la edad de veinte años, cuando tuvo a sus plantas a un Presidente de la República que le ofrecía llevársela a París de Francia, dos magistrados de la Corte Suprema y tres carniceros que pelearon por ella a cuchilladas en una feria. Por ahí había arrinconado, para que no lo vieran las visitas, el retrato del sobreviviente, un mechudo que con el tiempo llegó a ser su marido.

—Siéntese en el sofá, don Miguelito, que en el sofá quedará más a su gusto.

—¡Vive usted muy bien, doña Chón!

—Procuro no pasar trabajos...

—¡Como en una iglesia!

—¡Vaya, no sea masón, no se burle de mis santos!

—¿Y en qué la puedo servir?...

—Pero antes bébase su güisquey...

—¡A su salud, pues!

—A la suya, don Miguelito, y disimule que no lo acompañe, pero es que estoy un poco mala de la inflamación. Ponga por aquí el vas...ito; en esta mesa lo vamos a poner; preste, démelo...

—Gracias...

—Pues, como le decía, don Miguelito, estoy en un gran apuro y quiero que me dé un consejo, de ésos que sólo saben dar ustedes, los como usté. De resultas de una mujer que tengo aquí en el negocio y que dialtiro no sirve para nada, me metí a buscar otra y averigüé por ái con una mi conocida,

276

que en la Casa Nueva tenían presa, de orden del Auditor de Guerra, una muchachona muy tres piedras. Como yo sé dónde me aprieta el zapato, derecho me fui a donde mi licenciado, don Juan Vidalitas, quien ya otras veces me ha conseguido mujeres, para que le escribiera en mi nombre una buena carta al Auditor, ofreciéndole por esa fulana diez mil pesos.

—¿Diez mil pesos?

—Como usté lo oye. No se lo dejó decir dos veces. Contestó en el acto que estaba bueno, y al recibir el dinero, que yo personalmente le conté sobre su escritorio en billetes de a quiñentos, me dio una orden escrita para que en la Casa Nueva me entregaran a la mujer. Allí supe que era por política por lo que estaba presa. Parece que la capturaron en casa del general Canales...

—¿Cómo?

Cara de Ángel, que seguía el relato de la *Diente de Oro* sin prestar atención, con las orejas en la puerta, cuidando que no se le fuera a salir el mayor Farfán a quien buscaba desde hacía muchas horas, sintió una red de alambres finos en la espalda al oír el nombre de Canales mezclado a aquel negocio. Aquella infeliz era, sin duda, la sirvienta Chabela, de quien hablaba Camila en el delirio de la fiebre.

—Perdóneme que la interrumpa... ¿Dónde está esa mujer?

—Va usté a saberlo, pero déjeme seguirle contando. Yo misma fui personalmente con la orden de la Auditoría, acompañada de dos muchachas, a sacarla de la Casa Nueva. No quería que me fueran a dar gato por liebre. Fuimos en carruaje para más lujo. Y ái tiene usté que llegamos, que enseñé la orden, que la vieron bien leída, que la consultaron, que sacaron a la muchacha, que me la dieron, y, para no cansarlo, que la trajimos aquí a la casa, que aquí todos esperaban, que a todos les gustó... En fin, que estaba, don Miguelito, *¡para qué te hacés tristeza!*

—¿Y dónde la tiene...?

Cara de Ángel estaba dispuesto a llevársela de allí esa misma noche. Los minutos se le hacían años en el relato de aquella vieja del diablo.

—Zacatillo come el conejo, dice usté..., como todos los chancles. Pero déjeme seguir continuando. Desde que salimos con ella de la Casa Nueva, me fijé que se empeñaba la mujer en no abrir los ojos y en no decir ni palabra. Se le hablaba y era como hablarle a la paré de enfrente. Para mí que eran mañas. También me fijé que apretaba en los brazos un tanatillo como del tamaño de un niño.

En la mente del favorito, la imagen de Camila se alargó hasta partirse por la mitad, como un ocho por la cintura, con ese movimiento rapidísimo de la pompa de jabón que rompe un disparo.

—¿Un niño?

—Efectivamente; mi cocinera, la Manuela Calvario Cristales, descubrió que lo que aquella desgraciada arrullaba era una criatura muertecita que ya jedía. Me llamó, corrí a la cocina y entre las dos se la quitamos a la pura fuerza, pero ái está, que todo fue separarle los brazos —casi se los quiebra la Manuela— y arrancarle al crío, como ella abrir los ojos, así como los van a abrir los muertos el Día del Juicio, pegar un grito que debe haberse oído hasta el mercado, y caer redonda.

—¿Muerta?

—De momento así lo creímos. Vinieron por ella y se la llevaron envuelta en una sábana a San Juan de Dios. Yo no quise ver, me impresionó. De los ojos cerrados dicen que se le salía el llanto como esa agua que ya no sirve para nada.

Doña Chón se repuso en una pausa; luego añadió entre dientes:

—Las muchachas que fueron esta mañana a pasar visita al hospital preguntaron por ella y parece que sigue grave. Y aquí viene mi molestia. Como usté comprende no puedo ni pensar en que el Auditor se quede con mis diez mil pesos, y ando viendo cómo hago para que me los devuelva, que a santo de qué se va a quedar con lo que es mío, a santo de qué.. ¡Preferiría mil veces regalarlos al hospicio o a los pobres!

—Que su abogado se los reclame, y en cuanto a esa pobre mujer...

—Si cabalmente hoy fue dos veces —perdone que le corte la palabra— el licenciado Vidalitas a buscarlo: una a su casa y otra a su despacho, y las dos veces le dijo lo mismo:

que no me devolvía ni agua. Vea usté cómo es ese hombre sin vergüenza, que cuando se compra una vaca si se muere no pierde el que la vendió, sino el que la compró... Eso tratándose de animales, contimás de una gente... Así dice... ¡Ay, vea si me dan ganas...!

Cara de Ángel guardó silencio. ¿Quién era aquella mujer vendida? ¿Quién aquel niño muerto?

Doña Chón enseñó el diente de oro para amenazar:

—¡Ah, pero lo que es yo me voy a ir a dar una repasiada en él que no se la ha dado ni su madre!... ¡Por algo me meten presa! Sabe Dios lo que a uno le cuesta ganar el medio para que se lo deje robar así. ¡Viejo embustero, cara de india envuelta, maldito! Ya esta mañana mandé que le echaran tierra de muerto en la puerta de su casa. Ái me va a contar si hace huesos viejos...

—Y al niño, ¿lo enterraron?

—Aquí en la casa lo velamos; las muchachas son muy embelequeras. Hubieron tamales...

—Fiesta...

—¡Vaya por allá!

—Y la policía, ¿qué hace...?

—Por pisto se consiguió la licencia. Al día siguiente nos fuimos a enterrarlo a la isla, en una caja preciosa de raso blanco.

—¿Y no teme usted que haya familia que le reclame el cadáver, al menos el aviso...?

—Sólo eso me faltaba; y ¿quién va a reclamar? Su padre está preso en la penitenciaría por político; es de apellido Rodas, y la madre, ya lo sabe usté, en el hospital.

Cara de Ángel sonrió interiormente, libre de un peso enorme. No era de la familia de Camila...

—Aconséjeme usté, don Miguelito, usté que es tan de a sombrero, qué debo hacer para que ese viejo chelón no se quede con mi dinero. ¡Son diez mil pesos, acuérdese...! ¿Acaso son frijoles?

—A mi juicio debe usted ver al Señor Presidente y quejarse a él. Solicítele audiencia y vaya confiada, que él se lo arreglará. Está en su mano.

—Es lo que yo había pensado y es lo que voy a hacer. Mañana le pongo un telegrama doble urgente pidiéndole audiencia. Vale que con él somos viejas amistades; cuando no era más que ministro tuvo pasión por mí. De eso ya hace rato. Yo era joven y bonta; parecía una lámina, como en aquella fotografía, vea... Recuerdo que vivíamos por *El Cielito* con mi nana, que en paz descanse, y a quien, vea usté lo que es la torcidura, me la dejó tuerta un loro de un picotazo; excuso decirle que tosté al loro —dos que hubieran sido— y se lo di a un chucho que por chucán se lo comió y le dio rabia. Lo más alegre que me acuerdo de ese tiempo es que por la casa pasaban todos los entierros. Va de pasar y va de pasar muertos... Y que por esa singraciada quebramos para siempre jamás con el Señor Presidente. A él le daban miedo los entierros, pero yo qué culpa tenía. Era muy lleno de cuentos y muy niño. Con nadita que fuera contra él creiba lo que se le contaba, o cuando era para darle el pase de su talento. Al principio, yo, que estaba bien gas por él, le borraba a puros besos largos aquel interminable pasar de muertos en cajones de todos colores. Después me cansé y lo dejé estar. Su mero cuatro era que uno le lamiera la oreja, aunque a veces le sabía a difunto. Como si lo estuviera viendo, ahí donde usté está sentado: su pañuelo de seda blanco amarrado al cuello con un nudito, el sombrero limeño, los botines con orejas rosadas y el vestido azul...

—Y después, lo que son las cosas; ya de Presidente, debe haber sido su padrino de matrimonio...

—Nequis... Al difunto de mi marido, que en paz descanse, no le venían esas cosas. «Sólo los chuchos necesitan de padrinos y testigos que los estén mirando cuando se casan», decía, y ái andan con racimo de chuchos detrás, todos con la lengua fuera y la baba caída... A la fotografía, sí fuimos, para que vea. Nos retrataron al ladito de un tremol, entre palomas disecadas. En el suelo había una alfombra muy tres piedras y un pellejo de tigre. Yo quedé de medio lado y mi marido echándome el brazo. Media vida el viejito que sacó el retrato, era bigotudo y algo curcucho; pero, eso sí, no sólo la máquina volaba lente, sino él también, al verme tan galanota. «Una sonrisita y entrelácense», decía con la voz muy hueca. Pero ésas si son viejadas, hablar de lo que pasó...

## XXV

# El paradero de la muerte

El cura vino a rajasotanas. Por menos corren otros. «¿Qué puede valer en el mundo más que un alma?», preguntó... Por menos se levantan otros de la mesa con ruido de tripas... ¡Tri paz!... ¡Tres personas distintas y un solo Dios verdadero-de-verdad!... El ruido de las tripas, allá no, aquí, aquí conmigo, migo, migo, migo, en mi barriga, en mi barriga, barriga... De tu vientre, Jesús... Allá la mesa puesta, el mantel blanco, la vajilla de porcelana limpiecita, la criada seca...

Al entrar el sacerdote —seguíanle vecinas amigas de andar en últimos trances—, Cara de Ángel se arrancó de la cabecera de Camila con pasos que sonaban a raíces destrozadas. La fondera arrastró una silla para el Padre y luego se alejaron todos.

—... Yo, pecador, me confieso a Dios to... —se fueron diciendo.

—In Nomine Pater, et Filis et... Hijita: ¿cuánto hace que no te confiesas?...

—Dos meses...

—¿Cumpliste la penitencia?

—Sí, Padre...

—Di tus pecados...

—Me acuso, Padre, que he mentido...

—¿En materia grave?

—No..., que he desobedecido a mi papá y...

*(... tic-tac, tic-tac, tic-tac).*

—... y me acuso, Padre...

(... *tic-tac*).

—... que he faltado a misa...

Enferma y confesor hablaban como en una catacumba. El Diablo, el Ángel Custodio y la Muerte asistían a la confesión. La Muerte vaciaba, en los ojos vidriosos de Camila, sus ojos vacíos; el Diablo escupía arañas, instalado en la cabecera de la cama, y el Ángel lloraba en un rincón a moco tendido.

—Me acuso, Padre, que no he rezado al acostarme y al levantarme y... me acuso, Padre, que...

(... *tic-tac, tic-tac*).

—... ¡que he peleado con mis amigas!

—¿Por cuestiones de honra?

—No...

—Hijita, has ofendido a Dios muy gravemente.

—Me acuso, Padre, que monté a caballo como hombre...

—¿Y había otras personas presentes y fue motivo de escándalo?

—No, sólo estaban unos indios.

—Y tú te sentiste por eso capaz de igualar al hombre y por lo mismo en grave pecado, ya que si Dios Nuestro Señor hizo a la mujer, mujer, ésta no debe pasar de ahí, para querer ser hombre, imitando al Demonio, que se perdió porque quiso ser Dios.

En la mitad de la habitación ocupada por la fonda, frente a la estantería, altar de botellas de todos colores, esperaban Cara de Ángel, la *Masacuata* y las vecinas, sin chistar palabra, consultándose temores y esperanzas con los ojos, respirando a compás lento, orquesta de resuellos oprimidos por la idea de la muerte. La puerta medio entornada dejaba ver en las calles luminosas el templo de la Merced, parte del atrio, las casas y a los pocos transeúntes que por allí pasaban. Cara de Ángel sufría al ver a esas gentes que iban y venían sin importarles que Camila se estuviera muriendo; arenas gruesas en cernidor de sol fino; sombras con sentido común; absurdo contrasentido de los cinco sentidos; fábricas ambulantes de excremento...

Por el silencio arrastraba cadenitas de palabras la voz del

confesor. La enferma tosió. El aire rompía los tamborcitos de sus pulmones.

—Me acuso, Padre, de todos los pecados veniales y mortales que he cometido y que no recuerdo.

Los latines de la absolución, la precipitada fuga del Demonio y los pasos del Ángel que, como una luz, se acercaba de nuevo a Camila con las alas blancas y calientes, sacaron al favorito de su cólera contra los transeúntes, de su odio inexplicable por todo lo que no participaba de su pena, odio infantil, teñido de ternura, y le hicieron concebir —la gracia llega por ocultos caminos— el propósito de salvar a un hombre que estaba en gravísimo peligro de muerte; Dios, en cambio, tal vez le daba la vida de Camila, lo que, según la ciencia, ya era imposible.

El cura se marchó sin hacer ruido; se detuvo en la puerta a encender un cigarrillo de tuza y a recogerse la sotana, que en la calle era ley que la llevasen oculta bajo la capa. Parecía un hombre de ceniza dulce. Andaba en lenguas que una muerta lo llamó para que la confesara. Tras él salieron las vecinas currutacas y Cara de Ángel, que corría a realizar su propósito.

El Callejón de Jesús, el Caballo Rubio y el Cuartel de Caballería. Aquí preguntó al oficial de guardia por el mayor Farfán. Se le dijo que esperara un momento y el cabo que fue a buscarlo, entró gritando:

—¡Mayor Farfán!... ¡Mayor Farfán!...

La voz se extinguía en el enorme patio sin respuesta. Un temblor de sonidos contestaba en los aleros de las casas lejanas:... ¡Yor fán fán!... ¡Yor fán fán!...

El favorito quedóse a pocos pasos de la puerta, ajeno a lo que pasaba a su alrededor. Perros y zopilotes disputábanse el cadáver de un gato a media calle, frente al comandante que, asomado a una ventana de rejas de hierro, se divertía con aquella lucha encarnizada, atusándose las guías del bigote. Dos señoras bebían fresco de súchiles en una tiendecita llena de moscas. De la casa vecina, pasando un portón, salían cinco niños vestidos de marineros, seguidos de un señor pálido como matasano y de una señora embarazada (papá y mamá). Un hachador de carne pesaba entre los niños encendiendo un cigarrillo; llevaba el traje ensangrentado, las mangas de la camisa arremangadas, y junto al corazón, el hacha filuda. Los soldados entraban y salían. En las losas del zaguán se marcaba una serpiente de huellas de pies descalzos y húmedos, que se perdían en el patio. Las llaves del cuartel tintineaban en el arma del centinela parado cerca del oficial de guardia, que ocupaba una silla de hierro en medio de un círculo de salivazos.

Con paso de venadito aproximóse al oficial una mujer de piel cobriza, curtida por el sol y encanecida y arrugada por los años, y, subiéndose el rebozo de hilo, para hablar con la cabeza cubierta en señal de respeto, suplicó:

—Va a dispensar, mi siñor, si por vida suyita le pido que me dé su permiso para hablar con mi hijo. La Virgen se lo va a agradecer.

El oficial lanzó un chorro de saliva hediendo a tabaco y dientes podridos, antes de responder.

—¿Cómo se llama su hijo, señora?

—Ismael, siñor...

—¿Ismael qué...?

—Ismael Mijo, siñor.

El oficial escupió ralo.

—Pero ¿cuál es su apellido?

—Es Mijo, siñor...

—Vea, mejor venga otro día, hoy estamos ocupados.

La anciana se retiró sin bajarse el rebozo, poco a poco, contando los pasos como si midiera su infortunio; se detuvo un momentito en la orilla del andén y luego acercóse otra vez al oficial, que seguía sentado.

—Perdone, siñor, es que yo no estoy aquí no más; vengo de bien lejos, de más de veinte leguas, y ansina es que si no le veyo hoy a saber hasta cuándo voy a poder volver. Hágame la gracia de llamarlo...

—Ya le dije que estamos ocupados. ¡Retírese, no sea molesta!

Cara de Ángel, que asistía a la escena, impulsado por el deseo de hacer bien para que Dios se lo devolviera a Camila en salud, dijo al oficial en voz baja:

—Llame a ese muchacho, teniente, y tome para cigarrillos.

El militar recibió el dinero, sin mirar al desconocido, y ordenó que llamaran a Ismael Mijo. La viejecita quedóse contemplando a su bienhechor como a un ángel.

El mayor Farfán no estaba en el cuartel. Un oficinista asomóse a un balcón, con la pluma tras de la oreja, e informó al favorito que a esas horas y de noche sólo podía encontrarlo en *El Dulce Encanto,* pues el noble hijo de Marte repartía su tiempo entre las obligaciones del servicio y el amor. No era malo, sin embargo, que lo buscara en su casa. Cara de Ángel tomó un carruaje. Farfán alquilaba una pieza redonda en el quinto infierno. La puerta del piso sin pintar, desajustada por la acción de la humedad, dejaba ver el interior oscuro. Dos, tres veces llamó Cara de Ángel. No había nadie. Regresó en seguida, pero antes de ir a *El Dulce Encanto* pasaría a ver cómo seguía Camila. Le sorprendió el ruido del carruaje, al dejar las calles de tierra, en las calles empedradas. Ruido de cascos y de llantas, de llantas y de cascos.

El favorito volvió al salón cuando la *Diente de Oro* acabó de relatarle sus amores con el Señor Presidente. Era preciso no perder de vista al mayor Farfán y averiguar algo más acerca de la mujer capturada en casa del general Canales y vendida por el canalla del Auditor en diez mil pesos.

El baile seguía en lo mejor. Las parejas danzaban al compás de un vals de modo que Farfán, perdido de borracho, acompañaba con la voz más de allá que de acá:

> ¿Por qué me quieren
> las putas a mí?
> Porque les canto
> la «Flor del Café...».

De pronto se incorporó y al darse cuenta que le faltaba la *Marrana,* dejó de cantar y dijo a gritos cortados por el hipo:

—¿No está la *Marrana,* verdá, babosos...? ¿Está ocupada, verdá, babosos...? ... Pues me voy..., lo creo que me voy, ya loc... creo que me voy... Me voy... ¿Pues por qué no me de ir yo?... Lo creo que me voy...

Se levantó con dificultad, ayudándose de la mesa en que había fondeado, de las sillas, de la pared y fue dando traspiés hacia la puerta que la interina se precipitó a abrir.

—¡Ya loc... creo que me voy-oy...! ¡La que es puta vuelve, ¿verdá, Ña-Chón?, pero yo me voy! ¡Ji-jiripago...; a los militares de escuela no nos queda más que beber hasta la muerte y que después en lugar de incinerarnos nos destilen! ¡Que viva el chojín y la chamuchina!... ¡Chujú!

Cara de Ángel lo alcanzó en seguida. Iba por la cuerda floja de la calle como volatín: ora se quedaba con el pie derecho en el aire, ora con el izquierdo, ora con el izquierdo, ora con el derecho, ora con los dos. Ya para caerse daba el paso y decía: «¡Está bueno, le dijo la mula al freno!»

Alumbraban la calle las ventanas abiertas de otro burdel. Un pianista melenudo tocaba el *Claro de Luna* de Beethoven. Sólo las sillas le escuchaban en el salón vacío, repartidas como invitados alrededor del piano de media cola, no más grande que la ballena de Jonás. El favorito se detuvo herido por la música, pegó al mayor contra la pared, pobre muñeco manejable, y acercóse a intercalar su corazón destrozado en los sonidos: resucitaba entre los muertos —muerto de ojos cálidos—, suspenso, lejos de la tierra, mientras apagábanse los ojos del alumbrado público y goteaban los tejados clavos de sereno para crucificar borrachos y reclavar féretros. Cada martillito del piano, caja de imanes, reunía las arenas finísimas del sonido, soltándolas, luego de tenerlas juntas, en los dedos de los arpegios que *des... do... bla... ban* las falanges para llamar a la puerta del amor cerrada para siempre; siempre los mismos dedos; siempre la misma mano. La luna derivaba por empedrado cielo hacia prados dormidos, huía y tras ella los oquedales infundían miedo a los pájaros y a las almas a quienes el mundo se antoja inmenso y sobrenatural cuando el amor nace, y pequeño cuando el amor se extingue.

Farfán despertó en el mostrador de un fondín, entre las manos de un desconocido que le sacudía, como se hace con un árbol para que caigan los frutos maduros.

—¿No me reconoce, mi mayor?

—Sí... no..., por el momento..., de momento...

—Recuérdese...

—¡Ah... uuUU! —bostezó Farfán apeándose del mostrador donde estaba alargado, como de una bestia de trote, todo molido.

—Miguel Cara de Ángel, para servir a usted.

El mayor se cuadró.

—Perdóneme, vea que no le había reconocido; es verdad, usted es el que anda siempre con el Señor Presidente.

—¡Muy bien! No extrañe, mayor, que me haya permitido despertarle así, bruscamente...

—No tenga cuidado.

—Pero usted tendrá que volver al cuartel y por otra parte yo necesitaba hablarle a solas y ahora cabe la casualidad que la dueña de este... cuento, de esta cantina, no está. Ayer le he buscado como aguja toda la tarde, en el cuartel, en su casa... Lo que le voy a decir no debe usted repetirlo a nadie.

—Palabra de caballero...

El favorito estrechó con gusto la mano del mayor y con los ojos puestos en la puerta, le dijo muy quedito:

—Tengo por qué saber que existe orden de acabar con usted. Se han dado instrucciones al Hospital Militar para que le den un calmante definitivo en la primera borrachera que se ponga de hacer cama. La meretriz que usted frecuenta en *El Dulce Encanto* informó al Señor Presidente de sus *farfanadas* revolucionarias.

Farfán, a quien las palabras del favorito habían clavado en el suelo, alzó las manos empuñadas.

—¡Ah, la bandida!

Y tras el ademán de golpear, dobló la cabeza anonadado.

—¿Qué hago yo, Dios mío?

—Por de pronto, no emborracharse; así conjura el peligro inmediato, y no...

—Si eso es lo que estoy pensando, pero no voy a poder, va a ser difícil. ¿Qué me iba a decir?

—Le iba a decir, además, que no comiera en el cuartel.

—No tengo cómo pagar a usted.

—Con el silencio...

—Naturalmente, pero eso no es bastante; en fin, ya habrá ocasión y, desde luego, cuente usted siempre con este hombre que le debe la vida.

—Bueno es también que le aconseje como amigo que busque la manera de halagar al Señor Presidente.

—Sí, ¿verdá?

—Nada le cuesta.

Ambos agregaron con el pensamiento «cometer un delito», por ejemplo, medio el más eficaz para captarse la buena voluntad del mandatario; o «ultrajar públicamente a las personas indefensas»; o «hacer sentir la superioridad de la fuerza sobre la opinión del país» o «enriquecerse a costillas de la Nación»; o...

El delito de sangre era ideal; la supresión de un prójimo constituía la adhesión más completa del ciudadano al Señor Presidente.

Dos meses de cárcel, para cubrir las apariencias, y derechito después a un puesto público de los de confianza, lo que sólo se dispensaba a servidores con proceso pendiente, por la comodidad de devolverlos a la cárcel conforme a la ley, si no se portaban bien.

Nada le cuesta.

—Es usted bondadosísimo...

—No, mayor, no debe agradecerme nada; mi propósito de salvar a usted está ofrecido a Dios por la salud de una enferma que tengo muy, muy grave. Vaya su vida por la de ella.

—Su esposa, quizás...

La palabra más dulce de *El Cantar de los Cantares* flotó un instante, adorable bordado, entre árboles que daban querubines y flores de azahar.

Al marcharse el mayor, Cara de Ángel se tocó para saber si era el mismo que a tantos había empujado hacia la muerte, el que ahora, ante el azul infrangible de la mañana, empujaba a un hombre hacia la vida.

## XXVI

# Torbellino

Cerró la puerta —el cebolludo mayor se alejaba como un globo de caqui— y fue de puntillas hasta la trastienda oscura. Creía soñar. Entre la realidad y el sueño la diferencia es puramente mecánica. Dormido, despierto, ¿cómo estaba allí? En la penumbra sentía que la tierra iba caminando... El reloj y las moscas acompañaban a Camila casi moribunda. El reloj regaba el arrocito de su pulsación para señalar el camino y no perderse de regreso, cuando ella hubiese dejado de existir. Las moscas corrían por las paredes limpiándose las alitas del frío de la muerte. Otras volaban sin descanso, rápidas y sonoras. Sin hacer ruido se detuvo junto a la cama. La enferma seguía delirando...

... Juego de sueños..., charcas de aceite alcanforado..., astros de diálogo lento..., invisible, salobre y desnudo contacto del vacío..., doble bisagra de las manos..., lo inútil de las manos en las manos..., en el jabón de reuter..., en el jardín del libro de lectura..., en el lugar del tigre..., en el allá grande de los pericos..., en la jaula de Dios...

... En la jaula de Dios, la misa del gallo, de un gallo con una gota de luna en la cresta de gallo..., picotea la hostia..., se enciende y se apaga, se enciende y se apaga, se enciende y se apaga... Es misa cantada... No es un gallo; es un relámpago de celuloide en la boca de un botellón rodeado de soldaditos... Relámpagos de la pastelería de la «Rosa Blanca», por Santa Rosa... Espuma de cerveza del gallo por el gallito... Por el gallito...

¡La pondremos de cadáver
matatero, tero, lá!
¡Ese oficio no le gusta
matatero, tero, lá!

... Se oye un tambor donde no están sonánnnnndose los
mocos, traza palotes en la escuela del viento, es un tambor...
¡Alto, que no es un tambor; es una puerta la que están sonando con el pañuelo del golpe y la mano de un tocador de
bronce! Como taladros penetran los toquidos a perforar todos los lados del silencio intestinal de la casa... Tan... tan...
tan... Tambor de la casa... Cada casa tiene su puertambor
para llamar a la gente que *la vive* y que cuando está cerrada es
como si la viviera muerta.... n tan de la casa... puerta... n tan
de la casa... El agua de la pila se torna toda ojos cuando oye
sonar el puertambor y decir a las criadas con tonadita: «¡A-y
tocan!», y repellarse las paredes de los ecos que van repitiendo: «¡A-y tocan, vayana-brirrr!» «¡A-y tocan, vayana-brirrr!», y
la ceniza se inquieta, sin poder hacer nada frente al gato, su
centinela de vista, con un escalofrío blando tras la cárcel de
las parrillas, y se alarman las rosas, víctimas inocentes de in-
transigencia de las espinas, y los espejos, absortos mediums
que por el alma de los muebles muertos dicen con voz muy
viva: «¡A-y tocan, vayan-abrir!»

... La casa entera quiere salir en un temblor de cuerpo
como cuando tiembla, a ver quién está toca que toca que
toca el puertambor: las cacerolas caracoleando, los floreros
con paso de lana, las palanganas, ¡palangán! ¡palangán!, los
platos con tos de china, las tazas, los cubiertos regados como
una risa de plata alemana, las botellas vacías precedidas de la
botella condecorada de lágrimas de sebo que sirve y no sirve
de candelero en el último cuarto, los libros de oraciones, los
ramos benditos que cuando tocan creen defender la casa
contra la tempestad, las tijeras, las caracolas, los retratos, el
pelo viejo, las aceiteras, las cajas de cartón; los fósforos, los
clavos...

... Sólo sus tíos fingen dormir entre las despiertas cosas
inanimadas, en las islas de sus camas matrimoniales, bajo la
armadura de sus colchas hediendo a bolo alimenticio. En
balde de silencios amplios saca bocados el puertambor. «¡Si-

guen tocando!», murmura la esposa de uno de sus tíos, la más cara de máscara. «¡Sí, pero con cuidado quién abre!», le contesta su marido en la oscuridad. «¿Quihoras serán? ¡Ay, hombre, y yo tan bien dormida que estaba!... ¡Siguen tocando!» «¡Sí, pero con cuidado quién abre!» «¡Qué van a decir en las vecindades!» «¡Sí, pero con cuidado quién abre!» «Sólo por eso habría que salir-abrir, por nosotros, por lo que van a decir de nosotros, figúrate!... ¡Siguen tocando!» «¡Sí, pero con cuidado quién abre!» «¡Es un abuso, ¿dónde se ha visto?, una desconsideración, una grosería!» «¡Sí, pero con cuidado quién abre!»...

En la garganta de las criadas se afina la voz ronca de su tío. Fantasmas olorosos a terneros llegan a chismear al dormitorio de los señores: «¡Señor! ¡Señora!, como que tocan...», y vuelven a sus catres, entre las pulgas y el sueño, repite que repite: «¡A-í..., pero con cuidado quién abre! ¡A-í..., pero con cuidado quién abre!»

... Tan, tan, tambor de la casa..., oscuridad de la calle... Los perros entejan el cielo de ladridos, techo para estrellas, reptiles negros y lavanderas de barro con los brazos empapados en espuma de relámpagos de plata...

—¡Papá... paíto... papá...!

En el delirio llamaba a su papá, a su nana, fallecida en el hospital, y a sus tíos, que ni moribunda quisieron recibirla en casa.

Cara de Ángel le puso la mano en la frente. «Toda curación es un milagro», pensaba al acariciarla. «¡Si yo pudiera arrancarle con el calor de mi mano la enfermedad!» Le dolía a saber dónde la molestia inexplicable del que ve morir un retoño, cosquilleo de ternura que arrastra su ahogo trepador bajo la piel, entre la carne, y no hallaba qué hacer. Maquinalmente unía pensamiento y oraciones. «¡Si pudiera meterme bajo sus párpados y remover las aguas de sus ojos... ... misericordiosos y después de este destierro... ... en sus pupilas color de alitas de esperanza... ... nuestra, Dios te Salve, a ti llamamos los desterrados...»

«Vivir es un crimen... ... de cada día... ... cuando se ama... dádnoslo hoy, Señor...»

Pensó en su casa como se piensa en una casa extraña. Su

casa era allí, allí con Camila, allí donde no era su casa, pero estaba Camila. ¿Y al faltar Camila?... En el cuerpo le picaba una pena vaga, ambulante... ¿Y al faltar Camila?...

Un carretón pasó sacudiéndolo todo. En la estantería del fondín tintinearon las botellas, hizo ruido una aldaba, temblaron las casas vecinas... Al susto sintió Cara de Ángel que se estaba durmiendo de pie. Mejor era sentarse. Junto a la mesa de los remedios había una silla. Un segundo después la tenía bajo su cuerpo. El ruidito del reloj, el olor del alcanfor, la luz de las candelas ofrecidas a Jesús de la Merced y a Jesús de Candelaria, todopoderosos, la mesa, las toallas, los remedios, la cuerda de San Francisco que prestó una vecina para ahuyentar al diablo, todo se fue desgranando sin choque, a rima lenta, gradería musical del adormecimiento, disolución momentánea, malestar sabroso con más agujeros que una esponja, invisible, medio líquido, casi visible, casi sólido, latente, sondeado por sombras azules de sueño sin hilván:

... ¿Quién está trasteando la guitarra?... Quiebrahuesitos, en el diccionario oscuro... Quiebrahuesitos en el subterráneo oscuro cantará la canción del ingeniero agrónomo... ... Fríos de filo en la hojarasca... ... Por todos los poros de la Tierra, ala cuadrangular, surge una carcajajajada interminable, endemoniada... Ríen, escupen, ¿qué hacen?... ... No es de noche y la sombra le separa de Camila, la sombra de esa carcajada de calaveras de fritanga mortuoria... La risa se desprende de los dientes negruzca, bestial, pero el contacto del aire se mezcla al vapor de agua y sube a formar las nubes... Cercas hechas con intestinos humanos dividen la tierra... Lejos hechos con ojos humanos dividen el cielo... ... Las costillas de un caballo sirven de violineta al huracán que sopla... ... Ve pasar el entierro de Camila... Sus ojos nadan en los espumarajos que van llevando las bridas del río de carruajes negros... ¡Ya tendrá ojos el Mar Muerto!... ... Sus ojos verdes... ¿Por qué se agitan en la sombra los guantes blancos de los palafreneros?... Detrás del entierro canta un osario de caderitas de niño: «¡Luna, luna, tomá tu tuna y and'echá las cáscaras a la laguna!»... Así canta cada huesito blando... «¡Luna, luna, tomá tu tuna y and'echá las cáscaras a la laguna!»... Ilíacos con ojos en forma de ojales... «¡Luna, luna, tomá tu tuna y and'echá las cáscaras a la laguna!»... ¿Por qué sigue la vida cotidiana?... ¿Por qué anda el tranvía?... ¿Por qué no se mueren todos?... Después del entierro de Camila nada puede ser, todo lo que hay está sobrepuesto, es postizo, no existe... Mejor le da risa... La torre inclinada de risa... Se registran los bolsillos para hacer recuerdos... ... Polvito de los días de Camila... Basuritas... Un hilo... Camila debe estar a estas horas... Un hilo... Una tarjeta sucia... ¡Ah, la de aquel diplomático que entra vinos y conservas sin pagar derechos y los menudea en el almacén de un tirolés!... Todoelorbecante... Naufragio... ... Los salvavidas de las coronas blancas... Todoelorbecante... Camila, inmóvil en su abrazo... ... Encuentro... ... Las manos del campanero... ... Están doblando las calles... ... La emoción desangra... Lívida, silenciosa, incorpórea... ... ¿Por qué no ofrecerle el brazo?... Va descolgándose por las telarañas de su tacto hasta el brazo que le falta; sólo tiene la manga... ... En los alambres del telégrafo... Por mirar los alambres del telégrafo pierde tiempo y de una casucha del Callejón del Judío salen cinco hombres de vidrio opaco a cortarle el paso, todos los cinco con un hilo de sangre en la sien... Desesperadamente lucha por acercarse adonde Camila le espera, olorosa a goma de sellos postales... A lo lejos se ve el Cerrito del Carmen... Cara de Ángel da manotadas en su sueño para abrirse campo... Se ciega... Llora... Intenta romper con los dientes la tela finísima de la sombra que le separa del hormiguero humano que en la pequeña colina se instala bajo toldos de petate a vender juguetes, frutas, melcochas... ... Saca las uñas... ... Se eriza... Por una alcantarilla logra pasar y corre a reunirse con Camila, pero los cinco hombres de vidrio opaco tornan a cortarle el paso... «¡Vean que se la están repartiendo a pedacitos en el corpus!», les grita... «¡Déjenme pasar antes que la destrocen toda!»... «¡Ella no se puede defender porque está muerta!» «¿No ven?»... «¡Vean!» «¡Vean, cada sombra lleva una fruta y en cada fruta ensartado un pedacito de Camila!» «¡Cómo dar crédito a los ojos; yo la vi enterrar y estaba cierto que no era ella; ella está aquí en el corpus, en este cementerio oloroso a membrillo, a mango, a pera y melocotón y de su cuerpo han hecho palomitas blancas, docenas, cientos, palomitas de algodón ahorcadas en listones de colores con adornos de frases primorosas: "Recuerdo Mío", "Amor Eterno", "Pienso en Ti", "Ámame Siempre", "No me Olvides"!...» Su voz se ahoga en el ruido estridente de las trompetillas, de los tamborcitos fabricados con tripa de mal año y migajón duro; en la bulla de la gente, pasos de papás que suben arrastrando los pies como forlones, carreritas de chicos que se persiguen; en el volicán de las campanas, en las campanillas, en el ardor del sol, en el calor de los cirios ciegos a mediodía, en la custodia resplandeciente... Los cinco hombres opacos se juntan y forman un solo cuerpo... Papel de humo dormido... Dejan de ser sólidos en la distancia... Van bebiendo agua gaseosa... Una bandera de agua gaseosa entre manos agitadas como gritos... ... Patinadores... Camila resbala entre patinadores invisibles, a lo largo de un espejo público que ve con indiferencia el bien y el mal. Empalaga el cosmético de su voz olorosa cuando habla para defenderse: «¡No, no, aquí, no!»... «¿Pero aquí, por qué no?»... «¡Porque estoy muerta!»... «¿Y eso, qué tiene?»... «¡Tiene que...!» «¡Qué, dime qué!»... Entre los dos pasa un frío de cielo largo y corre una columna de hombres de pantalón rojo... Camila sale tras ellos... Él sale tras ella en el primer pie que siente... La columna se detiene de golpe al último requetetambién del tambor... Avanza el Señor Presidente... Ser dorado... ¡Tararí!... El público retrocede, tiembla... Los hombres de pantalón rojo están jugando con sus cabezas... ¡Bravo! ¡Bravo! ¡Una segunda vez! ¡Que se repita! ¡Qué bien lo hacen!... Los del pantalón rojo no obedecen la voz de mando; obedecen la voz del público y vuelven a jugar con sus cabezas... Tres tiempos... ¡Uno!, quitarse la cabeza... ¡Dos!, lanzarla a lo alto a que se peine en las estrellas... ¡Tres!, recibirla en las manos y volvérsela a poner... ¡Bravo! ¡Bravo! ¡Otra vez! ¡Que se repita!... ¡Eso es! ¡Que se repita!... Hay carne de gallina repartida... Poco a poco cesan las voces... ... Se oye el tambor... ... Todos están, viendo lo que no quisieran ver... ... Los hombres de pantalón rojo se quitan las cabezas, las lanzan al aire y no las reciben al caer... Delante de dos filas de cuerpos inmóviles, con los brazos atados a la espalda, se estrellan los cráneos en el suelo.

Dos fuertes golpes en la puerta despertaron a Cara de Ángel. ¡Qué horrible pesadilla! Por fortuna, la realidad era otra. El que regresa de un entierro, como el que sale de una pesadilla, experimenta el mismo bienestar. Voló a ver quién llamaba. Noticias del general o una llamada urgente de la Presidencia.

—Buenos días...

—Buenos días —respondió el favorito a un individuo más alto que él, de cara rosadita, pequeña, que al oírle hablar inclinó la cabeza y se puso a buscarlo con sus anteojos de miope...

—Perdone usted. ¿Usted me puede decir si es aquí donde vive la señora que les cocina a los músicos? Es una señora enlutada de negro...

Cara de Ángel le cerró la puerta en las narices. El miope se quedó buscándolo. Al ver que no estaba fue a preguntar a la casa vecina.

—¡Adiós, Niña Tomasita, que le vaya bien!

—¡Voy por la Placita!

Estas dos voces se oyeron al mismo tiempo. Ya en la puerta, agregó la *Masacuata:*

—Paseadora...

—No se diga...

—¡Cuidado se la roban!

—¡Vayan por allá, quién va a querer prenda con boca!

Cara de Ángel se acercó a abrir la puerta.

—¿Cómo le fue? —preguntó a la *Masacuata,* que regresaba de la Penitenciaría.

—Como siempre.

—¿Qué dicen?

—Nada

—¿Vio a Vásquez?...

—¡Usté sí que me gusta; le entraron el desayuno y sacaron el canasto como si tal cosa!

—Entonces ya no está en la Penitenciaría...

—¡A mí se me aguadaron las piernas cuando vi que traían el canasto sin tocar; pero un señor de allí me dijo que lo habían sacado al trabajo!

—¿El alcaide?

—No. A ese bruto lo aventé por allá; me estaba queriendo sobar la cara.

—¿Cómo encuentra a Camila?...

—¡Caminando..., ya la pobrecita va caminando!

—Muy, muy mala, ¿verdad?

—Ella dichosota, ¡qué más quisiera uno que irse sin conocer la vida!... A usté es al que yo siento. Debía pasar a pedirle a Jesús de la Merced. ¿Quién quita le hace el milagro?... Ya esta mañana, antes de irme a la Penitenciaría, fui a prenderle una su candela y a decirle: «¡Mirá, negrito, aquí vengo con vos, que por algo sos tata de todos nosotros y me tenés que oír: en tu mano está que esa niña no se muera; así se lo pedí a la Virgen antes de levantarme y ahora paso a molestarte por la misma necesidad; te dejo esta candela en intención y me voy confiada en tu poder, aunque dia-cún rato pienso pasar otra vez a recordarte mi súplica!»

Medio adormecido recordaba Cara de Ángel su visión. Entre los hombres de pantalón rojo, el Auditor de Guerra, con cara de lechuza, esgrimía un anónimo, lo besaba, lo lamía, se lo comía, lo defecaba, se lo volvía a comer...

## XXVII

# Camino al destierro

La cabalgadura del general Canales tonteaba en la poca luz del atardecer, borracha de cansancio, con la masa inerte del jinete cogido a la manzana de la silla. Los pájaros pasaban sobre las arboledas y las nubes sobre las montañas subiendo por aquí, por allá bajando, bajando por aquí, por allá subiendo, como este jinete, antes que le vencieran el sueño y la fatiga, por cuestas intransitables, por ríos anchos con piedra que tenía reposo en el fondo del agua revuelta para avivar el paso de la cabalgadura, por flancos castigados de lodo que resbalaban lajas quebradizas a precipicios cortados a pico, por bosques inextricables con berrinche de zarzas, y por caminos cabríos con historia de brujas y salteadores.

La noche traía la lengua fuera. Una legua de campo húmedo. Un bulto despegó al jinete de la caballería, le condujo a una vivienda abandonada y se marchó sin hacer ruido. Pero volvió en seguida. Sin duda fue por ahí no más, por donde cantaban los chiquirines: ¡chiquirín!, ¡chiquirín!, ¡chiquirín!... Estuvo en el rancho un ratito y tornó a las del humo. Pero ya regresaba... Entraba y salía. Iba y volvía. Iba como a dar parte del hallazgo y volvía como a cerciorarse si aún estaba. El paisaje estrellado le seguía las carreritas de lagartija como perro fiel moviendo en el silencio nocturno su cola de sonidos: ¡chiquirín!, ¡chiquirín!, ¡chiquirín!...

Por último se quedó en el rancho. El viento andaba a saltos en las ramas de las arboledas. Amanecía en la escuela nocturna de las ranas que enseñaban a leer a las estrellas. Ambiente de digestión dichosa. Los cinco sentidos de la luz. Las cosas se iban formando a los ojos de un hombre encuclillado junto a la puerta, religioso y tímido, cohibido por el amanecer y por la respiración impecable del jinete que dormía. Anoche un bulto, hoy un hombre; éste fue el que le apeó. Al aclarar se puso a juntar fuego: colocó en cruz los tetuntes ahumados, escarbó con astilla de ocote la ceniza vieja y con palito seco y leña verde compuso la hoguera. La leña verde no arde tranquila; habla como cotorra, suda, se contrae, ríe, llora... El jinete despertó helado en lo que veía y extraño en su propia carne y plantóse de un salto en la puerta, pistola en mano, resuelto a vender caro el pellejo. Sin turbarse ante el cañón del arma, aquél le señaló con gesto desabrido el jarro de café que empezaba a hervir junto al fuego. Pero el jinete no le hizo caso. Poco a poco se asomó a la puerta —la cabaña sin duda estaba rodeada de soldados— y encontró sólo el llano grande en plena evaporación color de rosa. Distancia. Enjabonamiento azul. Árboles. Nubes. Cosquilleo de trinos. Su mula dormitaba al pie de un amate. Sin mover los párpados se quedó escuchando para acabar de creer lo que veía y no oyó nada, fuera del concierto armonioso de los pájaros y del lento resbalar de un río caudaloso que dejaba en la atmósfera adolescente el fusss... casi imperceptible del polvo de azúcar que caía en el guacal de café caliente.

—¡No vas a ser autoridá!... —murmuró el hombre que lo había desmontado, afanándose por esconder cuarenta o cincuenta mazorcas de maíz tras las espaldas.

El jinete alzó los ojos para mirar a su acompañante. Movía la cabeza de un lado a otro con la boca pegada al guacal.

—¡Tatita!... —murmuró aquél con disimulado gusto, dejando vagar por la estancia sus ojos de perro perdido.

—Vengo de fuga...

El hombre dejó de tapar las mazorcas y acercóse al jinete para servirle más café. Canales no podía hablar de la pena.

—Los mismes yo, *siñor*, ái ande huyende porque mere me *juí* a robar el *meis*. Pero no soy ladrón, porque ese mi terrene era *míe* y me lo quitaren con las mulas...

El general Canales se interesó por la conversación del

298

indio, que debía explicarle cómo era eso de robar y no ser ladrón.

—Vas a ver, tatita, que robo sin ser ladrón de oficie, pues *antos* yo, aquí como me ves, *ere* dueñe de un terrenite, cerca de aquí, y de oche mulas. Tenía mi casa, mi mujer y mis hijes, ere honrade como vos...

—Sí, y luego...

—Hora-ce tres añes vine el comisionade politique y pare el sante del Síñor Presidento me mandó que le juera a llevar pine en mis mulas. Le llevé, síñor, ¡qu'iba a hacer yo!..., y al llegar a ver mis mulas, me mandó poner prese incomunicade y con el alcaide, un ladine, se repartieren mis besties, y come quise reclamar lo que es mie, de mi trabaje, me dije el comisionade que yo ere un brute y que si no me iba callande el hocique que me iba a meter al cepo. Está buene, síñor comisionade, le dije, hacé lo que querrás conmigue, pero *el* mulas son míes. No dije más, tatita, porque con *el* charpe me dio un golpe en *el* cabece que *mere* que me muere...

Una sonrisa avinagrada aparecía y desaparecía bajo el bigote cano del viejo militar en desgracia. El indio continuó sin subir la voz, en el mismo tono:

—Cuande salí del hospital me vinieren a avisar del pueble que se habien llevade a los hijes al cupo y que por tres mil peses los dejaban libres. Como los hijes eran tiernecites, corrí *al* comandancie y dije que los dejaren preses, que no me los echaren al cuartel mientres yo iba a empeñer el terrenite para pagar tres mil peses. Juí *al* capital y allí el licenciade escribió la escriture de acuerde con un síñor extranjiere, diciende que decien que daban tres mil peses en hipoteque, pere jué ese lo que me leyeren y no jué ese lo que me pusieren. A poque mandaren un hombre del juzgade a dicirme que saliere de mi terrenite porque ya no ere míe, porque se lo habíe vendide al síñor extranjiere en tres mil peses. Juré por Dios que no ere cierte, pere no me creyeren *a* mí sino al licenciade y tuve que salir de mi terrenite, mientres los hijes, no ostante que me quitaren los tres mil peses, se jueren al cuartel; une se me murió cuidande *el* frontere, el otre se calzó, como que se hubiera muerte, y su nane, mi mujer, se murió del paludisme... Y por ese, tata, es que robo sin ser ladrón, *onque* me maten a pales y echen al cepo.

299

—... ¡Lo que defendemos los militares!

—¿Qué decís, tata?

En el corazón del viejo Canales se desencadenaban los sentimientos que acompañan las tempestades del alma del hombre de bien en presencia de la injusticia. Le dolía su país como si se le hubiera podrido la sangre. Le dolía afuera y en la médula, en la raíz del pelo, bajo las uñas, entre los dientes. ¿Cuál era la realidad? No haber pensado nunca con su cabeza, haber pensado siempre con el quepis. Ser militar para mantener en el mando a una casta de ladrones, explotadores y vendepatrias endiosados es mucho más triste, por infame, que morirse de hambre en el ostracismo. A santo de qué nos exigen a los militares lealtad a regímenes desleales con el ideal, con la tierra y con la raza...

El indio contemplaba al general como un fetiche raro, sin comprender las pocas palabras que decía.

—¡Vonos, tatita..., que *el* montad*e* va venir!

Canales propuso al indio que se fuera con él al otro Estado, y el indio, que sin su terreno era como árbol sin raíces, aceptó. La paga era buena.

Salieron de la cabaña sin apagar el fuego. Camino abierto a machetazos en la selva. Adelante se perdían las huellas de un tigre. Sombra. Luz. Sombra. Luz. Costura de hojas. Atrás vieron arder la cabaña como un meteoro. Mediodía. Nubes inmóviles. Árboles inmóviles. Desesperación. Ceguera blanca. Piedras y más piedras. Insectos. Osamentas limpias, calientes, como ropa interior recién planchada. Fermentos. Revuelo de pájaros aturdidos. Agua con sed. Trópico. Variación sin horas, igual el calor, igual siempre, siempre...

El general llevaba un pañuelo a guisa de tapasol sobre la nuca. Al paso de la mula, a su lado, caminaba el indio.

—Pienso que andando toda la noche podemos llegar mañana a la frontera y no sería malo que arriesgáramos un poco por el camino real, pues tengo que pasar por *Las Aldeas,* en casa de unas amigas...

—¡Tata, por el camin*e* r*i*al! ¿Qué vas a hacer? ¡Te va a encontrar*te el* montad*e*!

—¡Un ánimo recto! ¡Seguime, que el que no arriesga no gana y esas amigas nos pueden servir de mucho!

—¡Ay, no, tata!

Y sobresaltado agregó el indio:

—¿Oís? ¿Oís, tata...?

Un tropel de caballos se acercaba, pero a poco cesó el viento y entonces, como si regresaran, se fue quedando atrás.

—¡Calla!

—¡El montade, tata, yo sé lo que te digue, y hora no hay más que cojemes por aquí, onque tengames que dar un gran güelte pa salir a *Las Aldees!*

Detrás del indio sesgó el general por un extravío. Tuvo que desmontarse y bajar tirando de la mula. A medida que se los tragaba el barranco se iban sintiendo como dentro de un caracol, más al abrigo de la amenaza que se cernía sobre ellos. Oscureció en seguida. Las sombras se amontonaban en el fondo del siguán dormido. Árboles y pájaros parecían misteriosos anuncios en el viento que iba y venía con vaivén continuo, sosegado. Una polvareda rojiza cerca de las estrellas fue todo lo que vieron de la montada que pasaba al galope por el sitio del que se acababan de apartar.

Habían andado toda la noche.

—En saliende *al* subidite visteamos *Las Aldees,* patrón...

El indio se adelantó con la cabalgadura a prevenir a las amigas de Canales, tres hermanas solteras que se pasaban la vida del Trisagio a las anginas, del novenario al dolor de oído, del dolor de cara a la espina en el costado. Se desayunaron de la noticia. Casi se desmayan. En el dormitorio recibieron al general. La sala no les daba confianza. En los pueblos, no es por decir, pero las visitas entran gritando ¡Ave María! ¡Ave María! hasta la cocina. El militar les relató su desgracia con la voz pausada, apagadiza, enjugándose una lágrima al hablar de su hija. Ellas lloraban afligidas, tan afligidas que de momento olvidaron su pena, la muerte de su mamá, por lo que traían riguroso luto.

—Pues nosotras le arreglamos la fuga, el último paso al menos. Voy a salir a informarme entre los vecinos... Ahora que hay que acordarse de los que son contrabandistas... ¡Ah, ya sé! Los vados practicables casi todos están vigilados por la autoridad.

La mayor, que así hablaba, interrogó con los ojos a sus hermanas.

—Sí, por nosotras queda la fuga, como dice mi hermana, general; y como no creo que le caiga mal llevar un poco de bastimento, yo se lo voy a preparar.

Y a las palabras de la mediana, a quien hasta el dolor de muelas se le espantó del susto, agregó la menor:

—Y como aquí con nosotras va a pasar todo el día, yo me quedo con él para platicarle y que no esté tan triste.

El general miró a las tres hermanas agradecido —lo que hacían por él no tenía precio—, rogándoles en voz baja que le perdonaran tanta molestia.

—¡General, no faltaba más!

—¡No, general, no diga eso!

—Niñas, comprendo sus bondades, pero yo sé que las comprometo estando en su casa...

—Pero si no son los amigos... Figúrese nosotras ahora, con la muerte de mamá...

—Y cuéntenme: ¿de qué murió su mamaíta?...

—Ya le contará mi hermana; nosotras nos vamos a lo que tenemos que hacer...

Dijo la mayor. Luego suspiró. En el tapado llevaba el corsé enrollado y se lo fue a poner a la cocina, donde la mediana, entre coches y aves de corral, preparaba el bastimento.

—No fue posible llevarla a la capital y aquí no le conocieron la enfermedad; ya usté sabe lo que es eso, general. Estuvo enferma y enferma... ¡Pobrecita! Murió llorando porque nos dejaba sin quién en el mundo. De necesidad... Pero, figúrese lo que nos pasa, que no tenemos materialmente cómo pagarle al médico, pues nos cobra, por quince visitas que le hizo, algo así como el valor de esta casa, que fue todo lo que heredamos de mi papá. Permítame un momento, voy a ver qué quiere su muchacho.

Al salir la menor, Canales se quedó dormido. Ojos cerrados, cuerpo de pluma...

—¿Qué se te ofrecía, muchacho?

—Que por vida tuya me vas a decir dónde voy a hacer un cuerpo...

—Por allí, ve..., con los coches...

La paz provinciana tejía el sueño del militar dormido. Gratitud de campos sembrados, ternura de campos verdes y de florecillas simples. La mañana pasó con el susto de las perdices que los cazadores rociaban de perdigones, con el susto negro de un entierro que el cura rociaba de agua bendita y con los embustes de un buey nuevo retopón y brincador. En el patio de las solteras hubo en los palomares acontecimientos de importancia: la muerte de un seductor, un noviazgo y treinta ayuntamientos bajo el sol... ¡Como quien no dice nada!

¡Como quien no dice nada!, salían a decir las palomas a las ventanitas de sus casas; ¡como quien no dice nada!...

A las doce despertaron al general para almorzar. Arroz con chipilín. Caldo de res. Cocido. Gallina. Frijoles. Plátanos. Café.

—¡Ave-María...!

La voz del Comisionado Político interrumpió el almuerzo. Las solteras palidecieron sin saber qué hacer. El general se escondió tras una puerta.

—¡No asustarse tanto, niñas, que no soy el Diablo de los Oncemil Cuernos! ¡Ay, fregado, el miedo que ustedes le tienen a uno y con lo requetebién que me caen!

A las pobres se les fue el habla.

—¡Y... ni de coba le dicen a uno de pasar adelante y tomar asiento..., aunque seya en el suelo!

La menor arrimó una silla a la primera autoridad del pueblo.

—... chas gracias, ¿oye? Pero ¿quién estaba comiendo con ustedes, que veo que hay tres platos servidos y éste cuatro...?

Las tres fijaron a un tiempo los ojos en el plato del general.

—Es que... ¿verdá?... —tartamudeó la mayor; se jalaba los dedos de la pena.

La mediana vino en su ayuda:

—No sabríamos explicarle; pero a pesar de haber muerto mamá, nosotras siempre le ponemos su plato para no sentirnos tan solas...

—Pues me se da que ustedes se van a volver espiritistas.

—¿Y no es servido, Comandante?

—Dios se lo pague, pero acaba, acaba la señora de echarme de comer y no me pegué la siesta porque recibí un telegrama del Ministro de Gobernación con orden de proceder en contra de ustedes si no le arreglan al médico...

—Pero, Comandante, no es justo, ya ve usté que no es justo...

—Bien bueno será que no sea justo, pero como donde manda Dios, calla el diablo...

—Por supuesto... —exclamaron las tres con el llanto en los ojos.

—A mí me da pena venir a afliccionarlas; y así es que ya lo saben: nueve mil pesos, la casa o...

En la media vuelta, el paso y la manera como les pegó la espalda a los ojos, un espaldón que parecía tronco de ceiba, estaba toda la abominable resolución del médico.

En general las oía llorar. Cerraron la puerta de la calle con tranca y aldaba, temerosas de que volviera el Comandante. Las lágrimas salpicaban los platos de gallina.

—¡Qué amarga es la vida, general! ¡Dichoso de usté, que se va de este país para no volver nunca!

—¿Y con qué las amenazan?... —interrumpió Canales a la mayor de las tres, la cual, sin enjugarse el llanto, dijo a sus hermanas:

—Cuéntelo una de ustedes...

—Con sacar a mamá de la sepultura... —balbució la menor.

Canales fijó los ojos en las tres hermanas y dejó de mascar.

—¿Cómo es eso?

—Como lo oye, general, con sacar a mamá de la sepultura...

—Pero eso es inicuo...

—Cuéntale...

—Sí. Pues ha de saber, general, que el médico que tenemos en el pueblo es un sinvergüenza de marca mayor, ya nos lo habían dicho, pero como la experiencia se compra con el pellejo, nos dejamos hacer la jugada. ¡Qué quiere usté! Cuesta creer que haya gente tan mala...

—Más rabanitos, general...

La mediana alargó el plato y, mientras Canales se servía rabanitos, la menor siguió contando:

—Y nos la hizo... Su cacha consiste en mandar a construir un sepulcro cuando tiene enfermo grave y como los parientes en lo que menos están pensando es en la sepultura... Llegado el momento —así nos pasó a nosotras—, con tal que no pusieran a mamá en la pura tierra, aceptamos uno de los lugares de su sepulcro, sin saber a lo que nos exponíamos...

—¡Como nos ven mujeres solas! —observó la mayor, con la voz cortada por los sollozos.

—A una cuenta, general, que el día que la mandó a cobrar por poco nos da vahído a las tres juntas: nueve mil pesos por quince visitas, nueve mil pesos, esta casa, porque parece que se quiere casar, o...

—o... si no le pagamos, le dijo a mi hermana —¡es insufrible!—, ¡que saquemos nuestra mierda de su sepulcro!

Canales dio un puñetazo en la mesa:

—¡Mediquito!

Y volvió el puño —platos, cubiertos y vasos tintineaban—, abriendo y cerrando los dedos como para estrangular no sólo a aquel bandido con título, sino a todo un sistema social que le traía de vergüenza en vergüenza. Por eso —pensaba— se les promete a los humildes el Reino de los Cielos —jesucristerías—, para que aguanten a todos esos pícaros. ¡Pues no! ¡Basta ya de Reino de Camelos! Yo juro hacer la revolución completa, total, de abajo arriba y de arriba abajo; el pueblo debe alzarse contra tanto zángano, vividores con título, haraganes que estarían mejor trabajando la tierra. Todos tienen que demoler algo; demoler, demoler... Que no quede Dios ni títere con cabeza...

La fuga se fijó para las diez de la noche, de acuerdo con un contrabandista amigo de la casa. El general escribió varias cartas, una de urgencia para su hija. El indio pasaría como mozo carguero por el camino real. No hubo adioses. Las cabalgaduras se alejaron con las patas envueltas en trapos. Pegadas a la pared, lloraban las hermanas en la tiniebla de un callejón oscuro. Al salir a la calle ancha, una mano detuvo el caballo del general. Se oyeron pasos arrastrados.

—¡Qué miedo el que pasé —murmuró el contrabandista—, se me fue hasta la respiración! Pero no hay cuidado, es gente que va pa-llá, donde el doctor le debe estar dando serenata a su quequereque.

Un hachón de ocote, encendido al final de la calle, juntaba y separaba en las lenguas de su resplandor luminoso los bultos de las casas, de los árboles y de cinco o seis hombres agrupados al pie de una ventana.

—¿Cuál de todos es el médico...? —preguntó el general con la pistola en la mano.

El contrabandista arrendó el caballo, levantó el brazo y señaló con el dedo al de la guitarra. Un disparo rasgó el aire y como plátano desgajado del racimo se desplomó un hombre.

—¡Ju-juy!... ¡Vea lo que ha hecho!... ¡Huygamos, vamos! ¡Nos cogen..., vamos..., meta las espuelas...!

—¡Lo... que... to... dos... de... bié... ra... mos... ha... cer... pa... ra... com... po... ner... es... te... pue... blo!... —dijo Canales con la voz cortada por el galope del caballo.

El paso de las bestias despertó a los perros, los perros despertaron a las gallinas, las gallinas a los gallos, los gallos a las gentes, a las gentes que volvían a la vida sin gusto, bostezando, desperezándose, con miedo.

La escolta llegó a levantar el cadáver del médico. De las casas cercanas salieron con faroles. La dueña de la serenata no podía llorar y atolondrada del susto, medio desnuda, con un farol chino en la mano lívida, perdía los ojos en la negrura de la noche asesina.

—Ya estamos tentando el río, general; pero por onde vamos a pasar nosotros no pasan sino los meros hombres, soy yo quien se lo digo... ¡Ay, vida, para que fueras eterna...!

—¡Quién dijo miedo! —contestó Canales que venía atrás, en un caballo retinto.

—¡Ándele! ¡Ay juerzas de colemico, las que le agarran a uno cuando lo vienen siguiendo! ¡Arrebiáteseme bien, bien, para que no se me en-pierda!

El paisaje era difuso, el aire tibio, a veces helado como de vidrio. El rumor del río iba tumbando cañas.

Por un desfiladero bajaron corriendo a pie. El contrabandista apersogó las bestias en un sitio conocido para recogerlas a la vuelta. Manchas de río reflejaban, entre las sombras, la luz del cielo constelado. Flotaba una vegetación extraña, una vegetación de árboles con viruela verde, ojos color de talco y dientes blancos. El agua bullía a sus costados adormecida, mantecosa, con olor a rana...

De islote en islote saltaban el contrabandista y el general, los dos pistola en mano, sin pronunciar palabra. Sus sombras los perseguían como lagartos. Los lagartos como sus sombras. Nubes de insectos los pinchaban. Veneno alado en el viento. Olía a mar, a mar pescado en red de selva, con todos sus peces, sus estrellas, sus corales, sus madréporas, sus abismos, sus corrientes... Largas babosidades de pulpo columpiaba el paxte sobre sus cabezas como postrera señal de vida. Ni las fieras se atrevían por donde ellos pasaban. Canales volvía la cabeza a todos lados, perdido en medio de aquella naturaleza fatídica, inabordable y destructora como el alma de su raza. Un lagarto, que sin duda había probado carne humana, atacó al contrabandista; pero éste tuvo tiempo de saltar; no así el general, que para defenderse quiso volver atrás y se detuvo como a la orilla de un relámpago de segundo, al encontrarse con otro lagarto que le esperaba con las fauces abiertas. Instante decisivo. La espalda le corrió muerta por todo el cuerpo. Sintió en la cara el cuero cabelludo. Se le fue la lengua. Encogió las manos. Tres disparos se sucedieron y el eco los repetía cuando él, aprovechando la fuga del animal herido que le cortaba el paso, saltaba sano y salvo. El contrabandista hizo otros disparos. El general, repuesto del susto, corrió a estrecharle la mano y se quemó los dedos en el cañón del arma que esgrimía aquél.

Al pintar el alba se despidieron en la frontera. Sobre la esmeralda del campo, sobre las montañas del bosque tupido que los pájaros convertían en cajas de música, y sobre las selvas pasaban las nubes con forma de lagarto llevando en los lomos tesoros de luz.

# Tercera parte
# Semanas, meses, años...

# XXVIII

# Habla en la sombra

La primera voz:

—¿Qué día será hoy?

La segunda voz:

—De veras, pues, ¿qué día será hoy?

La tercera voz:

—Esperen... A mí me capturaron el viernes: viernes..., sábado..., domingo..., lunes..., lunes... Pero ¿cuánto hace que estoy aquí...? De veras, pues, ¿qué día será hoy?

La primera voz:

—Siento ¿ustedes no saben cómo...? Como si estuviéramos muy lejos, muy lejos...

La segunda voz:

—Nos olvidaron en una tumba del cementerio viejo enterrados para siempre...

—... ¡No hable así!

Las dos voces primeras:

—¡¡No ha...

—... blemos aassíí!!

La tercera voz:

—Pero no se callen; el silencio me da miedo, tengo miedo, se me figura que una mano alargada en la sombra va a cogerme por el cuello para estrangularme.

La segunda voz:

—¡Hable usted, qué caramba; cuéntenos cómo anda la ciudad, usted que fue el último que la vio; qué es de la gente, cómo está todo... A ratos me imagino que la ciudad entera se ha quedado en tinieblas como nosotros, presa entre altísimas murallas, con las calles en el fango muerto de todos los inviernos. No sé si a ustedes les pasa lo mismo, pero al final del invierno yo sufría de pensar que el lodo se me iba a secar. A mí me da una maldita gana de comer cuando hablo de la ciudad, se me antojan manzanas de California...

La primera voz:

—¡Casi na-ranjas! ¡En cambio, yo sería feliz con una taza de té caliente!

La segunda voz:

—Y pensar que en la ciudad todo debe estar como si tal cosa, como si nada estuviera pasando, como si nosotros no estuviéramos aquí encerrados. El tranvía debe seguir andando. ¿Qué hora será a todo esto?

La primera voz:

—Más o menos...

La segunda voz:

—No tengo ni idea...

La primera voz:

—Más o menos deben ser las...

La tercera voz:

—¡Hablen, sigan hablando; no se callen, por lo que más quieran en el mundo; que el silencio me da miedo, tengo miedo, se me figura que una mano alargada en la sombra va a cogerme del cuello para estrangularme!

Y agregó con ahogo:

—No se lo quería decir, pero tengo miedo de que nos apaleen...

La primera voz:

—¡La boca se le tuerza! ¡Debe ser tan duro recibir un látigo!

La segunda voz:

—¡Hasta los nietos de los hijos de los que han sufrido látigos sentirán la afrenta!

La primera voz:

—¡Sólo pecados dice; mejor, cállese!

La segunda voz:

—Para los sacristanes todo es pecado...

La primera voz:

—¡Qué va! ¡Cabeza que le han metido!

La segunda voz:

—¡Digo que para los sacristanes todo es pecado en ojo ajeno!

La tercera voz:

—¡Hablen, sigan hablando; no se callen, por lo que más quieran en el mundo; que el silencio me da miedo, tengo miedo, se me figura que una mano alargada en la sombra va a cogernos del cuello para estrangularnos!

En la bartolina donde estuvieron los mendigos detenidos una noche seguían presos el estudiante y el sacristán, acompañados ahora del licenciado Carvajal.

—Mi captura —refería Carvajal— se llevó a cabo en condiciones muy graves para mí. La criada que salió a comprar el pan en la mañana regresó con la noticia de que la casa estaba rodeada de soldados. Entró a decírselo a mi mujer, mi mujer me lo dijo, pero yo no le di importancia, dando por de contado que sin duda se trataba de la captura de algún contrabando de aguardiente. Acabé de afeitarme, me bañé, me desayuné y me vestí para ir a felicitar al Presidente. ¡Mero catrín iba yo...! «¡Hola, colega; qué milagro!», dije al Auditor de Guerra, al cual encontré de gran uniforme en la puerta de mi casa. «¡Paso por usted —me respondió—, y apúrese, que ya es tardecito!» Di con él algunos pasos y como me preguntara si no sabía lo que hacían los soldados que rodeaban la manzana de mi casa, le contesté que no. «Pues entonces yo se lo voy a decir, mosquita muerta —me repuso—; vienen a capturarlo a usted.» Le miré a la cara y comprendí que no estaba bromeando. Un oficial me tomó del brazo en ese momento y en medio de una escolta, vestido de levita y chistera, dieron con mis huesos en esta bartolina.

Y después de una pausa añadió:

—¡Ahora hablen ustedes; el silencio me da miedo, tengo miedo...!

—¡Ay! ¡Ay! ¿Qué es esto? —gritó el estudiante—. ¡El sacristán tiene la cabeza helada como piedra de moler!

—¿Por qué lo dice?

—Porque lo estoy palpando, ya no siente, pues...

—No es a mí, fíjese como habla...

—¡Y a quién! ¿A usted, licenciado?

—No...

—Entonces es... ¡Entre nosotros hay un muerto!

—No, no es un muerto, soy yo...

—¿Pero quién es usted...? —atajó el estudiante—. ¡Está usted muy helado!

Una voz muy débil:

—Otro de ustedes...

Las tres voces primeras:

—¡Ahhhh!

El sacristán relató al licenciado Carvajal la historia de su desgracia:

—Salí de la sacristía —y se veía salir de la sacristía aseada, olorosa a incensarios apagados, a maderas viejas, a oro de ornamentos, a pelo de muerto—; atravesé la iglesia —y se veía atravesar la iglesia cohibido por la presencia del Santísimo y la inmovilidad de las veladoras y la movilidad de las moscas— y fui a quitar del cancel el aviso del novenario de la Virgen de la O, por encargo de un cofrade y en vista de que ya había pasado. Pero —mi torcidura— como no sé leer, en lugar de ese aviso arranqué el papel del jubileo de la madre del Señor Presidente, por cuya intención estaba expuesto Nuestro Amo, ¡y para qué quise más!... ¡Me capturaron y me pusieron en esta bartolina por revolucionario!

Sólo el estudiante callaba los motivos de su prisión. Hablar de sus pulmones fatigados le dolía menos que decir mal de su país. Se deleitaba en sus dolencias físicas para olvidar que había visto la luz en un naufragio, que había visto la luz entre cadáveres, que había abierto los ojos en una escuela sin ventanas, donde al entrar le apagaron la lucecita de la fe y, en cambio, no le dieron nada: oscuridad, caos, confusión, melancolía astral de castrado. Y poco a poco fue mascullando el poema de las generaciones sacrificadas:

> Anclamos en los puertos del no ser,
> sin luz en los mástiles de los brazos
> y empapados de lágrimas salobres,
> como vuelven del mar los marineros.

Tu boca me place en la cara —ibesa!—
y tu mano en la mano —... todavía
ayer...— iAh, inútil la vida repasa
el cauce frío de nuestro corazón!

La alforja rota y el panal disperso
huyeron las abejas como bólidos
por el espacio —...todavía no...—
La rosa de los vientos sin un pétalo...
El corazón iba saltando tumbas.

iAh, rí-rí-rí, carro que rueda y rueda!...
Por la noche sin luna van los caballos
rellenos de rosas hasta los cascos,
regresar parecen desde los astros
cuando sólo vuelven del cementerio.

iAh, rí-rí-rí, carro que rueda y rueda,
funicular de llanto, rí-rí-rí,
entre cejas de pluma, rí-rí-rí...!

Acertijos de aurora en las estrellas,
recodos de ilusión en la derrota,
y qué lejos del mundo y qué temprano...

Por alcanzar las playas de los párpados
pugnan en alta mar olas de lágrimas

—iHablen, sigan hablando —dijo Carvajal después de un
largo silencio—; sigan hablando!

—iHablemos de la libertad! —murmuró el estudiante.

—iVaya una ocurrencia! —se le interpuso el sacristán—;
ihablar de la libertad en la cárcel!

—Y los enfermos, ¿no hablan de la salud en el hospital?...

La cuarta voz observó muy a sopapitos:

—... No hay esperanzas de libertad, mis amigos; estamos
condenados a soportarlo hasta que Dios quiera. Los ciudadanos que anhelaban el bien de la patria están lejos; unos piden
limosna en casa ajena, otros pudren tierra en fosa común.
Las calles van a cerrarse un día de éstos horrorizadas. Los árboles ya no frutecen como antes. El maíz ya no alimenta. El
sueño ya no reposa. El agua ya no refresca. El aire se hace

315

irrespirable. Las plagas suceden a las pestes, las pestes a las plagas, y ya no tarda un terremoto en acabar con todo. ¡Véanlo mis ojos, porque somos un pueblo maldito! Las voces del cielo nos gritan cuando truena: «¡Viles! ¡Inmundos! ¡Cómplices de iniquidad!» En los muros de las cárceles, cientos de hombres han dejado los sesos estampados al golpe de las balas asesinas. Los mármoles de palacio están húmedos de sangre de inocentes. ¿Adónde volver los ojos en busca de libertad?

El sacristán:

—¡A Dios, que es Todopoderoso!

El estudiante:

—¿Para qué, si no responde?...

El sacristán:

—Porque ésa es Su Santísima voluntad...

El estudiante:

—¡Qué lástima!

La tercera voz:

—¡Hablen, sigan hablando; no se callen, por lo que más quieran en el mundo; que el silencio me da miedo, tengo miedo, se me figura que una mano alargada en la sombra va a cogernos del cuello para estrangularnos!

—Es mejor rezar...

La voz del sacristán regó de cristiana conformidad el ambiente de la bartolina. Carvajal, que pasaba entre los de su barrio por liberal y comecuras, murmuró:

—Recemos.

Pero el estudiante se interpuso:

—¡Qué es eso de rezar! ¡No debemos rezar! ¡Tratemos de romper esa puerta y de ir a la revolución!

Dos brazos de alguien que él no veía le estrecharon fuertemente, y sintió en la mejilla la brocha de una barbita empapada en lágrimas:

—¡Viejo maestro del Colegio de San José de los Infantes: muere tranquilo, que no todo se ha perdido en un país donde la juventud habla así!

La tercera voz:

—¡Hablen, sigan hablando, sigan hablando!

# XXIX

# Consejo de Guerra

El proceso seguido contra Canales y Carvajal por sedición, rebelión y traición con todas sus agravantes, se hinchó de folios; tantos, que era imposible leerlo de un tirón. Catorce testigos contestes declaraban bajo juramento que encontrándose la noche del 21 de abril en el Portal del Señor, sitio en el que se recogían a dormir habitualmente por ser pobres de solemnidad, vieron al general Eusebio Canales y al licenciado Abel Carvajal lanzarse sobre un militar que, identificado, resultó ser el coronel José Parrales Sonriente, y estrangularlo a pesar de la resistencia que éste les opuso cuerpo a cuerpo, hecho un león, al no poderse defender con sus armas, agredido como fue con superiores fuerzas y a mansalva. Declaraban, además, que una vez perpetrado el asesinato, el licenciado Carvajal se dirigió al general Canales en estos o parecidos términos: «Ahora que ya quitamos de en medio *al de la mulita,* los jefes de los cuarteles no tendrán inconveniente en entregar las armas y reconocerlo a usted, general, como Jefe Supremo del Ejército. Corramos, pues, que puede amanecer y hagámoslo saber a los que en mi casa están reunidos, para que se proceda a la captura y muerte del Presidente de la República y a la organización de un nuevo gobierno.»

Carvajal no salía de su asombro. Cada página del proceso le reservaba una sorpresa. No, si mejor le daba risa. Pero era muy grave el cargo para reírse. Y seguía leyendo. Leía a la luz de una ventana con vistas a un patio poco abierto, en la salita sin muebles de los condenados a muerte. Esa noche se reuniría el Consejo de Guerra de Oficiales Generales que iba a fallar la causa y le había dejado allí a solas con el proceso para que preparara su defensa. Pero esperaron la última hora. Le temblaba el cuerpo. Leía sin entender ni detenerse, atormentado por la sombra que le devoraba el manuscrito, ceniza húmeda que se le iba deshaciendo poco a poco entre las manos. No alcanzó a leer gran cosa. Cayó el sol, consintióse la luz y una angustia de astro que se pierde le nubló los ojos. El último renglón, dos palabras, una rúbrica, una fecha, el folio... Vanamente intentó ver el número del folio; la noche se regaba en los pliegos como una mancha de tinta negra, y, extenuado, quedó sobre el mamotreto, como si en lugar de leerlo se lo hubiesen atado al cuello al tiempo de arrojarlo a un abismo. Las cadenas de los presos por delitos comunes sonaban a lo largo de los patios perdidos y más lejos se percibía amortiguado el ruido de los vehículos por las calles de la ciudad.

—Dios mío, mis pobres carnes heladas tienen más necesidad de calor y más necesidad de luz mis ojos, que todos los hombres juntos del hemisferio que ahora va a alumbrar el sol. Si ellos supieran mi pena, más piadosos que tú, Dios mío, me devolverían el sol para que acabara de leer...

Al tacto contaba y recontaba las hojas que no había leído. Noventa y una. Y pasaba y repasaba las yemas de los dedos por la cara de los infolios de grano grueso, intentando en su desesperación leer como los ciegos.

La víspera le habían trasladado de la Segunda Sección de Policía a la Penitenciaría Central, con gran aparato de fuerza, en carruaje cerrado, a altas horas de la noche; sin embargo, tanto le alegró verse en la calle, oírse en la calle, sentirse en la calle, que por un momento creyó que lo llevaban a su casa: la palabra se le deshizo en la boca amarga, entre cosquilla y lágrima.

Los esbirros le encontraron con el proceso en los brazos y el caramelo de calles húmedas en la boca; le arrebataron los papeles y, sin dirigirle la palabra, le empujaron a la sala donde estaba reunido el Consejo de Guerra.

—¡Pero, señor presidente! —adelantóse a decir Carvajal al

general que presidía el consejo—. ¿Cómo podré defenderme, si ni siquiera me dieron tiempo para leer el proceso?

—Nosotros no podemos hacer nada en eso —contestó aquél—; los términos legales son cortos, las horas pasan y esto apura. Nos han citado para poner el «fierro».

Y cuanto sucedió en seguida fue para Carvajal un sueño, mitad rito, mitad comedia bufa. Él era el principal actor y los miraba a todos desde el columpio de la muerte, sobrecogido por el vacío enemigo que le rodeaba. Pero no sentía miedo, no sentía nada, sus inquietudes se le borraban bajo la piel dormida. Pasaría por un valiente. La mesa del tribunal estaba cubierta por la bandera, como lo prescribe la Ordenanza. Uniformes militares. Lectura de papeles. De muchos papeles. Juramentos. El Código Militar, como una piedra, sobre la mesa, sobre la bandera. Los pordioseros ocupaban las bancas de los testigos. *Patahueca,* con cara placentera de borracho, tieso, peinado, colocho, sholco, no perdía palabra de lo que leían ni gesto del Presidente del Tribunal. *Salvador Tigre* seguía el consejo con dignidad de gorila, escarbándose las narices aplastadas o los dientes granudos en la boca que le colgaba de las orejas. El *Viuda,* alto, huesudo, siniestro, torcía la cara con mueca de cadáver sonriendo a los miembros del Tribunal. *Lulo,* rollizo, arrugado, enano, con repentes de risa y de ira, de afecto y de odio, cerraba los ojos y se cubría las orejas para que supieran que no quería ver ni oír nada de lo que pasaba allí. *Don Juan de la leva cuta,* enfundado en su imprescindible leva, menudito, caviloso, respirando a familia burguesa en las prendas de vestir a medio uso que llevaba encima: corbata de plastrón pringada de miltomate, zapatos de charol con los tacones torcidos, puños postizos, pechera móvil y mudable, y en el tris de elegancia de gran señor que le daba su sombrero de paja y su sordera de tapia entera. *Don Juan,* que no oía nada, contaba los soldados dispuestos contra los muros a cada dos pasos en toda la sala. Cerca tenía a Ricardo el *Tocador,* con la cabeza y parte de la cara envuelta en un pañuelo de yerbas de colores, la nariz encarnada y la barba de escobilla sucia de alimentos. Ricardo el *Tocador* hablaba a solas, fijos los ojos en el vientre abultado de la sordomuda que babeaba las bancas y se rascaba los piojos del sobaco izquierdo. A la sordomuda seguía *Pereque,* un negro con sólo una oreja como bacinica. Y a *Pereque,* la *Chica-miona,* flaquísima, tuerta, bigotuda y hediendo a colchón viejo.

Leído el proceso, el fiscal, un militar peinado *a la brosse,* con la cabeza pequeñita en una guerrera de cuello dos veces más grande, se puso en pie para pedir la cabeza del reo. Carvajal volvió a mirar a los miembros del tribunal, buscando saber si estaban cuerdos. Con el primero que tropezaron sus pupilas no podía estar más borracho. Sobre la bandera se dibujaban sus manos morenas, como las manos de los campesinos que juegan a los pronunciados en una feria aldeana. Le seguía un oficial retinto que también estaba ebrio. Y el Presidente, que daba la más acabada impresión del alcohólico, casi se caía de la juma.

No pudo defenderse. Ensayó a decir unas cuantas palabras, pero inmediatamente tuvo la impresión dolorosa de que nadie le oía, y en efecto, nadie le oía. La palabra se le deshizo en la boca como pan mojado.

La sentencia, redactada y escrita de antemano, tenía algo de inmenso junto a los simples ejecutores, junto a los que iban a echar el «fierro», muñecos de oro y de cecina, que bañaba de arriba abajo la diarrea del quinqué; junto a los pordioseros de ojos de sapo y sombra de culebra, que manchaba de lunas negras el piso naranja; junto a los soldaditos, que se chupaban el barbiquejo; junto a los muebles silenciosos, como los de las casas donde se ha cometido un delito.

—¡Apelo de la sentencia!

Carvajal enterró la voz hasta la garganta.

—¡Déjese de cuentos —respingó el Auditor—; aquí no hay pelo ni apelo, será matatusa!

Un vaso de agua inmenso, que pudo coger porque tenía la inmensidad en las manos, le ayudó a tragarse lo que buscaba a expulsar su cuerpo: la idea del padecimiento, de lo mecánico de la muerte, el cheque de las balas con los huesos, la sangre sobre la piel viva, los ojos helados, los trapos tibios, la tierra. Devolvió el vaso con miedo y tuvo la mano alargada hasta que encontró la resolución del movimiento. No quiso fumar un cigarrillo que le ofrecieron. Se pellizcaba el cuello con los dedos temblorosos, rodando por los encalados muros del salón una mirada sin espacio, desasida del pálido cemento de su cara.

Por un pasadizo chiflonudo le llevaron casi muerto, con sabor de pepino en la boca, las piernas dobladas y un lagrimón en cada ojo.

—Lic, échese un trago... —le dijo un teniente de ojos de garza.

Se llevó la botella a la boca, que sentía inmensa, y bebió.

—Teniente —dijo una voz en la oscuridad—; mañana pasará usted a baterías. Tenemos orden de no tolerar complacencias de ninguna especie con los reos políticos.

Pasos adelante le sepultaron en una mazmorra de tres varas de largo por dos y media de ancho, en la que había doce hombres sentenciados a muerte, inmóviles por falta de espacio, unos contra otros como sardinas, los cuales satisfacían de pie sus necesidades pisando y repisando sus propios excrementos. Carvajal fue el número 13. Al marcharse los soldados, la respiración aquejante de aquella masa de hombres agónicos llenó el silencio del subterráneo que turbaban a lo lejos los gritos de un emparedado.

Dos y tres veces se encontró Carvajal contando maquinalmente los gritos de aquel infeliz sentenciado a morir de sed: ¡Sesenta y dos!... ¡Sesenta y tres!... ¡Sesenta y cuatro!...

La hedentina de los excrementos removidos y la falta de aire le hacían perder la cabeza y rodaba sólo él, arrancado de aquel grupo de seres humanos, contando los gritos del emparedado, por los despeñaderos infernales de la desesperación.

Lucio Vásquez se paseaba fuera de las bartolinas, ictérico, completamente amarillo, con las uñas y los ojos color de envés de hoja de encina. En medio de sus miserias, le sustentaba la idea de vengarse algún día de Genaro Rodas, a quien consideraba el causante de su desgracia. Su existencia se alimentaba de esa remota esperanza, negra y dulce como la rapadura. La eternidad habría esperado con tal de vengarse —tanta noche negra anidaba en su pecho de gusano en las tinieblas—, y sólo la visión del cuchillo que rasga la entraña y deja la herida como boca abierta, clarificaba un poco sus pensamientos enconosos. Las manos engarabatadas del frío; inmóvil como lombriz de lodo amarillo, hora tras hora saboreaba Vásquez su venganza. ¡Matarlo! ¡Matarlo! Y como si ya tuviera al enemigo cerca, arrastraba la mano por la sombra, sentía el pomo helado del cuchillo, y como fantasma que ensaya ademanes imaginativamente se abalanzaba sobre Rodas.

El grito del emparedado lo sacudía.

—*¡Per Dio, per favori...*, aaagua! ¡Agua! ¡Agua! ¡Agua, Tineti, agua, agua! *¡Per Dio, per favori...*, aaagua, aaaguaa... agua...!

El emparedado se somataba contra la puerta que había borrado por fuera una tapia de ladrillo, contra el piso, contra los muros.

—¡Agua, Tineti! ¡Agua, Tineti! ¡Agua, *per Dio,* agua *per favori,* Tineti!

Sin lágrimas, sin saliva, sin nada húmedo, sin nada fresco, con la garganta en espinero de ardores, girando en un mundo de luces y manchas blancas, su grito no cesaba de martillar:

—¡Agua, Tineti! ¡Agua, Tineti! ¡Agua, Tineti!

Un chino con la cara picada de viruelas cuidaba de los prisioneros. De siglo en siglo pasaba como postrer aliento de vida. ¿Existía aquel ser extraño, semidivino, o era una ficción de todos? Los excrementos removidos y el grito del emparedado les causaba vértigos y acaso, acaso, aquel ángel bienhechor era sólo una visión fantástica.

—¡Agua, Tineti! ¡Agua, Tineti! *¡Per Dio, per favori,* agua, agua, agua, agua!...

No faltaba trajín de soldados que entraban y salían golpeando los caites en las losas, y entre éstos, algunos que carcajeándose contestaban al emparedado:

—¡Tirolés, tirolés!... ¿*Per* qué te manchaste la gallina verde *qui parla* como la *chente?*

—¡Agua, *per Dio, per favori,* agua, *signori,* agua, *per favori!*

Vásquez masticaba su venganza y el grito del italiano que en el aire dejaba sed de bagazo de caña. Una descarga le cortó el aliento. Estaban fusilando. Debían ser las tres de la mañana.

# XXX

# Matrimonio *in extremis*

—¡Enferma grave en la vecindad!

De cada casa salió una solterona.

—¡Enferma grave en la vecindad!

Con cara de recluta y ademanes de diplomático, la de la casa de *las doscientas,* llamada Petronila, ella, que a falta de otra gracia habría querido, por lo menos, llamarse Berta. Con vestimenta de merovingia y cara de garbanzo, una amiga de *las doscientas,* cuyo nombre de pila era Silvia. Con el corsé, tanto da decir armadura, encallado en la carne, los zapatos estrechos en los callos y la cadena del reloj alrededor del cuello como soga de patíbulo, cierta conocida de Silvia llamada Engracia. Con cabeza de corazón como las víboras, ronca, acañutada y varonil, una prima de Engracia, que también habría podido ser una pierna de Engracia, muy dada a menudear calamidades de almanaque, anunciadora de cometas, del Anticristo y de los tiempos en que, según las profecías, los hombres treparán a los árboles huyendo de las mujeres enardecidas y éstas subirán a bajarlos.

¡Enferma grave en la vecindad! ¡Qué alegre! No lo pensaban, pero casi lo decían celebrando del diente al labio, con voz de amasaluegos, un suceso que por mucho que echaran a retozar la tijera dejaría sobrada y bastante tela para que cada una de ellas hiciese el acontecimiento de su medida.

La *Masacuata* atendía.

—Mis hermanas están listas —anunciaba la de *las doscientas* sin decir para qué estaban listas.

—En cuanto a ropa, si hace falta, desde luego pueden contar conmigo —observaba Silvia.

Y Engracia, Engracita, que cuando no olía a tricófero trascendía a caldo de res, agregaba articulando las palabras a medias, sofocada por el corsé:

—¡Yo les recé una *Salve* a las Ánimas, al acabar mi Hora de Guardia, por esta necesidad tan grande!

Hablaban a media voz, congregadas en la trastienda, procurando no turbar el silencio que envolvía como producto farmacéutico la cama de la enferma ni molestar al señor que la velaba noche y día. Un señor muy regular. Muy regular. De punta de pie se acercaban a la cama, más por verle la cara al señor que por saber de Camila, espectro pestañudo, con el cuello flaco, flaco, y los cabellos en desorden, y como sospecharan que había gato encerrado —¿en qué devoción no hay gato encerrado?— no sosegaron hasta lograr arrancar a la fondera la llave del secreto. Era su novio. ¡Su novio! ¡Su novio! ¡Su novio! ¿Con que eso, no? ¡Con que su novio! Cada una repitió la palabrita dorada, menos Silvia; ésta se fue con disimulo, tan pronto como supo que Camila era hija del general Canales, y no volvió más. Nada de mezclarse con los enemigos del Gobierno. Él será muy su novio, se decía, y muy del Presidente, pero yo soy hermana de mi hermano y mi hermano es diputado y lo puedo comprometer. «¡Dios libre l'hora!»

En la calle todavía se repitió: «¡Dios libre l'hora!»

Cara de Ángel no se fijó en las solteras que, cumpliendo obra de misericordia, además de visitar a la enferma se acercaron a consolar al novio. Les dio las gracias sin oír lo que le decían —palabras—, con el alma puesta en la queja maquinal, angustiosa y agónica de Camila, ni corresponder las muestras de efusión con que le estrecharon las manos. Abatido por la pena sentía que el cuerpo se le enfriaba. Impresión de lluvia y adormecimiento de los miembros, de enredo con fantasmas cercanos e invisibles en un espacio más amplio que la vida, en el que el aire está solo, sola la luz, sola la sombra, solas las cosas.

El médico rompía la ronda de sus pensamientos.

—Entonces, doctor...

—¡Sólo un milagro!

—Siempre vendrá por aquí, ¿verdad?

La fondera no paraba un instante y ni así le rendía el tiempo. Con permiso de lavar en la vecindad mojaba de mañana muy temprano, luego se iba a la Penitenciaría llevando el desayuno de Vásquez, de quien nada averiguaba; de regreso enjabonaba, desaguaba y tendía, y, mientras los trapos se secaban, corría a su casa a hacer lo de adentro y otros oficios: mudar a la enferma, encender candelas a los santos, sacudir a Cara de Ángel para que tomara alimento, atender al doctor, ir a la farmacia, sufrir a las *presbíteras,* como llamaba a las solteras, y pelear con la dueña de la colchonería.

—¡Colchones para cebones! —gritaba en la puerta haciendo como que espantaba las moscas con un trapo—. ¡Colchones para cebones!

—¡Sólo un milagro!

Cara de Ángel repitió las palabras del médico. Un milagro la continuación arbitraria de lo perecedero, el triunfo sobre el absoluto estéril de la migaja humana. Sentía la necesidad de gritar a Dios que le hiciera el milagro, mientras el mundo se le escurría por los brazos inútil, adverso, inseguro, sin razón de ser.

Y todos esperaban de un momento a otro el desenlace. Un perro que aullara, un toquido fuerte, un doble en la Merced, hacían santiguarse a los vecinos y exclamar, suspiro va y suspiro viene: «¡Ya descansó!... ¡Vaya, era su hora llegada! ¡Pobre su novio! ¡Qué se ha de hacer! ¡Que se haga la voluntad de Dios! ¡Es lo que somos, en resumidas cuentas!»

Petronila relataba estos sucesos a uno de esos hombres que envejecen con cara de muchachos, profesor de inglés y otras anomalías, a quien familiarmente llamaban *Tícher.* Quería saber si era posible salvar a Camila por medios sobrenaturales y el *Tícher* debía saberlo, porque, además de profesor de inglés, dedicaba sus ocios al estudio de la teosofía, el espiritismo, la magia, la astrología, el hipnotismo, las ciencias ocultas y hasta fue inventor de un método que llamaba: «*Cisterna de embrujamiento para encontrar tesoros escondidos en las casas donde espantan».* Jamás habría sabido explicar el *Tícher* sus aficiones por lo desconocido. De joven tuvo inclinaciones eclesiásticas, pero una casada de más saber y gobierno que él se interpuso cuando iba a cantar Epístola, y colgó la sotana quedándose con los hábitos sacerdotales, un pozo zonzo y solo. Dejó el Seminario por la Escuela de Comercio y habría terminado felizmente sus estudios de no tener que huir a un profesor de teneduría de libros que se enamoró de él perdidamente. La mecánica le abrió los brazos tiznados, la mecánica fregona de las herrerías, y entró a soplar el fuelle a un taller de por su casa, mas poco habituado al trabajo y no muy bien constituido, pronto abandonó el oficio. ¡Qué necesidad tenía él, único sobrino de una dama riquísima, cuya intención fue dedicarlo al sacerdocio, empresa en la que dale que le das siempre estaba la buena señora! «¡Vuelve a la iglesia —le decía— y no estés ahí bostezando; vuelve a la iglesia, no ves que el mundo te disgusta, que eres medio loquito y débil como chivito de mantequilla, que de todo has probado y nada te satisface; militar, músico, torero!... O, si no quieres ser Padre, dedícate al magisterio, a dar clases de inglés, pongo por caso. Si el Señor no te eligió, elige tú a los niños; el inglés es más fácil que el latín y más útil, y dar clases de inglés es hacer sospechar a los alumnos que el profesor habla inglés aunque no le entiendan: mejor, si no le entienden.»

Petronila bajó la voz, como lo hacía siempre que hablaba con el corazón en la mano.

—Un novio que la adora, que la idolatra, *Tícher,* que no obstante haberla raptado la respetó en espera de que la iglesia bendijera su unión eterna. Eso ya no se ve todos los días.

—¡Y menos en estos tiempos, criatura! —añadió al pasar por la sala con un ramo de rosas la más alta de *las doscientas,* una mujer que parecía subida en la escalera de su cuerpo.

—Un novio, *Tícher,* que la ha colmado de cuidados y que sin que le quepa duda, se va a morir con ella..., ¡ay!

—¿Y dice usted, Petrolina —el *Tícher* hablaba pausadamente—, que ya los señores médicos facultativos se declararon incompetentes para rescatarla de los brazos de la Parca?

—Sí, señor, incompetentes; la han desahuciado tres veces.

—¿Y dice usted, Nila, que ya sólo un milagro puede salvarla?

—Figúrese... Y está el novio que parte el alma...

—Pues yo tengo la clave; provocaremos el milagro. A la muerte únicamente se le puede oponer el amor, porque ambos son igualmente fuertes, como dice *El Cantar de los Cantares;* y si como usted me informa, el novio de esa señorita la adora, digo la quiere entrañablemente, digo con las entrañas y la mente, digo con la mente de casarse, puede salvarla de la muerte si comete el sacramento del matrimonio, que en mi teoría de los injertos se debe emplear en este caso.

Petronila estuvo a punto de desmayarse en brazos del *Tícher.* Alborotó la casa, pasó a casa de las amigas, puso en autos a la *Masacuata,* a quien se encargó que hablara al cura, y ese mismo día Camila y Cara de Ángel se desposaron en los umbrales de lo desconocido. Una mano larga y fina y fría como cortapapel de marfil estrechó el favorito en la diestra afiebrada, en tanto el sacerdote leía los latines sacramentales. Asistían *las doscientas,* Engracia, y el *Tícher* vestido de negro. Al concluir la ceremonia, el *Tícher* exclamó:

—*Make thee another self, for love of me!...*

## XXXI

# Centinelas de hielo

En el zaguán de la Penitenciaría brillaban las bayonetas de la guardia sentada en dos filas, soldado contra soldado, como de viaje en un vagón oscuro. Entre los vehículos que pasaban, bruscamente se detuvo un carruaje. El cochero, con el cuerpo echado hacia atrás para tirar de las riendas con más fuerza, se bamboleó de lado y lado, muñeco de trapos sucios, escupimordiendo una blasfemia. ¡Por poco más se cae! Por las murallas lisas y altísimas del edificio patibulario resbalaron los chillidos de las ruedas castigadas por las rozaderas, y un hombre barrigón que apenas alcanzaba el suelo con las piernas apeóse poco a poco. El cochero, sintiendo aligerarse el carruaje del peso del Auditor de Guerra, apretó el cigarrillo apagado en los labios resecos —¡qué alegre quedarse solo con los caballos!— y dio rienda para ir a esperar enfrente, al costado de un jardín yerto como la culpa traidora, en el momento en que una dama se arrodillaba a los pies del Auditor implorando a gritos que la atendiera.

—¡Levántese, señora! Así no la puedo atender; no, no, levántese, hágame favor... Sin tener el honor de conocerla...

—Soy la esposa del licenciado Carvajal...

—Levántese...

Ella le cortó la palabra.

—De día, de noche, a todas horas, por todas partes, en su casa, en la casa de su mamá, en su despacho le he buscado, señor, sin lograr encontrarlo. Sólo usted sabe qué es de mi marido, sólo usted lo sabe, sólo usted me lo puede decir. ¿Dónde está? ¿Qué es de él? ¡Dígame, señor, si está vivo! ¡Dígame, señor, que está vivo!

Se había puesto de pie; pero no levantaba la cabeza, rota la nuca de pena, ni dejaba de llorar.

—¡Dígame, señor, que está vivo!

—Cabalmente, señora, el Consejo de Guerra que conocerá del proceso del colega ha sido citado con urgencia para esta noche.

—¡Aaaaah!

Cosquilleo de cicatriz en los labios, que no pudo juntar del gusto. ¡Vivo! A la noticia unió la esperanza. ¡Vivo!... Y, como era inocente, libre...

Pero el Auditor, sin mudar el gesto frío, añadió:

—La situación política del país no permite al Gobierno piedad de ninguna especie con sus enemigos, señora. Es lo único que le digo. Vea al Señor Presidente y pídale la vida de su marido, que puede ser sentenciado a muerte y fusilado, conforme a la ley, antes de veinticuatro horas...

—¡... le, le, le!

—La Ley es superior a los hombres, señora, y salvo que el Señor Presidente lo indulte...

—¡... le, le, le!

No pudo hablar. Blanca, como el pañuelo que rasgaba con los dientes, se quedó quieta, inerte, ausente, gesticulando con las manos perdidas en los dedos.

El Auditor se marchó por la puerta erizada de bayonetas. La calle, momentáneamente animada por el trajín de los coches que volvían del paseo principal a la ciudad, ocupados por damas y caballeros elegantes, quedó fatigada y sola. Un minúsculo tren asomó por un callejón entre chispas y pitazos, y se fue cojeando por los rieles...

—¡... le, le, le!

No pudo hablar. Dos tenazas de hielo imposible de romper le apretaban el cuello y el cuerpo se le fue resbalando de los hombros para abajo. Había quedado el vestido vacío con su cabeza, sus manos y sus pies. En sus oídos iba un carruaje que encontró en la calle. Lo detuvo. Los caballos engordaron como lágrimas al enarcar la cabeza y apelotonarse para hacer alto. Y ordenó al cochero que la llevara a la casa de campo del Presidente lo más pronto posible; mas su prisa era tal, su desesperada prisa, que a pesar de ir los caballos a todo escape, no cesaba de reclamar y reclamar al cochero que diera más rienda... Ya debía estar allí... Más rienda... Necesitaba salvar a su marido... Más rienda..., más rienda..., más rienda... Se apropió del látigo... Necesitaba salvar a su marido... Los caballos, fustigados con crueldad, apretaron la carrera... El látigo les quemaba las ancas... Salvar a su marido... Ya debía estar allí... Pero el vehículo no rodaba, ella sentía que no rodaba, ella sentía que no rodaba, que las ruedas giraban alrededor de los ejes dormidos, sin avanzar, que siempre estaban en el mismo punto... Y necesitaba salvar a su marido... Sí, sí, sí, sí, sí... —se le desató el pelo—, salvarlo... —la blusa se le zafó—, salvarlo... Pero el vehículo no rodaba, ella sentía que no rodaba, rodaban sólo las ruedas de adelante, ella sentía que lo de atrás se iba quedando atrás, que el carruaje se iba alargando como el acordeón de una máquina de retratar y veía los caballos cada vez más pequeñitos... El cochero le había arrebatado el látigo. No podía seguir así... Sí, sí, sí, sí... Que sí.., que no..., que sí..., que no..., que sí, que no... Pero ¿por qué no?... ¿Cómo no?... Que sí..., que no..., que sí..., que no... Se arrancó los anillos, el prendedor, los aritos, la pulsera y se los echó al cochero en el bolsillo de la chaqueta, con tal que no detuviera el coche. Necesitaba salvar a su marido. Pero no llegaban... Llegar, llegar, llegar, pero no llegaban... Llegar, pedir y salvarlo, pero no llegaban... Estaban fijos como los alambres del telégrafo, más bien iban para atrás como los alambres del telégrafo, como los cercos de chilca y chichicaste, como los campos sin sembrar, como los celajes dorados del crepúsculo, las encrucijadas solas y los bueyes inmóviles.

Por fin desviaron hacia la residencia presidencial por una franja de carretera que se perdía entre árboles y cañadas. El corazón le ahogaba. La ruta se abría paso entre las casitas de una población limpia y desierta. Por aquí empezaron a cruzar los coches que volvían de los dominios presidenciales —landós, sulkys, calesas—, ocupados por personas de caras y trajes muy parecidos. El ruido se adelantaba, el ruido de las ruedas en los empedrados, el ruido de los cascos de los caballos... Pero no llegaban, pero no llegaban... Entre los que volvían en carruaje, burócratas cesantes y militares de baja, gordura bien vestida, regresaban a pie los finqueros llamados por el Presidente meses y meses hacía con urgencia, los poblanos con zapatos como bolsas de cuero, las maestras de escuela que a cada poco se paraban a tomar aliento —los ojos ciegos de polvo, rotos los zapatos de polvillo, arremangadas las enaguas— y las comitivas de indios que, aunque municipales, tenían la felicidad de no entender nada de todo aquello. ¡Salvarlo, sí, sí, sí, pero no llegaban! Llegar era lo primero, llegar antes que se acabara la audiencia, llegar, pedir, salvarlo... ¡Pero no llegaban! Y no faltaba mucho; salir del pueblo. Ya debían estar allí, pero el pueblo no se acababa. Por este camino fueron las imágenes de Jesús y la Virgen de Dolores un jueves santo. Las jaurías, entristecidas por la música de las trompetas, aullaron al pasar la procesión delante del Presidente, asomado a un balcón bajo toldo de tapices mashentos y flores de buganvilla. Jesús pasó vencido bajo el peso del madero frente al César y al César se volvieron admirados hombres y mujeres. No fue mucho el sufrir, no fue mucho el llorar hora tras hora, no fue mucho el que familias y ciudades envejecieran de pena; para aumentar el escarnio era preciso que a los ojos del Señor Presidente cruzara la imagen de Cristo en agonía, y pasó con los ojos nublados bajo un palio de oro que era infamia, entre filas de monigotes, al redoble de músicas paganas.

El carruaje se detuvo a la puerta de la augusta residencia. La esposa de Carvajal corrió hacia adentro por una avenida de árboles copudos. Un oficial le salió a cerrar el paso.

—Señora, señora...

—Vengo a ver al Presidente...

—El Señor Presidente no recibe, señora; regrese...

—Sí, sí, sí recibe, sí me recibe a mí, que soy la esposa del licenciado Carvajal... —Y siguió adelante, se le fue de las manos al militar que la perseguía llamándola al orden, y logró llegar a una casita débilmente iluminada en el desaliento del atardecer—. ¡Van a fusilar a mi marido, general!...

Con las manos a la espalda se paseaba por el corredor de aquella casa que parecía de juguete un hombre alto, trigueño, todo tatuado de entorchados, y hacia él se dirigió animosa:

—¡Van a fusilar a mi marido, general!

El militar que la seguía desde la puerta no se cansaba de repetir que era imposible ver al Presidente.

No obstante sus buenas maneras, el general le respondió golpeado:

—El Señor Presidente no recibe, señora, y háganos el favor de retirarse, tenga la bondad...

—¡Ay, general! ¡Ay, general! ¿Qué hago yo sin mi marido, qué hago yo sin mi marido? ¡No, no, general! ¡Sí recibe! ¡Paso, paso! ¡Anúncieme! ¡Vea que van a fusilar a mi marido!

El corazón se le oía bajo el vestido. No la dejaron arrodillarse. Sus tímpanos flotaban agujereados por el silencio con que respondían a sus ruegos.

Las hojas secas tronaban en el anochecer como con miedo del viento que las iba arrastrando. Se dejó caer en un banco. Hombres de hielo negro. Arterias estelares. Los sollozos sonaban en sus labios como flecos almidonados, casi como cuchillos. La saliva le chorreaba por las comisuras con hervor de gemido. Se dejó caer en un banco que empapó de llanto como si fuera piedra de afilar. A troche y moche la habían arrancado de donde tal vez estaba el Presidente. El paso de una patrulla le sacudió frío. Olía a butifarra, a trapiche, a pino despenicado. El banco desapareció en la oscuridad como una tabla en el mar. Anduvo de un punto a otro por no naufragar con el banco en la oscuridad, por quedar viva. Dos, tres, muchas veces detuviéronla los centinelas apostados entre los árboles. Le negaban el paso con voz áspera, amenazándola cuando insistía con la culata o el cañón del arma. Exasperada de implorar a la derecha, corría a la izquierda. Tropezaba con las piedras, se lastimaba en los zarzales. Otros centinelas de hielo le cortaban el paso. Suplicaba, luchaba, tendía la mano como menesterosa y cuando ya nadie le oía, echaba a correr en dirección opuesta...

Los árboles barrieron una sombra hacia un carruaje, una sombra que apenas puso el pie en el estribo regresó como loca a ver si le valía la última súplica. El cochero despertó y estuvo a punto de botar los guajes que calentaba en el bolsillo al sacar la mano para coger las riendas. El tiempo se le hacía eterno; ya no miraba las horas de quedar bien con la *Minga*. Aritos, anillos, pulsera... ¡Ya tenía para empeñar! Se rascó un pie con otro, se agachó el sombrero y escupió. ¿De dónde saldrá tanta oscuridad y tanto sapo?... La esposa de Carvajal volvió al carruaje como sonámbula. Sentada en el coche ordenó al cochero que esperaran un ratito, tal vez abrirían la puerta... Media hora..., una hora...

El carruaje rodaba sin hacer ruido; o era que ella no oía bien o era que seguían parados... El camino se precipitaba hacia lo hondo de un barranco por una pendiente inclinadísima, para ascender después como un cohete en busca de la ciudad. La primera muralla oscura. La primera casa blanca. En el hueco de una pared un aviso de *Onofroff*... Sentía que todo se soldaba sobre su pena... El aire... Todo... En cada lágrima un sistema planetario... Ciempiés de sereno caían de las tejas a los andenes estrechos... Se le iba parando la sangre... ¿Cómo está?... ¡Yo estoy mal, pero muy mal!... Y mañana, ¿cómo estará?... ¡Lo mismo, y pasado mañana, igual!... Se preguntaba y se respondía... Y más pasado mañana...

El peso de los muertos hace girar la tierra de noche y de día el peso de los vivos... Cuando sean más los muertos que los vivos, la noche será eterna, no tendrá fin, faltará para que vuelva el día el peso de los vivos...

El carruaje se detuvo. La calle seguía, pero no para ella, que estaba delante de la prisión donde, sin duda... Paso a paso se pegó al muro. No estaba de luto y ya tenía tacto de murciélago... Miedo, frío, asco; se sobrepuso a todo por estrecharse a la muralla que repetiría el eco de la descarga... Después de todo, ya estando allí, se le hacía imposible que fusilaran a su marido, así como así; así, de una descarga, con balas, con armas, hombres como él, gente como él, con ojos, con boca, con manos, con pelo en la cabeza, con uñas en los dedos, con dientes en la boca, con lengua, con galillo... No era posible que lo fusilaran hombres así, gente con el mismo color de piel, con el mismo acento de voz, con la misma manera de ver, de oír, de acostarse, de levantarse, de amar, de lavarse la cara, de comer, de reír, de andar, con las mismas creencias y las mismas dudas...

333

# XXXII

# El Señor Presidente

Cara de Ángel, llamado con gran prisa de la casa presidencial, indagó el estado de Camila, elasticidad de la mirada ansiosa, humanización del vidrio en los ojos, y como reptil cobarde enroscóse en la duda de si iba o no iba; el Señor Presidente o Camila, Camila o el Señor Presidente...

Aún sentía en la espalda los empujoncitos de la fondera y el tejido de su voz suplicante. Era la ocasión de pedir por Vásquez. «Vaya, yo me quedo aquí cuidando a la enferma»... En la calle respiró profundamente. Iba en un carruaje que rodaba hacia la casa presidencial. Estrépito de los cascos de los caballos en los adoquines, fluir líquido de las ruedas. *El Candado Ro-jo... La Col-mena... El Vol-cán...* Deletreaba con cuidado los nombres de los almacenes; se leían mejor de noche, mejor que de día. *El Gua-da-le-te... El Fe-rro-carril... La Ga-llina con Po-llos...* A veces tropezaban sus ojos con nombres de chinos: *Lon Ley Lon y Cía... Quan See Chan... Fu Quan Yen... Chon Chan Lon... Sey Yon Sey...* Seguía pensando en el general Canales. Lo llamaban para informarle... ¡No podía ser!... ¿Por qué no podía ser?... Lo capturaron y lo mataron, o... no lo mataron y lo traen amarrado... Una polvareda se alzó de repente. El viento jugaba al toro con el carruaje. ¡Todo podía ser! El vehículo rodó más ligero al salir al campo, como un cuerpo que pasa del estado sólido al estado líquido. Cara de Ángel se apretó las manos en las choquezuelas y suspiró. El ruido del coche se perdía, entre los mil ruidos de la noche

venía de un punto a otro, la falda de la camisa al aire, la braqueta abierta, los zapatos sin abrochar, la boca untada de babas y los ojos de excrecencias cojor de yema de huevo.

—Miguel —se detuvo a decir sofocado, sin lograr darle caza—, el juego de la mosca es de lo más divertido y fácil de aprender; lo que se necesita es paciencia. En mi pueblo yo me entretenía de chico jugando reales a la mosca.

Al hablar de su pueblo natal frunció el entrecejo, la frente calmada de sombras; volvióse al mapa de la República, que en ese momento tenía a la espalda, y descargó un puñetazo sobre el nombre de su pueblo.

Un columbrón a las calles que transitó de niño, pobre, injustamente pobre, que transitó de joven, obligado a ganarse el sustento en tanto los chicos de buena familia se pasaban la vida de francachela en francachela. Se vio empequeñecido en el hoyo de sus coterráneos, aislado de todos y bajo el velón que le permitía instruirse en las noches, mientras su madre dormía en un catre de tijera y el viento con olor de carnero y cuernos de chiflón topeteaba las calles desiertas. Y se vio más tarde en su oficina de abogado de tercera clase, entre marraneras, jugadores, cholojeras, cuatreros, visto de menos por sus colegas que seguían pleitos de campanillas.

Una tras otra vació muchas copas. En la cara de jade le brillaban los ojos entumecidos y en las manos pequeñas las uñas ribeteadas de medias lunas negras.

—¡Ingratos!

El favorito lo sostuvo del brazo. Por la sala en desorden paseó la mirada llena de cadáveres y repitió:

—¡Ingratos! —añadió, después, a media voz—. Quise y querré siempre a Parrales Sonriente, y lo iba a hacer general, porque potreó a mis paisanos, porque los puso en cintura, se repaseó en ellos, y de no ser mi madre acaba con todos para vengarme de lo mucho que tengo que sentirles y que sólo yo sé... ¡Ingratos!... Y no me pasa —porque no me pasa— que lo hayan asesinado, cuando por todos lados se atenta contra mi vida, me dejan los amigos, se multiplican los enemigos y... ¡No!, ¡no!, de ese Portal no quedará una piedra...

Las palabras tonteaban en sus labios como vehículos en piso resbaloso. Se recostó en el hombro del favorito con la mano apretada en el estómago, las sienes tumultuosas, los ojos sucios, el aliento frío, y no tardó en soltar un chorro de caldo anaranjado. El Subsecretario vino corriendo con una palangana que en el fondo tenía esmaltado el escudo de la República, y entre ambos, concluida la ducha que el favorito recibió casi por entero, le llevaron arrastrando a una cama. Lloraba y repetía:

—¡Ingratos!... ¡Ingratos!...

—Lo felicito, don Miguelito, lo felicito —murmuró el Subsecretario cuando ya salían—; el Señor Presidente ordenó que se publicara en los periódicos la noticia de su casamiento y él encabeza la lista de padrinos.

Asomaron al corredor. El Subsecretario alzó la voz.

—Y eso que al principio no estaba muy contento con usted. Un amigo de Parrales Sonriente no debía haber hecho —me dijo— lo que este Miguel ha hecho; en todo caso debió consultarme antes de casarse con la hija de uno de mis enemigos. Le están haciendo la cama, don Miguelito, le están haciendo la cama. Por supuesto; yo traté de hacerle ver que el amor es fregado, lamido, belitre y embustero.

—Muchas gracias, general.

—¡Vean, pues, al cimarrón! —continuó el Subsecretario en tono jovial y, entre risa y risa, empujándolo a su despacho con afectuosas palmaditas, remató—. ¡Venga, venga a estudiar el periódico! El retrato de la señora se lo pedimos a su tío Juan. ¡Muy bien, amigo, muy bien!

El favorito enterró las uñas en el papelote. Además del Supremo Padrino figuraban el ingeniero don Juan Canales y su hermano don José Antonio.

«Boda en el gran mundo. Ayer por la noche contrajeron matrimonio la bella señorita Camila Canales y el señor don Miguel Cara de Ángel. Ambos contrayentes... —de aquí pasó los ojos a la lista de los padrinos— ... boda que fue apadrinada ante la Ley por el Excelentísimo Señor Presidente Constitucional de la República, en cuya casa-habitación tuvo lugar la ceremonia, por los señores Ministros de Estado, por los generales (saltó la lista) y por los apreciables tíos de la novia, ingeniero don Juan Canales y don José Antonio del mismo apellido. El NACIONAL, concluía, ilustra las sociales de hoy con el retrato de la señorita Canales y augura a los contrayentes, al felicitarles, toda clase de bienandanzas en su nuevo hogar.» No supo dónde poner los ojos. «Sigue la batalla de Verdún. Un desesperado esfuerzo de las tropas alemanas se espera para esta noche...» Apartó la vista de la página de cables y releyó la noticia que calzaba el retrato de Camila. El único ser que le era querido bailaba ya en la farsa en que bailaban todos.

El Subsecretario le arrancó el periódico.

—Lo ve y no lo cree, ¿verdá, dichosote...?

Cara de Ángel sonrió.

—Pero, amigo, usted necesita mudarse; tome mi carruaje...

—Muchas gracias, general...

—Vea, allí está; dígale al cochero que lo vaya a dejar en una carrerita y que vuelva después por mí. Buenas noches y felicidades. ¡Ah, vea! Llévese el periódico para que lo estudie la señora, y felicítela de parte de un humilde servidor.

—Muy agradecido por todo, y buenas noches.

El carruaje en que iba el favorito arrancó sin ruido, como una sombra tirada por dos caballos de humo. El canto de los grillos techaba la soledad del campo desnudo, oloroso a reseda, la soledad tibia de los maizales primerizos, los pastos mojados de sereno y las cercas de los huertos tupidas de jazmines.

—... Sí; si se sigue burlando de mí lo ahorc... —có su pensamiento, escondiendo la cara en el respaldo del vehículo, temeroso de que el cochero adivinara lo que veían sus ojos: una masa de carne helada con la banda presidencial en el pecho, yerta la cara chata, las manos envueltas en los puños postizos, sólo la punta de los dedos visibles, y los zapatos de charol ensangrentados.

Su ánimo belicoso se acomodaba mal a los saltos del carruaje. Habría querido estar inmóvil, en esa primera inmovilidad del homicida que se sienta en la cárcel a reconstruir su crimen, inmovilidad aparente, externa, necesaria compensación a la tempestad de sus ideas. Le hormigueaba la sangre. Sacó la cara a la noche fresca, mientras se limpiaba el vómito del amo con el pañuelo húmedo de sudor y llanto. ¡Ah! —maldecía y lloraba de la rabia—, ¡si pudiera limpiarme la carcajada que me vomitó en el alma!

Un carruaje ocupado por un oficial los pasó rozando. El cielo parpadeaba sobre su eterna partida de ajedrez. Los caballos huracanados corrían hacia la ciudad envueltos en nubes de polvo. ¡Jaque a la Reina!, se dijo Cara de Ángel, viendo desaparecer la exhalación en que iba aquel oficial en busca de una de las concubinas del Señor Presidente. Parecía un mensajero de los dioses.

En la estación central se revolcaba el ruido de las mercaderías descargadas a golpes, entre los estornudos de las locomotoras calientes. Llenaba la calle la presencia de un negro asomado a la baranda verde de una casa de altillo, el paso inseguro de los borrachos y una música de carreta que iba tirando un hombre con la cara amarrada, como una pieza de artillería después de una derrota.

# XXXIII

## Los puntos sobre las íes

La viuda de Carvajal erró de casa en casa, pero en todas la recibieron fríamente, sin aventurarse en algunas a manifestarle la pena que les causaba la muerte de su marido, temiendo acarrearse la enemiga del Gobierno, y no faltó donde la sirvienta salió a gritar a la ventana de mal modo: «¿A quién buscaba? ¡Ah!, los señores no están»...

El hielo que iba recogiendo en sus visitas se le derretía en casa. Regresaba a llorar a mares allegada a los retratos de su marido, sin más compañía que un hijo pequeño, una sirvienta sorda que hablaba recio y no cesaba de decir al niño: «¡Amor de pagre, que lo demás es aire!», y un loro que repetía y repetía: «¡Lorito real, del Portugal, vestido de verde, sin medio real! ¡Daca la pata, lorito! ¡Buenos días, licenciado! ¡Lorito, daca la pata! Los zopes están en el lavadero. Huele a trapo quemado. ¡Alabado sea el Santísimo Sacramento del Altar, la Reina Purísima de los Ángeles, Virgen concebida sin mancha de pecado original!... ¡Ay, ay!...» Había salido a pedir que le firmaran una petición al Presidente para que le entregaran el cadáver de su esposo, pero en ninguna parte se atrevió a hablar; la recibían tan mal, tan a la fuerza, entre toses y silencios fatales... Y ya estaba de vuelta con el escrito sin más firma que la suya bajo su manto negro.

Se le negaba la cara para el saludo, se le recibía en la puerta sin la gastada fórmula del *pase-adelante,* se le hacía sentirse contagiada de una enfermedad invisible, peor que la pobre-

341

za, peor que el vómito negro, peor que la fiebre amarilla, y, sin embargo, le llovían «anóminos», como decía la sirvienta sorda cada vez que encontraba una carta bajo la puertecita de la cocina que caía a un callejón oscuro y poco transitado, pliegos escritos con letra temblequeante que se depositaban allí al amparo de la noche, y en los que lo menos que le decían era santa, mártir, víctima inocente, además de poner a su desdichado esposo por las nubes y de relatar con pormenores horripilantes los crímenes del coronel Parrales Sonriente.

Bajo la puerta amanecieron dos anónimos. La sirvienta los trajo agarrados con el delantal, porque tenía las manos mojadas. El primero que leyó decía:

«Señora: no es éste el medio más correcto para manifestar a Ud. y a su apesarada familia la profunda simpatía que me inspira la figura de su esposo, el digno ciudadano licenciado don Abel Carvajal, pero permítame que lo haga así por prudencia, ya que no se pueden confiar al papel ciertas verdades. Algún día le daré a conocer mi verdadero nombre. Mi padre fue una de las víctimas del coronel Parrales Sonriente, el hombre que esperaban en el infierno todas las tinieblas, esbirro de cuyas fechorías hablará la historia si hay quien se decida a escribirla mojando la pluma en veneno de tamagás. Mi padre fue asesinado por este cobarde en un camino sólo hace muchos años. Nada se averiguó, como era de esperarse, y el crimen habría quedado en el misterio de no ser un desconocido que, valiéndose del anónimo, refirió a mi familia los detalles de aquel horroroso asesinato. No sé si su esposo, tipo de hombre ejemplar, héroe que ya tiene un monumento en el corazón de sus conciudadanos, fue efectivamente el vengador de las víctimas de Parrales Sonriente (al respecto circulan muchas versiones); mas he juzgado de mi deber en todo caso llevar a Ud. mi voz de consuelo y asegurarle, señora, que todos lloramos con Ud. la desaparición de un hombre que salvó a la Patria de uno de los muchos bandidos con galones que la tienen reducida, apoyados en el oro norteamericano, a porquería y sangre. B. S. M. *Cruz de Calatrava.*»

Vacía, cavernosa, con una pereza interna que le paralizaba en la cama horas enteras alargada como un cadáver, más inmóvil a veces que un cadáver, su actividad se reducía a la mesa de noche cubierta por los objetos de uso inmediato para no levantarse y algunas crisis de nervios cuando le abrían la puerta, pasaban la escoba o hacían ruido junto a ella. La sombra, el silencio, la suciedad, daban forma a su abandono, a su deseo de sentirse sola con su dolor, con esa parte de su ser que con su marido había muerto en ella y que poco a poco le ganaría cuerpo y alma.

«Señora de todo mi respeto y consideración —empezó leyendo en alta voz el otro anónimo—: supe por algunos amigos que Ud. estuvo con el oído pegado a los muros de la Penitenciaría la noche del fusilamiento de su marido, y que si oyó y contó las descargas, nueve descargas cerradas, no sabe cuál de todas arrancó del mundo de los vivos al licenciado Carvajal, que de Dios haya. Bajo nombre supuesto —los tiempos que corren no son para fiarse del papel—, y no sin dudarlo mucho por el dolor que iba a ocasionarle, decidí comunicar a Ud. todo lo que sé al respecto, por haber sido testigo de la matanza. Delante de su esposo caminaba un hombre flaco, trigueño, al cual le bañaba la frente espaciosa el pelo casi blanco. No pude ni he podido averiguar su nombre. Sus ojos hundidos hasta muy adentro conservaban, a pesar del sufrimiento que denunciaban sus lágrimas, una gran bondad humana y leíase en sus pupilas que su poseedor era hombre de alma noble y generosa. El licenciado le seguía tropezando con sus propios pasos, sin alzar la vista del suelo que tal vez no sentía, la frente empapada en sudor y una mano en el pecho como para que no se le zafara el corazón. Al desembocar en el patio y verse en un cuadro de soldados se pasó el envés de la mano por los párpados para darse cuenta exacta de lo que veía. Vestía un traje descolorido que le iba pequeño, las mangas de la chaqueta abajo de los codos y los pantalones abajo de las rodillas. Ropas ajadas, sucias, viejas, rotas, como todas las que visten los prisioneros que regalan las suyas a los amigos que dejan en las sepulturas de las mazmorras, o las cambian por favores con los carceleros. Un botoncito de hueso le cerraba la camisa raída. No llevaba cuello ni zapatos. La presencia de sus compañeros de infortunio, también semidesnudos, le devolvió el ánimo. Cuando acabaron de leerle la sentencia de muerte, levantó la cabeza, paseó la mirada adolorida por las bayonetas y dijo algo que no se oyó. El anciano que estaba al lado suyo intentó hablar, pero los oficiales lo callaron amenazándolo con los sables, que en el pintar del día y en sus manos temblorosas de la goma parecían llamas azulosas de alcohol, mientras en las murallas se golpeaba con sus propios ecos una voz que pregonaba: ¡Por la Nación!... Una, dos, tres, cuatro, cinco, seis, siete, ocho, nueve descargas siguieron. Sin saber cómo las fui contando con los dedos, y desde entonces tengo la impresión extraña de que me sobra un dedo. Las víctimas se retorcían con los ojos cerrados, como queriendo huir a tientas de la muerte. Un velo de humo nos separaba de un puñado de hombres que al ir cayendo intentaban lo imposible por asirse unos con otros, para no rodar solos al vacío. Los tiros de gracia sonaron como revientan los cohetillos, mojados, tarde y mal. Su marido tuvo la dicha de morir a la primera descarga. Arriba se veía el cielo azul, inalcanzable, mezclado a un eco casi imperceptible de campanas, de pájaros, de ríos. Supe que el Auditor de Guerra se encargó de dar sepultura a los cadá...»

Ansiosamente volvió el pliego. «... Cadá...» Pero no seguía allí, no seguía allí ni en los otros pliegos; la carta se cortaba de golpe, faltaba la continuación. En vano releyó cuanto papel tuvo a la vista, registró el sobre, deshizo la cama, levantó las almohadas, buscó en el piso, en la mesa, volviendo y revolviéndolo todo, mordida por el deseo de saber dónde estaba enterrado su marido.

En el patio discurría el loro:

«¡Lorito real, del Portugal, vestido de verde sin medio real! ¡Ái viene el licenciado! ¡Hurra, lorito real! ¡Ya mero, dice el embustero! ¡No lloro, pero me acuerdo!»

La sirvienta del Auditor de Guerra dejó en la puerta a la viuda de Carvajal, mientras atendía a dos mujeres que hablaban a gritos en el zaguán.

—¡Oiga, pues, oiga —decía una de ellas—; ái le dice que no le esperé, porque, achís, yo no soy su india para enfriarme el trasero en ese poyo que está como su linda cara! Dígale que vine a buscarlo para ver si por las buenas me devuelve los diez mil pesos que me quitó por una mujer de la Casa Nueva que no me sacó de apuros, porque el día que la llevé allá conmigo le dio el sincopié. Dígale, vea, que es la última vez que lo molesto, que lo que voy a hacer es quejarme con el Presidente.

—¡Vonos, doña Chón, no se incomode, dejemos a esta vieja cara de mi...seria!

—La señori... —intentó decir la sirvienta, pero la señorita se interpuso:

—¡Shó, verdá!

—Dígale lo que le dejo dicho con usté, por aquello, veya, que no diga después que no se lo advertí a tiempo: que estuvieron a buscarlo doña Chón y una muchacha, que lo esperaron y que como vieron que no venía se fueron y le dejaron dicho que zacatillo come el conejo...

Sumida en sus pensamientos, la viuda de Carvajal no se dio cuenta de lo que pasaba. De su traje negro, como muerta en ataúd con cristal, no asomaba más que la cara. La sirvienta le tocó el hombro —tacto de telaraña tenía la vieja en la punta de los dedos—, y le dijo que pasara adelante. Pasaron. La viuda habló con palabras que no se resolvían en sonidos distintos, sino en un como bisbiseo de lector cansado.

—Sí, señora, déjeme la carta que traye escrita. Así, cuando él venga que no tardará en venir —ya debía estar aquí—, yo se la entriego y le hablo a ver si se logra.

—Por vida suya...

Un individuo vestido de lona café, seguido de un soldado que le custodiaba remington al hombro, puñal a la cintura, cartuchera de tiros al riñón, entró cuando salía la viuda de Carvajal.

—Es que me dispensa —dijo a la sirvienta—; ¿estará el licenciado?

—No, no está.

—¿Y por dónde podría esperarlo?

—Siéntese por ái, vea; que se siente el soldado.

Reo y custodio ocuparon en silencio el poyo que la sirvienta les señaló de mal modo.

El patio trascendía a verbena del monte y a begonia cortada. Un gato se paseaba por la azotea. Un cenzontle preso en una jaula de palito de canasto ensayaba a volar. Lejos se oía el chorro de la pila, zonzo de tanto caer, adormecido.

El Auditor sacudió sus llaves al cerrar la puerta y, guardándoselas en el bolsillo, acercóse al preso y al soldado. Ambos se pusieron de pie.

—¿Genaro Rodas? —preguntó. Venía olfateando. Siempre que entraba de la calle le parecía sentir en su casa hedentina a caca de gato.

—Sí, señor, pa servirlo.

—¿El custodio entiende español?

—No muy bien —respondió Rodas. Y volviéndose al soldado, añadió—: ¿Qué decís, vos, entendés Castilla?

—Medie entiende.

—Entonces —zanjó el Auditor—, mejor te quedás aquí: yo voy a hablar con el señor. Espéralo, ya va a volver; va a hablar conmigo.

Rodas se detuvo a la puerta del escritorio. El Auditor le ordenó que pasara y sobre una mesa cubierta de libros y papeles fue poniendo las armas que llevaba encima: un revólver, un puñal, una manopla, un «casse-tête».

—Ya te deben haber notificado la sentencia.

—Sí, señor, ya...

—Seis años ocho meses, si no me equivoco.

—Pero, señor, yo no fui complicís de Lucio Vásquez; lo que él hizo lo hizo sin contar conmigo; cuando yo me vine a dar cuenta ya el *Pelele* rodaba ensangrentado por las gradas del Portal, casi muerto. ¡Qué iba yo a hacer! ¡Qué podía yo hacer! Era orden. Según dijo él era orden...

—Ahora ya está juzgado de Dios...

Rodas volvió los ojos al Auditor, como dudando de lo que su cara siniestra le confirmó, y guardaron silencio.

—Y no era malo aquél... —suspiró Rodas adelgazando la voz para cubrir con estas pocas palabras la memoria de su amigo; entre dos latidos cogió la noticia y ahora ya la sentía en la sangre— ... ¡Qué se ha de hacer!... El *Terciopelo* le clavamos porque era muy de al pelo y corría unos terciotes.

—Los autos lo condenaban a él como autor del delito, y a vos como cómplice.

—Pero, pa mí, que hubiera cabido defensa.

—El defensor fue cabalmente el que conociendo la opinión del Señor Presidente, reclamó para Vásquez la pena de muerte, y para vos el máximum de la pena.

—Pobre aquél, yo siquiera puedo contar el cuento...

—Y podés salir libre, pues el Señor Presidente necesita de uno que, como vos, haya estado preso un poco por política. Se trata de vigilar a uno de sus amigos, que él tiene sus razones para creer que lo está traicionando.

—Dirá usté...

—¿Conocés a don Miguel Cara de Ángel?

—No, sólo de nombre lo he oído mentar; es el que se sacó a la hija del general Canales, según creo.

—El mismo. Lo reconocerás en seguida, porque es muy guapo: hombre alto, bien hecho, de ojos negros, cara pálida, cabello sedoso, movimientos muy finos. Una fiera. El Gobierno necesita saber todo lo que hace, a qué personas visita, a qué personas saluda por la calle, qué sitios frecuenta por la mañana, por la tarde, por la noche, y lo mismo de su mujer; para todo eso te daré instrucciones y dinero.

Los ojos estúpidos del preso siguieron los movimientos del Auditor que, mientras decía estas últimas palabras, tomó un canutero de la mesa, lo mojó en un tinterote que ostentaba, entre dos fuentes de tinta negra, una estatua de la diosa Themis, y se lo tendió agregando:

—Firma aquí; mañana te mando poner en libertad. Prepará ya tus cosas para salir mañana.

Rodas firmó. La alegría le bailaba en el cuerpo como torito de pólvora.

—No sabe cuánto le agradezco —dijo al salir; recogió al soldado, casi le da un abrazo, y marchóse a la Penitenciaría como el que va a subir al cielo.

Pero más contento se quedó el Auditor con el papel que aquél acababa de firmarle y que a la letra decía:

«Por $ 10.000 m/n.—Recibí de doña Concepción Gamucino (a) "la Diente de Oro", propietaria del prostíbulo "El Dulce Encanto", la suma de diez mil pesos moneda nacional, que me entregó para resarcirme en parte de los perjuicios y daños que me causó por haber pervertido a mi esposa, señora Fedina de Rodas, a quien sorprendiendo en su buena fe y sorprendiendo la buena fe de las Autoridades, ofreció emplear como sirvienta y matriculó sin autorización ninguna como su pupila. Genaro Rodas.»

La voz de la criada se oyó tras de la puerta:

—¿Se puede entrar?

—Sí, entrá...

—Vengo a ver si se te ofrecía algo. Voy a ir a la tienda a traer candelas, y a decirte que vinieron a buscarte dos mujeres de ésas de las casas malas y te dejaron dicho conmigo que si no les devolvés los diez mil pesos que les quitaste que se van a quejar con el Presidente.

—¿Y qué más?... —articuló el Auditor con muestras de fastidio, al tiempo de agacharse a recoger del suelo una estampilla de correo.

—Y también estuvo a buscarte una señora enlutada de negro que parece ser mujer del que fusilaron...

—¿Cuál de todos ellos?

—El señor Carvajal...

—¿Y qué quiere?...

—La pobre me dejó esta carta. Parece que quiere saber dónde está enterrado su marido.

Y en tanto el Auditor pasaba los ojos de mal modo por el papel orlado de negro, la sirvienta continuó:

—Te diré que yo le prometí interesarme, porque me dio una lástima, y la pobre se fue con mucha esperanza.

—Demasiado te he dicho que me disgusta que congeniés con toda la gente. No hay que dar esperanzas. ¿Cuándo entenderás que no hay que dar esperanzas? En mi casa, lo primero, lo que todos debemos saber, hasta el gato, es que no se dan esperanzas de ninguna especie a nadie. En estos puestos se mantiene uno porque hace lo que le ordenan, y la regla de conducta del Señor Presidente es no dar esperanzas y pisotearlos y zurrarse en todos porque sí. Cuando venga esa señora le devolvés su papelito bien doblado y que no hay tal saber dónde está enterrado...

—No te disgustés, pues, te va a hacer mal; así se lo voy a decir. Sea por Dios con tus cosas.

Y salió con el papel, arrastrando los pies uno tras otro, uno tras otro, entre el ruido de la nagua.

Al llegar a la cocina arrugó el pliego que contenía la súplica y lo lanzó a las brasas. El papel, como algo vivo, revolcóse en una llama que palideció convertida sobre la ceniza en mil gusanitos de alambre de oro. Por las tablas de los botes de las especias, tendidas como puentes, vino un gato negro, saltó al poyo junto a la vieja, frotósele en el vientre estéril como un sonido que se va alargando en cuatro patas, y en el corazón del fuego que acababa de consumir el papel puso los ojos dorados con curiosidad satánica.

## XXXIV

# Luz para ciegos

Camila se encontró a media habitación, entre el brazo de su marido y el sostén de un bastoncito. La puerta principal daba a un patio oloroso a gatos y adormideras, la ventana a la ciudad adonde la trajeron convaleciente en silla de mano y una puerta pequeña a otra habitación. A pesar del sol que ardía en las quemaduras verdes de sus pupilas y del aire con peso de cadena que llenaba sus pulmones, Camila se preguntaba si era ella la que iba andando. Los pies le quedaban grandes, las piernas como zancos. Andaba fuera del mundo, con los ojos abiertos, recién nacida, sin presencia. Las telarañas espumaban el paso de los fantasmas. Había muerto sin dejar de existir, como en un sueño, y revivía juntando lo que en realidad era ella con lo que ahora estaba soñando. Su papá, su casa, su Nana-Chabela, formaban parte de su primera existencia. Su marido, la casa en que estaban de temporada, las criadas, de su nueva existencia. Era y no era ella la que iba andando. Sensación de volver a la vida en otra vida. Hablaba de ella como de persona apoyada en bastón de lejanías, tenía complicidad con las cosas invisibles y si la dejaban sola se perdía en otra, ausente, con el cabello helado, las manos sobre la falda larga de recién casada y las orejas llenas de ruidos.

Pronto estuvo de correr y parar y no por eso menos enferma, enferma no, absorta en la cuenta de todo lo que le sobraba desde que su marido le posó los labios en la mejilla. Todo le sobraba. Lo retuvo junto a ella como lo único suyo en un mundo que le era extraño. Se gozaba de la luna en la tierra y en la luna, frente a los volcanes en estado de nube, bajo las estrellas, piojillo de oro en palomar vacío.

Cara de Angel sintió que su esposa tiritaba en el fondo de sus franelas blancas —tiritaba pero no de frío, no de lo que tirita la gente, de lo que tiritan los ángeles— y la volvió a su alcoba paso a paso. El mascarón de la fuente... La hamaca inmóvil... El agua inmóvil como la hamaca... Los tiestos húmedos... Las flores de cera... Los corredores remendados de luna...

Se acostaron hablando de un aposento a otro. Una puertecita comunicaba las habitaciones. De los ojales con sueño salían los botones produciendo leve ruido de flor cortada, caían los zapatos con estrépito de anclas y se despegaban las medias de la piel, como se va despegando el humo de las chimeneas.

Cara de Ángel hablaba de los objetos de su aseo personal compuestos sobre una mesa, al lado de un toallero, para crear ambiente de familia, de tontería íntima en aquel caserón que parecía seguir deshabitado, y para apartar el pensamiento de la puertecita estrecha como la puerta del cielo que comunicaba las habitaciones.

Luego se dejó caer en la cama abandonado a su propio peso y estuvo largo rato sin moverse, en medio del oleaje continuo y misterioso de lo que entre los dos se iba haciendo y deshaciendo fatalmente. La rapta para hacerla suya por la fuerza, y viene amor, de ciego instinto. Renuncia a su propósito, intenta llevarla a casa de sus tíos y éstos le cierran la puerta. La tiene de nuevo en las manos y, pues la gente lo dice, sin menoscabo de lo que ya está perdido, puede hacerla suya. Ella, que lo sabe, quiere huir. La enfermedad se lo impide. Se agrava en pocas horas. Agoniza. La muerte va a cortar el nudo. Él lo sabe y se resigna por momentos, aunque más son aquellos en que se subleva contra las fuerzas ciegas. Pero la muerte es donde se la llama la ausencia de su consolación definitiva, y el destino esperaba el último trance para atarlos.

Infantil, primero, cuando todavía no andaba, adolescente

después al levantarse y dar los primeros pasos; de la noche a la mañana toman sus labios color de sangre, se llena de fruta la redecilla de sus corpiños y se turba y resuda cada vez que se aproxima al que jamás imaginó su marido.

Cara de Ángel saltó de la cama. Se sentía separado de Camila por una falta que ninguno de los dos había cometido, por un matrimonio para el que ninguno de los dos había dado su consentimiento. Camila cerró los ojos. Los pasos se alejaron hacia una ventana.

La luna entraba y salía de los nichos flotantes de las nubes. La calle rodaba como un río de huesos blancos bajo puentes de sombra. Por momentos se borraba todo, pátina de reliquia antigua. Por momentos reaparecía realzado en algodón de oro. Un gran párpado negro interrumpió este fuego de párpados sueltos. Su pestaña inmensa se fue desprendiendo del más alto de los volcanes, se extendió con movimiento de araña de caballo sobre la armadura de la ciudad, y se enlutó la sombra. Los perros sacudieron las orejas como aldabas, hubo revuelo de pájaros nocturnos, queja y queja de ciprés en ciprés y teje y maneje de cuerdas de relojes. La luna desapareció completamente tras el cráter erecto y una neblina de velos de novia se hizo casa entre las casas. Cara de Ángel cerró la ventana. En la alcoba de Camila se percibía su respiración lenta, trasegada, como si se hubiera dormido con la cabeza bajo la ropa o en el pecho le pesara un fantasma.

En esos días fueron a los baños. Las sombras de los árboles manchaban las camisas blancas de los marchantes cargados de tinajas, escobas, cenzontles en jaula de palito, pino, carbón, leña, maíz. Viajaban en grupos, recorriendo largas distancias sin asentar el calcañal, sobre la punta de los pies. El sol sudaba con ellos. Jadeaban. Braceaban. Desaparecían como pájaros.

Camila se detuvo a la sombra de un rancho a ver cortar café. Las manos de las cortadoras se dibujaban en el ramaje metálico con movimientos de animales voraces: subían, bajaban, anudábanse enloquecidas como haciendo cosquillas al árbol, se separaban como desabrochándole la camisa.

Cara de Ángel le ciñó el talle con el brazo y la condujo por una vereda que caía del sueño caliente de los árboles. Se sentían la cabeza y el tórax; todo lo demás, piernas y manos, flotaba con ellos, entre orquídeas y lagartijas relumbrantes, en la penumbra, que se iba haciendo oscura miel de talco a medida que penetraban en el bosque. A Camila se le sentía el cuerpo a través de la blusa fina, como a través de la hoja de maíz tierno, el grano blando, lechoso, húmedo. El aire les desordenaba el cabello. Bajaron a los baños por entre quiebracajetes tempranizos. En el agua se estaba durmiendo el sol. Seres invisibles flotaban en la umbría vecindad de los helechos. De una casa de techo de cinc salió el guardián de los baños con la boca llena de frijoles, les saludó moviendo la cabeza y mientras que se tragaba el bocado, que le cogía los dos carrillos, les estuvo observando para darse a respetar. Le pidieron dos baños. Les respondió que iba a ir a traer las llaves. Fue a traer las llaves y les abrió dos aposentillos divididos por una pared. Cada cual ocupó el suyo, pero antes de separarse corrieron a darse un beso. El bañero, que estaba con mal de ojos, se tapó la cara para que no le fuera a dar escupelo.

Perdidos en el rumor del bosque, lejos uno del otro, se encontraban extraños. Un espejo partido por la mitad veía desnudarse a Cara de Ángel con prisa juvenil. ¡Ser hombre, cuando mejor sería ser árbol, nube, libélula, burbuja o burrión!... Camila dio de gritos al tocar el agua fría con los pies, en la primera grada del baño, nuevos chillidos a la segunda, más agudos a la tercera, a la cuarta más agudos y... ¡chiplungún! El güipil abombóse como traje de crinolina, como globo, mas casi al mismo tiempo el agua se lo chupó y en la tela de colores subidos, azul, amarillo, verde, se fijó su cuerpo: senos y vientre firmes, ligera curva de las caderas, suavidad de la espalda, un poco flacuchenta de los hombros. Pasada la zambullida, al volver a la superficie, Camila se desconcertó. El silencio fluido de la cañada daba la mano a alguien que estaba por allí, a un espíritu raro que rondaba los baños, a una culebra color de mariposa: la Siguemonta. Pero oyó la voz de su marido que preguntaba a la puerta si se podía entrar, y se sintió segura.

El agua saltaba con ellos como animal contento. En las telarañas luminosas de los reflejos colgados de los muros se

veían las siluetas de sus cuerpos grandes como arañas monstruosas. Penetraba la atmósfera el olor del suquinay, la presencia ausente de los volcanes, la humedad de las pancitas de
las ranas, el aliento de los terneros que mamaban praderas
transformadas en líquido blanco, la frescura de las cascadas
que nacían riendo, el vuelo inquieto de las moscas verdes.
Los envolvía un velo impalpable de haches mudas, el canto
de un guardabarranca y el revoloteo de un shara.

El bañero asomó a la puerta preguntando si eran para los
señores los caballos que mandaban de *Las Quebraditas*. El
tiempo de salir del baño y de vestirse. Camila sintió un gusano en la toalla que se había puesto sobre los hombros, mientras se peinaba, para no mojarse el vestido con los cabellos
húmedos. Sentirlo, gritar, venir Cara de Ángel y acabar con
el gusano, todo fue uno. Pero ella ya no tuvo gusto: la selva
entera le daba miedo, era como de gusanos su respiración sudorosa, su adormecimiento sin sueño.

Los caballos se espantaban las moscas con la cola al pie de
un amate. El mozo que los trajo se acercó a saludar a Cara
de Ángel con el sombrero en la mano.

—¡Ah, eres tú; buenos días! ¿Y qué andas haciendo por
aquí?...

—Trabajando, dende que usté me hizo el favor de sacarme
del cuartel que ando por aquí, ya va para un año.

—Creo que nos agarró el tiempo...

—Así parece, pero yo más creyo, patrón, que es al sol al
que le está andando la mano más ligero, y no han pasado los
azacuanes.

Cara de Ángel consultó a Camila si se marchaban; se había detenido a pagar al bañero.

—A la hora que tú digas...

—Pero ¿no tienes hambre? ¿No quieres alguna cosa? ¡Tal
vez aquí el bañero nos puede vender algo!

—¡Unos huevitos! —intervino el mozo, y de la bolsa de la
chaqueta, con más botones que ojales, sacó un pañuelo en el
que traía envueltos tres huevos.

—Muchas gracias —dijo Camila—, tienen cara de estar
muy frescos.

—¡De usté son las gracias, niña, y en cuanto a los huevitos, son puro buenos; esta mañana los pusieron las gallinas y yo le dije a mi mujer: «Dejármelos por ái aparte, que se los pienso llevar a don Ángel!»

Se despidieron del bañero, que seguía moqueando con el mal de ojo y comiendo frijoles.

—Pero yo decía —agregó el mozo— que bien bueno sería que la señora se bebiera los huevitos, que de aquí pa allá está un poco retirado y puede que le dé hambre.

—No, no me gustan crudos y me pueden hacer mal —contestó Camila.

—¡Yo porque veo que la señora está un poco desmandada!

—Es que aquí, como me ve, me estoy levantando de la cama...

—Sí —dijo Cara de Ángel—, estuvo muy enferma.

—¡Pero ahora se va a alentar —observó aquél, mientras apretaba las cinchas de los galápagos—; a las mujeres, como a las flores, lo que les hace falta es riego; galana se va a poner con el casamiento!

Camila bajó los párpados ruborosa, sorprendida como la planta que en lugar de hojas parece que le salen ojos por todos lados, pero antes miró a su marido y se desearon con la mirada, sellando el tácito acuerdo que entre los dos faltaba.

## XXXV

# Canción de canciones

—Si el azar no nos hubiera juntado... —solían decirse. Y les daba tanto miedo haber corrido este peligro, que si estaban separados se buscaban, si se veían cerca se abrazaban, si se tenían en los brazos se estrechaban y además de estrecharse se besaban y además de besarse se miraban y al mirarse unidos se encontraban tan claros, tan dichosos, que caían en una transparente falta de memoria, en feliz concierto con los árboles recién inflados de aire vegetal verde, y con los pedacitos de carne envueltos en plumas de colores que volaban más ligero que el eco.

Pero las serpientes estudiaron el caso. Si el azar no los hubiera juntado, ¿serían dichosos?... Se sacó a licitación pública en las tinieblas la demolición del inútil encanto del Paraíso y empezó el acecho de las sombras, vacuna de culpa húmeda, a enraizar en la voz vaga de las dudas y el calendario a tejer telarañas en las esquinas del tiempo.

Ni ella ni él podían faltar a la fiesta que esa noche daba el Presidente de la República en su residencia campestre.

Se encontraron como en casa ajena, sin saber qué hacer, tristes de verse juntos entre un sofá, un espejo y otros muebles, fuera del mundo maravilloso en que habían transcurrido sus primeros meses de casados, con lástima uno del otro, lástima y vergüenza de ser ellos.

Un reloj sonó horas en el comedor, mas les parecía encontrarse tan lejos que para ir allí tuvieron la impresión de que había que tomar un barco o un globo. Y estaban allí...

Comieron sin hablar siguiendo con los ojos el péndulo que les acercaba la fiesta a golpecitos. Cara de Ángel se levantó a ponerse el frac y sintió frío al enfundar las manos en las mangas, como el que se envuelve en una hoja de plátano. Camila quiso doblar la servilleta; la servilleta le dobló las manos a ella, presa entre la mesa y la silla, sin fuerzas para dar el primer paso. Retiró el pie. El primer paso estaba ahí. Cara de Ángel volvió a ver qué hora era y regresó a su habitación por sus guantes. Sus pasos se oyeron a lo lejos como en un subterráneo. Dijo algo. Algo. Su voz se oyó confusa. Un momento después vino de nuevo al comedor con el abanico de su esposa. No sabía qué había ido a traer a su cuarto y buscaba por todos lados. Por fin se acordó, pero ya los tenía puestos.

—Vean que no se vayan a quedar las luces encendidas; las apagan y cierran bien las puertas; se acuestan luego... —recomendó Camila a las sirvientas, que les veían salir desde la boca del pasadizo.

El carruaje desapareció con ellos al trote de los caballos corpulentos en el río de monedas que formaban los arneses. Camila iba hundida en el asiento del coche bajo el peso de una somnolencia irremediable, con la luz muerta de las calles en los ojos. De vez en cuando, el bamboleo del carruaje la levantaba del asiento, pequeños saltos que interrumpían el movimiento de su cuerpo que iba siguiendo el compás del coche. Los enemigos de Cara de Ángel contaban que el favorito ya no estaba en el candelero, insinuando en el Círculo de los Amigos del Señor Presidente que en vez de llamarle por su nombre, le llamaran Miguel Canales. Mecido por el brincoteo de las llantas, Cara de Ángel saboreaba de antemano el susto que se iban a llevar al verlo en la fiesta.

El coche, desencadenado de la pedriza de las calles, se deslizó por una pendiente de arena fina como el aire, con el ruido aguacalado entre las ruedas. Camila tuvo miedo; no se veía nada en la oscuridad del campo abierto, aparte de los astros, ni oía nada bajo la lluvia que no mojaba de los grillos; tuvo miedo y se crispó como si la arrastraran a la muerte por un camino o engaño de camino, que de un lado limitaba el abismo hambriento, y de otro el ala de Lucifer extendida como una roca en las tinieblas.

—¿Qué tienes? —le dijo Cara de Ángel, tomándola suavemente de los hombros para apartarla de la portezuela.

—¡Miedo!

—¡Isht, calla!...

—Este hombre nos va a embarrancar. Dile que no vaya tan ligero; ¡díselo! ¡Qué sin gracia! Parece que no sientes. ¡Díselo!, tan mudo...

—En estos carruajes... —empezó Cara de Ángel, mas le hizo callar un apretón de su esposa y el golpe en seco de los resortes. Creyeron rodar al abismo.

—Ya pasó —se sobrepuso aquél—, ya pasó, es... Las ruedas se deben haber ido en una zanja...

El viento soplaba en lo alto de las rocas con quejidos de velamen roto. Cara de Ángel sacó la cabeza por la portezuela para gritar al cochero que tuviera más cuidado. Éste volvió la cara oscura, picada de viruelas, y puso los caballos a paso de entierro.

El carruaje se detuvo a la salida de un pueblecito. Un oficial encapotado avanzó hacia ellos haciendo sonar las espuelas, los reconoció y ordenó al cochero que siguiera. El viento suspiraba entre las hojas de los maizales resecos y tronchados. El bulto de una vaca se adivinaba en un corral. Los árboles dormían. Doscientos metros más adelante se acercaron a reconocerlos dos oficiales, pero el carruaje casi no se detuvo. Y ya para apearse en la residencia presidencial, tres coroneles se acercaron a registrar el carruaje.

Cara de Ángel saludó a los oficiales del Estado Mayor. (Era bello y malo como Satán.) Tibia nostalgia de nido flotaba en la noche inexplicablemente grande vista desde ahí. Un farolito señalaba en el horizonte el sitio en que velaba, al cuidado del señor Presidente de la República, un fuerte de artillería.

Camila bajó los ojos delante de un hombre de ceño mefistofélico, cargado de espaldas, con los ojos como tildes de eñes y las piernas largas y delgadas. En el momento en que ellos pasaban, este hombre alzaba el brazo con lento ademán y abría la mano, como si en lugar de hablar fuese a soltar una paloma.

358

—Partenios de Bithania —decía— fue hecho prisionero en la guerra de Mitrídates y llevado a Roma, enseñó el alejandrino. De él lo aprendimos Propercio, Ovidio, Virgilio, Horacio y yo...

Dos señoras de avanzada edad conversaban a la puerta de la sala en que el Presidente recibía a sus invitados.

—Sí, sí —decía una de ellas pasándose la mano por el peinado de rodete—, ya yo le dije que se tiene que reelegir.

—Y él, ¿qué le contestó? Eso me interesa...

—Sólo me sonrió, pero yo sé que sí se reelegirá. Para nosotros, Candidita, es el mejor Presidente que hemos tenido. Con decirle que desde que él está, Moncho, mi marido, no ha dejado de tener buen empleo.

A espaldas de estas señoras el *Ticher* pontificaba entre un grupo de amigos:

—A la que se da casa, es decir, a la casada, se le saca como una casaca.

—El señor Presidente preguntó por usted —iba diciendo el Auditor de Guerra a derecha e izquierda—, el señor Presidente preguntó por usted, el señor Presidente preguntó por usted...

—¡Muchas gracias! —le contestó el *Ticher*.

—¡Muchas gracias! —se dio por aludido un «jockey» negro, de las piernas en horqueta y los dientes de oro.

Camila habría querido pasar sin que la vieran. Pero imposible. Su belleza exótica, sus ojos verdes, descampados, sin alma, su cuerpo fino, copiado en el traje de seda blanco, sus senos de media libra, sus movimientos graciosos, y, sobre todo, su origen: hija del general Canales.

Una señora comentó en un grupo:

—No vale la pena. Una mujer que no se pone corsé... Bien se ve que era mengala...

—Y que mandó a arreglar su vestido de casamiento para salir a las fiestas —murmuró otra.

—¡Los que no tienen como figurar, figúrense! —creyó oportuno agregar una dama de pelo ralo.

—¡Ay, qué malas somos! Yo dije lo del vestido porque se ve que están pobres.

—¡Claro que están pobres, en lo que está usted! —observó la del cabello ralo, y luego añadió en voz baja—: ¡Si dicen que el señor Presidente no le da nada desde que casó con ésta!...

—Pero Cara de Ángel es muy de él...

—¡Era!, dirá usted. Porque según dicen —no me lo crean a mí— este Cara de Ángel se robó a la que es su mujer para echarle pimienta en los ojos a la policía, y que su suegro, el general, pudiera escaparse; ¡y así fue como se escapó!

Camila y Cara de Ángel seguían avanzando por entre los invitados hacia el extremo de la sala en que se encontraba el Presidente. Su Excelencia conversaba con un canónigo, doctor Irrefragable, en un grupo de señoras que al aproximarse al amo se quedaban con lo que iban diciendo metido en la boca, como el que se traga una candela encendida, y no se atreve a respirar ni a abrir los labios; de banqueros con proceso pendiente y libres bajo fianza; de amanuenses jacobinos que no apartaban los ojos del señor Presidente, sin atreverse a saludarlo cuando él los miraba, ni a retirarse cuando dejaba de fijarse en ellos; de las lumbreras de los pueblos, con el ocote de sus ideas políticas apagado y una brizna de humanismo en su dignidad de pequeñas cabezas de león ofendidas al sentirse colas de ratón.

Camila y Cara de Ángel se aproximaron a saludar al Presidente. Cara de Ángel presentó a su esposa. El amo dispensó a Camila su diestra pequeñita, helada al contacto, y apoyó sobre ella los ojos al pronunciar su nombre, como diciéndole: «¡fíjese quién soy!». El canónigo, mientras tanto, saludaba con los versos de Garcilaso la aparición de una beldad que tenía el nombre y singular de la que amaba Albanio:

¡Una obra sola quiso la Natura
Hacer como ésta, y rompió luego apriesa
La estampa do fue hecha tal figura!

Los criados repartían champaña, pastelitos, almendras saladas, bombones, cigarrillos. El champaña encendía el fuego sin llama del convite protocolar y todo, como por encanto, parecía real en los espejos sosegados y ficticio en los salones, así como el sonido hojoso de un instrumento primitivamente compuesto de tecomates y va civilizado de cajoncitos de muerto.

—General... —resonó la voz del Presidente—, haga salir a los señores, que quiero cenar solo con las señoras...

Por las puertas que daban frente a la noche clara fueron saliendo los hombres en grupo compacto sin chistar palabra, cuáles atropellándose por cumplir presto la orden del amo, cuáles por disimular su enojo en el apresuramiento. Las damas se miraron sin osar recoger los pies bajo las sillas.

—El Puetа puede quedarse... —insinuó el Presidente.

Los oficiales cerraron las puertas. El Poeta no hallaba dónde colocarse entre tanta dama.

—Recite, Pueta —ordenó el Presidente—, pero algo bueno; el *Cantar de los Cantares*...

Y el Poeta fue recitando lo que recordaba del texto de Salomón.

Canción de Canciones la cual es de Salomón.
¡Oh si él me besara con ósculos de su boca!
Morena soy, oh hijas de Jerusalén,
Mas codiciable
Como las tiendas de Salomón.

No miréis en que soy morena
Porque el sol me miró...

Mi amado es para mí un manojito de mirra
Que reposa entre mis pechos...

Bajo la sombra del deseado me senté
Y su fruto fue dulce a mi paladar.
Llevóme a la cámara del vino
Y la bandera sobre mí fue amor...

Yo os conjuro, oh doncellas de Jerusalén,
Que no despertéis ni hagáis velar al amor,
Hasta que quiera
Hasta que quiera...

He aquí que tú eres hermosa, amiga mía;
Tus ojos entre tus guedejas como de paloma;

Tus cabellos como manada de cabras;
Tus dientes como manada de ovejas
Que suben del lavadero,
Todas son crías mellizas
Y estéril no hay entre ellas...

Sesenta son las reinas y ochenta las concubinas...

El Presidente se levantó funesto. Sus pasos resonaron como pisadas del jaguar que huye por el pedregal de un río seco. Y desapareció por una puerta azotándose las espaldas con los cortinajes que separó al pasar.

Poeta y auditorio quedaron atónitos, pequeñitos, vacíos, malestar atmosférico de cuando se pone el sol. Un ayudante anunció la cena. Se abrieron las puertas y mientras los caballeros que habían pasado la fiesta en el corredor ganaban la sala tiritando, el Poeta vino hacia Camila y la invitó a cenar. Ella se puso en pie e iba a darle el brazo cuando una mano le detuvo por detrás. Casi da un grito. Cara de Ángel había permanecido oculto en una cortina a espaldas de su esposa; todos le vieron salir del escondite.

La marimba sacudía sus miembros entablillados atada a la resonancia de sus cajones de muerto.

## XXXVI

# La revolución

No se veía nada delante. Detrás avanzaban los reptiles silenciosos, largos, escaramuzas de veredas que desdoblaban ondulaciones fluidas, lisas, heladas. A la tierra se le contaban las costillas en los aguazales secos, flaca, sin invierno. Los árboles subían a respirar a lo alto de los ramajes densos, lechosos. Los fogarines alumbraban los ojos de los caballos cansados. Un soldado orinaba de espaldas. No se le veían las piernas. Era necesario explicárselo, pero no se lo explicaban, atareados como estaban sus compañeros en limpiar las armas con sebo y pedazos de fustanes que todavía olían a mujer. La muerte se los iba llevando, los secaba en sus camas uno por uno, sin mejoría para los hijos ni para nadie. Mejor era exponer el pellejo a ver qué se sacaba. Las balas no sienten cuando atraviesan el cuerpo de un hombre; creen que la carne es aire tibio, dulce, aire un poco gordito. Y pían como pajarracos. Era necesario explicárselo, pero no se lo explicaban, ocupados como estaban en dar filo a los machetes comprados por la revolución en una ferretería que se quemó. El filo iba apareciendo como la risa en la cara de un negro. ¡Cante, compadre, decía una voz, que dende-oíto le oí cantar!

> Para qué me cortejeastes,
> Ingrato, teniendo dueña,
> Mejor me hubieras dejado
> Para arbolito de leña...

¡Sígale, compadre, el tono!...

> La fiesta de la laguna
> Nos agarró de repente;
> Este año no hubo luna
> Ni tampoco vino gente...

¡Cante, compadre!

> El día que tú naciste,
> Ese día nací yo,
> Y hubo tal fiesta en el cielo
> Que hasta tata Dios fondeó...

¡Cante, compadrito, cante!... El paisaje iba tomando qui-
nina de luna y tiritaban las hojas de los árboles. En vano habían esperado la orden de avanzar. Un ladrido remoto señalaba una aldea invisible. Amanecía. La tropa, inmovilizada,
lista esa noche para asaltar la primera guarnición, sentía que
una fuerza extraña, subterránea, le robaba movilidad, que sus
hombres se iban volviendo de piedra. La lluvia hizo papa la
mañana sin sol. La lluvia corría por la cara y la espalda desnuda de los soldados. Todo se oyó después en grande en el
llanto de Dios. Primero sólo fueron noticias entrecortadas,
contradictorias. Pequeñas voces que por temor a la verdad
no decían todo lo que sabían. Algo muy hondo se endurecía
en el corazón de los soldados: una bola de hierro, una huella de huesos. Como una sola herida sangró todo el campo:
el general Canales había muerto. Las noticias se concretaban
en sílabas y frases. Sílabas de silabario. Frases de Oficio de
Difuntos. Cigarrillos y aguardiente teñido con pólvora y
malhayas. No era de creer lo que contaban, aunque fuera
cierto. Los viejos callaban impacientes por saber la mera verdad, unos de pie, otros echados, otros acurrucados. Éstos se
arrancaban el sombrero de petate, lo somataban en el suelo
y se cogían la cabeza a rascones. Por allí habían volado los
muchachos, quebrada abajo, en busca de noticias. La rever-
beración solar atontaba. Una nube de pájaros se revolvía a lo
lejos. De vez en cuando sonaba un disparo. Luego entró la
tarde. Cielo de matadura bajo el mantillón roto de las nubes.

Los fuegos de los vivacs se fueron apagando y todo fue una gran masa oscura, una solíngrima tiniebla; cielo, tierra, animales, hombres. El galope de un caballo turbó el silencio con su ¡cataplán, cataplán!, que el eco repasó en la tabla de multiplicar. De centinela en centinela se fue oyendo más y más próximo, y no tardó en llegar, en confundirse con ellos, que creían soñar despiertos al oír lo que contaba el jinete. El general Canales había fallecido de repente, al acabar de comer, cuando salía a ponerse al frente de las tropas. Y ahora la orden era de esperar. «¡Algo le dieron, raíz de chiltepe, aceitillo que no deja rastro cuando mata, que qué casual que muriera en ese momento!», observó una voz. «¡Y es que se debía haber cuidado!», suspiró otra. ¿Ahhhhh?... Todos callaron conmovidos hasta los calcañales desnudos, enterrados en la tierra... ¿Su hija?...

Y al cabo de un rato largo como un mal rato, agregó otra voz: «¡Si quieren, la maldigo; yo sé una oración que me enseñó un brujo de la costa; fue una vez que escaseó el maíz en la montaña y yo bajé a comprar, que la aprendí!... ¿Quieren?...» «¡Pues ái ve vos —respondió otra habla en la sombra—, lo que es por mí lo aprebo porque mató a su pagre!»

El galope del caballo volvió de nuevo al camino —¡cataplán, cataplán, cataplán!—; se escucharon de nuevo los gritos de los centinelas, y de nuevo reinó el silencio. Un eco de coyotes subió como escalera de dos bandas hasta la luna que asomó tardía y con una gran rueda alrededor. Más tarde se oyó un retumbo.

Y con cada uno de los que contaban lo sucedido, el general Canales salía de su tumba a repetir su muerte: sentábase a comer delante de una mesa sin mantel a la luz de un quinqué, se oía el ruido de los cubiertos, de los platos, de los pies del asistente, se oía servir un vaso de agua, desdoblar un periódico y... nada más, ni un quejido. Sobre la mesa lo encontraron muerto, el cachete aplastado sobre *El Nacional*, los ojos entreabiertos, vidriosos, absortos en una visión que no estaba allí.

Los hombres volvieron a las tareas cotidianas con disgusto; ya no querían seguir de animales domésticos y habían salido a la revolución de *Chamarrita*, como llamaban cariñosamente al general Canales, para cambiar de vida, y porque Chamarrita les ofrecía devolverles la tierra que con el pretexto de abolir las comunidades les arrebataron a la pura garnacha; repartir equitativamente las tomas de agua; suprimir el poste; implantar la tortilla obligatoria por dos años; crear cooperativas agrícolas para la importación de maquinaria, buenas semillas, animales de raza, abonos, técnicos; facilitación y abaratamiento del transporte; exportación y venta de los productos; limitar la prensa a manos de personas electas por el pueblo y responsables directamente ante el mismo pueblo; abolir la escuela privada, crear impuestos proporcionales; abaratar las medicinas; fundir a los médicos y abogados y dar la libertad de cultos, entendida en el sentido de que los indios, sin ser perseguidos, pudiesen adorar a sus divinidades y rehacer sus templos.

Camila supo el fallecimiento de su padre muchos días después. Una voz desconocida le dio la noticia por teléfono.

—Su padre murió al leer en el periódico que el Presidente de la República había sido padrino de su boda...

—¡No es verdad! —gritó ella...

—¿Que no es verdad? —se le rieron en las narices.

—¡No es verdad, no fue padri!... ¡Aló! ¡Aló! —Ya habían cortado la comunicación; bajaron el interruptor poco a poquito, como el que se va a escondidas—. ¡Aló! ¡Aló!... ¡Aló!...

Se dejó caer en un sillón de mimbre. No sentía nada. Un rato después levantó el plano de la estancia tal y como estaba ahora, que no era como estaba antes; antes tenía otro color, otra atmósfera. ¡Muerto! ¡Muerto! ¡Muerto! Trenzó las manos para romper algo y rompió a reír con las mandíbulas trabadas y el llanto detenido en los ojos verdes.

Una carreta de agua pasó por la calle; lagrimeaba el grifo y los botes de metal reían.

## XXXVII

# El baile de Tohil

—Los señores, ¿qué toman?...

—Cerveza...

—Para mí, no; para mí, whisky...

—Y para mí, coñac...

—Entonces son...

—Una cerveza...

—Un whisky y un coñac...

—¡Y unas boquitas!

—Entonces son una cerveza, un whisky, un coñá y unas bocas...

—¡Y a mí...go que me coma el chucho! —se oyó la voz de Cara de Ángel, que volvía abrochándose la bragueta con cierta prisa.

—¿Qué va a tomar?

—Cualquier cosa; tráeme una chibola...

—¡Ah! pues... entonces son una cerveza, un whisky, un coñá y una chibola.

Cara de Ángel trajo una silla y vino a sentarse al lado de un hombre de dos metros de alto, con ademanes y gestos de negro, a pesar de ser blanco, la espalda como línea férrea, una yunta de yunques que parecían manos, y una cicatriz entre las cejas rubias.

—Déjeme lugar, Míster Gengis —dijo aquél—, que voy a poner mi silla junto a la de usted.

—Con...pleto gusto, señor...

—Y sólo bebo y me largo, porque el patrón me está esperando.

—¡Ah! —siguió Míster Gengis—, ya que usted va a ver al Señor Presidente, precisa dejar de ser muy baboso y decirle que no están nada ciertas, pero nada ciertas, las cosas que ái andan diciendo de usted.

—Eso se cae de su peso —observó otro de los cuatro, el que había pedido coñac.

—¡Y a mí me lo dice usted! —intervino Cara de Ángel, dirigiéndose a Míster Gengis.

—¡Y a cualquiera! —exclamó el gringo somatando las manos abiertas sobre la mesa de mármol—. ¡Por supuesto! Mi estar aquí esta noche aquélla y oír de mis oídos al Auditor que decía de usted ser enemigo de la reelección y con el difunto general Canales, amigo de la revolución.

Cara de Ángel disimulaba mal la inquietud que sentía. Ir a ver al Presidente en aquellas circunstancias era temerario.

El criado se acercó a servir. Lucía gabacha blanca y en la gabacha bordada con cadenita roja la palabra «Gambrinus».

—Son un whisky..., una cerveza...

Míster Gengis se pasó el whisky sin parpadear, de tesón, como el que apura un purgante; luego sacó la pipa y la llenó de tabaco.

—Sí, amigo, el rato menos pensado lleg-a-a oídos del patrón esas cosas y ya tuvo usted para no divertirse mucho. Debe aprovechar ahora y decirle claro lo que es y lo que no es; vaya una ocasión con más pelo que un elote.

—Recibido el consejo, Míster Gengis, y hasta la vista; voy a buscar un carruaje para llegar más rápido; muchas gracias ¿eh?, y hasta luego todo el mundo.

Míster Gengis encendió la pipa.

—¿Cuántos whiskys lleva, Míster Gengis? —dijo uno de los que estaban en la mesa.

—¡Di-e-ci-ocho! —contestó el gringo, la pipa en la boca, un ojo entrecerrado y el otro azul, azul, abierto sobre la llamita amarilla del fósforo.

—¡Qué razón tiene usted! ¡El whisky es una gran cosa!

—A saber Dios, mí no sabría decirlo; eso pregúntelo usted a los que no beben como mí bebe, por pura desesperación...

—¡No diga eso, Míster Gengis!

—¡Cómo que no diga eso, si eso es lo que siente! En mi país todo el mundo dice lo que siente. Completamente.

—Una gran cualidad...

—¡Oh no, a mí me gustó más aquí con ustedes: decir lo que no se siente con tal que sea muy bunito!

—Entonces allá, con ustedes, no se conocen los cuentos...

—¡Oh, no, absolutamente; todo lo que estar cuento ya está la Biblia divinamente!

—¿Otro whisky, Míster Gengis?

—¡Ya lo creo que sí me lo voy a beber el otro whisky!

—¡Bravo, así me gusta, es usted de los que mueren en su ley!

—*Comment?*

—Dice mi amigo que usted es de los que mueren...

—Sí, ya entiende de los que mueren en su ley, no; mí ser de los que viven en su ley; mí ser más vivo; morir no importa, y si puede, que me muero en la ley de Dios.

—¡Lo que es este Míster Gengis quisiera ver llover whisky!

—No, no, ¿por qué?... Entonces ya no se venderían los paraguas para paraguas, sino para embudos —y añadió, después de una pausa que llenaban el humo de su pipa y su respirar algodonoso, mientras los otros reían—. ¡Buen-o-muchacho este Cara de Ángel; pero si no hace lo que yo le diga, no va a tener perdón nunca y se va a ir mucho a la droga!

Un grupo de hombres silenciosos entró en la cantina de sopapo; eran muchos y la puerta no alcanzaba para todos al mismo tiempo. Los más quedaron en pie a un lado de la puerta, entre las mesas, junto al mostrador. Iban de pasada, no valía la pena de sentarse. «¡Silencio!», dijo un medio bajito, medio viejo, medio calvo, medio sano, medio loco, medio ronco, medio sucio, extendiendo un cartelón impreso que otros dos le ayudaron a pegar con cera negra en uno de los espejos de la cantina.


«CIUDADANOS»

Pronunciar el nombre del Señor Presidente de la República, es alumbrar con las antorchas de la paz los sagrados intereses de la Nación que bajo su sabio mando ha conquistado y sigue conquistando los inapreciables beneficios del Progreso en todos los órdenes y del Orden en todos los progresos!!!! Como ciudadanos libres, conscientes de la obligación en que estamos de velar por nuestros destinos, que son los destinos de la Patria, y como hombres de bien, enemigos de la Anarquía, ¡¡¡proclamamos!!! que la salud de la República está en la REELECCIÓN DE NUESTRO EGREGIO MANDATARIO Y NADA MÁS QUE EN SU REELECCIÓN! ¿Por qué aventurar la barca del Estado en lo que no conocemos, cuando a la cabeza de ella se encuentra el Estadista más completo de nuestros tiempos, aquel a quien la Historia saludará Grande entre los Grandes, Sabio entre los Sabios, Liberal, Pensador y Demócrata??? ¡El sólo imaginar a otro que no sea Él en tan alta magistratura es atentatorio contra los Destinos de la Nación, que son nuestros destinos, y quien tal osara, que no habrá quién, debería ser recluido por loco peligroso, y de no estar loco, juzgado por traidor a la Patria conforme a nuestras leyes!!! CONCIUDADANOS, LAS URNAS OS ESPERAN! VOTAD! POR! NUESTRO! CANDIDATO! QUE! SERÁ! REELEGIDO! POR! EL! PUEBLO!

La lectura del cartelón despertó el entusiasmo de cuantos se encontraban en la cantina; hubo vivas, aplausos, gritos, y a pedido de todos habló un desguachipado de melena negra y ojos talcosos.

—¡Patriotas, mi pensamiento es de Poeta, de ciudadano mi lengua patria! Poeta quiere decir el que inventó el cielo; os hablo, pues, en inventor de esa tan inútil, bella cosa que se llama el cielo. ¡Oíd mi desgonzada jerigonza!... Cuando aquel alemán que no comprendieron en Alemania, no Goethe, no Kant, no Schopenhauer, trató del Superlativo del Hombre, fue presintiendo, sindudamente, que de Padre Cosmos y Madre Naturaleza iba a nacer en el corazón de América el primer hombre superior que haya jamás existido. Hablo, señores, de ese romaneador de auroras que la Patria llama Benemérito, Jefe, el Partido y Protector, la Juventud Estudiosa; hablo, señores, del Señor Presidente Constitucional de la República, como, sin duda, vosotros todos habéis comprendido, por ser él el Prohombre de «Nitche», el Superúnico... Lo digo y lo repito desde lo alto de esta tribu!... —y al decir así dio con el envés de la mano en el mostrador de la cantina—... Y de ahí, compatriotas, que sin ser de esos que han hecho de la política el ganapán ni de aquellos que dicen haber inventado el perejil chino por haberse aprendido de memoria las hazañas de Chilperico; creo desinteresada-íntegra-honradamente que mientras no exista entre nosotros otro ciudadano hipersuperhombre, superciudadano, sólo estando locos o ciegos, ciegos o locos de atar, podríamos permitir que se pasaran las riendas del gobierno de las manos del auriga-super-único que ahora y siempre guiará el carro de nuestra adorada Patria, a las manos de otro ciudadano, de un ciudadano cualquiera, de un ciudadano, conciudadanos, que aun suponiéndole todos los merecimientos de la tierra, no pasaría de ser hombre. La Democracia acabó con los Emperadores y los Reyes en la vieja y fatigada Europa, mas, preciso reconocer es, y lo reconocemos, que trasplantada a América sufre el injerto cuasi divino del Superhombre y da contextura a una nueva forma de gobierno: la Superdemocracia. Y a propósito, señores, voy a tener el gusto de recitar...

—Recite, poeta —se alzó una voz—, pero no la oda...

—... ¡mi Nocturno en Do Mayor al Superúnico!

Siguieron al poeta en el buen uso de la palabra otros más exaltados contra el nefando bando, la cartilla de San Juan, el silabario de la abracadabra y otros supositorios teologales. A uno de los asistentes le salió sangre de las narices y entre discurso y discurso pedía con gritos de sed que le trajeran un ladrillo nuevo empapado en agua para olerlo y que se le contuviera la hemorragia.

—Ya a estas horas —dijo Míster Gengis— está Cara de Ángel entre la pared y el Señor Presidente. Mi gust-o cómo habla este poeta, pero yo cre-e que debe ser muy triste ser poeta; sólo ser licenciado debe de ser la más triste cosa del mundo. ¡Y ya me voy a beber el otro whisky! ¡Otro whisky —gritó— para este super-hiper-ferro-casi-carri-leró!

Al salir del Gambrinus, Cara de Ángel encontró al Ministro de la Guerra.

—¿Para dónde la tira, general?

—Para onde el Patrón...

—Entonces vonos juntos...

—¿Va usted también para allá? Esperemos mi carruaje, que no tardará en venir. Ni le cuento; vengo de con una viuda...

—Ya sé que le gustan las viudas alegres, general...

—¡Nada de músicas!

—¡No, si no es música, es Clicot!

—¡Qué Clicot ni qué india envuelta, postrimería de carne y hueso!

—¡Caracoles!

El carruaje rodaba sin hacer ruido, como sobre ruedas de papel secante. En los postes de las esquinas se oían los golpes de los gendarmes que se pasaban la señal de «avanza el Ministro de la Guerra, avanza el Ministro de la Guerra, avanza...».

El Presidente se paseaba a lo largo de su despacho, corto de pasos, el sombrero en la coronilla traído hacia adelante, el cuello de la americana levantado sobre una venda que le cogía la nuca y los botones del chaleco sin abrochar. Traje negro, sombrero negro, botines negros...

—¿Qué tiempo hace, general?

—Fresco, Señor Presidente...

—Y Miguel sin abrigo...

—Señor Presidente...

—Nada, estás que tiemblas y vas a decirme que no tienes frío. Eres muy desaconsejado. General, mande a casa de Miguel a que le traigan el abrigo inmediatamente.

El Ministro de la Guerra salió que saludos se hacía —por poco se le cae la espada—, mientras el Presidente tomaba asiento en un sofá de mimbre, ofreciendo a Cara de Ángel el sillón más próximo.

—Aquí, Miguel, donde yo tengo que hacerlo todo, estar en todo, porque me ha tocado gobernar en un pueblo de gente de voy —dijo al sentarse—, debo echar mano de los amigos para aquellas cosas que no puedo hacer yo mismo. Esto de gente de voy —se dio una pausa—, quiere decir gente que tiene la mejor intención del mundo para hacer y deshacer, pero que por falta de voluntad no hace ni deshace nada, que ni huele ni hiede, como caca de loro. Y es así como entre nosotros el industrial se pasa la vida repite y repite: voy a introducir una fábrica, voy a montar una maquinaria nueva, voy a esto, voy a lo otro, a lo de más allá; el señor agricultor, voy a implantar un cultivo, voy a exportar mis productos; el literato, voy a componer un libro; el profesor, voy a fundar una escuela; el comerciante, voy a intentar tal o cual negocio, y los periodistas —¡esos cerdos que a la manteca llaman alma!—, vamos a mejorar el país; mas, como te decía al principio, nadie hace nada y, naturalmente, soy yo, es el Presidente de la República el que lo tiene que hacer todo, aunque salga como el cohetero. Con decir que si no fuera por mí no existiría la fortuna, ya que hasta de diosa ciega tengo que hacer en la lotería...

Se sobó el bigote cano con la punta de los dedos transparentes, frágiles, color de madera de carrizo, y continuó cambiando de tono:

—Viene todo esto a que me veo obligado por las circunstancias a aprovechar los servicios de los que, como tú, si cerca me son preciosos, más aún fuera de la República, allí donde las maquinaciones de mis enemigos y sus intrigas y escritos de mala cepa, están a punto de dar al traste con mi reelección...

Dejó caer los ojos como dos mosquitos atontados, ebriedad de sangre, sin dejar de hablar:

—No me refiero a Canales ni a sus secuaces: ¡la muerte ha sido y será mi mejor aliada, Miguel! Me refiero a los que tratan de influir en la opinión norteamericana con el objeto de que Wáshington me retire su confianza. ¿Que a la fiera enjaulada se le empieza a caer el pelo y que por eso no quiere que se lo soplen? ¡Muy bien! ¿Que soy un viejo que tiene el cerebro en salmuera y el corazón más duro que matilisguate? ¡Mala gente, mas está bien que lo digan! Pero que los mismos paisanos se aprovechen, por cuestiones políticas, de lo que yo he hecho por salvar al país de la piratería de esos hijos de tío y puta, eso es lo que ya no tiene nombre. Mi reelección está en peligro y por eso te he mandado llamar. Necesito que pases a Wáshington y que informes detalladamente de lo que sucede en esas cegueras de odio, en esos entierros en los que para ser el bueno, como en todos los entierros, habría que ser el muerto.

—El Señor Presidente... —tartamudeó Cara de Ángel entre la voz de Míster Gengis que le aconsejaba poner las cosas en claro y el temor de echar a perder por indiscreto un viaje que desde el primer momento comprendió que era su salvación—, el Señor Presidente sabe que me tiene para todo lo que él ordene incondicionalmente a sus órdenes; sin embargo, si el Señor Presidente me quisiera permitir dos palabras, ya que mi aspiración ha sido siempre ser el último de sus servidores, pero el más leal y consecuente, querría pedirle, si el Señor Presidente no ve obstáculo alguno, que antes de confiarme tan delicada misión, se tomara la molestia de ordenar que se investiguen si son o no son ciertos los gratuitos cargos que de enemigo del Señor Presidente me hace, para citar nombre, el Auditor de Guerra...

—¿Pero quién está dando oídos a esas fantasías?

—El Señor Presidente no puede dudar de mi incondicional adhesión a su persona y a su gobierno; pero no quiero que me otorgue su confianza sin controlar antes si son o no ciertos los dichos del Auditor.

—¡No te estoy preguntando, Miguel, qué es lo que debo hacer! ¡Acabáramos! Todo lo sé y voy a decirte más: en este escritorio tengo el proceso que la Auditoría de Guerra inició contra ti cuando la fuga de Canales, y más todavía: puedo afirmarte que el odio del Auditor de Guerra se lo debes a una circunstancia que tú tal vez ignoras: el Auditor de Guerra, de acuerdo con la policía, pensaba raptar a la que ahora es tu mujer y venderla a la dueña de un prostíbulo, de quien, tú lo sabes, tenía diez mil pesos recibidos a cuenta; la que pagó el pato fue una pobre mujer que ái anda medio loca.

Cara de Ángel se quedó quieto, dueño de sus más pequeños gestos delante del amo. Refundido en la negrura de sus ojos aterciopelados, depuso en su corazón lo que sentía, pálido y helado como el sillón de mimbre.

—Si el Señor Presidente me lo permitiera, preferiría quedar a su lado y defenderlo con mi propia sangre.

—¿Quieres decir que no aceptas?

374

—De ninguna manera, Señor Presidente...

—Entonces, palabras aparte, todas esas reflexiones están de más; los periódicos publicarán mañana la noticia de tu próxima partida y no es cosa de dejarme colgado; el Ministro de la Guerra tiene orden de entregarte hoy mismo el dinero necesario para los preparativos del viaje; a la estación te mandaré los gastos y las instrucciones.

Una palpitación subterránea de reloj subterráneo que marca horas fatales empezaba para Cara de Ángel. Por una ventana abierta de par en par entre sus cejas negras distinguía una fogata encendida junto a cipresales de carbón verdoso y tapias de humo blanco, en medio de un patio borrado por la noche, amasia de centinelas y almácigo de estrellas. Cuatro sombras sacerdotales señalaban las esquinas del patio, las cuatro vestidas de musgo de adivinaciones fluviales, las cuatro con las manos de piel de rana más verde que amarilla, las cuatro con un ojo cerrado en parte de la cara sin tiznar y un ojo abierto, terminado en chichita de lima, en parte de la cara comida de oscuridad. De pronto, se oyó el sonar de un tún, un tún, un tún, un tún, y muchos hombres untados de animales entraron saltando en filas de maíz. Por las ramas del tún, ensangrentadas y vibrátiles, bajaban los cangrejos de los tumbos del aire y corrían los gusanos de las tumbas del fuego. Los hombres bailaban para no quedar pegados a la tierra con el sonido del tún, para no quedar pegados al viento con el sonido del tún, alimentando la hoguera con la trementina de sus frentes. De una penumbra color de estiércol vino un hombrecillo con cara de guisquil viejo, lengua entre los carrillos, espinas en la frente, sin orejas, que llevaba al ombligo un cordón velludo adornado de cabezas de guerreros y hojas de ayote; se acercó a soplar las macollas de llamas y entre la alegría ciega de los tucuazínes se robó el fuego con la boca masticándolo para no quemarse como copal. Un grito se untó a la oscuridad que trepaba a los árboles y se oyeron cerca y lejos las voces plañideras de las tribus que abandonadas en la selva, ciega de nacimiento, luchaban con sus tripas —animales del hambre—, con sus gargantas —pájaros de la sed— y su miedo, y sus bascas, y sus necesidades corporales, reclamando a Tohil, *Dador del Fuego,* que les devolviera el ocote encendido de la luz. Tohil llegó cabalgando un río hecho de pechos de paloma que se deslizaba como leche. Los venados corrían para que no se detuviera el agua, venados de cuernos más finos que la lluvia y patitas que acababan en aire consejado por arenas pajareras. Las aves corrían para que no se parara el reflejo nadador del agua. Aves de huesos más finos que sus plumas. ¡Re-tún-tún! ¡Re-tún-tún!..., retumbó bajo la tierra. Tohil exigía sacrificios humanos. Las tribus trajeron a su presencia los mejores cazadores, los de la cerbatana erecta, los de las hondas de pita siempre cargadas. «Y estos hombres, ¡qué!; ¿cazarán hombres?», preguntó Tohil. ¡Re-tún-tún! ¡Re-tún-tún!..., retumbó bajo la tierra. «¡Como tú lo pides —respondieron las tribus—, con tal que nos devuelvas el fuego, tú, el *Dador de Fuego*, y que no se nos enfríe la carne, fritura de nuestros huesos, ni el aire, ni las uñas, ni la lengua, ni el pelo! ¡Con tal que no se nos siga muriendo la vida, aunque nos degollemos todos para que siga viviendo la muerte!» «¡Estoy contento!», dijo Tohil. ¡Re-tún-tún! ¡Re-tún-tún!, retumbó bajo la tierra. «¡Estoy contento! Sobre hombres cazadores de hombres puedo asentar mi gobierno. No habrá ni verdadera muerte ni verdadera vida. ¡Que se me baile la jícara!»

Y cada cazador-guerrero tomó una jícara, sin despegársela del aliento que le repellaba la cara, al compás del tún, del retumbo y el tún de los tumbos y el tún de las tumbas, que le bailaban los ojos a Tohil.

Cara de Ángel se despidió del Presidente después de aquella visión inexplicable. Al salir, el Ministro de la Guerra le llamó para entregarle un fajo de billetes y su abrigo.

—¿No se va, general? —casi no encontraba las palabras.

—Si pudiera... Pero mejor por ái lo alcanzo, o nos vemos tal vez otro día; tengo que estar aquí, vea... —y torció la cabeza sobre el hombro derecho—, escuchando la voz del amo.

# XXXVIII
# El viaje

Y ese río que corría sobre el techo, mientras arreglaba los baúles, no desembocaba allí en la casa, desembocaba muy lejos, en la inmensidad que daba al campo, tal vez al mar. Un puñetazo de viento abrió la ventana; entró la lluvia como si se hubieran hecho añicos los cristales, se agitaron las cortinas, los papeles sueltos, las puertas, pero Camila siguió en sus arreglos; la aislaba el hueco de los baúles que iba llenando y aunque la tempestad le prendiera alfileres de relámpago en el pelo, no sentía nada lleno ni diferente, sino todo igual, vacío, cortado, sin peso, sin cuerpo, sin alma, como estaba ella.

—... ¡Entre vivir aquí y vivir lejos de la fiera! —repitió Cara de Ángel al cerrar la ventana—. ¿Qué dices?...! ¡Sólo eso me faltaba! ¡Acaso me le voy huido!

—Pero con lo que me contabas anoche de los brujos jicaques que bailan en su casa...

—¡Si no es para tanto!... —un trueno ahogó su voz—. ... Y además, dime: ¿qué podrían adivinar? Hazme el favor: el que me manda a Wáshington es él; él es el que me paga el viaje... Así, ¡caramba! Ahora, que cuando esté lejos cambie de parecer, todo cabe en lo posible: te vienes tú con el pretexto de que estás o estoy enfermo y que por vida suya nos busque después en el almanaque...

—Y si no me va dejando salir...

—Pues vuelvo yo callada la boca y nada se ha perdido, ¿no te parece? La peor cacha es la que no se hace...

—¡Tú todo lo ves tan fácil!...

—Y con lo que tenemos podemos vivir en cualquier parte; y vivir, lo que se llama vivir, que no es este estarse repitiendo a toda hora: «pienso con la cabeza del Señor Presidente, luego existo; pienso con la cabeza del Señor Presidente, luego existo...».

Camila se le quedó mirando con los ojos metidos en agua, la boca como llena de pelo, los oídos como llenos de lluvia.

—Pero ¿por qué lloras?... No llores...

—¿Y qué quieres que haga?

—¡Con las mujeres siempre ha de ser la misma cosa!

—¡Déjame!...

—¡Te vas a enfermar si sigues llorando así; sea por Dios!...

—¡No, déjame!...

—¡Ya parece que me fuera a morir o me fueran a enterrar vivo!

—¡Déjame!

Cara de Ángel la guardó entre sus brazos. Por sus mejillas de hombre duro para llorar corrían dos lágrimas torcidas y quemantes como clavos que no acaban de arrancarse.

—Pero me escribes... —murmuró Camila.

—Por supuesto...

—¡Mucho te lo encargo! Mira que nunca hemos estado separados. No me vayas a tener sin carta; para mí va a ser agonía que pasen los días y los días sin saber de ti... ¡Y cuídate! No te fíes de nadie, ¿oyes? Que no se te entre por un oído, de nadie, y menos de los paisanos, que son tan mala gente... ¡Pero lo que más te encargo es... —los besos de su marido le cortaban las palabras— ... que... te encargo... que... que... te encargo... es que me escribas!

Cara de Ángel cerró los baúles sin apartar los ojos de los de su esposa cariñosos y zonzos. Llovía a cántaros. El agua se escurría por las canales con peso de cadena. Los ahogaba la aflictiva noción del día próximo, ya tan próximo, y sin decir palabra —todo estaba listo— se fueron quitando los trapos para meterse en la cama, entre el tijereteo del reloj que les hacía pedacitos las últimas horas —¡tijeretictac!, ¡tijeretictac!, ¡tijeretictac! ...— y el zumbido de los zancudos que no dejaban dormir.

378

—Ahora sí que dialtiro se me pasó por alto que cerraran los cuartos para que no se entraran los zancudos. ¡Qué tont-ay, Dios mío!

Por toda respuesta, Cara de Ángel la estrechó contra su pecho; la sentía como ovejita sin balido, desvalida.

No se atrevía a apagar la luz, ni a cerrar los ojos, ni a decir palabra. Estaban tan cerca en la claridad, cava tal distancia la voz entre los que se hablan, los párpados separan tanto... Y luego que en la oscuridad era como estar lejos, y luego que con todo lo que querían decirse aquella última noche, por mucho que se dijeran, todo les habría parecido dicho como por telegrama.

La bulla de las criadas, que andaban persiguiendo un pollo entre los sembrados, llenó el patio. Había cesado la lluvia y el agua se destilaba por las goteras como en una clepsidra. El pollo corría, se arrastraba, revoloteaba, se somataba por escapar a la muerte.

—Mi piedrecita de moler... —le susurró Cara de Ángel al oído, aplanchándole con la palma de la mano el vientrecillo combo.

—Amor... —le dijo ella recogiéndose contra él. Sus piernas dibujaron en la sábana el movimiento de los remos que se apoyan en el agua arrebujada de un río sin fondo.

Las criadas no paraban. Carreras. Gritos. El pollo se les iba de las manos palpitante, acoquinado, con los ojos fuera, el pico abierto, medio en cruz las alas y la respiración en largo hilván.

Hechos un nudo, regándose de caricias con los chorritos temblorosos de los dedos, entre muertos y dormidos, atmosféricos, sin superficie... —¡Amor! —le dijo ella—... —¡Cielo! —le dijo él—... ¡Mi cielo! —le dijo ella...

El pollo dio contra el muro o el muro se le vino encima...

Las dos cosas se le sentían en el corazón... Le retorcieron el pescuezo... Como si volara muerto sacudía las alas... «¡Hasta se ensució, el desgraciado!», gritó la cocinera y sacudiéndose las plumas que le moteaban el delantal fue a lavarse las manos en la pila llena de agua llovida.

Camila cerró los ojos... El peso de su marido... El aleteo... La queda mancha...

El reloj, más lento, ¡tijeretic!, ¡tijeretac!, ¡tijeretic!, ¡tije-retac!...

Cara de Ángel se apresuró a hojear los papeles que el Presidente le había mandado con un oficial a la estación. La ciudad arañaba el cielo con las uñas sucias de los tejados al irse quedando y quedando atrás. Los documentos le tranquilizaron. ¡Qué suerte alejarse de aquel hombre en carro de primera, rodeado de atenciones, sin cola con orejas, con cheques en la bolsa! Entrecerró los ojos para guardar mejor lo que pensaba. Al paso del tren los campos cobraban movimiento y echaban a correr como chiquillos uno tras otro, uno tras otro, uno tras otro: árboles, casas, puentes...

... ¡Qué suerte alejarse de aquel hombre en carro de primera!

... Uno tras otro, uno tras otro, uno tras otro... ... La casa perseguía al árbol, el árbol a la cerca, la cerca al puente, el puente al camino, el camino al río, el río a la montaña, la montaña a la nube, la nube a la siembra, la siembra al labriego, el labriego al animal...

... Rodeado de atenciones, sin cola con orejas...

... El animal a la casa, la casa al árbol, el árbol a la cerca, la cerca al puente, el puente al camino, el camino al río, el río a la montaña, la montaña a la nube...

... Una aldea de reflejos corría en un arroyo de pellejito transparente y oscuro fondo de mochuelo...

... La nube a la siembra, la siembra al labriego, el labriego al animal, el animal...

... Sin cola con orejas, con cheques en la bolsa...

... El animal a la casa, la casa al árbol, el árbol a la cerca, la cerca...

... ¡Con muchos cheques en la bolsa!...

... Un puente pasaba como violineta por las bocas de las ventanillas... ... Luz y sombra, escalas, fleco de hierro, alas de golondrinas...

... La cerca al puente, el puente al camino, el camino al río, el río a la montaña, la montaña...

Cara de Ángel abandonó la cabeza en el respaldo del asiento de junco. Seguía la tierra baja, plana, caliente, inalterable de la costa con los ojos perdidos de sueño y la sensación confusa de ir en el tren, de no ir en el tren, de irse quedando atrás del tren, cada vez más atrás del tren, más atrás del tren, más atrás del tren, más atrás del tren, cada vez más atrás, cada vez más atrás, cada vez más atrás, más y más cada vez, cada ver cada vez, cada ver cada vez, cada ver cada vez, cada ver cada vez, cada ver cada ver cada ver cada ver cada ver...

De repente abría los ojos —el sueño sin postura del que huye, la zozobra del que sabe que hasta el aire que respira es colador de peligros— y se encontraba en su asiento, como si hubiera saltado al tren por un hueco invisible, con la nuca adolorida, la cara en sudor y una nube de moscas en la frente.

Sobre la vegetación se amontonaban cielos inmóviles, empanzados de beber agua en el mar, con las uñas de sus rayos escondidas en nubarrones de felpa gris.

Una aldea vino, anduvo por allí y se fue por allá, una aldea al parecer deshabitada, una aldea de casas de alfeñique en tuza de milperíos secos entre la iglesia y el cementerio. ¡Que la fe que construyó la iglesia sea mi fe, la iglesia y el cementerio; no quedaron vivos más que la fe y los muertos! Pero la alegría del que se va alejando se le empañó en los ojos. Aquella tierra de asidua primavera era su tierra, su ternura, su madre, y por mucho que resucitara al ir dejando atrás aquellas aldeas, siempre estaría muerto entre los vivos, eclipsado entre los hombres de los otros países por la presencia invisible de sus árboles en cruz y de sus piedras para tumbas.

Las estaciones seguían a las estaciones. El tren corría sin detenerse, zangoloteándose sobre los rieles mal clavados. Aquí un pitazo, allá un estertor de frenos, más allá un yagual de humo sucio en la coronilla de un cerro. Los pasajeros se abanicaban con los sombreros, con los periódicos, con los pañuelos, suspendidos en el aire caliente de las mil gotas de sudor que les lloraba el cuerpo, exasperados por los sillones incómodos, por el ruido, por la ropa que les picaba como si tejida con paticas de insectos les saltara por la piel, por la cabeza que les comía como si les anduviera el pelo, sedientos como purgantes, tristes como de muerte.

Se apeó la tarde, luego de luz rígida, luego de sufrimiento de lluvias exprimidas, y ya fue de desempedrarse el horizonte y de empezar a lucir a lo lejos, muy lejos, una caja de sardinas luminosas en aceite azul.

Un empleado del ferrocarril pasó encendiendo las lámparas de los vagones. Cara de Ángel se compuso el cuello, la corbata, consultó el reloj... Faltaban veinte minutos para llegar al puerto; un siglo para él, que ya no veía las horas de estar en el barco sano y salvo, y echóse sobre la ventanilla a ver si divisaba algo en las tinieblas. Olía a injertos. Oyó pasar un río. Más adelante tal vez el mismo río...

El tren refrenó la marcha en las calles de un pueblecito tendidas como hamacas en la sombra, se detuvo poco a poco, bajaron los pasajeros de segunda clase, gente de tanate, de mecha y yesca, y siguió rodando cada vez más despacio hacia los muelles. Ya se oían los ecos de la reventazón, ya se adivinaba la indecisa claridad de los edificios de la aduana hediendo a alquitrán, ya se sentía el respirar entredormido de millones de seres dulces y salados...

Cara de Ángel saludó desde lejos al Comandante del Puerto que esperaba en la estación —¡mayor Farfán!...—, feliz de encontrarse en paso tan difícil al amigo que le debía la vida —¡mayor Farfán!...

Farfán le saludó desde lejos, le dijo por una de las ventanillas que no se ocupara de sus equipajes, que ahí venían unos soldados a llevárselos al vapor, y al parar el tren subió a estrecharle la mano con vivas muestras de aprecio. Los otros pasajeros se apeaban más corriendo que andando.

—Pero ¿qué es de su buena vida?... ¿Cómo le va?...

—¿Y a usted, mi mayor? Aunque no se lo debía preguntar, porque se le ve en la cara...

—El Señor Presidente me telegrafió para que me pusiera a sus órdenes a efecto, señor, de que nada le haga falta.

—¡Muy amable, mayor!

El vagón había quedado desierto en pocos instantes. Farfán sacó la cabeza por una de las ventanillas y dijo en voz alta:

—Teniente, vea que vengan por los baúles. ¿Qué es tanta dilación?...

A estas palabras asomaron a las puertas grupos de soldados con armas. Cara de Ángel comprendió la maniobra demasiado tarde..

—¡De parte del Señor Presidente —le dijo Farfán con el revólver en la mano—, queda usté detenido!

—¡Pero, mayor! ... Si el Señor Presidente... ¿Cómo puede ser?... ¡Venga... vamos... venga conmigo... hágame favor... venga... permítame... vamos a telegrafiar!

—¡Las órdenes son terminantes, don Miguel, y es mejor que se esté quieto!

—Como usted quiera, pero yo no puedo perder el barco, voy en comisión, no puedo...

—¡Silencio, si me hace el favor, y entregue ligerito todo lo que lleva encima!

—¡Farfán!

—¡Que entregue, le digo!

—¡No, mayor, óigame!

—¡No se oponga, vea, no se oponga!

—¡Es mejor que me oiga, mayor!

—¡Dejémonos de plantas!

—¡Llevo instrucciones confidenciales del Señor Presidente..., y usted será responsable!...

—¡Sargento, registre al señor! ... ¡Vamos a ver quién puede más!

Un individuo con la cara disimulada en un pañuelo surgió de la sombra, alto como Cara de Ángel, pálido como Cara de Ángel, medio rubio como Cara de Ángel; apropióse de lo que el sargento arrancaba al verdadero Cara de Ángel (pasaporte, cheques, argolla de matrimonio —por un escupitajo resbaló dedo afuera el aro en que estaba grabado el nombre de su esposa—, mancuernas, pañuelos...) y desapareció enseguida.

La sirena del barco se oyó mucho después. El prisionero se tapó los oídos con las manos. Las lágrimas le cegaban. Habría querido romper las puertas, huir, correr, volar, pasar el mar, no ser el que se estaba quedando —¡qué río revuelto bajo el pellejo, qué comezón de cicatriz en el cuerpo!—, sino el otro, el que con sus equipajes y su nombre se alejaba en el camarote número 17 rumbo a Nueva York.

## XXXIX

# El puerto

Todo sosegaba en el recalmón que precedió al cambio de la marea, menos los grillos húmedos de sal con pavesa de astro en los élitros, los reflejos de los faros, imperdibles perdidos en la oscuridad, y el prisionero que iba de un lado a otro, como después de un tumulto, con el pelo despeinado sobre la frente, las ropas en desorden, sin probar asiento, ensayando gestos como los que se defienden dormidos, entre ayes y medias palabras, de la mano de Dios que se los lleva, que los arrastra porque se necesitan para las llagas, para las muertes de repente, para los crímenes en frío, para que los despierten destripados.

«¡Aquí el único consuelo es Farfán! —se repetía—. ¡Dónde no fuera el comandante! ¡Por lo menos que mi mujer sepa que me pegaron dos tiros, me enterraron y parte sin novedad!»

Y se oía la machacadera del piso, un como martillo de dos pies, a lo largo del vagón clavado con estacas de centinelas de vista en la vía férrea, aunque él andaba muy lejos, en el recuerdo de los pueblecitos que acababa de recorrer, en el lodo de sus tinieblas, en el polvo cegador de sus días de sol, cebado por el terror de la iglesia y el cementerio, la iglesia y el cementerio, la iglesia y el cementerio. ¡No quedaron vivos más que la fe y los muertos!

El reloj de la Comandancia dio una campanada. Tiritaron las arañas. La media, ahora que la aguja mayordoma estaba

384

capoteando el cuarto para la media noche. Cachazudamente, el mayor Farfán enfundó el brazo derecho, luego el izquierdo, en la guerrera; y con la misma lentitud empezó a abrocharse por el botón del ombligo, sin parar mientes en nada de lo que allí tenía a la vista: un mapa con la república en forma de bostezo, una toalla con mocos secos y moscas dormidas, una tortuga, una escopeta, unas alforjas... Botón por botón hasta llegar al cuello. Al llegar al cuello alzó la cabeza y entonces toparon sus ojos con algo que no podía dejar de ver sin cuadrarse: el retrato del Señor Presidente.

Acabó de abrocharse, pedorreóse, encendió un cigarrillo en el aliento del quinqué, tomó el fuete y... a la calle. Los soldados no le sintieron pasar; dormían por tierra, envueltos en sus ponchos, como momias; los centinelas le saludaron con las armas y el oficial de guardia se levantó queriendo escupir un gusano de ceniza, todo lo que le quedaba del cigarrillo en los labios dormidos, y apenas si tuvo tiempo para botárselo con el envés de la mano al saludar militarmente: «¡Parte sin novedad, señor!»

En el mar entraban los ríos como bigotes de gato en taza de leche. La sombra licuada de los árboles, el peso de los lagartos cachondos, la calentura de los vidrios palúdicos, el llanto molido, todo iba a dar al mar.

Un hombre con un farol se adelantó a Farfán al entrar al vagón. Seguíanles dos soldados risueños afanados en el desenredar a cuatro manos los *lacitos* para atar al preso. Lo ataron por orden de Farfán y le sacaron en dirección al pueblo, seguido de los centinelas de vista que guardaban el vagón. Cara de Ángel no opuso resistencia. En el gesto y la voz del mayor, en el *primor* que exigía de parte de los soldados, que ya sin eso lo trataban mal, para que lo hicieran a la pura baqueta, creía adivinar una maniobra del amigo para poderle ser útil después, cuando lo tuviera en la Comandancia, sin comprometerse de antemano. Pero no lo llevaban a la Comandancia. Al dejar la estación doblaron hacia el tramo más apartado de la línea férrea y en un furgón con el piso cubierto de estiércol, le hicieron subir a golpes. Le golpeaban sin que él diera motivo, como obedeciendo a órdenes recibidas anteriormente.

—Pero ¿por qué me golpean, Farfán? —se volvió a gritar al mayor, que seguía el cortejo conversando con el del farol.

La respuesta fue un culatazo; mas por pegarle en la espalda, le dieron en la cabeza, desangrándole una oreja y haciéndole rodar de bruces en el estiércol.

Resopló para escupir el excremento; la sangre le goteaba la ropa, y quiso protestar.

—¡Se me calla! ¡Se me calla! —gritó Farfán alzando el fuete.

—¡Mayor Farfán! —gritó Cara de Ángel sin arredrarse, fuera de sí, en el aire que ya olía a sangre.

Farfán tuvo miedo de lo que le iba a decir y descargó el golpe. El fuetazo se pintó en la mejilla del infeliz que forcejeaba, rodilla en tierra, por desasirse las manos de la espalda.

—... Ya veo... —dijo con la voz temblorosa, incontenible, latigueante—, ... ya veo... Esta batalla... le valdrá a usted otro galón...

—¡Calle, si no quiere!... —atajó Farfán, levantando de nuevo el fuete.

El del farol le detuvo el brazo.

—¡Pegue, no se detenga, no tenga miedo; que para eso soy hombre, y el fuete es arma de castrados!...

Dos, tres, cuatro, cinco fuetazos cubrieron en menos de un segundo la cara del prisionero.

—¡Mayor, cálmese, cálmese!... —intervino el del farol.

—¡No, no!... A este hijo de puta le tengo que hacer morder el polvo... Lo que ha dicho contra el Ejército no se queda así... ¡Bandido... de mierda!... —Y ya no con el fuete, que se había quebrado, con el cañón de la pistola arrancaba a golpes pelos y carne de la cara y cabeza del prisionero, repitiendo a cada golpe con la voz sofocada—: ... ejército..., institución..., bandido de mierda..., así...

El cuerpo exánime de la víctima fue llevado y traído como cayó en el estiércol, de un punto a otro de la vía férrea, hasta que el tren de carga, que lo debía devolver a la capital, quedó formado.

El del farol ocupó lugar en el furgón. Farfán lo encaminó. Habían estado en la Comandancia hasta la hora de la partida conversando y tomando copas.

—La primera vez que quise entrar a la policía secreta —contaba el del farol—, era «polis» un mismas mío que se llamaba LucioVásquez, el *Terciopelo*...

—Como que lo oí mentar —dijo el mayor.

—Pero ái está que esa vez no me ligó, y eso que aquél era muy al pelo para los tercios —cuando le decían el *Terciopelo*, figúrese usté—, y en cambio me saqué una mi carcelada y la pérdida de un pisto que con mi mujer —yo era casado en ese entonces— habíamos puesto en un negocito. Y mi mujer, pobre, hasta en *El Dulce Encanto* estuvo...

Farfán se despabiló al oír hablar de *El Dulce Encanto*, pero el recuerdo de la *Marrana*, pestazo de sexo hediendo a letrina, que antes le habría entusiasmado, le dejó frío, luchando, como si nadara bajo de agua, con la imagen de Cara de Ángel que le repetía: «¡... otro galón!», «¡... otro galón!».

—¿Y cómo se llamaba su mujer? Porque va a ver que yo conocí a casi todas las de *El Dulce Encanto*...

—Por no dejar le diría el nombre, porque apenas estuvo entrada por salida. Allí se le murió un muchachito que teníamos y eso la medio trastornó. ¡Vea usté, cuando no conviene!... Ahora está en la lavandería del hospital con las hermanas. ¡No le convenía ser mujer mala!

—Pues ya lo creo que la conocí. Tanto que yo fui el que consiguió el permiso de la policía para velar a la criatura, y se veló allí con la Chón; pero ¡qué lejos estaba yo de saber que era hijito suyo!...

—Y yo, diga, en la tencha bien fregado, sin un real... ¡No, si cuando uno mira para atrás lo que ha pasado, le dan ganas de salir corriendo!

—Y yo, diga, sin saber nada y una hija de la gran flauta malinformándome con el Señor Presidente...

—Y desde entonces que este Cara de Ángel andaba en cuentos con el general Canales; era un ten con ten con su hija, la que después fue su mujer, y que, según dicen, se comió el mandado del patrón. Todo esto lo sé yo porque Vásquez, el *Terciopelo*, lo encontró en una fonda que se llamaba *El Tus-Tep*, horas antes de que se fugara el general.

—*El Tus-Tep*... —repitió el mayor haciendo memoria.

—Era una fonda que quedaba en la mera, mera esquina.

Adiós, pues, donde había dos muñecos pintados en la pared, uno de cada lado de la puerta, una mujer y un hombre; la mujer con el brazo en gancho diciéndole al hombre —yo todavía me acuerdo de los letreros: «¡Ven a bailar el tustepito!», y el hombre con una botella respondiéndole: «¡No, porque estoy bailando el tustepón!»

El tren arrancó poco a poco. Un terroncito de alba se mojaba en el azul del mar. De entre las sombras fueron surgiendo las casas de paja del poblado, las montañas lejanas, las embarcaciones míseras del comercio costero y el edificio de la Comandancia, cajita de fósforos con grillos vestidos de *tropa*.

# XL

# Gallina ciega

... «¡Hace tantas horas que se fue!» El día del viaje se cuentan las horas hasta juntar muchas, las necesarias para poder decir: «¡Hace tantos días que se fue!» Pero dos semanas después se pierde la cuenta de los días y entonces: «¡Hace tantas semanas que se fue!» Hasta un mes. Luego se pierde la cuenta de los meses. Hasta un año. Luego se pierde la cuenta de los años...

Camila atalayaba al cartero en una de las ventanas de la sala, oculta tras las cortinillas para que no la vieran desde la calle; había quedado encinta y cosía ropitas de niño.

El cartero se anunciaba, antes de aparecer, como un loco que jugara a tocar en todas las casas. Toquido a toquido se iba acercando hasta llegar a la ventana. Camila dejaba la costura al oírlo venir, y al verlo el corazón le saltaba del corpiño a agitar todas las cosas en señal de gusto. ¡Ya está aquí la carta que espero! «Mi adorada Camila. Dos puntos...»

Pero el cartero no tocaba... Sería que... Tal vez más tarde... Y reanudaba la costura, tarareando canciones para espantarse la pena.

El cartero pasaba de nuevo por la tarde. Imposible dar puntada en el espacio de tiempo que ponía en llegar de la ventana a la puerta. Fría, sin aliento, hecha todo oídos, se quedaba esperando el toquido, y al convencerse de que nada había turbado la casa en silencio, cerraba los ojos de miedo, sacudida por amagos de llanto, vómitos repentinos y suspiros. ¿Por qué no salió a la puerta? Acaso... Un olvido del cartero —¿y a santo de qué es cartero?— y que mañana puede traerla como si tal cosa...

Casi arranca la puerta el día siguiente por abrir a las volandas. Corrió a esperar al cartero, no sólo para que no la olvidara, sino también para ayudar a la buena suerte. Pero éste, que ya se pasaba como todos los días, se le fue de las preguntas vestido de verde alberja, el que dicen color de la esperanza, con sus ojos de sapo pequeñitos y sus dientes desnudos de maniquí para estudiar anatomía.

Un mes, dos meses, tres, cuatro...

Desapareció de las habitaciones que daban a la calle sumergida por el peso de la pena, que se la fue jalando hacia el fondo de la casa. Y es que se sentía un poco cachivache, un poco leña, un poco carbón, un poco tinaja, un poco basura.

«No son antojos, son pruritos», explicó una vecina algo comadre a las criadas que le consultaron el caso más por tener que contar que por pedir remedio, pues en lo de remedio ellas sabían lo suyo para no quedarse atrás; candelas a los santos y alivio de la necesidad por disminución del peso de la casa, que iban descargando de las cositas de valor.

Pero un buen día la enferma salió a la calle. Los cadáveres flotan. Refundida en un carruaje, hurtando los ojos a los conocidos —casi todos escondían la cara para no decirle adiós— estuvo *ir e ir* adonde el Presidente. Su desayuno, almuerzo y comida era un pañuelo empapado en llanto. Casi se lo comía en la antesala. ¡Cuánta necesidad, a juzgar por el gentío que esperaba! Los campesinos, sentados en la orillita de las sillas de oro. Los de la ciudad más adentro, gozando del respaldo. A las damas se les cedían los sillones en voz baja. Alguien hablaba en una puerta. ¡El Presidente! De pensarlo se acalambraba. Su hijo le daba pataditas en el vientre, como diciéndole: «¡Vámonos de aquí!» El ruido de los que cambiaban de postura. Bostezos. Palabritas. Los pasos de los oficiales del Estado Mayor. Los movimientos de un soldado que limpiaba los vidrios de una ventana. Las moscas. Las pataditas del ser que llevaba en el vientre. «¡Ay, tan bravo! ¡Qué son esas cóleras! ¡Estamos en hablarle al Presidente para que nos diga qué fue de ese señor que no sabe que usted existe y que cuando regrese lo va a querer mucho! ¡Ah, ya no ve las horas de salir a tomar parte en esto que se llama la vida!... ¡No, no es que yo no quiera, sino que mejor se está ahí bien guardadito!»

El Presidente no la recibió. Alguien le dijo que era mejor solicitar audiencia. Telegramas, cartas, escritos en papel sellado... Todo fue inútil; no le contestó.

Anochecía y amanecía con el hueco del no dormir en los párpados, que a ratitos botaba sobre lagunas de llanto. Un gran patio. Ella, tendida en una hamaca, jugando con un caramelo de las mil y una noches y una pelotica de hule negro. El caramelo en la boca, la pelotica en las manos. Por llevarse el caramelo de un carrillo a otro, se le escapó la pelotica, botó en el piso del corredor, bajo la hamaca, y rebotó en el patio muy lejos, mientras el caramelo le crecía en la boca, cada vez más lejos, hasta desaparecer de pequeñita. No estaba completamente dormida. El cuerpo le temblaba al contacto de las sábanas. Era un sueño con luz de sueño y luz eléctrica. El jabón se le fue de las manos dos y tres veces, como la pelotica, y el pan del desayuno comía por pura necesidad —le creció en la boca como el caramelo.

Desiertas las calles, de misa las gentes, y ella ya por los Ministerios atalayando a los ministros, sin saber cómo ganarse a los porteros, viejecillos gruñones que no le contestaban cuando les hablaba, y le echaban fuerte, racimos de lunares de carne, cuando insistía.

Pero su marido había corrido a recoger la pelotica. Ahora recordaba la otra parte de su sueño. El patio grande. La pelotica negra. Su marido cada vez más pequeñito, cada vez más lejos, como reducido por una lente, hasta desaparecer del patio tras la pelotica, mientras a ella, y no pensó en su hijo, le crecía el caramelo en la boca.

Escribió al cónsul de Nueva York, al ministro de Wáshington, al amigo de una amiga, al cuñado de un amigo pidiendo noticias de su marido, y como echar las cartas a la basura. Por un abarrotero judío supo que el honorable secretario de la Legación Americana, detective y diplomático, tenía noticias ciertas de la llegada de Cara de Ángel a Nueva York. No sólo se sabe oficialmente que desembarcó —así consta en los

391

registros del puerto, así consta en los registros de los hoteles en que se hospedó, así consta en los registros de la policía—, sino también por los periódicos y por noticias de personas llegadas muy recientemente de allá. «Y ahora lo están buscando —le decía el judío—, y vivo o muerto tienen que dar con él, aunque parece ser que de Nueva York siguió en otro barco para Singapur.» «¿Y dónde queda eso?», preguntaba ella. «¿En dónde ha de quedar? En Indochina», respondía el judío entrechocando las planchas de sus dientes postizos. «¿Y como cuánto dura una carta en venir de allá?», indagaba ella. «Exactamente no sé, pero no más de tres meses.» Ella contaba con los dedos. Cuatro tenía Cara de Ángel de haberse ido.

En Nueva York o en Singapur... ¡Qué peso se le quitaba de encima! ¡Qué consuelo tan grande sentirlo lejos —saber que no se lo habían matado en el puerto, como dio en decir la gente—, lejos de ella, en Nueva York o en Singapur, pero con ella en el pensamiento!

Se apoyó en el mostrador del almacén del judío para no caer redonda. El gusto la mareaba. Iba como en el aire, sin tocar los jamones envueltos en papel plateado, las botellas en paja de Italia, las latas de conservas, los chocolates, las manzanas, los arenques, las aceitunas, el bacalao, los moscateles, conociendo países del brazo de su marido. ¡Tonta que fui atormentarme por atormentarme! Ahora comprendo por qué no me ha escrito y hay que seguir haciendo la comedia. El papel de la mujer abandonada que va en busca del que la abandonó, ciega de celos..., o el de la esposa que quiere estar al lado de su marido en el trance difícil del parto.

El camarote reservado, el equipaje hecho, todo listo ya para partir, de orden superior le negaron el pasaporte. Un como reborde de carne gorda alrededor de un hueco con dientes manchados de nicotina se movió de arriba abajo, de abajo arriba, para decirle que de orden superior no se le podía extender el pasaporte. Ella movió los labios de arriba abajo, de abajo arriba ensayando a repetir las palabras como si hubiera entendido mal.

Y gastó una fortuna en telegramas al Presidente. No le contestó. Nada podían los ministros. El Subsecretario de la

Guerra, hombre de suyo bondadoso con las damas, le rogó que no insistiera, que el pasaporte no se lo daban aunque metiera flota, que su marido había querido jugar con el Señor Presidente y que todo era inútil.

Le aconsejaron que se valiera de aquel curita que parecía tener ranas, no almorranas, varón de mucha vara alta, o de una de las queridas del que montaba los caballos presidenciales, y como en ese tiempo corrió la noticia de que Cara de Ángel había muerto de fiebre amarilla en Panamá, no faltó quien la acompañara a consultar con los espiritistas para salir de duda.

Éstos no se lo dejaron decir dos veces. La que anduvo un poco renuente fue la médium. «Eso de que encarne en mí el espíritu de uno que fue enemigo del Señor Presidente —decía—, no muy me conviene.» Y bajo la ropa helada le temblaban las canillas secas. Pero las súplicas, acompañadas de monedas, quebrantan piedras y untándole la mano la hicieron consentir. Se apagó la luz. Camila tuvo miedo al oír que llamaban al espíritu de Cara de Ángel, y la sacaron arrastrando los pies, casi sin conocimiento: había escuchado la voz de su marido, muerto, según dijo, en alta mar y ahora en una zona en donde nada alcanza a ser y todo es, en la mejor cama, colchones de agua con resortes de peces, y el no estar, la más sabrosa almohada.

Enflaquecida, con arrugas de gata vieja en la cara cuando apenas contaba veinte años, ya sólo ojos, ojos verdes y ojeras grandes como sus orejas transparentes, dio a luz un niño, y por consejo del médico, al levantarse de la cama salió de temporada al campo. La anemia progresiva, la tuberculosis, la locura, la idiotez y ella a tientas por un hilo delgado, con un niño en los brazos, sin saber de su marido, buscándolo en los espejos, por donde sólo pueden volver los náufragos, en los ojos de su hijo o en sus propios ojos, cuando dormida sueña con él en Nueva York o en Singapur.

Por entre los pinos de sombra caminante, los árboles fruteros de las huertas y los de los campos más altos que las nubes, aclaró un día en la noche de su pena; el domingo de Pentecostés, en que recibió su hijo sal, óleo, agua, saliva de cura y nombre de Miguel. Los cenzontles se daban el pico.

Dos onzas de plumas y un sin fin de trinos. Las ovejas se entretenían en lamer las crías. ¡Qué sensación tan completa de bienestar de domingo daba aquel ir y venir de la lengua materna por el cuerpo del recental, que entremoría los ojos pestañosos al sentir la caricia! Los potrancos correteaban en pos de las yeguas de mirada húmeda. Los terneros mugían con las fauces babeantes de dicha junto a las ubres llenas. Sin saber por qué, como si la vida renaciera en ella, al concluir el repique del bautizo, apretó a su hijo contra su corazón.

El pequeño Miguel creció en el campo, fue hombre de campo, y Camila no volvió a poner los pies en la ciudad.

## XLI
# Parte sin novedad

La luz llegaba de veintidós en veintidós horas hasta las bóvedas, colada por las telarañas, y las ramazones de mampos-
tería, y de veintidós en veintidós horas, con la luz, la lata de
gas, más orín que lata, en la que bajaban de comer a los presos de los calabozos subterráneos por medio de una cuerda
podrida y llena de nudos. Al ver el bote de caldo mantecoso
con desechos de carne gorda y pedazos de tortilla, el prisionero del diecisiete volvió la cara. Aunque se muriera no pro-
baría bocado, y por días y días la lata bajó y subió intacta.
Pero la necesidad lo fue acorralando, vidriósele la pupila en
el corral ralo del hambre, le crecieron los ojos, divagó en alta
voz mientras se paseaba por el calabozo que no daba para
cuatro pasos, se frotó los dientes en los dedos, se tiró de las
orejas frías y un buen día, al caer la lata, como si alguien fuera a arrebatársela de las manos, corrió a meter en ella la boca,
las narices, la cara, el pelo, ahogándose por tragar y mascar al
mismo tiempo. No dejó nada y cuando tiraron de la cuerda
vio subir la lata vacía con el gusto de la bestia satisfecha. No
acababa de chuparse los dedos, de lamerse los labios... Pero
del gozo al pozo y la comida afuera, revuelta con palabras y
quejidos... La carne y la tortilla se le pegaban a las entrañas
para no dejarse arrancar, mas a cada envión del estómago no
le quedaba sino abrir la boca y apoyarse en la pared como el
que se asoma a un abismo. Por fin pudo respirar, todo daba
vueltas; peinóse el cabello húmedo con la mano que por de-

trás de la oreja resbaló y trajo hacia la barba sucia de babas. Le silbaban los oídos. Le bañaba la cara un sudor gélido, pegajoso, ácido, como agua de pila eléctrica. Ya la luz se iba, aquella luz que se estaba yendo desde que venía. Agarrado a los restos de su cuerpo, como si luchara con él mismo, pudo medio sentarse, alargar las piernas, recostar la cabeza en la pared y caer bajo el peso de los párpados como bajo la acción violenta de un narcótico. Pero no durmió a gusto; a la respiración penosa por falta de aire sucedió el ir y venir de las manos por el cuerpo, el recoger y estirar de una y otra pierna y el correr apresurado de los dedos sobre los casquitos de las uñas para arrancarse de la garganta el tizón que le estaba quemando por dentro; y ya medio despierto empezó a cerrar y abrir la boca como pez sin agua, a paladear el aire helado con la lengua seca y a querer gritar y a gritar ya despierto, aunque atontado por la calentura, no sólo de pie, sino empinándose, estirándose lo más posible para que lo oyeran. Las bóvedas desmenuzaban sus gritos de eco en eco. Palmoteó en las paredes, dio de patadas en el piso, dijo y redijo con voces que bien pronto fueron aullidos... Agua, caldo, sal, grasa, algo, agua, caldo...

Un hilo de sangre de alacrán destripado le tocó la mano..., de muchos alacranes porque no dejaba de correr..., de todos los alacranes destripados en el cielo para formar las lluvias... Sació la sed a lenguetazos sin saber a quién debía aquel regalo que después fue su mayor tormento. Horas y horas pasaba subido en la piedra que le servía de almohada, para salvar los pies de la charca que el agua del invierno formaba en el calabozo. Horas y horas, empapado hasta la coronilla, destilando agua, húmedos los suburbios de los huesos, entre bostezos y escalofríos, inquieto porque tenía hambre y ya tardaba la lata de caldo mantecoso. Comía, como los flacos, para engordarse el sueño y con el último bocado se dormía de pie. Más tarde bajaba el bote en que satisfacían sus necesidades corporales los presos incomunicados. La primera vez que el del diecisiete lo oyó bajar, creyendo que se trataba de una segunda comida, como en ese tiempo no probaba bocado, lo dejó subir sin imaginarse que fueran excrementos; hedían igual que el caldo. Pasaban esta lata de calabozo en calabozo y llegaba al diecisiete casi a la mitad. ¡Qué terrible oírla bajar y no tener ganas y tener ganas cuando tal vez acababa de perder el oído en las paredes su golpetear de badajo de campana muerta! A veces, para mayor tormento, se espantaban las ganas de sólo pensar en la lata, que venía, que no venía, que ya tardaba, que acaso se olvidaron —lo que no era raro—, o se les rompió la cuerda —lo que pasaba casi todos los días—, con baño para alguno de los condenados; de pensar en el vaho que despedía, calor de huelgo humano, en los bordes filudos del cuadrado recipiente, en el pulso necesario, y entonces, cuando las ganas se espantaban, a esperar el otro turno, a esperar veintidós horas entre cólicos y saliva con sabor a cobre, angurrias, llantos, retortijones y palabras soeces, o en caso extremo a satisfacerse en el piso, a reventar allí la tripa hedionda como perro o como niño, a solas con las pestañas y la muerte.

Dos horas de luz, veintidós horas de oscuridad completa, una lata de caldo y una de excrementos, sed en verano, en invierno el diluvio; ésta era la vida en aquellas cárceles subterráneas.

... ¡Cada vez pesas menos —el prisionero del diecisiete ya no se conocía la voz—, y cuando el viento pueda contigo te llevará a donde Camila espera que regreses! Estará atontada de esperar, se habrá vuelto una cosa insignificante, pequeñita! ¡Qué importa que tengas las manos flacas! ¡Ella las engordará con el calor de su pecho!... ¿Sucias?... Ella las lavará con su llanto... ¿Sus ojos verdes?... Sí, aquella campiña del Tirol austríaco que estaba en *La Ilustración*... o la caña de bambú con vivos áureos y golpes de añil marino... Y el sabor de sus palabras, y el sabor de sus labios, y el sabor de sus dientes, y el sabor de su sabor... Y su cuerpo, ¿dónde me lo dejas?; ocho alargado de cinturita estrecha, como las guitarras de humo que forman las girándulas al apagarse e ir perdiendo el impulso... Se la robé a la muerte una noche de fuegos artificiales... Andaban los ángeles, andaban las nubes, andaban los tejados con pasitos de sereno, las casas, los árboles, todo andaba en el aire con ella y conmigo...

Y sentía a Camila junto a su cuerpo, en la pólvora sedosa del tacto, en su respiración, en sus oídos, entre sus dedos, contra las costillas que sacudían como pestañas los ojos de las vísceras ciegas...

Y la poseía...

El espasmo sobrevenía sin contorsión alguna, suavemente, con un ligero escalofrío a lo largo de la espina dorsal, torzal de espinas, una rápida contracción de la glotis y la caída de los brazos como cercenados del cuerpo...

La repugnancia que le causaba la satisfacción de sus necesidades en la lata, multiplicada por la conciencia que le remordía satisfacer sus necesidades fisiológicas con el recuerdo de su esposa en forma tan amarga, le dejaba sin valor para moverse.

Con un pedacito de latón que arrancó a una de las correas de sus zapatos, único utensilio de metal de que disponía, grabó en la pared el nombre de Camila y el suyo entrelazados y, aprovechando la luz, de veintidós en veintidós horas, añadió un corazón, un puñal, una corona de espinas, un áncora, una cruz, un barquito de vela, una estrella, tres golondrinas como tildes de eñe y un ferrocarril, el humo en espiral...

La debilidad le ahorró, por fortuna, el tormento de la carne. Físicamente destruido recordaba a Camila como se aspira una flor o se oye un poema. Antojábasele la rosa que por abril y mayo florecía año con año en la ventana del comedor donde de niño desayunaba con su madre. Orejita de rosal curioso. Una procesión de mañanas infantiles le dejaba aturdido. La luz se iba. Se iba... Aquella luz que se estaba yendo desde que venía. Las tinieblas se tragaban los murallones como obleas y ya no tardaba el bote de los excrementos. ¡Ah, si la rosa aquélla! El lazo con carraspera y el bote loco de contento entre las paredes intestinales de las bóvedas. Estremecíase de pensar en la peste que acompañaba a tan noble visita. Se llevaban el recipiente, pero no el mal olor. ¡Ah, si la rosa aquélla, blanca como la leche del desayuno!...

A tirar de años había envejecido el prisionero del diecisiete, aunque más usan las penas que los años. Profundas e incontables arrugas alforzaban su cara y botaba las canas como las alas las hormigas de invierno. Ni él ni su figura... Ni él ni su cadáver... Sin aire, sin sol, sin movimiento, diarreico, reumático, padeciendo neuralgias errantes, casi ciego, lo único y lo último que alentaba en él era la esperanza de volver a ver a su esposa, el amor que sostiene el corazón con polvo de esmeril.

El director de la Policía Secreta reculó la silla en que estaba sentado, metió los pies debajo, se apoyó en las puntas echándose de codos sobre la mesa canela negra, trajo la pluma a la luz de la lámpara y con la pinza de dos dedos, de un pellizquito, le quitó el hilo que le hacía escribir las letras como camaroncillos bigotudos, no sin acompañar el gesto de una enseñadita de dientes. Luego continuó escribiendo:

«... y conforme a instrucciones —la pluma rascaba el papel de gavilán en gavilán—, el susodicho Vich trabó amistad con el prisionero del calabozo número diecisiete, después de dos meses de estar encerrado allí con él haciendo la comedia de llorar a todas horas, gritar todos los días y quererse suicidar a cada rato. De la amistad a las palabras, el prisionero del diecisiete le preguntó qué delito había cometido contra el Señor Presidente para estar allí donde acaba toda esperanza humana. El susodicho Vich no contestó, conformándose con somatar la cabeza en el suelo y proferir maldiciones. Mas insistió tanto que Vich acabó por soltar la lengua: "Polígloto nacido en un país de polígrotos. Noticias de la existencia de un país donde no había polígrotos. Viaje. Llegada. País ideal para los extranjeros. Cuñas por aquí, cuñas por allá, amistad, dinero, todo... De pronto, una señora en la calle, los primeros pasos tras ella, dudosos, casi a la fuerza... Casada... Soltera... Viuda... ¡Lo único que sabe es que debe ir tras ella! ¡Qué ojos verdes tan lindos! ¡Qué boca de rosoli! ¡Qué andar! ¡Qué Arabia felice!... Le hace la corte, le pasea la casa, se le insinúa, mas a partir del momento en que intenta hablar con ella, no la vuelve a ver y un hombre a quien él no conoce ni nunca ha visto empieza a seguirlo por todas partes como su sombra... Amigos, ¿de qué se trata?... Los amigos dan la vuelta. Piedras de la calle, ¿de qué se trata?... Las piedras de la calle tiemblan de oírlo pasar. Paredes de la casa, ¿de qué se trata?... Las paredes de la casa tiemblan de oírlo hablar. Todo lo que llega a poner en limpio es su imprudencia: había querido enamorar a la *prefe...* del Señor Presidente, una señora que, según supo, antes que lo metieran en la cárcel por anarquista, era hija de un general y hacía aquello por vengarse de su marido que la abandonó..."

»El susodicho informa que a estas palabras sobrevino un ruido quisquilloso de reptil en tinieblas, que el prisionero se le acercó y le suplicó con voz de ruidito de aleta de pescado que repitiera el nombre de esa señora, nombre que por segunda vez dijo el susodicho...

»A partir de ese momento el prisionero empezó a rascarse como si le comiera el cuerpo que ya no sentía, se arañó la cara por enjugarse el llanto en donde sólo le quedaba la piel lejana y se llevó la mano al pecho sin encontrarse: una telaraña de polvo húmedo había caído al suelo...

»Conforme a instrucciones entregué personalmente al susodicho Vich, de quien he procurado transcribir la declaración al pie de la letra, ochenta y siete dólares por el tiempo que estuvo preso, una mudada de casimir de segunda mano y un pasaje para Vladivostok. La partida de defunción del calabozo número diecisiete se asentó así: N. N.: disentería pútrida.

»Es cuanto tengo el honor de informar al Señor Presidente...»

# Epílogo

El estudiante se quedó plantado a la orilla del andén, como si nunca hubiera visto un hombre con sotana. Pero no era la sotana lo que le había dejado estupefacto, sino lo que el sacristán le dijo al oído mientras se abrazaban por el gusto de encontrarse libres:

—Ando vestido así por orden superior...

Y allí se queda aquél, de no ser un cordón de presos que entre fila y fila de soldados traía media calle.

—¡Pobre gente... —murmuró el sacristán, cuando el estudiante se hizo a la acera—, lo que les ha costado botar el Portal! ¡Hay cosas que se ven y no se creen!...

—¡Que se ven —exclamó el estudiante—, que se tientan y no se creen! Me refiero a la Municipalidad...

—Yo creí que a mi sotana...

—No les bastó pintar el Portal a costillas de los turcos; para que la protesta por el asesinato de *el de la mulita* no dejara lugar a dudas, había que echar abajo el edificio...

—Deslenguado, vea que nos pueden oír. ¡Cállese, por Dios! Eso no es cierto...

Y algo más iba a decir el sacristán, pero un hombre pequeñito que corría por la plaza sin sombrero, vino, plantificóse entre ellos, y les cantó a gritos:

—¡Figurín, figurero,
quién te figuró,

> que te fizo figura
> de figurón!

—¡Benjamín!... ¡Benjamín!... —lo llamaba una mujer que corría tras él con máscara de romper a llorar.

> —¡Benjamín tiritero,
> no te figuró...;
> ¿quién te fizo cura
> de figurón?

—¡Benjamín!... ¡Benjamín!... —gritaba la mujer ya casi llorando—. ¡No le hagan caso, señores, no le pongan asunto, que está loco; no se le quiere hacer a la cabeza la idea de que ya no hay Portal del Señor!

Y mientras la esposa del titiritero lo excusaba con el sacristán y el estudiante, don Benjamín corrió a cantarle el alabado a un gendarme de malas pulgas:

> —¡Figurín, figurero,
> quién te figuró,
> que te fizo figura
> de figurón!
> —¡Benjamín tiritero,
> no te figuró...;
> ¿quién te fizo jura
> de figurón?

—¡No, señor, no se lo lleve, no lo está haciendo de intento, sospeche que está loco —intervino la mujer de don Benjamín entre la policía y el titiritero—; vea que está loco, no se lo lleve..., no, no le pegue!... ¡Figúrese cómo estará de loco que dice que vio toda la ciudad tumbada por tierra como el Portal!

Los presos seguían pasando... Ser ellos y no ser los que a su paso se alegraban en el fondo de no ser ellos... Al tren de carretillas de mano sucedían el grupo de los que cargaban al hombro la pesada cruz de las herramientas y atrás, en formación, los que arrastraban el ruido de la serpiente cascabel en la cadena.

Don Benjamín se le fue de las manos al gendarme, que alegaba con su mujer cada vez más recio, y corrió a saludar a los presos con palabras sacadas de su cabeza.

—¡Quién te ve y quién te vio, Pancho Tanancho, el de la cuchilla como cuero y punta con ganas en dormitorio de corcho!... ¡Quién te vio y quién te ve hecho un Juan Diego, Lolo Cusholo, el del machete colipavo!... ¡Quién te ve a pie y quién te vio a caballo, Mixto Melindres, agua dulce para la daga, mamplor y traicionero!... ¡Quién te vio con la plomosa cuando te llamabas Domingo y quién te ve sin el chispero triste como día entre semanas!... ¡La que les pegó las liendres que les destripe los piojos!... ¡La tripa bajo los trapos que no es pepián pa' la tropa!... ¡El que no tenga candados para callarse la boca, que se ponga los condedos!...

Empezaban a salir los empleados de los almacenes. Los tranvías iban que no cabía una gente. Alguna vez un carruaje, un automóvil, una bicicleta... Repentín de vida que duró lo que tardaron el sacristán y el estudiante en atravesar el atrio de la Catedral, refugio de mendigos y basurero de gente sin religión, y en despedirse a la puerta del Palacio Arzobispal.

El estudiante burló los escombros del Portal del Señor a lo largo de un puente de tablas sobrepuestas. Una ráfaga de viento helado acababa de alzar espesa nube de polvo. Humo sin llama de la tierra. Restos de alguna erupción distante. Otra ráfaga hizo llover pedazos de papel de oficio, ahora ocioso, sobre lo que fue salón del Ayuntamiento. Retazos de tapices pegados a las paredes caídas se agitaban al paso del aire como banderas. De pronto surgió la sombra del titiritero montado en una escoba, a su espalda las estrellas en campo de azur y a sus pies cinco volcancitos de cascajo y piedra.

¡Chiplongón!... Zambulléronse las campanadas de las ocho de la noche en el silencio... ¡Chiplongón!... ¡Chiplongón!...

El estudiante llegó a su casa, situada al final de una calle sin salida y, al abrir la puerta, cortada por las tosecitas de la servidumbre que se preparaba a responder la letanía, oyó la voz de su madre que llevaba el rosario:

—Por los agonizantes y caminantes... Porque reine la paz

entre los Príncipes Cristianos... Por los que sufren persecución de justicia... Por los enemigos de la fe católica... Por las necesidades sin remedio de la Santa Iglesia y nuestras necesidades... Por las benditas ánimas del Santo Purgatorio...

*Kyrie eleison.*

Guatemala, diciembre de 1922.
París, noviembre de 1925, 8 de diciembre de 1932.

# Vocabulario

*¡Achis!:* Interjección para expresar desprecio o repugnancia.
*Aguacalado, s.:* Ahuecado en forma de guacal.
*Aguadarse:* Aflojarse, perder fuerza y consistencia.
*A la cran...:* Expresión popular por «a la gran...».
*A la gran Zoraida:* Expresión popular idéntica a la anterior.
*A la droga:* Mandar a paseo.
*A la pura garnacha:* A pura fuerza.
*A la tenta:* Juego infantil.
*Alberjas:* Arvejas, guisantes.
*Al mandado y no al retozo:* A cumplir lo mandado y no a distraerse.
*A manada limpia:* A golpe limpio.
*A memeches:* Cargar a la espalda.
*A miches:* Expresión igual que la anterior.
*Andar con esas plantas:* Andar con pretextos, excusas, etc.
*Angurria:* De «estangurria»: Por extensión, ansiedad, ansia, congoja.
*Apagarse el ocote:* Disminuir el entusiasmo, perder el gusto, la alegría.
*Apaste, s:* Jofaina o palangana de barro sin vidriar.
*Armarse:* Enriquecerse. Apropiarse de algo con maña o por la fuerza.
*Arrebiáteseme:* De «rebiatar»: Unir en reata varias caballerías. Por extensión, pegarse, unirse, ir una cabalgadura a la cola de otra.
*Asegundar la bañada:* Bañarse dos veces.
*Asigún:* Según.
*Asigunes:* Razones, motivos.
*¡Ay, fregado!:* ¡Ay, me fastidio!
*¡Ay, juerzas!:* Interjección de ánimo.
*Ay, su ponte, cuánto chonte...:* Juego de palabras que significa: «Date cuenta, fíjate, cuánto policía.»
*Ay, su pura concepción, cuánto jura...:* Juego de palabras igual que el anterior, tratándose de policía rural.
*Azacuán, es:* Especie de milano migratorio.

*Bartolina, s:* Calabozo, mazmorra.

*Bicho,* s: Niño.

*Bolo, s:* Borracho.

*Boquitas:* Bocadillos que se sirven antes de beber copas de licor.

*Brochota:* De «hacerse brocha». Hacerse el tonto, el desentendido.

*Burrión, s:* Colibrí.

*Buscaniguas:* Cohete rastrero —a ras de tierra— usado en las fiestas populares.


*Cachirulo, s:* Remiendo que se pone en el trasero del pantalón.

*Cacho, s:* Cuerno.

*Cadejo:* Animal fantástico. Por extensión, el diablo.

*Caer de leva:* Caer de tonto.

*Caite, s:* Sandalia tosca. Por extensión, la cara en términos despectivos.

*Calienta micos:* Hombre que excita a las mujeres.

*Canducha:* Diminutivo de Candelaria.

*Cantada, s:* Mentira, embuste, puro canto.

*Contimás:* Vulgarismo por: Cuanto más.

*Cara argeñada:* De «argecho». Cara marchita tempranamente.

*Carga-sillita:* Cargar a una persona entre dos, haciéndole silla con las manos.

*Casera:* Concubina.

*Catrín, es:* Elegante, pulido, currutaco.

*Caula, s:* Engaño, ardid, treta.

*Cava tal distancia:* Abre tal distancia.

*Cebón, es:* Perezoso.

*Cenzontle (o sinsonte):* Especie de pájaro parecido al mirlo. Se distingue por lo canoro, pues se supone que canta con 400 voces diferentes.

*Clinuda, s:* Despeinada, con pelo en desorden.

*Cocina del mercado:* Figones.

*Cola de orejas:* Policía secreto que sigue constantemente a una persona por todas partes para oír lo que dice.

*Colemico:* Rabo de mono.

*Colocho, s:* Rizo. Dícese de la persona que tiene rizado el pelo.

*Color sanate:* Color de pájaro de ese nombre.

*Como matar culebra:* Sin conmiseración.

*¡Cómo no, Chon!:* Interjección que significa: «De ninguna manera.»

*Cotón, es:* Jubón corto usado por los campesinos, y también corpiño femenino.

*Coyote, s:* Lobo. «Coyotes de la misma camada.»

*Cucurucho:* Nazareno. Vestido que usan los penitentes en las procesiones de Semana Santa. Persona vestida con ese traje.

*Cucurrucó:* El canto de la paloma.

*Cumbo, s:* Sombrero hongo.

*Cuque, s:* Soldado, en sentido despectivo.

*Cuque barruque:* Soldado que busca pleito, riñas, tumultos.

*Chachaguate:* Especie de cincha que une los estribos; por extensión, inmovilizar a una persona. «Echar chachaguate.»

*Chamarra:* Manta o frazada de lana.

*Chamarreen:* De «chamarrear». Torear con la chamarra; por extensión, encolerizar.

*Chamuchina, s:* Corrupción de «chamusquina». Populacho, plebe.

*Chance:* Oportunidad.

*Chancle, s:* Nombre con que el vulgo designa a la persona bien vestida.

*Chaqueta, cuta:* Americana corta, chaquetilla.

*Charol:* Bandeja, azafate.

*Charranga, s:* Guitarra.

*Chas gracias:* Contracción de «Muchas gracias».

*Chaye, s:* Pedazo de vidrio.

*Chayote, s:* Tonto, mentecato.

*Chelón, es:* Legañoso.

*Chenca, s:* Colilla de cigarro o cigarrillo.

*Chibola, s:* Cuerpo pequeño y esférico, y por extensión botella de agua gaseosa, que se tapa con una bolita de vidrio.

*Chichigua, s:* Nodriza.

*Chichita de lima:* El pezón de la lima, fruto del limero.

*Chiflón, es:* Corriente fuerte de viento.

*Chiflonudo, s:* Lugar donde soplan vientos fuertes.

*Chiltepe, s:* Chile o pimiento pequeño, rojo, de forma ovalada, muy picante.

*Chinta:* Diminutivo de Jacinta.

*Chipilín:* Planta aromática y narcótica, de hojas menudas, que se comen con arroz.

*Chiplungún:* Onomatopeya de la caída de un cuerpo en el agua.

*Chiquirín, es:* Insecto parecido a la chicharra, que produce un sonido igual a su nombre.

*Chiris, es:* Niño pequeño.

*Chispero, s:* Revólver.

*Choco, s:* Tuerto, corto de vista.

*Chojín:* Plato típico de tripas de cerdo picadas y rábanos.

*Cholojera, s:* Mujer que en el mercado vende las vísceras de las reses.

*Chón:* Diminutivo de Concepción.

*Chonte, s:* Agente de policía.

*Chorenque, s:* Enredadera de flores rosadas.
*Choteá:* Mira, fíjate, vigila.
*Chotear:* Vigilar.
*Chucán, es:* Delicado, presumido.
*¡Chujú!:* Interjección de burla.
*¡Chu-Malía!:* ¡Jesús María!
*Chumpipe, s:* Pavo común.


*De a rechipuste:* De primera.
*De a sombrero:* Inmejorable.
*Dende oíto:* Desde hace un ratito.
*Desagües:* Albañales.
*Descharchado, s:* De «descharchar». Quitar a uno su cargo o empleo, rebajarle de categoría, suprimir sus prerrogativas. Militarmente, destituir.
*Desguachipado, s:* Persona que viste con ropas muy holgadas.
*Desmandada:* De «desmandarse». Descuidarse en la conservación de la salud.
*Despenicado, s:* De «despenicar». Pelar las ramas de los pinos.
*De sopapo:* De sopetón.
*Dialtiro:* De una vez, rápidamente, sin miramientos.
*Dita:* Deuda.
*Dundo, s:* Tonto, mentecato, estúpido.


*Echar fuerte:* Regañar.
*Elote:* Mazorca de maíz tierno.
*El volado:* El encargo, mandado, recomendación.
*Eme o de o:* Juego de sílabas para decir con disimulo la palabra «modo».
*En prestá:* De «prestar».
*Entender Castilla:* Entender castellano, español.
*Enzoguillarle:* Rodear con zoguillas.
*Escupelo:* Orzuelo.
*Es mi veneno:* Es lo que más me disgusta.
*Ésta, éste:* Entre la gente del pueblo, es despectivo usar estas palabras en lugar del nombre propio.
*Estar coche:* Estar enamorado.
*Estar de goma:* Malestar que sigue a la borrachera.
*Estar engasado:* Padecer *delirium tremens.*
*Estar gas:* Estar enamorado.
*Estoy fregado:* Estoy fastidiado.
*Es un mugre:* Es una porquería, no sirve para nada.

*Fajar, fajarle:* Pegar con una faja. Por extensión, golpear, zurrar.
*Farolazo:* Trago grande de aguardiente.
*Flato:* Miedo.
*Fondera, s:* Fondista.
*Forlón, es:* Carruaje cerrado de dos ruedas.
*Fundillo:* Fondillo.
*Fuete:* Del francés «fouet». Fusta, látigo, rebenque.
*Fuetazo:* Golpe dado con el «fuete». Fustazo, latigazo.

*Gabacha, s:* Guardapolvo, mandil.
*Gafo, s:* Pobre.
*Gallina verde:* Loro, en sentido jocoso.
*Gracejada:* Bufonada, payasada de mal gusto.
*Gringo, s:* Norteamericano.
*Guacal:* Vasija mediana, de forma semiesférica.
*Guacal de horchata:* En sentido despectivo, sin sangre, sin coraje.
*Guanaco, s:* Tonto, necio, bobo.
*Güegüecho, s:* Tonto, bobo, cándido.
*Güipil, es:* Camisa bordada que usan los indios. También se dice «huipil».
*Güisquil, es:* Fruto de una planta trepadora centroamericana.

*Hablar Castilla:* Hablar castellano, español.
*Hacer campaña:* Favorecer.
*Hacer caras:* Mostrar disgusto, enfado, enojo.
*Hacer la cacha:* Poner diligencia, ser activo en cualquier tarea. Procurar beneficio a otra persona. «Hacer la cacha»: hacer un favor.
*Hacer malobra:* Importunar, molestar.
*Hacerle la cama:* Poner en mal a una persona acusándola ante la autoridad.
*Hasta el asiento:* Totalmente.
*¡Hualí, hualí!:* Expresión de alegría miedosa. Tomado del «Popol-Vuh».
*Huelgos:* Alientos.
*Hueso:* Empleo público.

*Inflenciados:* Influidos.
*Íngrimo:* Completamente solo, sin compañía.
*Isht:* Silencio.
*Ishtos:* Indios, en términos despectivos.
*Ispiar:* Espiar.

*Jabón de coche:* Jabón ordinario de grasa de cerdo.
*Jicaque, s:* Indio salvaje. Aplícase también al hombre cerril e inculto.

*Jirimiqueando:* Lloriqueando.
*Josicón, es:* De labios muy pronunciados.
*Jalón, es:* Cabeza.
*Juma, s:* Borrachera.
*Jura, s:* Policía rural.

*La gran flauta:* Exclamación popular que sustituye a «La gran p...».
*Lamido, s:* Confianzudo.
*Lépero, s:* Persona íntima, astuta y ladina.
*Liso, s:* Grosero, mal educado.

*Maldoblestar:* Doble malestar.
*Mamplor, es:* Invertido, afeminado.
*Mancuerna, s:* Gemelos de camisa.
*Mandar a la droga:* Mandar a paseo.
*Mashento, s:* De color morado.
*Mashushaca:* Dinero ahorrado.
*Matatusa:* Juego de niños en el que se procura quitar de un golpe lo que se tiene en la mano.
*Matiliguaste, s:* Árbol de madera muy dura.
*Mechudo, s:* Hombre de larga cabellera.
*Melcocha, s:* Dulce de miel sin purificar, revuelta a veces con anís.
*Menear pitas:* Buscar influencias, recomendaciones.
*Mengala, s:* Muchacha de pueblo.
*Mera buena:* Muy buena.
*Mero cuatro:* Sumo gusto.
*Meros culones:* De nalgas exageradas.
*Meros hombres:* Muy hombres, muy valientes.
*Metete:* Entrometido, que se mete en todo.
*Meterflota:* Pedir tenazmente, con terquedad, causando fastidio.
*Mica, s:* Coqueta.
*Milperío, s:* Siembra de maíz.
*Mi piorquería:* Expresión despectiva popular.
*Mirujeá:* De ver, de mirar.
*Mismas:* Muy amigos.
*Molote, s:* Ovillo.
*Morroñoso, s:* Áspero, rugoso.
*Muchá:* Contracción de muchacho.
*Música de carreta:* Música de organillo (piano con dos ruedas).
*Muy de a petate:* Muy bueno.
*Muy tres piedras:* Hombre muy decidido, muy capaz. De primera.

*Naguas:* Contracción de enaguas.
*Nequis:* No, en absoluto.

*Nigua, s:* Insecto americano parecido a la pulga.
*No soy baboso:* No soy tonto.

*Ñanola:* De nana. Abuela.

*Ojos a cigarritas:* Ojos entrecerrados.
*Orejón, es:* Zafio, tonto.

*Palor calderil:* Palidez.
*Papo, s:* Bobo, tonto.
*Pasadores:* Mandaderos de las cárceles.
*Patojo, s:* Niño.
*Paxte:* Especie de musgo.
*Pelando la oreja:* Aguzando el oído.
*Peló los ojos:* Abrió los ojos.
*Pepenaron:* De «pepenar». Recoger del suelo.
*Perraje:* Mantilla.
*Pepián:* Guiso americano.
*Pipiarse:* Robarse.
*Pisto:* Dinero.
*Plebe de gente:* Mucha gente.
*Plomosa, o, s:* Pistola con balas de plomo. Persona delicada.
*Por la gran chucha:* Por la gran perra.
*Posolera, s:* Sirvienta.
*Potrear:* Tratar mal.
*¡Presto!:* Llamada de atención. Permítame, déjeme que yo lo haga.
*Pronunciados:* Especie de juego de lotería con figuras.
*Puntepié:* De puntillas.
*Pusunque, s:* Asiento, residuo de las bebidas.
*Puyón:* Trago de licor fuerte.

*Quequereque:* Querida.
*¡Qué cacha!:* ¡Qué treta!
*¡Qué mismas!:* ¡Qué igualado! O sea: ¡Qué igual a mí!
*¡Qué negro!:* ¡Qué necio!
*¡Qué trompeta!:* ¡Qué charlatán!

*Raíz de chiltepe:* Raíz de un pimiento muy pequeño que, según la
    voz popular, posee propiedades venenosas que actúan sobre el
    corazón.
*Rascado, s:* Quisquilloso.
*Rascar el ala:* Enamorar.
*Refundió:* De «refundirse». Encerrarse, meterse muy adentro.

411

*Regatona:* Revendedora.
*Relágrima:* Muy malo.
*Repasearse:* Insultar gravemente.
*Reposaderas:* Rezumaderos.
*Resmolieran:* Molestarán.
*Retobado, s:* Porfiado.
*Revolcado:* Guiso americano.
*Ronrón, es:* Insecto escarabajo.
*Runfia:* Montón.


*Sacaste franco:* De «sacar franco», divertir, hacer reír.
*Salir como el cohetero:* Salir siempre burlado.
*Sanate, s:* Pájaro de plumaje oscuro y pico negro.
*Santulón, es:* Santurrón.
*Señor de la agonía:* Puñal de filo muy agudo.
*Se pepena algo:* Encontrar, hallar alguna cosa de valor perdida por
    otra persona.
*Shara, s:* Pájaro americano.
*¡Shó!:* Voz vulgar por ¡chist!
*Sholco, s:* Persona a la que le faltan los dientes delanteros.
*Shute metete:* Métome en todo, entremetido.
*Siguán, es:* Barranco.
*Sigún:* Según.
*Sincopié:* Síncope.
*Sin jerónimo:* Expresión popular por «sin género de duda».
*Siriaco:* Sí.
*Solíngrima:* Íngrima y sola.
*Somataba:* Golpeaba fuertemente.
*Somato:* Golpeo fuertemente.
*Sonsacado:* Sacado de muy adentro.
*Soplaron:* Mataron.
*Súchiles:* Refresco de jocote parecido a la sidra.
*Suple:* Suplente.


*Tabanco, s:* Sotabanco.
*Tacuatzin:* Mamífero americano.
*Tamagás:* Víbora muy venenosa. También cigarro puro ordinario.
*Tamal, es:* Especie de torta de maíz, rellena de carne.
*Tanate, s:* Lío, envoltorio, generalmente de trapos.
*Tanatillo, s:* Pequeño envoltorio.
*Tapanco, s:* Sotabanco.
*Tapar el hocico:* Cerrarle la boca a uno.
*Tapesco, s:* Cama tosca de cañas.

412

*Tecomate, s:* Calabaza para llevar agua.
*Tecomatillo, s:* Tecomate pequeño.
*Tencha:* Cárcel.
*Tercio:* Favor.
*Terciotes:* Favores grandes, importantes.
*Tetunte, s:* Piedra deforme.
*Tilichera, s:* Mostrador de vidrio.
*Timbón, es:* Barrigón.
*Tocoyal, es:* Toquillas.
*Tohil:* El dios de la lluvia en la mitología maya-quiché.
*Toquidos:* Golpes, toques. Golpear una puerta con el llamador.
*Torcidura:* Fatalidad, desgracia.
*Traído, s:* Novio, enamorado, y también para designar a un hombre desconocido.
*Tramado:* Difícil, dificultoso.
*Tranvieros:* Tranviarios.
*Traquido:* Crujido.
*Trastes:* Trastos.
*Tratar a la baqueta:* Tratar a golpes, maltratar.
*Tren del guarda:* Ferrocarril que sólo llega a los alrededores de la ciudad.
*Tricófero:* Loción para el cabello.
*Tronarse:* Matar a alguien.
*Tun:* Tambor especial hecho con el tronco ahuecado de un árbol.
*Tustes:* Embustes.
*Tuza, s:* Hoja que envuelve la mazorca del maíz.

*Varas:* Pesos, monedas.
*Verse en trapos de cucaracha:* Verse en apuros.
*Volaba ojo:* Miraba con disimulo.
*Volale pluma:* Date cuenta.
*Volar lengua:* Hablar, confesar, irse de la lengua.
*Volar vidrio:* Mirar, ver, observar, espiar, acechar.
*Volován, es:* De «vol-au-vent». Pastel de carne.
*Vonos:* Contracción de «vámonos».

*Yagual, es:* Rodetes de trapo que llevan las mujeres en la cabeza para cargar los cántaros.
*Yerbía, s:* Pañuelo o género de tela de colores chillones.

*Zacate:* Alimento, pienso de las caballerías. Forraje.
*Zancudo, s:* Especie de mosquito americano.
*Zompopo, s:* Hormiga grande.
*Zope, s:* Aura, zopilote.
*Zorenco, s:* Zonzo, zopenco.

*Apéndice*

# «*El Señor Presidente* como mito»[1]

MIGUEL ÁNGEL ASTURIAS

## 1. LAS NOVELAS SON LOS RÍOS...

Las novelas son los ríos que van a dar al lector, diríamos parodiando a Jorge Manrique, por aquello de «nuestras vidas son los ríos que van a dar a la mar, que es morir», sólo que los ríos de las novelas van a dar al lector, que es el vivir, y que vive tanto, tan intensamente los personajes de esas novelas, que no contento con la ficción, inquiere su historia, se pregunta hasta dónde fueron reales, y busca saber cómo hizo el novelista para captarlos y llevarlos a las páginas de sus novelas y, para el caso, *de mis novelas,* extraña forma de propiedad privada, porque una novela publicada, un río que va a dar al lector, que es el vivir de las novelas, ¿cómo puede decirse que tiene un propietario, que exista alguien que pueda decir «mis ríos», como yo dije «mis novelas»?

Sin embargo, algo sé de la historia de mis novelas, y evitando la deformación profesional, prometo dar a la historia lo que es de la historia, dar la historia de mis novelas, y no la novela de mis nove-

---

[1] Ediciones en castellano: a) Milán, Studi de Letteratura Ispano-Americana/Istituto Editoriale Cisalpino, 1967. b) Publications du «Seminaire Miguel Ángel Asturias», cuaderno núm. 3, 10-5-77, págs. 36-47; Centre de Recherches Latino-Americaines/Association des Amis de Miguel Ángel Asturias Universidad de París X Nanterre. c) Postdata a la Edición Crítica de *El Señor Presidente,* Editions Klincksieck/Fondo de Cultura Económica. d) Palma de Mallorca, Publicaciones de la Fundación Miguel Ángel Asturias/Instituto de Estudios Hispanoamericanos de Baleares, abril de 1993. Colección «Cuadernos de Cultura», tomo III, núm. 31.

las, bien que la diferencia sea tan difícil de establecer entre fábula e historia. Lo que primero intentaré, para dar la historia de mis novelas, es hacer vivir históricamente a los personajes, antes de convertirse en seres de novela, en la novela más reales a veces que en la historia. A ellos les toca volver atrás en los ríos que van a dar a la mar, ir contra la corriente de la ficción, y remontarse hasta su historia, ser historia, ser pedazos de historia. Y no todos. A los principales. Los más conocidos. Paradójicamente, pues parece inverosímil, los que en verdad fueron personajes históricos, son los que en las novelas resultan más imaginados. El caso de *El Señor Presidente*.

2. Muerte y resurrección del novelista...

Aquella vez, el novelista había muerto. Sí, había muerto. Dejó de existir en un lugar tan apartado de todo trato humano, que nadie acudió a darle sepultura. Nadie. Humano, nadie. Nadie de carne y hueso. Otros iban a encargarse de su cadáver. No los animales que se alimentan de cadáveres, aves negras o mamíferos amantes de la carroña, serviciales y funerarios.

A media mañana del día en que murió el novelista, sin que hubiera persona alguna, parientes, amigos o conocidos, para recibir a los que llegaban, se presentó un hombre de mediana estatura, bigote cano muy mascado, vestido de riguroso luto, y al oír desde ultratumba el novelista preguntaba: «¿Quién es...?» Contestó: «El Señor Presidente»...

Dijo así y avanzó enseguida con menudo paso, el sombrero negro, negro como su traje, sus zapatos, sus guantes, su corbata, el pañuelo que le salía de la bolsita de cerca de la solapa de la americana. Luego, inmovilizado, solemne, el sombrero negro de fieltro tomado por sus dos manos negras, enguantadas, que apoyaba sobre su camisa blanca impecable y parte del chaleco también negro, preguntó:

—¿Y los demás?...

Iban llegando. El *Pelele*, con la espuma del último ataque de epilepsia; el *Mosco*, sin sus piernas; *Patahueca*, gritando «Viva Francia» y la sordomuda embarazada, llorando, no por el novelista muerto, sino porque éste, reclamaba, le dejó permanentemente un hijo en las entrañas, ya que nunca en página alguna de su novela cuenta que tal criatura hubiera nacido.

—Hemos venido nosotros —explica el Señor Presidente, autoritario, terminante— a falta de seres humanos, todos ellos en sus ocupaciones cotidianas, y es a nosotros —paseó la cabeza ligeramente calva—, nosotros, ficciones, hijos de tu fantasía —se dirigió al novelista—, no totalmente por cierto, porque la verdad es que fuimos sacados de la realidad, a quienes toca darte sepultura.

Hizo una pausa y preguntó:

—¿Hay alguno que quiera decir el discurso de *adulaciones*?

—Sí —respondió Lengua de Vaca—, pero antes hay que llamar al doctor Barreño, para que dé el certificado.

—¿De qué murió? —pregunta el doctor Barreño, y él mismo se contesta, vuelto al Señor Presidente—, ¿de qué le complace al Señor Presidente que el caballero haya muerto? No sea que por chismes de mediquetes se desacredite el gobierno.

Y, mientras el doctor Barreño redacta el certificado de defunción, entra doña Fedina, va hacia el novelista muerto y lo sacude al tiempo de preguntarle:

—¿Por qué..., por qué me siguen interrogando a mí, dónde está el General? ¿Dónde está el General? ¿Dónde está el General? Es que por los siglos de los siglos, lo que ocurrió en aquella cárcel, en aquel momento, ¿va a resonar siempre en mis orejas? ¡Menos crueles los esbirros! Se lo digo yo, Fedina de Vásquez, una mujer del pueblo... ¡Menos crueles los esbirros! Ellos se encargaron de torturarme, preguntándome y volviéndome a preguntar, mientras se moría de hambre mi criatura, ¿Dónde está el General?, hasta que perdí el conocimiento, pero eso habría quedado reducido al hecho en sí, y como tal inexistente después, no que ahora, en la novela, cobra carácter de algo inacabable, permanente.

Camila y Cara de Ángel llegan sin pasos, tan de punta de pie entran al recinto. Ambos apenas se vuelven a donde reposa el novelista. Les parece indigno reclamarle ahora lo que en vida no le reclamaron. El haber muerto uno y el otro, Camila sin saber si en verdad Cara de Ángel la había abandonado, y Cara de Ángel si en verdad Camila se había dejado seducir por el Señor Presidente...

El fenómeno más inverosímil es el de esas gentes que mueren y reviven, y no tan inverosímil al final de cuentas, pues a cada poco se lee en los diarios que tal ocurre, y caso de catalepsis fue el del novelista felizmente. Abrió los ojos en medio de sus personajes y dijo: «Todo lo he oído y vuelvo a la vida para poner las cosas en su lugar... y no son ustedes, personajes míos...» El Señor Presidente levantó la cabeza...

—¡Yo lo inventé, Señor Presidente! —gritó el novelista resucitado de entre los catalépticos— y los inventé a todos; aunque siempre, la ingratitud humana; sólo esperaban que yo desapareciera, para empezar a reclamar, a fin de salir todos, limpios de culpa, en caballo blanco.

—¡Animal...! —El novelista se sacudió de pies a cabeza frente al

Señor Presidente, el cual repitió—: ¡Animal...! y sólo al oír este segundo grito, el novelista se dio cuenta que el dictador llamaba a su secretario, aquel hombre miope, de pellejo de ratón tierno que derramaba los tinteros sobre las notas firmadas. —¡Animal, hágale saber al señor, que en manera alguna voy a permitir que en mi presencia diga que los personajes de la novela *El Señor Presidente* no son del Señor Presidente, sino personajes inventados por él. ¿Qué cuento es éste? Muy bonito. A mí, que fui el auténtico, el verdadero creador, sin mí no habrían existido, el verdadero novelista —toda dictadura es siempre una novela— se me despoja de lo que me pertenece...

—Históricamente le pertenecía... —atreve a decir el novelista.

—¿De quién? ¿De quién es la novela? —levanta aquél la voz autoritaria—: Es mía... ¿No soy, acaso, el Señor Presidente? Y creo llegado el caso de aclarar intenciones, in-ten-cio-nes... —subrayó—, intenciones que en la novela no están claras. Por ejemplo: cuando se trata de la fuga del General Eusebio Canales, se pone en duda que efectivamente yo quería que se fugara. Yo quería que se fugara y no que lo matara la policía. Quede claro. Tampoco es exacto que yo haya dicho en una de las fiestas de palacio que me quería quedar solo con las señoras. Lo que sucedió fue que hubo, a media noche, una denuncia sobre cierto sujeto que iba armado para matarme, y entonces se apartó a los hombres que estaban en la fiesta para palparlos de armas. ¿Ya ve, señor novelista, cómo todas las cosas son distintas?

—Ésos son detalles —dijo el novelista— y lo que se discutía era si yo lo había despojado de su mundo, en mi novela, o bien, si de ese mundo, al Señor Presidente solamente le pertenecía lo histórico, que es distinto. Si decimos que el Señor Presidente y los que vivieron en esa época tuvieron su tiempo, hablamos de historia, pero sí, sacados de ese tiempo, se les traslada a la ficción sin tiempo, hablamos de novela.

—De la novela histórica...

—No. Una novela histórica se escribe con base a sucesos que el novelista conoce por lecturas o referencias. En esta novela mía, yo viví su historia, su tiempo histórico, vivencia que me permitió su traslado a la ficción, sin historia, sin pasado, viva; los personajes de *El Señor Presidente,* no se siente que vivieron, sino que están viviendo.

—¡Y eso es lo espantoso, lo cruel, lo intolerable! —grita el *Mosco,* colgado de una cuerda en el tormento—, que yo siga aquí gritando: ¡El *Pelele* fue! ¡El *Pelele* fue! ¡El *Pelele* fue! ¡y ésa es la verdad!

—¡Pero no la verdad oficial! —afirma enfático el Auditor de Guerra—; por supuesto que sabíamos que el desequilibrado ése había sido, pero la verdad oficial era otra. A Parrales Sonriente, oficialmente lo mataron el General Eusebio Canales y el Licenciado Abel Carvajal.

—Pero la verdad oficial —intervino Cara de Ángel— bien estuvo en su momento, pero ¿cómo se explica que el novelista la traslade a su novela, y allí también siga siendo verdad?, salvo que la ficción novelística sea, como yo pienso, una nueva forma de taumaturgia de la palabra, la forma fijadora de lo que fue dicho. Y quería aclarar —continuó Cara de Ángel— el Señor Presidente juzgó mi matrimonio con Camila como el acto de un débil mental...

— Todo hombre —se interpuso el Presidente— en el momento en que se casa está en la condición de un débil mental. Pero lo que tampoco se aclara del todo fue lo de la muerte del General Canales. ¿Muere envenenado? ¿Apuró alguna pócima mortal? ¿Lo mordió alguna víbora maligna? En la novela, se dice que Canales murió al leer en el periódico que yo, su mayor enemigo, había apadrinado la boda de su hija, y ésa es sólo parte de la verdad. Canales murió envenenado con el ejemplar de un periódico que, con una tinta especial, ultra mortal, mortal como una descarga eléctrica, se le preparó.

—¡Mentira!... —aquí es el novelista el que se indigna—, absolutamente mentira...

— ¡Atrevido! —retumba la voz del Señor Presidente.

—¡Perdón! —se oye la voz del novelista—, pero ¿por qué va a invadir usted el terreno de la fantasía? Conténtese con haber creado lo real, con ser el creador de ese mundo, de ese universo de perversidad y crimen.

— Sí —entrecerró los párpados cascarudos y sonrió el Presidente—, invadía terrenos, para deslindar mejor lo histórico de lo imaginado; Canales murió de un síncope, pero se pudo haber imaginado lo de un periódico de tinta mortal, aunque ya bastante veneno llevan los periódicos, y no para matar a un pobre mortal, sino para preparar la muerte de millones de gente.

—Habría sido, Señor Presidente —dijo Cara de Ángel—, el crimen perfecto...

—Otro sueño...

—¿El crimen perfecto?

—No es necesario, y debía saberlo mi favorito. No es necesario. Todo crimen es perfecto en una dictadura.

—Pero a este novelista lo tenemos que enterrar —dijo el Auditor de Guerra— a eso hemos venido...

—¡Está vivo, Señor Presidente! —imploró Camila.

—Pues lo enterraremos vivo con nosotros. Porque ésta es la obra. Así como en los pueblos antiguos, los sátrapas se hacían enterrar con la gente de su séquito, yo me haré enterrar, en la memoria de la gente, con el novelista y sus personajes. Nosotros y él, vivos, enterrados vivos, en ese tiempo sin tiempo, que es el de la ficción.

—Pero aquí llegan otros personajes, Señor Presidente —insinúa Cara de Ángel—, y es mejor que salgamos, la muchedumbre le afecta el corazón sensible...

El novelista avanza un paso y dice:

—¿Puedo hacer una pregunta?

—Las que Usted quiera —contesta el Señor Presidente, tocándose con el sombrero—, ante los muertos me descubro, ante los vivos, nunca...

—¿Podría Usted decirme —siguió el novelista— cuál es la parte que más le gusta de mi novela?...

El amo frunce las cejas, junta y separa los dedos enguantados de negro, y por fin, tras hurgar en su memoria, contesta:

—Cuando cae el *Pelele* por las gradas del Portal del Señor, dice: «Nadie vio nada, pero en una de las ventanas del Palacio Arzobispal, los ojos de un santo ayudaban a bien morir al infortunado y en el momento en que su cuerpo rodaba por las gradas, su mano con esposa de amatista le absolvía abriéndole el reino de Dios.» Aquí su fantasía se quedó corta, señor novelista: ¿Por qué no refirió usted cómo había llegado a Arzobispo ese santo que absolvía al *Pelele*? Y no necesitaba imaginarlo. No estoy conforme con esa diferencia que se hizo entre lo real y lo ficticio. ¿Por qué no dijo usted que aquel hombre era un abogado de campanillas, a quien se le encomendó la defensa de los bienes de una comunidad religiosa, defensa de la que no se quisieron encargar otros abogados, temerosos de la ira del que entonces mandaba, y que al saber éste que aquel abogadito se hacía cargo, ordenó que le pusieran una sotana y lo hicieran barrer la plaza central? Y en el relato, no habría faltado el toque sentimental. Aquel abogado, que llegó después a Arzobispo, no se quitó la sotana nunca más, devolvió los anillos de compromiso a su novia, estaba en vísperas de casarse, y entró al seminario.

Y tras brevísima pausa, ya saliendo el Presidente y séquito de víctimas y esbirros, se volvió a decir:

—Los que conocemos esta anécdota, cuando leemos que sin que nadie lo viera, en esa misma plaza que él barrió vestido con sotana, absolvía al *Pelele,* nos emocionamos doblemente.

## 3. ITINERARIO DE LOS SIETE AÑOS

*El Señor Presidente* no fue escrito en siete días, sino en siete años. Al final de 1923, felices años, había preparado un cuento para un concurso literario de uno de los periódicos de Guatemala. Este cuento se llamaba «Los mendigos políticos». El cuento se quedó en cartera y fue parte de mi equipaje, cuando me trasladé a Europa. Ese año, 1923, coincidimos en París varios escritores latinoamericanos, con quienes nos reuníamos casi todas las noches a charlar en el café de la Rotonda. Cada cual, en esas charlas, contaba anécdotas pintorescas, picantes o trágicas de su país. Insensiblemente, como una reacción a esa América pintoresca que tanto gusta a los europeos, acentuábanse los tonos sombríos en tales relatos, llegándose a rivalizar en historias escalofriantes de cárceles, persecuciones, barbarie y vandalismo de los sistemas dictatoriales latinoamericanos. En este ejercicio macabro, a tiranos tan espectaculares como Juan Vicente Gómez, yo tenía que oponer el mío, y como una pizarra limpia, sobre la negrura, fueron apareciendo escritas con tiza de memoria blanca historias que desde niño había vivido, en ese vivir que va dejando memoria de las cosas, relatos contados en voz baja, después de cerrar todas las puertas. Mis «Mendigos políticos», que vinieron a ser el primer capítulo de mi novela, la primera novela que yo escribía, *El Señor Presidente,* ya no estaban solos, el destino de las cosas, dejaban de ser un cuento y se completaban con los relatos que yo refería en las mesas de los cafés parisienses. En la producción literaria, parece mentira, pero el azar juega un papel importante. Es así cómo nace *El Señor Presidente,* hablado, no escrito. Y como al decirlo me oía, no quedaba satisfecho hasta que me sonaba bien, y tantas veces lo hacía, para que cada vez se oyera mejor, que llegué a saber capítulos enteros de memoria. No fue escrito, al principio, sino hablado. Y esto es importante subrayarlo. Fue deletreado. Era la época del renacer de la palabra, como medio de expresión y de acción mágica. Ciertas palabras. Ciertos sonidos. Hasta producir el encantamiento, el estado hipnótico, el trance. Del dicho al hecho, dice el proverbio, hay un gran trecho. Pero es mayor la distancia que separa el dicho de lo escrito. Hablado, contado el material de la novela, que sufría constantes cambios, había que estabilizarlo. Pero cómo acostumbrar al sonido a quedar preso de la letra. Cómo dar permanencia, sin sacrificar su dinámica emocional, hija de la palabra dicha, a lo que una vez escrito, palidecía, bajaba de tono. Eso pasa con las obras que se llevan mucho tiempo en la imaginación y la lengua. Terminan por no poderse escribir, pues siempre, al escribirlas, sentiremos que las traicionamos.

Luego el problema del idioma: hablado bien, era mi idioma, pero escrito, ¿alcanzaría a expresar lo que yo quería? Dentro de la lengua española hay una forma castellana o muy española de decir las cosas, así como hay una forma mexicana, argentina, y lo que yo buscaba era la forma guatemalteca, sin hacer literatura criolla. Sin titubeos, conociendo el pasado literario de mi país, acudí a los autores de más renombre. ¿Cómo habían hecho para ser fieles, en la altura de lo imponderable, a lo guatemalteco, sin parcelar la lengua? Realizaba en ese entonces mis estudios de religiones precolombinas, y eso mantenía frescas mis posibilidades para manejar las dos realidades, la real y la del sueño, ya que el indio es realista en el detalle, pero ese realismo lo sumerge luego en una especie de sueño-imaginación que le da la posibilidad de los dos tiempos: el histórico y el mitológico, o sea, un tiempo de distinto ritmo que el histórico, tiempo de sueño. Hubo, pues, una inserción de lo que llamaríamos un comportamiento mitológico en el texto, y esto me lleva a plantear el problema que, para mí, en sí encarna *El Señor Presidente* como mito.

## 4. *El Señor Presidente*, COMO MITO

En general, los que últimamente se han ocupado de lo relacionado con el mito y la literatura actual, convienen en que la novela ha tomado, en las sociedades modernas, el lugar que ocupaba la recitación de los mitos en las sociedades primitivas. En este sentido y apartándonos de todo juicio literario, no es aventurado decir que *El Señor Presidente*, debe ser considerado en las que podrían llamarse narraciones mitológicas. Hay la novela, literariamente hablando, hay la denuncia política, pero en el fondo de todo existe, vive, en la forma de un presidente de la república latinoamericana, una concepción de la fuerza ancestral, fabulosa y sólo aparentemente de nuestro tiempo. Es el hombre —mito, el ser— superior (porque es eso, aunque no queramos) el que llena las funciones del jefe tribal en las sociedades primitivas, ungido por poderes sacros, invisibles como Dios, pues cuanto menos corporal aparezca, más mitológico se le considerará. La fascinación que ejerce en todos, aún en sus enemigos, el halo de ser sobrenatural que lo rodea, todo concurre a la reactualización de lo fabuloso fuera de un tiempo cronológico. ¿Será ésta la última esencia de *El Señor Presidente,* el que en verdad sea un mito la supervivencia de un gran mito inicial, cuyo peso aún mantiene en ciertos países el dominio semi-religioso con sus fantásticos adeptos y sus réprobos encarcelados en infiernos inenarrables? ¿No alcanzan estos señores presidentes altura de seres sobrenaturales? ¿No son realidades terribles, tremendas, pero al mismo tiempo algo así como castigos religiosos, y como tales, seres de fuera de la realidad? ¿Y alrededor de ellos, de estos señores presidentes, no se va creando una especie de rito que implica el culto a la personalidad, como se dice ahora, aunque en verdad no es a la personalidad presente, sino a lo que ella, como fuerza ancestral, representa?

424

Pero entreveo la objeción. Eso de mitos y mitologías son cosas antiguas que nada tienen que ver con nuestra vida actual tan adelantada en todos los órdenes. En cierto sentido cabría la objeción. Porque, en verdad, lo que ha sucedido es que a los mitos, mejor dicho a las formas de mitos antiguos, anteriores a nuestros tiempos, han sucedido esos mismos mitos con otras envolturas, como expresiones actuales. Y es por eso que el mito debe ser considerado como algo viviente, actual, ante el cual hay que inclinarse y contra el cual, por los tabúes que lo defienden, no se puede nada. Ésta es la atmósfera de *El Señor Presidente,* el omnipresente, el mito, el todopoderoso, no solamente como expresión política, esto viene a ser secundario, sino como manifestación de una fuerza primitiva, y como supervivencia, en el mundo actual, de esos resabios de las sociedades más arcaicas.

Aquí creo que tocamos el punto, la clave. Los señores presidentes de nuestros países, como mitos, mitos en sí, pero sobre todo como seres que no hacen sino mantener lo sagrado de la autoridad, lo primordial del mundo en cuanto a ser temidos y al mismo tiempo dispensadores de todos los favores a sus creyentes, ya que en esos sistemas, apurando los extremos, como en los sistemas religiosos, se es o no se es creyente, se cree en el Señor Presidente o no se cree, y en este último caso, el que osa oponerse, se convierte en réprobo. Lejos de mí, desde luego, buscar alguna justificación en el mito a través de los elementos que nos proporciona *El Señor Presidente,* en esa fuerza ancestral, en esa fuerza primigenia. Buscar por aquí las raíces de estos regímenes de terror y de sangre, y desraizarlos.

¿Y qué diríamos si pensáramos que las grandes, las interminables dictaduras, se han dado en América Latina, en países de mitos? ¿No pueden considerarse como una transposición del mito religioso al mito político? ¿Y ahora mismo, en nuestros días, no juegan los mitos, la magia, lo sacro, un papel decisivo, en el caso de *Papa Doc*[2] el feroz dictador de Haití?

*El Señor Presidente* no es una historia inventada, no es fantasía de novelista; se rodeó, en los últimos tiempos de su gobierno, de brujos indígenas traídos de los lugares de más fama en el campo de la magia. En uno de los últimos capítulos, en el capítulo XXXVII, asistimos al baile de Tohil. Tohil, la divinidad indígena maya-quiché que exigía sacrificios humanos. ¿Qué otra cosa exigía el Señor Presidente? Sacrificios humanos. No eran ejecuciones, sino sacrifi-

---

[2] Miguel Ángel Asturias escribió esta disertación en 1967. Se refiere a François Duvalier, que gobernó Haití desde 1957 hasta su muerte en 1971. En 1964 se hizo proclamar «Presidente Vitalicio».

cios, y no queráis llevar esto a la inmensa pantalla mundial de la dictadura hitleriana.

Y el *Pelele*, en el capítulo IV, al fondo de un barranco, cubierto por todas las basuras de la ciudad, ¿no vive su mito, al oír al pájaro del *dulce-encanto*, tal y como lo presentan los cuentos infantiles? Y hay que decir que para el *Pelele* no es una ficción, no es un sueño, sino una realidad mítica, un hecho vivo, aquel tocar con sus manos paraíso, aquel vivir y moverse en un mundo de felicidad suma. El mito aquí, por más que tenga origen indígena, se mezcla al mito católico. Es de las dos religiones, de la indígena, pagana, y la católica, de donde el *Pelele* saca su visión de recreación de un mundo mitológico.

Y en el mismo capítulo IV, el leñador que encuentra a Cara de Ángel, cuando éste saca de entre las basuras al *Pelele*, ¿no llega a su casa y dice a su esposa estas palabras: «En el basurero encontré un ángel...»?

Y la vuelta de Camila a la vida, por la magia del matrimonio *in extremis*, ¿no es una forma de creencia mitológica?

Y las imágenes católicas, santos y reliquias, en la casa de mal vivir, ¿no son una expresión de fuerzas protectoras? Y la propietaria de aquella casa de mujeres se indigna con Cara de Ángel, cuando éste hace alusión a dichas imágenes, para ella sagradas.

¿No se vive, en *El Señor Presidente*, entre lo mágico y lo sagrado? Todo lo que a su excelencia se refiere, es tabú. El solo pensamiento es adivinado. No es cuestión, para los opositores o descontentos, de no hablar, sino de no pensar. Tenía, por lo mismo, posibilidad de adivinar el pensamiento. ¿Y las oraciones al Señor... «Señor, Señor, llenos están los cielos y la tierra de vuestra gloria»? ¿Y el paisaje bucólico? ¿No forma parte del mito-Señor Presidente, este paisaje bucólico?

En la Edad Media encontramos, entre tantas creencias mesiánicas y utopías, aquel famoso emperador, Federico II, elevado al rango de mesías, pues ya cuando Dios, al filo del primer milenio, había dispuesto acabar con el mundo, apareció esta estrella, este Federico II, poseedor de poderes incomparables. En su presencia, Dios resolvió prolongar los días de la humanidad, ya que este nuevo Cristo permitía esperar vida de paz y alegría y abundancia entre los hombres. Pero este mito de Federico II no termina con su muerte. Se creyó que estaba enterrado en el Etna, por mucho tiempo, y aún en el siglo XV se creía que vivía en algún confín del mundo.

Y a este respecto hay que decir que el mito se defiende de tal manera, que cuando cayó el Señor Presidente y fue puesto prisionero, la gente creía que no era el mismo. Al verdadero, el mito lo seguía amparando. A éste que estaba preso, no, y la más simple explicación era que el mitológico había dejado de existir, y éste era uno cualquiera.

## 5. EL MITO EN LA LITERATURA FANTÁSTICA
### Y EN LAS NOVELAS POLICIALES

Entre los mitos más actuales, en lo que toca a la literatura fantástica, el más conocido es el de Superman (o Superhombre). Todos los niños de todas las partes del mundo juegan al Superman. El Superman descendió de un planeta, y se disfrazó de periodista, para estar entre los hombres. Y en lo que toca a las novelas policiales, aparte de los viejos mitos, Sherlock Holmes, Nick Carter, Buffalo Bill, los clásicos, diríamos, ahora se han multiplicado, modernizado, y en Estados Unidos, Biggy Multon se ha transformado en héroe nacional. Y los mitos del cinematógrafo, las estrellas de cine, como mitos, y el mito del automóvil, último modelo, y el mito de las antigüedades, que ha hecho que se multipliquen los anticuarios. Eso que llaman los *hobbies,* las manías, ¿no son una forma de mitos menores o pequeñas salidas a una conciencia que ansía trascender los límites de lo práctico, de lo cotidiano?

Pero volvamos a *El Señor Presidente,* nuestro mito de hoy, y pensemos en algo que llamaríamos tareas para la anulación del mito, no como ficción, en ese caso no importaría mucho, sino como algo viviente, actuante.

## 6. TAREAS PARA LA ANULACIÓN DEL MITO-SEÑOR PRESIDENTE

Habría que estudiar nuestra literatura política. Ese estudio abarcaría los mitos anteriores a la conquista española, los mitos de los pueblos precolombinos; los mitos de la época colonial, tiempo en que España dominó en América, todo ese universo de monstruos y riquezas fabulosas que creó la imaginación europea; los mitos del siglo XIX, después de la independencia, todos los mitos de la Revolución Francesa, trasladados allá, y a principios de este siglo XX, los mitos del progreso, el positivismo.

Sería interesante, en el capítulo encargado de desentrañar, en lo político, los mitos de la época precolombina, enfrentar ya desde entonces dos fuerzas bien definidas en el arte de manejar a los pueblos y a los hombres. La del dios sanguinario, azteca, Huitzislopochtli, o «Guerrero que apunta su flecha hacia el sur». Este dios (y entre los maya-quichés, Tohil) exigía sacrificios humanos, pues la sangre de las víctimas era lo único que alimentaba al sol. Si faltaban prisioneros a quienes sacrificar, el sol dejaría de alumbrar, moriría y empezaría la noche y el frío eterno. Se hacía entonces lo que se llamaba la guerra-florida, o sea, torneos en los que los vencidos, en poder de los vencedores, se transformaban en víctimas, a las que se les arrancaba el corazón —la fruta roja, la tuna roja— y se ofrecía en holocausto al sol.

La otra fuerza, representada por Quetzalcóatl o Kukulkán para los mayas, rechazaba los sacrificios humanos, había avanzado intelectualmente a tal punto, que a estos holocaustos sustituían formas de halago a los dioses, más humanas: sacrificios de animales, de granos de cosechas óptimas.

Existían, pues, ya estas dos fuerzas, que ahora mismo se repiten en nuestros países latinoamericanos: las sanguinarias bajo el signo místico-militarista, y las que atienden al orden basado en la convivencia, en el diálogo. Y así como he hecho esta cita, podrían hacerse cientos de comparaciones, y ver cómo siempre sobreviven los mitos primitivos, ancestrales, en nuestra vida política, de la que es un espejo, en cierta forma, *El Señor Presidente*.

Termino. He abierto este enfoque sobre mi novela, que ha sido estudiada hasta ahora desde el punto de vista literario-político, pero que también habrá que estudiar en relación con esa visión o cosmovisión mítica, partiendo de la base de que no se trata de mitos, en el concepto de ficciones, de hechos inexistentes, sino de mitos vivos, vivientes, actuantes, que con apoyo en la pólvora, la pólvora todavía ayuda, con apoyo en ideas religiosas, la religión ayuda tanto como la pólvora, y el terror, gobiernan como en las épocas más atrasadas del mundo, con el agravante que ahora tienen a su disposición todos los adelantos de la técnica publicitaria, que les permite, no sólo intensificar su acción, por la prensa, la radio, la televisión y el cine, sino crear, con ayuda de los elementos psicológicos, corrientes de opinión favorables o desfavorables a determinados puntos de vista, y el principal: mantener a los pueblos sometidos al servicio de los que explotan.

Colección Letras Hispánicas